中国章回小说考证

胡适

中国学术名著丛书

吉林出版集团股份有限公司

图书在版编目（CIP）数据

胡适 中国章回小说考证／胡适著. —长春：吉林出版集团股份有限公司，2017.3（2022.2重印）
（中国学术名著丛书）
ISBN 978-7-5581-2262-0

Ⅰ. ①胡… Ⅱ. ①胡… Ⅲ. ①章回小说－小说研究－中国－古代－文集 Ⅳ. ①I207.41-53

中国版本图书馆 CIP 数据核字（2017）第 052556 号

胡适 中国章回小说考证

著　　者	胡　适
出版策划	杜贞霞
责任编辑	王　平
封面设计	映象视觉
开　　本	710mm×1000mm　1/16
字　　数	300 千
印　　张	23.5
版　　次	2017 年 6 月第 1 版
印　　次	2022 年 2 月第 2 次印刷

出版发行　吉林出版集团股份有限公司
电　　话　总编办：010-63109269
　　　　　　发行部：010-63109269
印　　刷　众鑫旺（天津）印务有限公司

ISBN 978-7-5581-2262-0　　　　　　　　　　定价：58.00 元
版权所有　　侵权必究

目 录

《水浒传》考证 / 1

 《水浒传》考证 / 3

 《水浒传》后考 / 42

 附录　"致语"考 / 62

 百二十回本《忠义水浒传》序 / 55

 《水浒续集两种》序 / 95

《红楼梦》考证 / 111

 《红楼梦》考证（改定稿）/ 113

 附　记 / 151

 重印乾隆壬子本《红楼梦》序 / 153

 考证《红楼梦》的新材料 / 162

 跋《〈红楼梦〉考证》/ 192

 附录《石头记索隐》第六版自序
  ——对于胡适之先生《〈红楼梦〉考证》之商榷 / 201

《西游记》考证 / 207

 《西游记》考证 / 209

《三国志演义》考证 / 243
　　《三国志演义》序 / 245
《三侠五义》考证 / 253
　　《三侠五义》序 / 255
《官场现形记》考证 / 283
　　《官场现形记》序 / 285
《儿女英雄传》考证 / 299
　　《儿女英雄传》序 / 301
《海上花列传》考证 / 317
　　《海上花列传》序 / 319
《镜花缘》考证 / 341
　　《镜花缘》的引论 / 343

《水浒传》考证

《水浒传》考证

一

我的朋友汪原放用新式标点符号把《水浒传》重新点读一遍，由上海亚东图书馆排印出版。这是用新标点来翻印旧书的第一次。我可预料汪君这部书将来一定要成为新式标点符号的实用教本，他在教育上的效能一定比教育部颁行的新式标点符号原案还要大得多。汪君对于这书校读的细心，费的工夫之多，这都是我深知道并且深佩服的；我想这都是读者容易看得出的，不用我细说了。

这部书有一层大长处，就是把金圣叹的评和序都删去了。

金圣叹是十七世纪的一个大怪杰，他能在那个时代大胆宣言，说《水浒》与《史记》、《国策》有同等的文学价值，说施耐庵、董解元与庄周、屈原、司马迁、杜甫在文学史上占同等的位置，说"天下之文章无有出《水浒》右者，天下之格物君子无有出施耐庵先生右者！"这是何等眼光！何等胆气！又如他的序里的一段："夫古人之才，世不相沿，人不相及：庄周有庄周之才，屈平有屈平之才，降而至于施耐庵有施耐庵之才，董解元有董解元之才。"这种文学眼光，在古人中很不可多得。又如他对他的儿子说："汝今年始十岁，便以此书（《水浒》）相授者，非过有所宠爱，或者教汝之道当如是也。……人生十岁，耳目渐吐，如日在东，光明发挥。如此书，吾即欲禁汝不见，亦岂可得？今知不可相禁，而反出其旧所批释脱然授之汝手。"这种见解，在今日还要吓倒许多老先生与少先生，何况三百年前呢？

但是金圣叹究竟是明末的人。那时代是"选家"最风行的时代；我们读吕用晦的文集，还可想见当时的时文大选家在文人界占的地位（参看《儒林外史》）。金圣叹用了当时"选家"评文的眼光来逐句批评《水浒》，遂把一部《水浒》凌迟碎砍，成了一部"十七世纪眉批夹注的白话文范"！例如圣叹最得意的批评是指出景阳冈一段连写十八次"哨棒"，紫石街一段连写十四次"帘子"和三十八次"笑"。圣叹说这是"草蛇灰线法"！这种机械的文评正是八股选家的流毒，读了不但没有益处，并且养成一种八股式的文学观念，是很有害的。

这部新本《水浒》的好处就在把文法的结构与章法的分段来代替那八股选家的机械的批评。即如第五回瓦官寺一段：

> 智深走到面前那和尚吃了一惊

金圣叹批道："写突如其来，只用二笔，两边声势都有。"

> 跳起身来便道请师兄坐同吃一盏智深提着禅杖道你这两个如何把寺来废了那和尚便道师兄请坐听小僧

圣叹批道："其语未毕。"

> 智深睁着眼道你说你说

圣叹批道："四字气忿如见。"

说在先敝寺……

圣叹批道："说字与上'听小僧'本是接着成句，智深气忿忿在一边夹着'你说你说'耳。章法奇绝，从古未有。"

现在用新标点符号写出来便成：

> 智深走到面前，那和尚吃了一惊，跳起身来便道："请师兄坐，同吃一盏。"智深提着禅杖道："你这两个如何把寺废了！"那和尚便道："师兄请坐，听小僧——"智深睁着眼道："你说！你说！""——说：在先敝寺……"

这样点读，便成一片整段的文章，我们不用加什么恭维施耐庵的评语，读者自然懂得一切忿怒的声口和插入的气话；自然觉得这是很能摹神的叙事；并且觉得这是叙事应有的句法，并不是施耐庵有意要作"章法奇绝，从古未有"的文章。

金圣叹的《水浒》评，不但有八股选家气，还有理学先生气。

圣叹生在明朝末年，正当"清议"与"威权"争胜的时代，东南士气正盛，虽受了许多摧残，终不曾到降服的地步。圣叹后来为了主持清议以至于杀身，他自然是一个赞成清议派的人。故他序《水浒》第一回道：

> 一部大书七十回将写一百八人……而先写高俅者，盖不写高俅便写一百八人，则是乱自下生也。不写一百八人先写高俅，则是乱自上作也。……高俅来而王进去矣。王进者，

何人也？不坠父业，善养母志，盖孝子也。……横求之四海，竖求之百年，而不一得之。不一得之而忽然有之，则当尊之，荣之，长跽事之，——必欲骂之，打之，至于杀之，因逼去之，是何为也？王进去而一百八人来矣。则是高俅来而一百八人来矣。

王进去后，更有史进。史者史也。……记一百八人之事而亦居然谓之史也，何居？从来庶人之议皆史也。庶人则何敢议也？庶人不敢议也。庶人不敢议而又议，何也？天下有道，然后庶人不议也。今则庶人议矣。何用知天下无道？曰，王进去而高俅来矣。

这一段大概不能算是穿凿附会。《水浒传》的著者著书自然有点用意，正如楔子一回中说的，"且住！若真个太平无事，今日开书演义，又说著些甚么？"他开篇先写一个人人厌恶不肯收留的高俅，从高俅写到王进，再写到史进，再写到一百八人，他著书的意思自然很明白。金圣叹说他要写"乱自上生"，大概是很不错的。圣叹说"从来庶人之议皆史也"，这一句话很可代表明末清议的精神。黄梨洲的《明夷待访录》说：

东汉大学三万人，危言深论，不隐豪强，公卿避其贬议。宋诸生伏阙捶鼓，请起李纲。三代遗风惟此犹为相近。使当日之在朝廷者，以其所非是为非是，将见盗贼奸邪慑心于正气霜雪之下，君安而国可保也。

这种精神是十七世纪的一种特色，黄梨洲与金圣叹都是这种清议运动的代表，故都有这种议论。

但是金圣叹《水浒》评的大毛病也正在这个"史"字上。中国人心里的"史"总脱不了《春秋》笔法"寓褒贬，别善恶"的流毒。金圣叹把《春秋》的"微言大义"用到《水浒》上去，故有许多极迂腐的议论。他以为《水浒传》对于宋江，处处用《春秋》笔法责备他。如第二十一回，宋江杀了阎婆惜之后，逃难出门，临行时"拜辞了父亲，只见宋太公洒泪不已，又分付道，你两个前程万里，休得烦恼。"这本是随便写父子离别，并无深意。金圣叹却说：

> 无人处却写太公洒泪；有人处便写宋江大哭；冷眼看破，冷笔写成。普天下读书人慎勿谓《水浒》无皮里阳秋也。

下文宋江弟兄"分付大小庄客，早晚殷勤服侍太公；休教饭食有缺。"这也是无深意的叙述。圣叹偏要说：

> 人亦有言，"养儿防老"。写宋江分付庄客服侍太公，亦皮里阳秋之笔也。

这种穿凿的议论实在是文学的障碍。《水浒传》写宋江，并没有责备的意思。看他在三十五回写宋江冒险回家奔丧，在四十一回写宋江再冒险回家搬取老父，何必又在这里用曲笔写宋江的不孝呢？

又如五十三回写宋江破高唐州后，"先传下将令，休得伤害百姓，一面出榜安民，秋毫无犯"。这是照例的刻板文章有何深意？圣叹偏要说：

> 如此言，所谓仁义之师也。今强盗而忽用仁义之师，是强盗之权术也。强盗之权术而又书之者，所以深叹当时之官军反不能然也。彼三家村学究不知作史笔法，而遽因此等语

过许强盗真有仁义,不亦怪哉?

这种无中生有的主观见解,真正冤枉煞古人!圣叹常骂三家村学究不懂得"作史笔法",却不知圣叹正为懂得作史笔法太多了,所以他的迂腐比三家村学究的更可厌!

这部新本的《水浒》把圣叹的总评和夹评一齐删去,使读书的人直接去看《水浒传》,不必去看金圣叹脑子里悬想出来的《水浒》的"作史笔法";使读书的人自己去研究《水浒》的文学,不必去管十七世纪八股选家的什么"背面铺粉法"和什么"横云断山法"!

二

我既不赞成金圣叹的《水浒》评,我既主张让读书的人自己直接去研究《水浒传》的文学,我现在又拿什么话来做《水浒传》的新序呢?

我最恨中国史家说的什么"作史笔法",但我却有点"历史癖";我又最恨人家咬文嚼字的评文,但我却又有点"考据癖"!因为我不幸有点历史癖,故我无论研究什么东西,总喜欢研究他的历史。因为我又不幸有点考据癖,故我常常爱做一点半新不旧的考据。现在我有了这个机会替《水浒传》做一篇新序,我的两种老毛病——历史癖与考据癖——不知不觉的又发作了。

我想《水浒传》是一部奇书,在中国文学占的地位比《左传》、《史记》还要重大的多;这部书很当得起一个阎若璩来替他做一番考证的工夫,很当得起一个王念孙来替他做一番训诂的工夫。我虽然够不上做这种大事业——只好让将来的学者去做——但我也想努一努力,替将来的"《水浒传》专门家"开辟一个新方向,打开一条新道路。

简单一句话，我想替《水浒传》做一点历史的考据。

《水浒传》不是青天白日里从半空中掉下来的，《水浒传》乃是从南宋初年（西历十二世纪初年）到明朝中叶（一五世纪末年）这四百年的"梁山泊故事"的结晶。——我先说这句武断的话丢在这里，以下的两万字便是这一句话的说明和引证。

我且先说元朝以前的《水浒》故事。

《宋史》二十二，徽宗宣和三年（西历一一二一）的本纪说：

> 淮南盗宋江等犯淮阳军，遣将讨捕，又犯京东、江北，入楚海州界。命知州张叔夜招降之。

又《宋史》三百五十一：

> 宋江寇京东，侯蒙上书言："江以三十六人横行齐魏，官军数万无敢抗者，其才必过人。今清溪盗起，不若赦江，使讨方腊以自赎。"

又《宋史》三百五十三：

> 宋江起河溯，转略十郡，官军莫敢撄其锋。声言将至[海州]，张叔夜使间者觇所向，贼径趋海濒，劫巨舟十余，载卤获。于是募死士，得千人，设伏近城，而出轻兵距海诱之战，先匿壮卒海旁，伺兵合，举火焚其舟。贼闻之，皆无斗志。伏兵乘之，擒其副贼。江乃降。

这三条史料可以证明，宋江等三十六人都是历史的人物，是北宋末年的大盗。"以三十六人横行齐魏，官军数万无敢抗者"——看这些话可见宋江等在当时的威名。这种威名传播远近,留传在民间,越传越神奇,遂成一种"梁山泊神话"。我们看宋末遗民龚圣与作《宋江三十六人赞》的《自序》说:

> 宋江事见于街谈巷语,不足采著。虽有高如、李嵩辈传写,士大夫亦不见黜,余年少时壮其人,欲存之画赞,以未见信书载事实,不敢轻为。及异时见《东都事略》载侍郎侯蒙传,有书一篇,陈制贼之计云:"宋江以三十六人横行河朔、京东,官军数万无敢抗者,其才必有过人。不若赦过招降,使讨方腊,以此自赎,或可平东南之乱。"余然后知江辈真有闻于时者。……
>
> ——周密《癸辛杂识续集》上

我们看这段话,可见(1)南宋民间有一种"宋江故事"流行于"街谈巷语"之中;(2)宋元之际已有高如、李嵩一班文人"传写"这种故事,使"士大夫亦不见黜";(3)那种故事一定是一种"英雄传奇",故龚圣与"少年时壮其人,欲存之画赞"。

这种故事的发生与流传久远,决非无因。大概有几种原因:(1)宋江等确有可以流传民间的事迹与威名;(2)南宋偏安,中原失陷在异族手里,故当时人有想望英雄的心理;(3)南宋政治腐败,奸臣暴政使百姓怨恨,北方在异族统治之下受的痛苦更深,故南北民间都养成一种痛恨恶政治、恶官吏的心理,由这种心理上生出崇拜草泽英雄的心理。

这种流传民间的"宋江故事"便是《水浒传》的远祖。我们看《宣和遗事》便可看见一部缩影的"《水浒》故事"。《宣和遗事》记梁山泊好汉的事,共分六段:

(1)杨志、李进义(后来作卢俊义)、林冲、王雄(后来作杨雄)、花荣、柴进、张青、徐宁、李应、穆横、关胜、孙立等十二个押送"花石纲"的制使,结义为兄弟。后来杨志在颍州阻雪,缺少旅费,将一口宝刀出卖,遇着一个恶少,口角厮争。杨志杀了那人,判决配卫州军城。路上被李进义、林冲等十一人救出去,同上太行山落草。

(2)北京留守梁师宝差县尉马安国押送十万贯的金珠珍宝上京,为蔡太师上寿,路上被晁盖、吴加亮、刘唐、秦明、阮进、阮通、阮小七、燕青等八人用麻药醉倒,抢去生日礼物。

(3)"生辰纲"的案子,因酒桶上有"酒海花家"的字样,追究到晁盖等八人。幸得郓城县押司宋江报信与晁盖等,使他们连夜逃走。这八人连结了杨志等十二人,同上梁山泊落草为寇。

(4)晁盖感激宋江的恩义,使刘唐带金钗去酬谢他。宋江把金钗交给娼妓阎婆惜收了,不料被阎婆惜得知来历,那妇人本与吴伟往来,现在更不避宋江。宋江怒起,杀了他们,题反诗在壁上,出门跑了。

(5)官兵来捉宋江,宋江躲在九天玄女庙里。官兵退后,香案上一声响亮,忽有一本天书,上写着三十六人姓名。这三十六人,除上文已见二十人之外,有杜千、张岑、索超、董平都已先上梁山泊了;宋江又带了朱仝、雷横、李逵、戴宗、李海等人上山。那时晁盖已死,吴加亮与李进义为首领。宋江带了天书上山,吴加亮等遂共推宋江为首领。此外还有公孙胜、张顺、武松、呼延绰、鲁智深、史进、石秀等人,共成三十六员。(宋江为帅,不在天书内)

(6)宋江等既满三十六人之数,"朝廷无其奈何",只出得榜招安。后有张叔夜"招诱宋江和那三十六人归顺宋朝,各受武功大夫诰敕,分注诸路巡检使去也。因此三路之寇悉得平定,后遣宋江收方腊,有功,封节度使"。

《宣和遗事》一书,近人因书里的"惇"字缺笔作"惇"字;故定为宋时的刻本。这种考据法用在那"俗文讹字弥望皆是"的民间刻本上去，自然不很适用，不能算是充分的证据。但书中记宋徽宗、钦宗二帝被虏后的事，记载的非常详细，显然是种族之痛最深时的产物。书中采用的材料大都是南宋人的笔记和小说，采的诗也没有刘后村以后的诗。故我们可以断定《宣和遗事》记的梁山泊三十六人的故事一定是南宋时代民间通行的小说。

周密（宋末人，元武帝时还在）的《癸辛杂识》载有龚圣与的《三十六人赞》。三十六人的姓名大致与《宣和遗事》相同，只有吴加亮改作吴用，李进义改作卢俊义，阮进改为阮小二，李海改为李俊，王雄改为杨雄：这都与《水浒传》更接近了。此外周密记的，少了公孙胜、林冲、张岑、杜千四人，换上宋江、解珍、解宝、张横四人（《宣和遗事》有张横，又写作李横，但不在天书三十六人之数），也更与《水浒》接近了。

龚圣与的《三十六人赞》里全无事实，只在那些"绰号"的字面上做文章，故没有考据材料的价值。但他那篇《自序》却极有价值。《序》的上半——引见上文——可以证明宋元之际有李嵩、高如等人"传写"梁山泊故事，可见当时除《宣和遗事》之外一定还有许多更详细的水浒故事。《序》的下半很称赞宋江，说他"识性超卓，有过人者"；又说：

> 盗跖与江，与之"盗"名而不辞，躬履"盗"迹而不讳者也。岂若世之乱臣贼子畏影而自走，所为近在一身而其祸未尝不流四海？

这明明是说"奸人政客不如强盗"了！再看他那些赞的口气，都有希望草泽英雄出来重扶宋室的意思。如九文龙、史进赞："龙数肖九，汝有九文，盍从东皇，驾五色云！"如小李广、花荣赞："中心慕汉，夺马而归；汝能慕广，何忧数奇？"这都是当时宋遗民的故国之思的表现。又看周密的跋语：

> 此皆群盗之靡耳，圣与既各为之赞，又从而序论之，何哉？太史公序游侠而进奸雄，不免后世之讥。然其首著胜、广于列传，且为项羽作本纪，其意亦深矣。识者当能辨之。

这是老实希望当时的草泽英雄出来推翻异族政府的话。这便是元朝"水浒故事"所以非常发达的原因。后来长江南北各处的群雄起兵，不上二十年，遂把人类有历史以来最强横的民族的帝国打破，遂恢复汉族的中国。这里面虽有许多原因，但我们读了龚圣与、周密的议论，可以知道水浒故事的发达与传播也许是汉族光复的一个重要原因哩。

三

元朝水浒故事非常发达，这是万无可疑的事。元曲里的许多水浒戏便是铁证。但我们细细研究元曲里的水浒戏，又可以断定元朝的水浒故事决不是现在的《水浒传》；又可以断定那时代决不能产生现在的《水浒传》。

元朝戏曲里演述梁山泊好汉的故事的，也不知有多少种。依我们所知，至少有下列各种：

1. 高文秀的●《黑旋风双献功》（《录鬼簿》作《双献头》）
2. 又　　　《黑旋风乔教学》
3. 又　　　《黑旋风借尸还魂》
4. 又　　　《黑旋风斗鸡会》
5. 又　　　《黑旋风诗酒丽春园》
6. 又　　　《黑旋风穷风月》

7. 又　　　《黑旋风大闹牡丹园》

8. 又　　　《黑旋风敷演刘耍和》（（4）至（8）五种《涵虚子》皆无"黑旋风"三字，今据暖红室新刻的钟嗣成《录鬼簿》为准。）

9. 杨显之的《黑旋风乔断案》

10. 康进之的●《梁山泊黑旋风负荆》

11. 又　　　《黑旋风老收心》

12. 红字李二的《板踏儿黑旋风》（《涵虚子》无下三字）

13. 又　　　《折担儿武松打虎》

14. 又　　　《病杨雄》

15. 李文蔚的●《同乐院燕青博鱼》（《录鬼簿》上三字作"报冤台"，博字作"扑"，今据《元曲选》。）

16. 又　　　《燕青射雁》

17. 李致远的●《都孔目风雨还牢末》

18. 无名氏的●《争报恩三虎下山》

19. 又　　　《张顺水里报怨》

以上关于梁山泊好汉的戏目十九种，是参考《元曲选》、《涵虚子》（《元曲选》卷首附录的）和《录鬼簿》（原书有序，年代为至顺元年，当西历一三三〇年；又有题词，年代为至正庚子，当西历一三六〇年）三部书辑成的。不幸这十九种中，只有那加"●"的五种现在还保存在臧晋叔的《元曲选》里（下文详说），其余十四种现在都不传了。

但我们从这些戏名里，也就可以推知许多事实出来：第一，元人戏剧里的李逵（黑旋风）一定不是《水浒传》里的李逵。细看这个李逵，他居然能"乔教学"，能"乔断案"，能"穷风月"，能玩"诗酒丽春园"！这可见当时的李逵一定是一个很滑稽的脚色，略像萧士比亚戏剧里的佛斯大夫（Falstaff）——有时在战场上呕人，有时在脂粉队里使人笑死。至于"借尸还魂"，"敷演刘耍和"，"大闹牡丹园"，"老收心"等等事，更是《水浒传》的李逵所没有的了。第二，元曲里的燕青,也不是后来《水浒传》的燕青:"愽鱼"和"射雁",都不是《水浒传》的事实。(《水浒》有燕青射鹊一事,或是受了"射雁"的暗示的。)第三,《水浒》只有病关索杨雄并没有"病杨雄"的话,可见元曲的杨雄也和《水浒》的杨雄不同。

现在我们再看那五本保存的梁山泊戏,更可看出元曲的梁山泊好汉和《水浒传》的梁山泊好汉大不相同的地方了。我们先叙这五本戏的内容:

(1)《黑旋风双献功》 宋江的朋友孙孔目带了妻子郭念儿上泰安神州去烧香,因路上有强盗,故来问宋江借一个护臂的人。李逵自请要去,宋江就派他去。郭念儿和一个白衙内有奸,约好了在路上一家店里相会,各唱一句暗号,一同逃走了。孙孔目丢了妻子,到衙门里告状,不料反被监在牢里。李逵扮做庄家呆后生,买通牢子,进监送饭,用蒙汗药醉倒牢子,救出孙孔目;又扮做祗候,偷进衙门,杀了白衙内和郭念儿,带了两颗人头上山献功。

(2)《李逵负荆》 梁山泊附近一个杏花庄上,有一个卖酒的王林,他有一女名叫满堂娇。一日,有匪人安刚和鲁智恩,假冒宋江和鲁智深的名字,到王林酒店里,抢去满堂娇。那日李逵酒醉了,也来王林家,问知此事,心头大怒,赶上梁山泊,和宋江、鲁智深大闹。后来他三人立下军令状,下山到王林家,叫王林自己质对。王林才知道他女儿不是宋江他们抢去的。李逵惭愧,负荆上山请罪,宋江令他下山把宋刚、鲁智恩捉来将功赎罪。

(3)《燕青博鱼》 梁山泊第十五个头领燕青因误了限期,被宋江杖责六十,气坏了两只眼睛,下山求医,遇着卷毛虎燕顺把两眼医好,两人结为弟兄。燕顺在家因为与哥哥燕和嫂嫂王腊梅不和,一气跑了。燕和夫妻有一天在同乐院游春,恰好燕青因无钱使用,在那里博鱼。燕和爱燕青气力大,认他做兄弟,带回家同住。王腊梅与杨衙内有奸,被燕青撞破。杨衙内倚仗威势,反诬害燕和、燕青持刀杀人，把他们收在监里。燕青劫牢走出，追兵赶来，幸遇燕顺搭救，捉了奸夫淫妇，同上梁山泊。

(4)《还牢末》 史进、刘唐在东平府做都头。宋江派李逵下山请他们入伙，李逵在路上打死了人，捉到官，幸亏李孔目救护，定为误伤人命，免了死罪。李逵感恩，送了一对匾金环给李孔目。不料李孔目的妾萧娥与赵令史有奸，拿了金环到官出首，说李孔目私通强盗问成死罪。刘唐与李孔目有旧仇，故极力虐待他，甚至于收受萧娥的银子，把李孔目吊死。李孔目死而复生，恰好李逵赶到，用宋江的书信招安了刘唐、史进，救了李孔目，杀了奸夫淫妇，一同上山。

(5)《争报恩》 关胜、徐宁、花荣三个人先后下山打探军情。济州通判赵士谦带了家眷上任，因道路难行，把家眷留在权家店，自己先上任。他的正妻李千娇是很贤德的，他的妾王腊梅与丁都管有奸。这一天，关胜因无盘缠在权家店卖狗肉，因口角打倒丁都管，李千娇出来看，见关胜英雄，认他做兄弟。关胜走后，徐宁晚间也到权家店，在赵通判的家眷住屋的稍房里偷睡，撞破丁都管和王腊梅的奸情，被他们认做贼，幸得李千娇见徐宁英雄，认他做兄弟，放他走了。又一天晚间，李千娇在花园里烧香，恰好花荣躲在园里；听见李千娇烧第三炷香"愿天下好男子休遭罗网之灾"，花荣心里感动，向前相见。李千娇见他英雄，也认他做兄弟。不料此时丁都管和王腊梅走过门外，听见花荣说话，遂把赵通判喊来。赵通判推门进来，花荣拔刀逃出，砍伤他的臂膊。王腊梅咬定李千娇有奸，告到官衙，问成死罪。关胜、徐宁、花荣三人得信，赶下山来，劫了法场，救了李千娇，杀了奸夫淫妇，使赵通判夫妻和合。

我们研究这五本戏，可得两个大结论：

第一，元朝的梁山泊好汉戏都有一种很通行的"梁山泊故事"作共同的底本。我们可看这五本戏共同的梁山泊背景：

(1)《双献功》里的宋江说："某姓宋，名江，字公明，绰号及时雨者是也。幼年曾为郓城县把笔司吏,因带酒杀了阎婆惜,被告到官,脊杖六十,迭配江州牢城。因打此梁山经过,有我八拜交的哥哥晁盖知某有难,领喽罗下山,将解人打死,救某上山,就让我坐第二把交椅。哥哥晁盖三打祝家庄身亡,众兄弟拜某为头领。某聚三十六大伙,七十二小伙,半垓来喽罗。塞名水浒,泊号梁山;纵横河港一千条,四下方圆八百里;东连大海,西接济阳,南通巨野、金乡,北靠青、齐、衮、郓。……"

（2）《李逵负荆》里的宋江自白有"杏黄旗上七个字:替天行道救生民"的话。其余略同上。又王林也说,"你山上头领都是替天行道的好汉。……老汉在这里多亏了头领哥哥照顾老汉。"

（3）《燕青博鱼》里,宋江自白与《双献功》大略相同,但有"人号顺天呼保义"的话,又叙杀阎婆惜事也更详细:有"因带酒杀了阎婆惜,一脚踢翻烛台,延烧了宫房"一事。又说"晁盖三打祝家庄,中箭身亡"。

（4）《还牢末》里,宋江自叙有"我平日度量宽洪,但有不得已的好汉,见了我时,便助他些钱物,因此天下人都叫我做及时雨宋公明"的话。其余与《双献功》略同,但无"三十六大伙,七十二小伙"的话。

（5）《争报恩》里,宋江自叙词:"只因误杀阎婆惜,逃出郓州城,占下了八百里梁山泊,搭造起百十座水兵营。忠义堂高搠杏旗一面,上写着'替天行道宋公明'。聚义的三十六个英雄汉,哪一个不应天上恶魔星?"这一段只说三十六人,又有"应天上恶魔星"的话,与《宣和遗事》说的天书相同。

看这五条,可知元曲里的梁山泊大致相同,大概同是根据于一种人人皆知的"梁山泊故事"。这时代的"梁山泊故事"有可以推知的几点:（1）宋江的历史,小节细目虽互有详略的不同,但大纲已渐渐固定,成为人人皆知的故事。（2）《宣和遗事》的三十六人,到元朝渐渐变成了"三十六大伙，七十二小伙"，已加到百零八人了。（3）梁山泊的声势越传越张大，到元朝时便成了"纵横河港一千条，四下方圆八百里"的《水浒》了。（4）最重要的一点是元朝的梁山泊强盗渐渐变成了"仁义"的英雄。元初龚圣与自序作赞的意思，有"将使一归于正，义勇不相戾，此诗人忠厚之心也"的话，那不过是希望的话。他称赞宋江等，只能说他们"名号既不僭侈，名称俨然，犹循故辙"；这是说他们老老实实的做"盗贼"，不敢称王称帝。龚圣与又说宋江等"与之盗名而不辞，躬履盗迹而不讳"。到了后来，梁山泊渐渐变成了"替天行道救生民"的忠义堂了！这一变化非同小可。把"替天行道救生民"的招牌送给梁山泊，这是水浒故事的一大变化，既可表示元朝民间的心理，又暗中规定了后来《水浒传》的性质。

这是元曲里共同的梁山泊背景。

第二，元曲演梁山泊故事，虽有一个共同的背景，但这个共同之点只限于那粗枝大叶的梁山泊略史。此外，那些好汉的个人历史，性情，事业，当时还没有个固定的本子，故当时的戏曲家可以自由想象，自由描写。上条写的是"同"，这条写的是"异"。我们看他们的"异"处，方才懂得当时文学家的创造力。懂得当时文学家创造力的薄弱，方才可以了解《水浒传》著者的创造力的伟大无比。

我们可先看元曲家创造出来的李逵。李逵在《宣和遗事》里并没有什么描写，后来不知怎样竟成了元曲里最时髦的一个脚色！上文记的十九种元曲里，竟有十二种是用黑旋风做主人翁的，《还牢末》一名《李山儿生死报恩人》，也可算是李逵的戏。高文秀一个人编了八本李逵的戏，可谓"黑旋风专门家"了！大概李逵这个"脚色"大半是高文秀的想象力创造出来的，正如 Falstaff 是萧士比亚创造出来的。高文秀写李逵的形状道：

> 我这里见客人将礼数迎，把我这两只手插定。哥也，他见我这威凛凛的身似碑亭，他可惯听我这莽壮声？唬他一个痴挣，唬得他荆棘律的胆战心惊！

又说：

> 你这般茜红巾，腥衲袄，干红褡膊，腿绷护膝，八答麻鞋，恰便似那烟熏的子路，黑染的金刚。朱道是白日里，夜晚间揣摸着你呵，也不是个好人。

又写他的性情道：

> 我从来个路见不平，爱与人当道撅坑。我喝一喝，骨都都海波腾！撼一撼，赤力力山岳崩！但恁着我黑脸的爹爹，和他做场的歹斗，翻过来落可便吊盘的煎饼！

但高文秀的《双献功》里的李逵，实在太精细了，不像那卤莽粗豪的黑汉。看他一见孙孔目的妻子便知他不是"儿女夫妻"，看他假扮庄家后生，送饭进监；看他偷下蒙汗药，麻倒牢子；看他假扮祇候，混进官衙：这岂是那卤莽粗疏的黑旋风吗？至于秉进之的《李逵负荆》，写李逵醉倒时情状，竟是一个细腻风流的词人了！你听李逵唱：

> 饮兴难酬，醉魂依旧。寻村酒，恰问罢王留。王留道，兀那里人家有！可正是清明时候，却言风雨替花愁。和风渐起，暮雨初收。俺则见杨柳半藏沽酒市，桃花深映钓鱼舟。更和这碧粼粼春水波纹绉，有往来社燕，远近沙鸥。（人道我梁山泊无有景致，俺打那厮的嘴！）

俺这里雾锁着青山秀，烟罩定绿杨洲。（那桃树上一个黄莺儿将那桃花瓣儿唔呵，唔呵，唔的下来，落在水中，——是好看也！我曾听的谁说来？我试想咱。……哦！想起来了也！俺学究哥哥道来。）他道是轻薄桃花逐水流。（俺绰起这桃花瓣儿来，我试看咱。好红红的桃花瓣儿！[笑科] 你看我好黑指头也！）恰便是粉衬的这胭脂透！（可惜了你这瓣儿！俺放你趁那一般的瓣儿去！我与你赶，与你赶！贪赶桃花瓣儿。）早来到这草桥店垂杨的渡口。（不中，则怕误了俺哥哥的将令。我索回去也。……）待不吃呵，又被这酒旗儿将我来相逗逗。他，他，他舞东风在曲律杆头！

这一段，写的何尝不美？但这可是那杀人不眨眼的黑旋风的心理吗？

　　我们看高文秀与康进之的李逵，便可知道当时的戏曲家对于梁山泊好汉的性情人格的描写还没有到固定的时候，还在极自由的时代：你造你的李逵，他造他的李逵；你造一本李逵《乔教学》，他便造一本李逵《乔断案》；你形容李逵的精细机警，他描写李逵的细腻风流。这是人物描写一方面的互异处。

　　再看这些好汉的历史与事业。这十三本李逵戏的事实，上不依《宣和遗事》，下不合《水浒传》，上文已说过了。再看李文蔚写燕青是梁山泊第十五个头领，他占的地位很重要，《宣和遗事》说燕青是劫"生辰纲"的八人之一，他的位置自然应该不低。后来《水浒传》里把燕青派作卢俊义的家人，便完全不同了。燕青下山遇着燕顺弟兄，大概也是自由想象出来的事实。李文蔚写燕顺也比《水浒传》里的燕顺重要得多。最可怪的是《还牢末》里写的刘唐和史进两人。《水浒传》写史进最早，写他的为人也极可爱。《还牢末》写史进是东平府的一个都头，毫无可取的技能；写宋江招安史进乃在晁盖身死之后，也和《水浒》不同。刘唐在《宣和遗事》里是劫"生辰纲"的八人之一，与《水浒》相同。《还牢末》里的刘唐竟是一个挟私怨谋害好人的小人，还比不上《水浒传》的董超、薛霸！萧娥送了刘唐两锭银子，要他把李孔目吊死，刘唐答应了；萧娥走后，刘唐自言自语道：

> 要活的难，要死的可容易。那李孔目如今是我手里物事，搓的圆，捏的匾。拚得将他盆吊死了，一来，赚他几个银子使用；二来，也偿了我平生心愿。我且吃杯酒去，再来下手，不为迟哩。

这种写法，可见当时的戏曲家叙述梁山泊好汉的事迹，大可随意构造；并且可见这些文人对于梁山泊上人物都还没有一贯的、明白的见解。

以上我们研究元曲里的水浒戏，可得四条结论：

（1）元朝是"水浒故事"发达的时代。这八九十年中，产生了无数"水浒故事"。

（2）元朝的"水浒故事"的中心部分——宋江上山的历史，山寨的组织和性质——大致都相同。

（3）除了那一部分之外，元朝的水浒故事还正在自由创造的时代：各位好汉的历史可以自由捏造，他们的性情品格的描写也极自由。

（4）元朝文人对于梁山泊好汉的见解很浅薄平庸，他们描写人物的本领很薄弱。

从这四条上，我们又可得两条总结论：

（甲）元朝只有一个雏形的水浒故事和一些草创的水浒人物，但没有《水浒传》。

（乙）元朝文学家的文学技术，程度很幼稚，决不能产生我们现有的《水浒传》。

附注：我从前也看错了元人的文学在中国文学史上的位置。近年我研究元代的文学，才知道元人的文学程度实在很幼稚，才知道元代只是白话文学的草创时代，决不是白话文学的成人时代。即如关汉卿、马致远两位最大的元代文豪，他们的文学技术与文学意境都脱不了"幼稚"的批评。故我近年深信《水浒》、《西游》、《三国》都不是元代的产物。这是文学史上一大问题，此处不能细说，我将来别有专论。

四

以上是研究从南宋到元末的水浒故事。我们既然断定元朝还没有《水浒传》，也做不出《水浒传》，那么，《水浒传》究竟是什么时代的什么人做的呢？

《水浒传》究竟是谁做的？这个问题至今无人能够下一个确定的答案。明人郎瑛《七修类稿》说："《三国》、《宋江》二书乃杭人罗贯中所编。"但郎氏又说他曾见一本，上刻"钱塘施耐庵"作的。清人周亮工《书影》说："《水浒传》相传为洪武初越人罗贯中作，又传为元人施耐庵作。田叔禾《西湖游览志》又云，此书出宋人笔。近日金圣叹自七十回之后，断为罗贯中所续，极口诋罗，复伪为施序于前，此书遂为施有矣。"田叔禾即田汝成，是嘉靖五年的进士。他说《水浒传》是宋人做的，这话自然不值得一驳。郎瑛死于嘉靖末年，那时还无人断定《水浒》的作者是谁。周亮工生于万历四十年（1612），死于康熙十一年（1672），正与金圣叹同时。他说，《水浒》前七十回断为施耐庵的是从金圣叹起的；圣叹以前，或说施，或说罗，还没有人下一种断定。

圣叹删去七十回以后，断为罗贯中的，圣叹自说是根据"古本"。我们现在须先研究圣叹评本以前《水浒传》有些什么本子。

明人沈德符的《野获编》说："武定侯郭勋，在世宗朝，号好文多艺。今新安所刻《水浒传》善本,即其家所传,前有汪大函序,托名天都外臣者。"周亮工《书影》又说:"故老传闻,罗氏《水浒传》一百回,各以妖异语冠其首,嘉靖时,郭武定重刻其书削去致语,独存本传。"据此,嘉靖郭本是《水浒传》的第一次"善本",是有一百回的。

再看李贽的《忠义水浒传序》:

> 《水浒传》者,发愤之作也。……施罗二公身在元,心在宋,虽生元日,实愤宋事。是故愤二帝之北狩,则称大破辽以泄其愤,愤南渡之苟安,则称灭方腊以泄其愤。敢问泄愤者谁乎?则前日啸聚水浒之强人也,欲不谓之忠义,不可也。是故施罗二公传《水浒》,而复以忠义名其传焉。……宋公明者,身居水浒之中,心在朝廷之上,一意招安,专图报国,卒致于犯大难,成大功,服毒自縊,同死而不辞。……最后南征方腊一百单八人者阵亡已过半矣。又智深坐化于六和,燕青涕泣而辞主,二童就计于混江。……
>
> ——《焚书》卷三

李贽是嘉靖、万历时代的人,与郭武定刻《水浒传》的时候相去很近,他这篇序说的《水浒传》一定是郭本《水浒》。我们看了这篇序,可以断定明代的《水浒传》是有一百回的;是有招安以后,"破辽","平方腊","宋江服毒自尽","鲁智深坐化"等事的;我们又可以知道明朝嘉靖、万历时代的人也不能断定《水浒传》是施耐庵做的,还是罗贯中做的。

到了金圣叹,他方才把前七十回定为施耐庵的《水浒》,又把七十回以后,招安平方腊等事,都定为罗贯中续做的《续水浒传》。圣叹批第七十回说:"后世乃复削去此节,盛夸招安,务令罪归朝廷而功归强盗，甚且至于衰然以忠义二字冠其端，抑何其好犯上作乱至于如是之甚也！"据此可见明代所传的《忠义水浒传》是没有卢俊义的一梦的。圣叹断定《水浒》只有七十回，而骂罗贯中为狗尾续貂。他说："古本《水浒》如此，俗本妄肆改窜，真所谓愚而好自用也。"我们对于他这个断定，可有两种态度：（1）可信金圣叹确有一种古本；（2）不信他得有古本，并且疑心他自己假托古本，"妄肆窜改"，称真本为俗本，自己的改本为古本。

　　第一种假设——认金圣叹真有古本作校改的底子——自然是很难证实的。我的朋友钱玄同先生说："金圣叹实在喜欢乱改古书。近人刘世珩校刊关、王原本《西厢》，我拿来和金批本一对，竟变成两部书。……以此例彼，则《水浒》经老金批校，实有点难信了。"钱先生希望得着一部明版的《水浒》，拿来考证《水浒》的真相。据我个人看来，即使我们得着一部明版《水浒》，至多也不过是嘉靖朝郭武定的一百回本，就是金圣叹指为"俗本"的，究竟我们还无从断定金圣叹有无"真古本"。但第二种假设——金圣叹假托古本，窜改原本——更不能充分成立。金圣叹若要窜改《水浒》，尽可自由删改，并没有假托古本的必要。他武断《西厢》的后四折为续作，并没有假托古本，又何必假托一部古本的《水浒传》呢？大概文学的技术进步时，后人对于前人的文章往往有不能满意的地方。元人做戏曲是匆匆忙忙的做了应戏台上之用的，故元曲实在多有太潦草，太疏忽的地方，难怪明人往往大加修饰，大加窜改。况且元曲刻本在当时本来极不完备：最下的本子仅有曲文，无有科白，如日本西京帝国大学影印的《元曲三十种》；稍好的本子虽有科白，但不完全，如"付末上见外云云了"，"旦引傸上，外分付云云了"，如董授经君影印的《十段锦》；最完好的本子如臧晋叔的《元曲选》，大概都是已经明朝人大加补足修饰的了。此项曲本，既非"圣贤经传"，并且实有修改的必要，故我们可以断定现在所有的元曲，除了西京的三十种之外，没有一种不曾经明人修改的。《西厢》的攻窜，并不起于金圣叹，到圣叹时《西厢》已不知修改了多少次了。

周宪王、王世贞、徐渭都有改本，远在圣叹之前，这是我们知道的。比如李渔改《琵琶记》的《描容》一出，未必没有胜过原作的地方。我们现在看见刘刻的《西厢》原本与金平本不同，就疑心全是圣叹改了的，这未免太冤枉圣叹了。在明朝文人中，圣叹要算是最小心的人。他有武断的毛病，他又有错评的毛病。但他有一种长处，就是不敢抹杀原本。即以《西厢》而论，他不知道元人戏曲的见解远不如明末人的高超，故他武断后四出为后人续的。这是他的大错。但他终不因此就把后四出都删去了，这是他的谨慎处。他评《水浒传》也是如此。我在第一节已指出了他的武断和误解的毛病。但明朝人改小说戏曲向来没有假托古本的必要。况且圣叹引据古本不但用在百回本与七十回本之争，又用在无数字句小不同的地方。以圣叹的才气，改窜一两个字，改换一两句，何须假托什么古本？他改《左传》的句读，尚且不须依傍古人，何况《水浒传》呢？因此我们可假定他确有一种七十回的《水浒》本子。

我对于"《水浒》是谁做的？"这个问题，颇曾虚心研究，虽不能说有了最满意的解决，但我却有点意见，比较的可算得这个问题的一个可用的答案。我的答案是：

（1）金圣叹没有假托古本的必要，他用的底本大概是一种七十回的本子。

（2）明朝有三种《水浒传》：第一种是一百回本，第二种是七十回本，第三种又是一百回本。

（3）第一种一百回本是原本，七十回本是改本。后来又有人用七十回本来删改百回本的原本，遂成一种新百回本。

（4）一百回本的原本是明初人做的，也许是罗贯中做的。罗贯中是元末明初的人，涵虚子记的元曲里有他的《龙虎风云会》杂剧。

（5）七十回本是明朝中叶的人重做的，也许是施耐庵做的。

（6）施耐庵不知是什么人，但决不是元朝人。也许是明朝文人的假名，并没有这个人。

这六条假设，我且一一解说于下：

（1）金圣叹没有假托古本的必要，上文已说过了，我们可以承认圣叹家藏的本子是一种七十回本。

（2）明朝有三种《水浒传》。第一种是《水浒》的原本，是一百回的。周亮工说："故老传闻，罗氏《水浒传》一百回，各以妖异语冠其首"，即是此本。第二种是七十回本，大概金圣叹的"贯华堂古本"即是此本。第三种是一百回本，是有招安以后的"征四寇"等事的，亦名《忠义水浒传》。李贽的序可为证。周亮工又说，"嘉靖时，郭武定重刻其书，削其致语，独存本传"，当即是此本。（详见下条）

（3）第一种百回本是《水浒传》的原本。我细细研究元朝到明初的人做的关于梁山泊好汉的故事与戏曲，敢断定明朝初年决不能产生现有七十回本的《水浒传》。自从《宣和遗事》到周宪王，这二百多年中，至少有三十种关于梁山泊的书，其中保存到于今的，约有十种。照这十种左右的书看来，那时代文学的见解，意境，技术，没有一样不是在草创的时期的，没有一样不是在幼稚的时期的。且不论元人做的关于水浒的戏曲。周宪王死在明开国后七十年，他做杂剧该在建文、永乐的时代，总算"晚"了。但他的《豹子和尚自还俗》与《黑旋风仗义疏财》两种杂剧，固然远胜于元曲里《还牢末》与《争报恩》等等水浒戏，但还是很缺乏超脱的意境和文学的技术。（这两种，现在董授经君刻的《杂剧十段锦》内。）故我觉得周亮工说的"故老传闻，罗氏《水浒传》一百回，各以妖异语冠其首"的话，大概是可以相信的。周氏又说，"嘉靖时，郭武定重刻其书，削其致语，独存本传"。大概这种一百回本的《水浒传》原本一定是很幼稚的。

但我们又可以知道《水浒传》的原本是有招安以后的事的。何以见得呢？因为这种见解和宋元至明初的梁山泊故事最相接近。我们可举几个例。《宣和遗事》说："那三十六人归顺宋朝，各受武功大夫诰敕，分注诸路巡检使去也。因此三路之寇悉得平定。后遣宋江收方腊有功，封节度使。"元代宋遗民周密与龚圣与论宋江三十六人也都希望草泽英雄为国家出力。不但宋元人如此。明初周宪王的《黑旋风仗义疏财》杂剧（大概是改正元人的原本的）也说张叔夜出榜招安，宋江弟兄受了招安，做了巡检，随张叔夜征方腊，李逵生擒方腊。这戏中有一个很可注意：

（李撇古）今日闻得朝廷出榜招安正欲上山报知众位首领自首出来替国家出力，为官受禄，不想途次遇见。不知两位哥哥怎生主意？

（李逵）俺山中快乐，风高放火，月黑杀人，论秤分金银，换套穿衣服；千自由，百自在，可不强似这小官受人的气！俺们怎肯受这招安也？

（李撇古）你两个哥哥差见了。……你这三十六个好汉都是有本事有胆量的，平日以忠义为主。何不因这机会出来首官，与官里出些气力，南征北讨，得了功劳，做个大官……不强似你在牛皮帐里每日杀人，又不安稳，那贼名儿几时脱得？

这虽是帝室贵族的话，但这种话与上文引的宋元人的《水浒》见解是很一致的。因此我们可以知道《水浒》的百回本原本一定有招安以后的事（看下文论《征四寇》一段）。

这是第一种百回本，可叫做原百回本。我们又知道明朝嘉靖以后最通行的《水浒传》是"《忠义水浒传》"，也是一种有招安以后事的百回本。这是无可疑的。据周亮工说，这个百回本是郭武定删改那每回"各以妖异语冠其首"的原本而成的。这话大概可信。沈德符《野获编》称郭本为"《水浒》善本"，便是一证。这一种可叫做新百回本。

大概读者都可以承认这两种百回本是有的了。现在难解决的问题就是那七十回本的时代。

有人说，那七十回本是金圣叹假托的，其实并无此本。这一说，我已讨论过了，我以为金圣叹无假托古本的必要，他确有一种七十回本。

又有人说，近人沈子培曾见明刻的《水浒传》，和圣叹批本多不相同，可见现在的七十回本《水浒传》是圣叹窜改百回本而成的；若不是圣叹删改的，一定是明朝末年人删改的。依这一说，七十回本应该在新百回本之后。

这一说，我也不相信。我想《水浒传》被圣叹删改的小地方，大概不免。但我想圣叹在前七十回大概没有什么大窜改的地方。圣叹既然根据他的"古本"来删去了七十回以后的《水浒》，又根据"古本"来改正了许多地方（五十回以后更多）——他既然处处拿"古本"作根据，他必不会有了大窜改而不引据"古本"。况且那时代通行的《水浒传》是新百回本的《忠义水浒传》，若圣叹大改了前七十回，岂不是容易被人看出？况且周亮工与圣叹同时，也只说"近日金圣叹自七十回之后断为罗贯中所续，极口诋罗"，且不说圣叹有大窜改之处。如此看来，可见圣叹对于新百回本的前七十回，除了他注明古本与俗本不同之处之外，大概没有什么大窜改的地方。

我且举一个证据。雁宕山樵的《水浒后传》是清初做的，那时圣叹评本还不曾很通行，故他依据的《水浒传》还是百回本的《忠义水浒传》。这书屡次提到"前传"的事，凡是七十回以前的事，没有一处不与圣叹评本相符。最明白的例如说燕青是天巧星，如说阮小七是天败星，位在第三十一，如说李俊在石碣天文上位次在二十六，如说史进位列天罡星数，都与圣叹本毫无差异。(此书证据极多，我不能遍举了。) 可见石碣天文以前的《忠义水浒传》与圣叹的七十回本没有大不同的地方。

我们虽不曾见《忠义水浒传》是什么样子的，但我们可以推知坊间现行的续《水浒传》——又名《征四寇》，不是《荡寇志》；《荡寇志》是道光年间人做的——一定与原百回本和新百回本都有很重要的关系。这部《征四寇》确是一部古书，很可考出原百回本和《忠义水浒传》后面小半部是个什么样子。(1) 李贽《忠义水浒传》序记的事实，如大破辽，灭方腊，宋江服毒，南征方腊时百八人阵亡过半，智深坐化于六和，燕青涕泣而辞主，二童就计于混江，都是《征四寇》里的事实。(2)《征四寇》里有李逵在寿张县坐衙断案一段事 (第三回)，当是根据元曲《黑旋风乔断案》的；又有李逵在刘太公庄上捉假宋江负荆请罪的事 (第二回)，是从元曲《李逵负荆》脱胎出来的；又有《燕青射雁》的事 (第十七回)，当是从元曲《燕青射雁》出来的；又有李逵在井里通到斗鸡村，遇着仙翁的事 (二十五回)，当是依据元曲《黑旋风斗鸡会》的。看这些事实，可见《征四寇》和元曲的《水浒》戏很接近。(3) 最重要的是《征四寇》叙东京八十万禁军教头王庆遭高俅陷害，迭配淮西，后来造反称王的事 (二十九至三十一回)。这个王庆明明是《水浒传》今本里的王进。王庆是"四寇"之一；四寇是辽、田虎、王庆、方腊；"四寇"之名来源很早，《宣和遗事》说宋江等平定"三路之寇"，后来又收方腊，可见"四寇"之说起于《宣和遗事》。但李贽作序时，只说"大破辽"与"灭方腊"两事；清初人做的《水浒后传》屡说"征服大辽，剿除方腊"，但无一次说到田虎、王庆的事。可见新百回本已无四寇，仅有二寇。我研究新百回本删去二寇的原因，忽然明白《征四寇》这部书乃是原百回本的下半部。《征四寇》现存四十九回，与圣叹说的三十回不合。我试删去征田虎及征王庆的二十回，恰存二十九回；第一回之前显然还有硬删去的一回；合起来恰是三十回。田虎一大段不知为什么删去，但我看王庆一段的删去明是因为王庆已变了王进，移在全书的第一回，故此一大段不能存在。这是《征四寇》为原百回本的剩余的第一证据。（4）征四寇每回之前有一首荒谬不通的诗，《周亮工》说的"各以妖异语冠其首"，大概即根本于此。这是第二证据。（5）《征四寇》的文学的技术和见解，确与元朝人的文学的技术和见解相像。更可断定这书是原百回本的一部分。若新百回本还是这样幼稚，决不能得晚明那班名士（如李贽、袁宏通等）那样钦佩。这是第三证据。

以上我主张：（1）新百回本的前七十回与今本七十回没有什么大不同的地方；（2）新百回本的后三十回确与原百回本的后半部大不同，可见新百回本确已经过一回大改窜了。新百回本是嘉靖时代刻的，郎瑛著书也在嘉靖年间，他已见有施、罗两本。况且李贽在万历时作《水浒·序》又混称"施、罗两公"。若七十回本出在明末，李贽决没有合称施、罗的必要。因此我想嘉靖时初刻的新百回本已是两种本子合起来的：一种是七十回本，一种是原百回本的后半。因为这新百回本（《忠义水浒传》）是两种本子合起来的，故嘉靖以后人混称施、罗两公，故金圣叹敢断定七十回以前为施本，七十回以后为罗本。

因此，我假定七十回本是嘉靖郭本以前的改本。大概明朝中叶时期，——当弘治、正德的时候，——文学的见解与技术都有进步，故不满意于那幼稚的《水浒》百回原本。况且那时又是个人主义的文学发达时代。李梦阳、康海、王九恩、祝允明、唐寅一班人都是不满意于政府的，都是不满意于当时社会的。故我推想七十回本是弘治、正德时代的出品。这书大概略本那原百回本，重新改做一番，删去招安后的事；一切人物的描写，事实的叙述，大概都有许多更改原本之处。如王庆改为王进，移在全书之首，又写他始终不肯落草，便是一例。若原百回本果是像《征四寇》那样幼稚，这七十回本简直不是改本，竟可称是创作了。

这个七十回本是明朝第二种《水浒传》。我们推想此书初出时必定不能使多数读者领会，当时人大概以为这七十回是一种不完全的本子，郭勋是一个贵族，又是一个奸臣，故更不喜欢这七十回本。因此，我猜想，郭刻的百回的"《水浒》善本"大概是用这七十回本来修改原百回本的：七十回以前是依七十回本改的，七十回以后是嘉靖时人改的。这个新百回本是第三种《水浒传》本子。

这第三种本子——新百回本——是合两种本子而成的，前七十回全采七十回本，后三十回大概也远胜原百回本的末五十回，所以能风行一世。但这两种本子的内容与技术是不同的，前七十回是有意重新改做的，后三十回是用原百回本的下半改了凑数的，故明眼的人都知道前七十回是一部，后三十回又是一部。不但上文说的李贽混称罗、施二公是一证据。还有清初的《水浒后传》的"读法"上说"前传之前七十回中，回目用大闹字者凡十"。现查《水浒传》的回目果有十次用"大闹"字，但都在四十五回以前。既在四十五回以前，何故说"前七十回"呢？这可见分《水浒》为两部的，不止金圣叹一人了。

（4）如果百回本的原本是如周亮工说的那样幼稚，或是像《征四寇》那样幼稚，我们可以断定是元末明初的著作。周亮工说罗贯中是洪武时代的人，大概罗贯中到明末初期还活着。前人既多说《水浒》是罗贯中做的，我们也不妨假定这百回本的原本是他做的。

（5）七十回本一定是明末中叶的人删改的，这一层我已在上文（3）条里说过了。嘉靖时郎瑛曾见有一本《水浒传》，是"钱塘施耐庵"做的。可惜郎瑛不曾说这一本是一百回，还是七十回。或者这一本七十回的即是郎瑛看见的施耐庵本。我想：若施本不是七十回本，何以圣叹不说百回本是施本而七十回本是罗本呢？

（6）我们虽然假定七十回本为施耐庵本，但究竟不知施耐庵是谁。据我的浅薄学问，元明两朝没有可以考证施耐庵的材料。我可以断定的是：①施耐庵决不是宋元两朝人。②他决不是明朝初年的人：因为这三个时代不会产出这七十回本的《水浒传》。③从文学进化的观点看起来，这部《水浒传》，这个施耐庵，应该产生在周宪王的杂剧与《金瓶梅》之间。——但是何以明朝的人都把施耐庵看作宋、元的人呢？（田汝成、李贽、金圣叹、周亮工等人都如此。）这个问题极有研究的价值。清初出了一部《后水浒传》，是接着百回本做下去的。（此书叙宋江服毒之后，剩下的三十几个水浒英雄，出来帮助宋军抵御金兵，但无成功，混江龙李俊同一班弟兄，渡海至暹罗国，创下李氏王朝。）这书是一个明末遗民雁宕山樵陈沈做的（据沈登瀛《南浔备志》；参看《荡寇记》前镜水湖边老渔的跋语），但他托名"古宋遗民"。我因此推想那七十回本《水浒传》的著者删去了原百回本招安以后的事，把"《忠义水浒传》"变成了"纯粹草泽英雄的《水浒传》"，一定有点深意，一定很触犯当时的忌讳，故不得不托名于别人。"施耐庵"大概是"乌有先生"、"亡是公"一流的人，是一个假托的名字。明朝文人受祸的最多。高启、杨基、张羽、徐贲、王行、孙贲、王蒙，都不得好死。弘治、正德之间，李梦阳四次下狱；康海、王敬夫、唐寅都废黜终身。我们看了这些事，便可明白《水浒传》著者所以必须用假名的缘故了。明朝一代的文学要算《水浒传》的理想最激烈，故这书的著者自己隐讳也最深。书中说的故事又是宋代的故事，又和许多宋、元的小说戏曲有关系，故当时的人或疑施耐庵为宋人，或疑为元人，却不知道宋元时代决不能产生这样一部奇书。

我们既不能考出《水浒传》的著者究竟是谁，正不妨仍旧认"施耐庵"为七十回本《水浒传》的著者，——但我们须要记得，"施耐庵"是明朝中叶的一个文学大家的假名！

总结上文的研究，我们可把南宋到明朝中叶的《水浒》材料作一个渊源表如下：

五

自从金圣叹把"施耐庵"的七十回本从《忠义水浒传》里重新分出来，到于今已近三百年了（圣叹自序在崇祯十四年）。这三百年中，七十回本居然成为《水浒传》的定本。平心而论，七十回本得享这点光荣，是很应该的。我们现在且替这七十回本做一个分析。

七十回本除"楔子"一回不计外，共分十大段：

第一段——第一至第十一回。这一大段只有杨志的历史（"做到殿司制使官，因道君皇帝盖万岁山，差一般十个制使去太湖边搬运花石纲赴京交纳。不料洒家……失陷了花石纲，不能回京。"）是根据于《宣和遗事》的，其余都是创造出来的。这一大段先写八十万禁军教头王进被高俅赶走了。王进即是《征四寇》里的王庆，不在百八人之数；施耐庵把他从下半部直提到第一回来，又改名王进，可见他的著书用意。王进之后，接写一个可爱的少年史进，始终不肯落草，但终不能不上少华山去；又写鲁达为了仗义救人，犯下死罪，被逼做和尚，再被逼做强盗；又写林冲被高俅父子陷害，逼上梁山。林冲在《宣和遗事》里是押送"花石纲"的十二个制使之一；但在龚圣与的《三十六人赞》里却没有他的名字，元曲里也不提起他，大概元朝的水浒故事不见得把他当作重要人物。《水浒传》却极力描写林冲，风雪山神庙一段更是能感动人的好文章。林冲之后，接写杨志。杨志在穷困之中不肯落草，后来受官府冤屈，穷得出卖宝刀，以致犯罪受杖，迭配大名府。（卖刀也是《宣和遗事》中有的，但在颖州，《水浒传》改在京城，是有意的。）

这一段连写五个不肯做强盗的好汉，他的命意自然是要把英雄落草的罪名归到贪官污吏身上去。故这第一段可算是《水浒传》的"开宗明义"的部分。

第二段——第十二至第二十一回。这一大段写"生辰纲"的始末，是《水浒传》全局的一大关键。《宣和遗事》也记有五花营堤上劫取生辰纲的事，也说是宋江报信，使晁盖等逃走；也说到刘唐送礼谢宋江，以致宋江杀阎婆惜。《水浒传》用这个旧轮廓，加上无数琐细节目，写得格外有趣味。这一段从雷横捉刘唐起，写七星聚义，写智取生辰纲，写杨志、鲁智深落草，写宋江私放晁盖，写林冲火并梁山泊，写刘唐送礼酬谢宋江，写宋江怒杀阎婆惜，直写到宋江投奔柴进避难，与武松结拜做兄弟。《水浒》里的中心人物——须知卢俊义、呼延灼、关胜等人不是《水浒》的中心人物——都在这里了。

第三段——第二十二回到第三十一回。这一大段可说是武松的传。《涵虚子》与《录鬼簿》都记有红字李二的《武松打虎》一本戏曲。红字李二是教坊刘耍和的女婿，刘耍和已被高文秀编入曲里，而《录鬼簿》说高文秀早死，可见红字李二的武松戏一定远在《录鬼簿》成书之前，——约在元朝的中叶。可见十四世纪初年已有一种武松打虎的故事。《水浒传》根据这种故事，加上新的创造的想象力，从打虎写到杀嫂，从杀嫂写到孟州通打蒋门神，从蒋门神写到鸳鸯楼、蜈蚣岭，便成了《水浒传》中最精彩的一大部分。

第四段——第三十一回到第三十四回。这一小段是勉强插入的文章。《宣和遗事》有花荣和秦明等人，无法加入，故写清风山、清风寨、对影山等一段，把这一班人送上梁山泊去。

第五段——第三十五回到第四十一回。这一大段也是《水浒传》中很重要的文字，从宋江奔丧回家，迭配江州起，写江州遇戴宗、李逵，写浔阳江宋江题反诗，写梁山泊好汉大闹江州，直写到宋江入伙后又偷回家中，遇着官兵追赶，躲在玄女庙里，得受三卷天书。江州一大段完全是《水浒传》的著者创造出来的。《宣和遗事》没有宋江到江州配所的话，元曲也只说他迭配江州，路过梁山泊，被晁盖打救上山。《水浒传》造出江州一大段，不但写李逵的性情品格，并且把宋江的野心大志都写出来。若没有这一段，宋江便真成了一个"虚名"了。天书一事，《宣和遗事》里也有，但邧里的天书除了三十六人的姓名，只有诗四句："破国因山木，兵刀用水工；一朝充将领，海内耸威风。"《水浒传》不写天书的内容，又把这四句诗改作京师的童谣："耗国因家木，刀兵点水工。纵横三十六，播乱在山东。"（见三十八回）这不但可见《宣和遗事》和《水浒》的关系，又可见后来文学的见解和手段的进化。

第六段——第四十二回到第四十五回。这一段写公孙胜下山取母亲，引起了李逵下山取母，又引起了戴宗下山寻公孙胜，路上引出杨雄、石秀的一段。《水浒传》到了大闹江州以后，便没有什么很精彩的地方。这一段中写石秀的一节比较是要算很好的了。

第七段——第四十六回写到第四十九回。这一段写宋江三打祝家庄。在元曲里，三打祝家庄是晁盖的事。

第八段——第五十回到第五十三回。写雷横、朱仝、柴进三个人的事。

第九段——第五十四回到第五十九回。这一大段和第四段相像，也是插进去做一个结束的。《宣和遗事》有呼延灼、徐宁等人，《水浒传》前半部又把许多好汉分散在二龙山、少华山、桃花山等处了，故有这一大段，先写呼延灼征讨梁山泊，次请出一个徐宁，次写呼延灼兵败逃到青州，慕容知府请他收服桃花山、二龙山、白虎山；次写少华山与芒砀山；遂把这五山的好汉一齐送上梁山泊去。

第十段——第五十九回到第七十回。这一大段是七十回本《水浒传》的最后部分，先写晁盖打曾头市中箭身亡，次写卢俊义一段，次写关胜，次写破大名府，次写曾头市报仇，次写东平府收董平，东昌府收张清，最后写石碣天书作结。《宣和遗事》里，卢俊义是梁山泊上最初的第二名头领，《水浒传》前面不曾写他，把他留在最后，无法可以描写，故只好把擒史文恭的大功劳让给他。后来结起账来，一百零八人中还有董平和张清没有加入，这两人又都是《宣和遗事》里有名字的，故又加上东平、东昌两件事。算算还少一个，只好拉上一个兽医皇甫端！这真是《水浒传》的"强弩之末"了！

这是《水浒传》的大规模。我们拿历史的眼光来看这个大规模，可得两种感想。

第一，我们拿宋元时代那些幼稚的梁山泊故事，来比较这部《水浒传》，我们不能不佩服"施耐庵"的大匠精神与大匠本领；我们不能不承认这四百年中白话文学的进步很可惊异！元以前的，我们现在且不谈。当元人的杂剧盛行时，许多戏曲家从各方面搜集编曲的材料，于是有高文秀等人采用民间盛行的梁山泊故事，各人随自己的眼光才力，发挥水浒的一方面，或创造一种人物，如高文秀的黑旋风，如李文蔚的燕青之类；有时几个文人各自发挥一个好汉的一片面，如高文秀发挥李逵的一片面，杨显之、康进之、红字李二又各各发挥李逵的一片面。但这些都是一个故事的自然演化，又都是散漫的，片面的，没有计划的，没有组织的发展。后来这类的材料越积越多了，不能不有一种贯通综合的总编，于是元末明初有《水浒传》百回之作。但这个草创的《水浒传》原本，如上节所说，是很浅陋幼稚的。这种浅陋幼稚的证据，我们还可以在《征四寇》里寻出许多。然而这《水浒传》原本居然把三百年来的水浒故事贯通起来，用宋元以来的梁山泊故事做一个大纲，把民间和戏台上的"三十六大伙，七十二小伙"的种种故事作一些子目，造成一部草创的大小说，总算是很难得的了。到了明朝中叶，"施耐庵"又用这个原百回本作底本，加上高超的新见解，加上四百年来逐渐成熟的文学技术，加上他自己的伟大创造力，把那草创的山寨推翻，把那些僵硬无生气的水浒人物一齐毁去；于是重兴水浒，再造梁山，画出十来个永不会磨灭的英雄人物，造成一部永不会磨灭的奇书。这部七十回的《水浒传》不但是集四百年来水浒故事的大成，并且是中国白话文学完全成立的一个大纪元。这是我的第一个感想。

第二，施耐庵的《水浒传》是四百年文学进化的产儿，但《水浒传》的短处也就吃亏在这一点，倘使施耐庵当时能把那历史的梁山泊故事完全丢在脑背后，倘使他能忘了那"三十六大伙，七十二小伙"的故事，倘使他用全副精神来单写鲁智深、林冲、武松、宋江、李逵、石秀等七八个人，他这部书一定格外有精彩，一定格外有价值。可惜他终不能完全冲破那历史遗传的水浒轮廓。可惜他总舍不得那一百零八人。但是一个人的文学技能是有限的，决不能在一部书里创造一百零八个活人物。因此，他不能不东凑一段，西补一块，勉强把一百零八人"挤"上梁山去！闹江州以前，施耐庵确能放手创造，看他写武松一个人便占了全书七分之一，所以能有精彩。到了宋江上山以后，全书已去七分之四，还有那四百年传下的"三打祝家庄"的故事没有写，（明以前的水浒故事，都把三打祝家庄放在宋江上山之前。）还有那故事相传坐第二把交椅的卢俊义和关胜、呼延灼、徐宁、燕青等人没有写。于是施耐庵不能不杂凑了，不能不潦草了，不能不敷衍了。最明显的例是写卢俊义的一大段。这一段硬把一个坐在家里享福的卢俊义拉上山去，已是很笨拙了；又写他信李固而疑燕青，听信了一个算命先生的妖言便去烧香解灾，竟成了一个糊涂汉了，还算得什么豪杰？至于吴用设的诡计，使卢俊义自己在壁上写下反诗，更是浅陋可笑。还有燕青在宋元的水浒故事里本是一个很重的人物，施耐庵在前六十回竟把他忘了，故不能不勉强把他捉来送给卢俊义做一个家人！此外如打大名府时，宋江忽然生背疽，于是又拉出一个安道全来；又如全书完了，又拉出一个皇甫端来。这种杂凑的写法，实在幼稚的很。推求这种缺点的原因，我们不能不承认施耐庵吃亏在于不敢抛弃那四百年遗传下来的水浒旧轮廓。这是很可惜的事。后来《金瓶梅》只写几个人,便能始终贯彻,没有一种敷衍杂凑的弊病了。

我这两种感想是从文学的技术上着想的。至于见解和理想一方面,我本不愿多说话,因为我主张读者自己虚心去看《水浒传》,不必先怀着一些主观的成见。但我有一个根本观念,要想借《水浒传》作一个具体的例来说明,并想贡献给爱读《水浒传》的诸君,做我这篇长序的结论。

我承认金圣叹确是懂得《水浒》的第一大段,他评前十一回,都无大错。他在第一回批道:

> 为此书者之胸中,吾不知其有何等冤苦,而必设言一百八人,而又远托之于水涯。……今一百八人而有其人,殆不止于伯夷、太公居海避纣之志矣。

这个见解是不错的。但他在"读法"里又说:

> 大凡读书先要晓得作书之人是何等心胸。如《史记》须是太史公一肚皮宿怨发挥出来。……《水浒传》却不然。施耐庵本无一肚皮宿怨要发挥出来,只是饱暖无事,又值心闲,不免伸纸弄笔,寻个题目,写出自家许多锦心绣口。故其是非皆不谬于圣人。

这是很误人的见解。一面说他"不知其胸中有何等冤苦",一面又说他"只是饱暖无事,又值心闲,不免伸纸弄笔",这不是绝大的矛盾吗?一面说"不止于居海避纣之志"——老实说就是反抗政府!——一面又说"其是非皆不谬于圣人",这又不是绝大的矛盾吗?《水浒传》决不是"饱暖无事,又值心闲"的人做得出来的书。"饱暖无事,又值心闲"的人只能做诗钟,做八股,做死文章,——决不肯来做《水浒传》。圣叹最爱谈"作史笔法",他却不幸没有历史的眼光,他不知道《水浒》的故事乃是四百年来老百姓与文人发挥一肚皮宿怨的地方。宋、元人借这故事发挥他们的宿怨,故把一座强盗山寨变成替天行道的机关。明初人借他发挥宿怨,故写宋江等平四寇立大功之后反被政府陷害谋死。明朝中叶的人——所谓施耐庵——借他发挥他的一肚皮宿怨,故削去招安以后的事,做成一部纯粹反抗政府的书。

这部七十回的《水浒传》处处"褒"强盗,处处"贬"官府。这是看《水浒》的人,人人都能得着的感想。圣叹何以独不能得着这个普遍的感想呢?这又是历史上的关系了。圣叹生在流贼遍天下的时代,眼见张献忠、李自成一班强盗流毒全国,故他觉得强盗是不能提倡的,是应该"口诛笔伐"的。圣叹是一个绝顶聪明的人,故能赏识《水浒传》。但文学家金圣叹究竟被《春秋》笔法家金圣叹误了。他赏识《水浒传》的文学,但他误解了《水浒传》的用意。他不知道七十回本删去招安以后事正是格外反抗政府,他看错了,以为七十回本既不赞成招安,便是深恶宋江等一班人。所以他处处深求《水浒传》的"皮里阳秋",处处把施耐庵恭维宋江之处都解作痛骂宋江。这是他的根本大错。

换句话说,金圣叹对于《水浒》的见解与做《荡寇志》的俞仲华对于《水浒》的见解是很相同的。俞仲华生当嘉庆、道光的时代,洪秀全虽未起来,盗贼已遍地皆是,故他认定"既是忠义便不做强盗,既做强盗必不算忠义"的宗旨,做成他的《结水浒传》,——即《荡寇志》——要使"天下后世深明盗贼忠义之辨,丝毫不容假借!"(看《荡寇志》诸序。俞仲华死于道光己酉。明年洪秀全起事。)俞仲华的父兄都经过匪乱,故他有"孰知罗贯中之害至于此极耶"的话。他极佩服圣叹,尊为"圣叹先生",其实这都是因为遭际有相同处的缘故。

圣叹自序在崇祯十四年,正当流贼最猖獗的时候,故他的评本努力要证明《水浒传》"把宋江深恶痛绝，使人见之真有狗彘不食之恨"。但《水浒传》写的一班强盗确是可爱可敬，圣叹决不能使我们相信《水浒传》深恶痛绝鲁智深、武松、林冲一班人，故圣叹只能说"《水浒传》独恶宋江，亦是歼厥渠魁之意，其余便饶恕了"。好一个强辩的金圣叹！岂但"饶恕"，简直是崇拜！

圣叹又亲见明末的流贼伪降官兵，后复叛去，遂不可收拾。所以他对于《宋史》侯蒙请赦宋江使讨方腊的事，大不满意，故极力驳他，说他"一语有八失"。所以他又极力表彰那没有招安以后事的七十回本。其实这都是时代的影响。雁宕山樵当明亡之后，流贼已不成问题，当时的问题乃是国亡的原因和亡国遗民的惨痛等等问题，故雁宕山樵的《水浒后传》极力写宋南渡前后那班奸臣误国的罪状；写燕青冒险到金兵营里把青子黄柑献给道君皇帝；写王铁杖刺杀王黼、杨戬、梁师成三个奸臣；写燕青、李应等把高俅、蔡京、童贯等邀到营里，大开宴会，数说他们误国的罪恶，然后把他们杀了；写金兵掳掠平民，勒索赎金；写无耻奸民，装做金兵模样，帮助仇敌来敲吸同胞的脂髓。这更可见时代的影响了。

这种种不同的时代发生种种不同的文学见解，也发生种种不同的文学作物——这便是我要贡献给大家的一个根本的文学观念。《水浒传》上下七八百年的历史便是这个观念的具体的例证。不懂得南宋的时代，便不懂得宋江等三十六人的故事何以发生。不懂得宋、元之际的时代，便不懂得水浒故事何以发达变化。不懂得元朝一代发生的那么多的水浒故事，便不懂得明初何以产生《水浒传》。不懂得元明之际的文学史，便不懂得明初的《水浒传》何以那样幼稚。不读《明史》的《功臣传》，便不懂得明初的《水浒传》何以于固有的招安的事之外又加上宋江等有功被谗遭害和李俊、燕青见机远遁等事。不读《明史》的《文苑传》，不懂得明朝中叶的文学进化的程度，便不懂得七十回本的《水浒传》的价值。不懂得明末流贼的大乱，便不懂得金圣叹的《水浒》见解何以那样迂腐。不懂得明末清初的历史，便不懂得雁宕山樵的《水浒后传》。不懂得嘉靖庆、道光间的遍地匪乱，便不懂得俞仲华的《荡寇志》。——这叫做历史进化的文学观念。

九，七，二七，晨二时脱稿

参考书举要

《宣和遗事》		（商务印书馆本）
《癸辛杂识续集》	周密	（在《稗海》中）
《元曲选》	臧晋叔	（商务影印本）
《录鬼簿》	钟继先	
《杂剧十段锦》		（董康影印本）
《七修类稿》	郎瑛	
《李氏焚书》	李贽	
《茶香室丛钞》、《续钞》、《三钞》	俞樾	
《小浮梅槛闲话》	俞樾	
《征四寇》		
《水浒后传》		

《水浒传》后考

去年七月里我做了一篇《〈水浒传〉考证》，提出了几个假定的结论：

（1）元朝只有一个雏形的水浒故事和一些草创的水浒人物，但没有《水浒传》（亚东初版本页一〇—二八）。

（2）元朝文学家的文学技术还在幼稚的时代，决不能产生我们现在有的《水浒传》（页二八—三四）。

（3）明朝初年有一部《水浒传》出现，这部书还是很幼稚的。我们叫他做"原百回本《水浒传》"（页四二—四九）。

（4）明朝中叶——约当弘治、正德的时代（西历一五〇〇上下）——另有一种《水浒传》出现。这部书只有七十回（连楔子七十一回），是用那"原百回本"来重新改造过的，大致与我们现有的金圣叹本相同。这一本，我们叫他做"七十回本《水浒传》"（页四五—五二）。

（5）到了明嘉靖朝，武定侯郭勋刻出一部定本《水浒传》来。这部书是有一百回的。前七十回全采"七十回本"，后三十回是删改"原百回本"后半的四五十回而成的。"原百回本"的后半有征田虎、征王庆两大部分，郭本把这两部分都删去了。这个本子，我们叫他做

"新百回本"，或叫做"郭本"（页四五—五一）。

（6）明朝最通行的《水浒传》，大概都是这个"新百回本"。后来李贽评点的《忠义水浒传》也是这个"郭本"。直到明末，金圣叹说他家贯华堂藏有七十回的古本《水浒传》，他用这个七十回本来校改"新百回本"，定前七十回为施耐庵做的，七十回以下为罗贯中续的。有些人不信金圣叹有七十回的古本，但我觉得他没有假托古本的必要，故我假定他有一种七十回本作底本。他虽有小删改的地方，但这个七十回本的大体必与那新百回本《忠义水浒传》的前七十回相差不远，因为我假设那新百回本的前七十回是全采那明朝中叶的七十回本的（页三五—五二）。

（7）我不信金圣叹说七十回以后为罗贯中所续的话。我假定原百回本为明初的产品，罗贯中既是明初的人，也许即是这原百回本的著者。但施耐庵大概是一个文人的假名，也许即是那七十回本的著者的假名（页五一—五四）。

这是我十个月以前考证《水浒传》的几条假设的结论。我在这十个月之中先后收得许多关于《水浒》的新材料，有些可以纠正我的假设，有些可以证实我的结论。故我趁这部新式标点的《水浒》的再版的机会，把这些新材料整理出个头绪来，作成这篇后考。

我去年做《考证》时，只曾见着几种七十回本的《水浒》，其余的版本我都不曾见着。现在我收到的《水浒》版本有下列的各种：

（1）李卓吾批点《忠义水浒传》百回本的第一回至第十回。

此书为日本冈岛璞加训点之本，刻于享保十三年（西历一七二八），是用明刻本精刻的。此书仅刻成二十回，第十一回至第二十回刻于宝历九年，但更不易得。这十回是我的朋友青木正儿先生送我的。

（2）百回本《忠义水浒传》的日本译本。

冈岛璞译，日本明治四十年东京共同出版株式会社印行，大正二年再版。明刻百回本《忠义水浒传》现已不可得，日本内阁文库藏有一部，此外我竟不知道有第二本了。冈岛璞译本可以使我们考见《忠义水浒传》的内容，故可宝贵。

（3）百十五回本《忠义水浒传》。此本与《三国演义》合刻，每页分上下两截，上截为《水浒》，下截为《三国》，合称《英雄谱》。坊间今改称《汉宋奇书》。我买得两种，一种首页有"省城福文堂藏版"字样，我疑心这是福建刻本。此书原本是大字本，有铃木豹轩先生的藏本可参考；但我买到的两种都是翻刻的小本，里面的《三国志》已改用毛宗岗评本了。但卷首有熊飞的序，自述合刻《英雄谱》的理由，中有"东望而三经略之魄尚震，西望而两开府之魂未招；飞鸟尚自知时，嫠妇犹勤国恤"的话，可见初刻时大概在明崇祯末年。

（4）百二十四回本《水浒传》。首页刻"光绪己卯新镌，大道堂藏版"。有乾隆丙午年古杭枚简侯的序。后附有雁宕山樵的《水浒后传》，首页有"姑苏原版"的篆文图章。大概这书是在江苏刻的。《后传》版本颇佳，但那百二十四回的《前传》版本很坏。

此外，还有两种版本，我自己虽不曾见著，幸蒙青木正儿先生替我抄得回目与序例的：

（5）百十回本的《忠义水浒传》（日本京都帝国大学铃木豹轩先生藏）。这也是一种"英雄谱"本，内容与百十五回本略同，合刻的《三国志》还是"李卓吾评本"。铃木先生藏的这一本上有原藏此书的中国商人的跋，有康熙十二年至十八年的年月，可见此书刻于明末或清初，大概即是百十五回本的底本。

（6）百二十回本《忠义水浒传全书》（日本京都府立图书馆藏）。这是一种明刻本，有杨定见序，自称为"事卓吾先生"之人，大概这书刻于天启、崇祯年间。这书有"发凡"十一条，说明增加二十回的缘起。这书增加的二十回虽然也是记田虎、王庆两寇事的，但依回目看来，与上文（3）（4）（5）三种本子很有不同的地方。

我现在且把《水浒》各种本子综合的内容，分作六大部分，再把各本的有无详略分开注明：

第一部分，自张天师祈禳瘟疫，到梁山泊发现石碣天文——即今本《水浒传》七十一回全部。

（1）百回本自第一回到第七十一回，内容同，文字略有小差异，多一些骈句与韵语。七十一回无卢俊义的一梦。

（2）百二十回本自第一回到第七十一回，与百回本同。也无卢俊义的梦。

（3）百十回本自第一回到第六十一回，内容同，文字略有删节之处。回数虽有并省，事实并未删减。发现石碣后，也无卢俊义的梦。

（4）百十五回本自第一回到第六十六回，内容同，文字与百十回本略同，回数比百十回本稍多，但事实相同。也无卢俊义的梦。

（5）百二十四回本自第一回至第七十回，内容同，但文字删节太多了，有时竟不成文理。也无卢俊义的梦。

第二部分，自宋江、柴进等上东京看灯，到梁山泊全伙受招安——即今《征四寇》的第一回到第十一回。

（1）百回本自第七十二回到八十二回，内容同。

（2）百二十回本自第七十二回到八十二回，内容同。

（3）百十回本自第六十二回到第七十二回，内容同。

（4）百十五回本自第六十七回至七十七回，内容同。

（5）百二十四回本自第七十一回至八十一回，内容同。

第三部分，自宋江等奉诏征辽，到征辽凯旋时——即今《征四寇》的第十二回到十七回。

（1）百回本自第八十三回到九十回，比《征四寇》多两回，但事实略同。

（2）百二十回本自第八十三回到九十回，与百回本同，但第九十回改"双林渡燕青射雁"为"双林镇燕青遇故"。

（3）百十回本自第七十三回到第八十回——内缺第七十五回——内容与《征四寇》同。

（4）百十五回本自第七十八回到八十三回，内容同《征四寇》。

（5）百二十四回本自第八十二回到九十回，回目加多，文字更简，但事实无大差异。

第四部分，自宋江奉诏征田虎，到宋江平了田虎回京——即今《征四寇》第十八回到二十八回。

（1）百回本，无。

（2）百二十回本自第九十一回到一百回。回目与《征四寇》全不同。事实有些相同的，例如琼英匹配张清，花和尚解脱缘缠井，乔道清作法，都是《征四寇》里有的事。也有许多事实大不同，例如此书有陈罐的事，但《征四寇》不曾提起他。

（3）百十回本自第八十一回到九十一回，全同《征四寇》。

（4）百十五回本自第八十四回到九十四回，全同《征四寇》。

（5）百二十四回本自第九十一回到一百零一回，同《征四寇》。

第五部分，自追叙"高俅恩报柳世雄"起，到宋江讨平王庆回京——即今《征四寇》的第二十九回到四十回。

（1）百回本，无。

（2）百二十回本自第百零一回到百十回，回目与《征四寇》全不同。事实与人物有同有异，写王庆一生与各本大不同。

（3）百十回本自第九十二回到百零一回，事实全同《征四寇》，但回目减少两回。

（4）百十五回本自第九十五回到百零六回，回目与事实全同

《征四寇》。

（5）百二十四回本自第百零二回到百十四回，回目多一回，事实全同《征四寇》。

第六部分，自宋江请征方腊，到宋江、李逵、吴用、花荣死后，宋徽宗梦游梁山泊——即《征四寇》的第四十一回到四十九回。

（1）百回本自第九十回的下半到一百回，与《征四寇》相同。

（2）百二十回本自第百十回的下半到百二十回，与《征四寇》相同。

（3）百十回本自第百零一回的下半到百十回，与《征四寇》相同。

（4）百十五回本自第百零六回下半到百十五回，与《征四寇》相同。

（5）百二十四回本自第百十四回的下半到百二十四回，与《征四寇》相同。

这个内容的分析之中，最可注意的约有几点：

第一，今本七十一回的《水浒传》，各本都有，并且内容相同。这一层可以证实我的假设："新百回本的前七十回与今本七十回没有什么大不相同的地方。"

第二，《忠义水浒传》（新百回本）第七十一回以后，果然没有田虎与王庆的两大部分。我在《考证》里（页四八）说新百回本已无四寇，仅有二寇，这个假设也有证明了。

第三，我在《考证》里（页四八）说："《征四寇》这部书乃是原百回本的下半部。《征四寇》现存四十九回，与圣叹说的三十回不合。我试删去征田虎及征王庆的二十回，恰存二十九回；第一回之前显然还有硬删去的一回，合起来恰是三十回。"这个推算现在得了无数证据，最重要的证据是百廿回本的发凡十一条中有一条说："郭武定本，即旧本，移置阎婆惜事甚善。其于寇中去王、田而加辽国，犹是小说家照应之法，不知大手笔者正不尔尔，如本内王进开章而不复收缴，此所以异诸小说而为小说之圣也欤！"这一条明说王、田两寇是删去的，辽国一部分是添入的。删王、田一层可以证实我的假设，添辽国一层可以纠正我的考证。原本是有王、田、方三寇（与宋江为四寇）而没有征辽这一部分的。

第四，看上文引的百廿回本的发凡，可知新百回本有和原本《水浒传》不同的许多地方：

（1）阎婆事曾经"移置"；（2）加入征辽一段；（3）删去田虎一段；（4）又删去王庆一段；（5）发凡又说，"古本有罗氏致语，相传灯花婆婆等事，既不可复见。"这又可印证周亮工《书影》说的"故老传闻，罗氏《水浒传》一百回，各以妖异语冠其首；嘉靖时郭武定重刻其书，削其致语，独存本传"的话是可信的。我去年误认《征四寇》每回前面的诗句即是周氏说的妖异语（页四八），那是错了（《"致语"考》见后）。罗氏原本的致语当刻百廿回本时已不可复见。但《书影》与百廿回本发凡说的话都可以帮助我的两个假设："原百回本是很幼稚的"，"原百回本与新百回本大不相同"。

第五，百廿回本的发凡又说："忠义者，事君处友之善物也。不忠不义，其人虽生，已朽；其言虽美，弗传。此一百八人者，忠义之聚于山林者也；此百廿回者，忠义之见于笔墨者也。失之于正史，求之于稗官；失之于衣冠，求之于草野。盖欲以动君子而使小人亦不得借以行其私。故李氏复加'忠义'二字，有以也夫！"这样看来，"忠义"二字是李贽加上去的了。但我们细看《忠义水浒传》的刻本与译本，再细看百廿回本的发凡，可以推知《忠义水浒传》是用郭武定本做底本的；虽另加"忠义"二字，虽加评点（评语甚短，又甚少），但这个本与郭本可算是一个本子。

第六，新百回本的内容我们现在既已知道了，我们从此就可以断定《征四寇》与其他各本的田虎、王庆两大段是原百回本留剩下来的。原百回本虽已不可见，但我们看这两大段便知《水浒传》的原本的见解与技术实在不高明。我且举例为证。百十五回本第九十五回写高俅要报答柳世雄的旧恩，唤提调官张斌曰：

此人是吾恩人，欲与一好差职，代我处置。

张斌禀曰：

只有一个，是十万禁军教头王庆，少四个月便出职。原日因六国差开使臣张来勒我朝廷枪手出试，斗敌胜负。做了六国赏罚文字，若胜便不来侵我国；若输与六国，那时每年纳六国岁币。这六国是九子国、都与国、龙驰国、菹泊国、野马国、新建国。却得王庆取了军令状，就金殿下与"六国强"比枪，被王庆刺死。止有四个月满，便升总管。太尉要报恩人，只要王庆肯让，便好。

这种鄙陋的见解，与今本《水浒》写八十万禁军教头王进一段相比，真有天地的悬隔了。我在考证里（页四八，又五五）说王进即是原本的王庆，我现在细看各本记王庆得罪高俅的一段，觉得我那个假设是不错的。即如今在《水浒》第一回写高俅被开封尹逐出东京之后，来淮西临淮州投奔柳世权，后来大赦之后，柳世权写信把高俅荐给东京开生药铺的董将士。这个临淮州的柳世权即是原本的灵壁［璧］县的柳世雄。临淮旧治即在明朝的灵壁［璧］县；大概原本作灵壁县，"施耐庵"嫌他不古，故改为临淮州。"施耐庵"把王庆提前八十回，改为王进，又把灵壁［璧］县的柳世雄也提前八十回，改为临淮州的柳世权。王庆的事本无历史的根据，六国比武的话更鄙陋无据，故被全删了。田虎的事实也无历史的根据，故也被全删了。方腊是有历史的根据的，故方腊一大段仍保留不删。明朝的边患与宋朝略同，都在东北境上，故新百回本加入征辽一大段，以补那删去的王、田两寇。况且征辽班师时，鲁智深与宋江等同上五台山参拜智真长老，并不曾提及山西有乱事。原本说田虎之乱起于山西沁州，占据河北郡县，都在今山西境内，离五台山很近。故田虎一大段的地理与事实都和征辽一大段不能并立。这大概也是田虎所以删去的一个原因。

第七，但百廿回本的发凡里还有一段话最可注意。他说：

> 古本有罗氏"致语"，相传灯花婆婆等事，既不可复见，乃后人有因四大寇之拘而酌损之者，有嫌一百廿回之繁而淘汰之者，皆失。

这几句话很重要，因为我们从此可以知道李贽评本以前已有一种百二十回本，是我们现在知道的百二十回本的祖宗。这种百二十回本大概是前九十回采用郭本，加入原本的王、田二寇，后十回仍用郭本，遂成百二十回了。大概前七十一回已经在改作时放大了，拉长了，故后来无论如何不能恢复百回之旧，郭本所以不能不删二寇，这也是一个原因；其余各本凡不删二寇的，无论如何删节，总不能不在百十回以外，也是为了这个缘故。

总结起来，我们可以说：

（1）前七十一回，自从郭武定本（新百回本）出来之后，便不曾经过大改动了。文字上的小修正是有的。例如郭本第一回之前有一篇很短的"引首"，专写宋朝开基以至嘉祐三年，底下才是第一回"张天师祈禳瘟疫，洪太尉误走妖魔"；今七十回本把"引首"并入第一回，合称"楔子"。照文字看来，这种归并与修改恐怕是郭本以后的事，也许是金圣叹做的，因为除了金圣叹本之外，没有别本是这样分合的。这是较大的修正。此外，郭本第七十一回发见石碣天文之后便是"梁山泊英雄排坐次"，坐次排定后即是大聚义的宣誓，宣誓后接写重阳大宴，宋江表示希望朝廷招安之意，武松、李逵都不满意，宋江愤怒杀李逵，经诸将力劝始赦了他。此下便是山下捉得莱州解灯上京的人，宋江因此想上东京游玩。各本都有莱州解灯人一段（《征四寇》误删此段），但都没有卢俊义的梦。只有七十回本是有这个梦的。这是最重要的异点。

（2）第二部分——自上东京看灯到招安——各本都有。这一大段之中，有黑旋风乔捉鬼，双献头，乔坐衙等事，都是元曲里很幼稚的故事，大概这些还是原百回本的遗留物。但这一大段里有"燕青月夜遇道君"一节，写的颇好。大概这一大段有潦草因袭的部分，也有用气力改作的部分。自从郭武定本出来之后，这一大段也就不曾有什么大改动了。

（3）第三部分——征辽至凯旋——是郭武定本加入的。这一大段之中，写征辽的几次战事实在平常的很。五台山见智真长老的一节，我疑心是原百回本征田虎的末段，因为田虎在山西作战，故乱平后鲁智深与宋江乘便往游五台山。郭武定本既删田虎的一大段，故把五台山参禅的一节留下，作为征辽班师时的事。这一部分自从郭本加入以后，也就无人敢删去了。

（4）第四部分与第五部分——田虎与王庆两寇——是原百回本有的，郭本始删去，至百二十回本又恢复回来；百十回本，百十五回本，百二十四回本也都恢复回来。这两部分的叙述实在没有文学的价值，但他们的侥幸存留下来也可使我们考见原百回的性质，可以给我们一种比较的材料。最可注意的一点是这两部分的文字有两种大不同的本子：一种是百二十回本，一种是百十回本，百十五回本，《征四寇》本，与百二十四回本。百二十回本是用原百回本的材料重新做过的。何以知道是用原材料呢？因为这里面的事实如缘缠井一节，即是元曲《黑旋风斗鸡会》的故事，是一证；有许多人物——如琼英、邬梨、乔道清、龚端、段家——皆与各本相同，是二证。何以知是重新做过的呢？因为百二十回本写王庆的事实与各本都不同。各本的回目如下：

> 高俅恩报柳世雄，王庆被陷配淮西。
> 王庆过龚十五郎，满村嫌黄达闹场。
> 王庆打死张太尉，夜走永州遇李杰。
> 快活林王庆使棒，段三娘招赘王庆。

百二十回本的回目如下：

> 谋坟地阴险产逆，踏春阳娇艳生奸。
> 王庆因奸吃官司，龚端被打师军犯。
> 张管营因妾弟丧身，范节级为表兄医脸。
> 段家庄重招新女婿，房山寨双并旧强人。

这里面第四回的回目虽不同，事实却相同，那前三回竟完全不同。大概百二十回本的编纂人也知道"高俅恩报柳世雄"一回的人物事实显然和王进一回的人物事实有重复的嫌疑，故他重造出一种王庆故事，把王庆写成一个坏强盗的样子。这是百二十回本重新做过的最大证据。此外还有一个证据：百回本的第九十回是"双林渡燕青射雁"（即《征四寇》的第十七回），百二十回本把这一件事分作两回，改九十回为"双林镇燕青遇故"，后面接入田虎、王庆的二十回至百十回方才是"燕青双林渡射雁"。这种穿凿的痕迹更明显了。

百十回本，百十五回本，百二十四回本，《征四寇》本，这四种本子的田虎、王庆两部分，好像是用原百回本的原文，虽不免有小改动,但改动的地方大概不多。

(5) 第六部分——平方腊一段与卢俊义、宋江等被毒死一段——是郭武定本有的,后来各本也差不多全采郭本,不敢大改动。平方腊一段平常的很,大概是依据原百回本的。出征方腊之前的一段(百回本的第九十回)写宋江等破辽回京,李逵、燕青偷进城去游玩,在一家勾栏里听得一个人说书,说的是《三国志》关云长刮骨疗毒的故事。《三国志》的初次成书也是在明朝初年,这又可见《水浒》的改定必在《三国志》之后了。

平定方腊以后的一段,写鲁智深之死,写燕青之去,写宋江之死,写徽宗梦游梁山泊,都颇有文学意味,可算《忠义水浒传》后三十回中最精彩的部分。这一段写宋江之死一节最好:

> 宋江自饮御酒之后,觉得心腹疼痛,想被下药在酒里,急令人打听……已知中了奸计,乃叹曰:"我自幼学儒,长而通吏,不幸失身于罪人,并不曾行半点欺心之事。今日天子听信奸佞,赐我药酒。我死不争,只有李逵见在润州,他若闻知朝廷行此意,必去啸聚山林,把我等一世忠义坏了。"连夜差人往润州唤取李逵刻日到楚州。……李逵直到楚州拜见,宋江曰:"特请你来商议一件大事。"李逵曰:"甚么大事?"宋江曰:"你且饮酒。"宋江请进后厅款待,李逵吃了半晌酒食。宋江曰:"贤弟,我听得朝廷差人送药酒来赐与我吃。如死,却是怎的好?"李逵大叫:"反了罢!"宋江曰:"军马都没了,兄弟等又各分散,如何反得成?"李逵曰:"我镇江有三千军马,哥哥楚州军马尽点起来,再上梁山泊,强在这里受气!"宋江曰:"兄弟,你休怪我。前日朝廷差天使赐药酒与我服了。我死后恐你造反,坏了我忠义之名,因此请你来相见一面,酒中已与你慢药服了。回至润州必死。

你死之后，可来楚州南门外蓼儿洼，和你阴魂相聚。"言讫，泪如雨下。李逵亦垂泪曰："生时服侍哥哥，死了也只是哥哥部下一个小鬼。"言毕，便觉身子有些沉重，洒泪拜别下船。回到润州，果然药发。李逵将死，吩咐从人："将我灵柩去楚州南门外蓼儿洼与哥哥一处埋葬。"从人不负其言，扶柩而往……葬于宋江墓侧。

这种见解明明是对于明初杀害功臣有感而发的。因为这是一种真的感慨，故那种幼稚的原本《水浒传》里也曾有这样哀艳的文章。

大概《水浒》的末段是依据原百回本的旧本的，改动的地方很少。郭刻本的篇末有诗云：

> 由来义气包天地，只在人心方寸间。
> 罡煞庙前秋日净，英魂常伴月光寒。

又诗云：

> 梁山寒日淡无辉，忠义堂深昼漏迟。
> 孤冢有人荐蘋藻，六陵无泪湿冠衣。……

但《征四寇》本，百十五回本，百二十四回本，都没有这两首诗，都另有两首诗，大概是原本有的。其一首云：

> 莫把行藏怨老天，韩彭当日亦堪怜。
> 一心报国摧锋日，百战擒辽破腊年。
> 煞曜罡星今已矣，佞臣贼子尚依然！
> 早知鸩毒埋黄壤，学取烟波泛钓船。

这里我圈出的五句，很可表现当日做书的人的感慨。最可注意的是这几种本子通篇没有批评，篇末却有两条评语：

  评：公明一腔忠义，宋家以鸩饮报之。昔人云，"高鸟尽，良弓藏；狡兔死，走狗烹"。千古名言！
  又评：阅此须阅《南华·齐物》等篇，始浇胸中块垒。

第一条评明是点出"学取烟波泛钓船"的意思。《水浒》末段写燕青辞主而去，李俊远走海外，都只是这个意思。燕青一段很有可研究之点，我先引百十五回本（百二十四回本与《征四寇》本皆同）这一段：

  燕青来见卢俊义曰："小人蒙主人恩德，今日成名，就请主人回去，寻个僻静去处，以终天年。未知如何？"卢俊义曰："我今日功成名显，正当衣锦还乡封妻荫子之时，却寻个没结果！"燕青笑曰："小人此去，正有结果。恐主人此去无结果。岂不闻韩信立十大功劳，只落得未央宫前斩首？"卢俊义不听，燕青又曰："今日不听，恐悔之晚矣。……"拜了四拜，收拾一担金银，竟不知投何处去。

燕青还有留别宋江的一封书，书中附诗一首：

  情愿自将官诰纳，不求富贵不求荣。
  身边自有君王赦，淡饭黄齑过此生。

那封书和那首诗都被郭本改了，改的诗是：

> 雁序分飞自可惊，还纳官诰不求荣。
> 身边自有君王赦，洒脱风尘过此生。

这样一改，虽然更"文"了，但结句远不如原文。那封信也是如此。大概原本虽然幼稚，有时颇有他的朴素的好处。我们拿百十五回本，《征四寇》本，百二十四回本的末段和郭本的末段比较之后，就不能不认那三种本子为原文而郭本的末段为改本了。

以上所说，大概可以使我们知道原百回本与新百回本的内容了，又可以知道明朝末年那许多百十回以上的《水浒》本子所以发生的原故了。但我假设的那个明朝中叶的七十回本究竟有没有，这个问题却不曾多得那些新材料的帮助。我们虽已能证实"郭本《水浒传》的前七十一回与金圣叹本大体相同"，但我们还不能确定，（1）嘉靖朝的郭武定本以前，是否真有一个七十一回本，（2）郭本的前七十一回是否真用一种七十回本修改原百回本的。

我疑心这个本子虽然未必像金圣叹本那样高明，但原百回本与郭本之间，很像曾有一个七十回本。

我的疑心，除了去年我说的理由之外，还有三个新的根据：

（1）明人胡应麟（万历四年举人）的《庄岳委谈》卷下有一段云：杨用修（一四八八——一五五九）《词品》云："《瓮天脞语》载宋江潜至李师师家，题一词于壁云：

> 天南地北，问乾坤何处可容狂客？借得山东烟水寨，来买凤城春色。翠袖围香，鲛绡笼玉，一笑千金值！神仙体态，薄幸如何销得？
> 想芦叶滩头，蓼花汀畔，皓月空凝碧。六六雁行连八九，只待金鸡消息。义胆包天，忠肝盖地，四海无人识。闲

愁万种，醉乡一夜头白！

小词盛于宋，而剧贼亦工如此。"案此即《水浒》词，杨谓《瓮天》，或有别据。第以江尝入洛，则太愦愦也。杨慎在《明史》里有"书无所不览"之称，又有"明世记诵之博，著作之富，推慎为第一"的荣誉。他引的这词，见于郭本《水浒传》的第七十二回。我们看他在《词品》里引《瓮天胜语》，好像他并不知道此词见于《水浒》。难道他不曾见着《水浒》吗？他是正德六年的状元，嘉靖三年谪戍到云南，以后他就没有离开云南、四川两省。郭本《水浒传》是嘉靖时刻的，刻时杨慎已谪戍了，故杨慎未见郭本是无疑的。我疑心杨慎那时见的《水浒》是一种没有后三十回的七十回本，故此词不在内。他的时代与我去年猜的"弘治、正德之间"，也很相符。这是我的一个根据。

（2）我还可以举一个内证。七十回本的第四回写鲁智深大闹五台山之后，智真长老送他上东京大相国寺去，临别时，智真长老说：

我夜来看了，赠汝四句偈言，你可终身受用……遇林而起，遇山而富，遇州而迁，遇江而止。

第三句，《忠义水浒传》作"遇州而兴"，百十五回本与百二十四回本作"遇水而兴"。余三句各本皆同。这四句"终身受用"的偈言在那七十回本里自然不发生问题，因为鲁智深自从二龙山并上梁山见宋江之后，遂没有什么可记的事了。但郭本以后，鲁智深还有擒方腊的大功，这四句偈言遂不能"终身受用"了。所以后来五台山参禅一回又添出"逢夏而擒，遇腊而执，听潮而圆，见信而寂"四句，也是"终身受用"的！我因此疑心"遇林而起……遇江而止"四句是七十回本独有的，故不提到招安以后的事。后来嘉靖时郭本采用七十回本，也不曾删去。不然，这"终身受用"的偈言何以不提到七十一回以后的终身大事呢？我们看清初人做的《虎囊弹传奇》中《醉打山门》一出写智真长老的偈言便不用前四句而用后四句，可见从前也有人觉得前四句不够做鲁智深的终身偈语的。这也是我疑心嘉靖以前有一种七十回本的一个根据。

（3）但是最大的根据仍旧是前七十回与后三十回的内容。前七十回的见解与技术都远胜于后三十回。田虎、王庆两部分的幼稚，我们可不必谈了。就单论《忠义水浒传》的后三十回罢。这三十回之中，我在上文已说过，只有末段最好，此外只有燕青月夜遇道君一段也还可读，其余的部分实在都平常的很。那特别加入的征辽一部分，既无历史的根据，又无出色的写法，实在没有什么价值。那因袭的方腊一部分更平凡了。这两部分还比不上前七十回中第四十六回以下的庸劣部分，更不消说那闹江州以前的精彩部分了。很可注意的是李逵乔坐衙，双献头，燕青射雁等等自元曲遗传下来的几桩故事，都是七插八凑的硬拉进去的零碎小节，都是很幼稚的作品。更可注意的是柴进簪花入禁院时看见皇帝亲笔写的四大寇姓名：宋江、田虎、王庆、方腊。前七十回里从无一字提起田虎、王庆、方腊三人的事，此时忽然出现。这一层最可以使我们推想前七十一回是一种单独结构的本子，与那特别注重招安以后宋江等立功受谗害的原百回本完全是两种独立的作品。因此，我疑心嘉靖以前曾有这个七十回本，这个本子是把原百回本前面的大半部完全拆毁了重做的，有一部分——王进的事——是取材于后半部王庆的事的。这部七十回本的《水浒传》在当时已能有代替那幼稚的原百回本的势力，故那有"灯花婆婆"一类的致语的原本很早就被打倒了。看百二十回本发凡，我们可以知道那有致语的古本早已"不可复见"。但嘉靖以前也许还有别种本子采用七十回的改本而保存原本后半部的，略如百十回本与百十五回本的样子。至嘉靖时，方才有那加辽国而删田虎、王庆的百回本出现。这个新百回本的前七十一回是全用这七十回本的，因为这七十回本改造的太好了，故后来的一切本子都不能不用他。又因原本的后半部还被保存着，而且后半部也有一点精彩动人的地方，故这新百回本又把原本后半的一部分收入，删去王、田，加入辽国，凑成一百回。但我们要注意：辽国一段，至多不过八回（百十五回本只有六回），王、田二寇的两段却有二十回。何以减掉二十回，加入八回，郭本仍旧有一百回呢？这岂不明明指出那前七十一回是用原本的前五十几回来放大了重新改过的吗？因为原本的五十几回被这个无名的"施耐庵"拉长成七十一回了，郭刻本要守那百回的旧回数，故不能不删去田、王二寇，但删二十回又不是百回了，故不能不加入辽国的八回。依我们的观察，前七十回的文章与后三十回的文章既不像一个人做的，我们就不能不假定那前七十一回原是嘉靖以前的一种单独作品，后来被郭刻本收入——或用他来改原本的前五十几回，这是我所以假定这个七十回本的最大理由。我们现在可以修正我去年做的《水浒》渊源表（五四）如下：

［注］ 四周围加线的皆是我假设的本子。

以上是我的《〈水浒传〉后考》。这十个月以来发现的新材料居然证实了我的几个大胆的假设，这自然是我欢喜的。但我更欢喜的，是我假定的那些结论之中有几个误点现在有了新材料的帮助，居然都得着有价值的纠正。此外自然还不免有别的误点，我很希望国中与国外爱读《水浒》的人，都肯随时指出我的错误，随时搜集关于《水浒》的新材料，帮助这个《水浒》问题的解决。我最感谢我的朋友青木正儿先生，他把我搜求《水浒》材料的事看作他自己的事一样，他对于《水浒》的热心，真使我十分感激。如果中国爱读《水浒》的人都能像青木先生那样热心，这个《水浒》问题不日就可以解决了。

青木先生又借给我第一卷第五期《艺文》杂志（明治四十三年四月），内有日本京都帝国大学狩野直喜先生的《〈水浒传〉与支那戏曲》一篇。狩野先生用的材料——从《宣和遗事》到元明的戏曲——差不多完全与我用的材料相同。他的结论是："或者在大《水浒传》之前，恐怕还有许多小《水浒传》，渐渐积聚起来，后来成为像现在这种《水浒传》。……我们根据这种理由，一定要把现在的《水浒传》出现的时代移后。"这个结论也和我的《〈水浒传〉考证》的结论相同。这种不约而同的印证使我非常高兴。因为这种印证可以使我们格外觉悟：如果我们能打破遗传的成见，能放弃主观的我见，能处处尊重物观的证据，我们一定可以得到相同的结论。

我为了这部《水浒传》，做了四五万字的考证，我知道一定有人笑我太不爱惜精神与时间了。但我自己觉得，我在《水浒传》上面花费了这点精力与日力是很值得的。我曾说过：

> 做学问的人当看自己性之所近，拣选所要做的学问；拣定之后，当存一个"为真理而求真理"的态度。……学问是平等的。发明一个字的古义，与发现一颗恒星，都是一大功绩。

——《新潮》二卷一号，页五六

我这几篇小说考证里的结论，也许都是错的，但我自信我这一点研究的态度是决不会错的。

十，六，一一，作于北京钟鼓寺

附录 "致语"考

《考证》引周亮工《书影》云:"故老传闻,罗氏《水浒传》一百回,各以妖异语冠其首。嘉靖时,郭武定重刻其书,削其致语,独存本传。"这段中"致语"二字初版皆误作"叙语"。我怕读者因此误解这两个字,故除在再版里更正外,另做这篇《致语考》。

致语即是致辞,旧名"乐语",又名"念语"。《宋文鉴》第一百三十二卷全载"乐语",中有:

宋祁　《教坊致语》一套,

王珪　《教坊致语》一套,

元绛　《集英殿秋宴教坊致语》一套,

苏轼　《集英殿秋宴教坊致语》一套,

以上皆皇帝大宴时的"致语"。又有

欧阳修　《会老堂致语》一篇,(《宋文鉴》)

陆游　《徐稚山庆八十乐语》一篇,《致语》二篇,(皆见《渭南文集》四十二)

以上皆私家大宴时的"致语"。陆游还有《天申节致语》三篇,也是皇帝大宴时用的。此外宋人文集中还有一些致语。

《宋史·乐志》(一四二)记教坊队舞之制,共分两部:一为小儿

队,一为女弟子队。每逢皇帝春秋圣节三大宴时,仪节分十九步:

第一,皇帝升坐,宰相进酒,庭中吹觱栗,以众乐和之。赐群臣酒,皆就坐。宰相饮,作《倾杯乐》;百官饮,作《三台》。

第二,皇帝再举酒,群臣立于席后,乐以歌起。

第三,皇帝举酒,如第二之制,以次进食。

第四,百戏皆作。

第五,皇帝举酒。

第六,乐工致辞,继以诗一章,谓之口号,皆述德美及中外蹈咏之情。初致辞,群臣皆起听,辞毕再拜。

第七,合奏大曲。

第八,皇帝举酒,殿上独弹琵琶。

第九,小儿队舞,亦致辞以述德美。

第十,杂剧,罢,皇帝起更衣。

第十一,皇帝再坐,举酒,殿上独吹笙。

第十二,蹴鞠。

第十三,皇帝举酒,殿上独弹筝。

第十四,女弟子队舞,亦致辞如小儿队。

第十五,杂剧。

第十六,皇帝举酒。

第十七,奏《鼓吹曲》,或用《法曲》,或用《龟兹》。

第十八,皇帝举酒,食罢。

第十九,用角牴,宴毕。

这里面,第六,第九,第十四,都有"致语"一篇;此外,第七,第十,第十五,也都有稍短的引子。这些致语都是当时的词臣代作的。

这样看来,"致语"本是舞队奏舞以前的颂辞。皇帝大宴与私家会宴,凡用乐舞的都有致语。后来大概不但乐舞有致语,就是说平话的也有一种致语。这种小说的致语大概是用四六句调或是韵文的。百二十回本的发凡说：

> 古本有罗氏致语，相传"灯花婆婆"等事，既不可复见。

"灯花婆婆"是什么东西呢？王国维先生的《戏曲考原》（《国粹学报》第五十期）有一段说：

> 钱曾《也是园书目》戏曲类中，除杂剧套数外，尚有宋人词话十余种。其目为《灯花婆婆》、《种瓜张老》、《紫罗盖头》、《女报冤》……凡十二种。其书虽不存，然云"词"，则有曲；云"话"，则有白。其题目或似套数，或似杂剧，要之必与董解元弦索《西厢》相似。

据此看来，《灯花婆婆》等到清朝初年还存在。王先生以为这种"词话"是有曲有白的。但《灯花婆婆》既是古本《水浒》的"致语"，大概未必有"曲"。钱曾把这些作品归在"宋人词话"，"宋人"一层自然是错的了，"词话"的词字大概是平话一类的书词，未必是"曲"。故我以为这十二种词话大概多是说书的引子，与词曲无关。后来明朝的小说，如《今古奇观》，每篇正文之前往往用一件别的事作一个引子，大概这种散文的引子又是那《灯花婆婆》的致语的进化了。

十，六，一一

百二十回本《忠义水浒传》序

一 《水浒》版本出现的小史

这三百年来，大家都读惯了金圣叹的七十一回本《水浒传》，很少人知道《水浒传》的许多古本了。《水浒传》古本的研究只是这十年内的事。十年之中，居然有许多古本出现，这是最可喜的事。

十年前（民国九年七月）我开始做《〈水浒传〉考证》的时候，我只有金圣叹的七十一回本和坊间通行而学者轻视的《征四寇》。那时候，我虽然参考了不少的旁证，我的许多结论都只可算是一些很大胆的假设，因为当时的证据实在太少了（《胡适文存》初排本卷三，页八一——一四六）。

但我的《〈水浒传〉考证》引起了一些学者的注意，遂开了搜求《水浒传》版本的风气。我的《考证》出版后十个月之内，我便收到了这些版本：

（1）李卓吾批点《忠义水浒传》百回本的第一回到第十回，日本冈岛璞翻明刻本。（一七二八年刻）

（2）《忠义水浒传》百回本的日文译本，冈岛璞译。（一九〇七年

排印)

(3)《忠义水浒传》百十五回本,与《三国志演义》合刻,名为《英雄谱》,坊间名为《汉宋奇书》。(有熊飞的序,似初刻在崇祯末年)

(4)百二十回本《水浒传》。(光绪己卯,即一八七九年,大道堂藏版,有乾隆丙午年的序)

此外我还知道两种版本:

(5)百十回本《忠义水浒传》,也是与《三国志》合刻的《英雄谱》本。(日本铃木虎雄先生藏)

(6)百二十回本《忠义水浒传》,明刻本。(日本京都府立图书馆藏,有杨定见序)

这两种我当时虽未见,却蒙日本学者青木正儿先生把他们的回目和序例都抄录了寄给我。

我有了这六种版本作根据,遂又作了一篇《〈水浒传〉后考》(《胡适文存》初排本卷三,页一四七——一八四)。这是民国十年六月的事。

民国十二年左右,我知道有三四部百二十回本《忠义水浒传全书》出现,涵芬楼得了一部,我自己得了一部,还有别人收着这本子的。后来北京孔德学校收着一部精刻本,图画精致可爱。

民国十三年,李玄伯先生的侄儿兴秋在北京冷摊上得着一部百回本《忠义水浒传》。据玄伯说(《重刊〈忠义水浒传〉序》):

> 观其墨色纸色,的是明本。且第一册图上每有新安刻工姓名,尤足证明即郭英(适按,当作郭勋)在嘉靖年间刻于新安者。明代《水浒》面目,遂得重睹。

我不曾见着兴秋先生的原本,但此书既名《忠义水浒传》,似非郭武定的旧本,因为我们从百二十回本的发凡上知道"忠义"二字是李卓吾加上去的。新安刻工姓名,算不得证据,因为近几百年的刻图工人，要算徽州工人为最精，至今还有刻墨印的专业。故我们只能认李先生的百回本是李卓吾的《忠义水浒传》的一种本子。（玄伯的本子没有"引首"一段，只从张天师祈禳起，与日本翻刻的李卓吾本稍不同，不知是否偶阙这几页。）

玄伯先生于民国十四年把这部百回本标点排印出来，于是国中遂有百回本的重印本。（北京锡拉胡同一号李宅发行，装五册，价二元七角。）

前年商务印书馆把涵芬楼所藏的百二十回本《水浒传》也排印出来，因为我的序迟迟不能交卷，遂延到今年方才出版。

总计近年所出的《水浒传》版本，共有下列各种：

甲　七十一回本（金圣叹本）

乙　《征四寇》本（亚东图书馆《水浒续集》本）

丙　百十五回本（《英雄谱》本）

丁　百十回本（《英雄谱》本）（铃木虎雄藏）

戊　百二十四回本（胡适藏）

己　李卓吾《忠义水浒传》百回本

（1）李玄伯排印本

（2）日本冈岛璞翻刻前二十回本

（3）日本冈岛璞译本

庚　《忠义水浒全书》百二十回本

二　十年来关于《水浒传》演变的考证

十年前我研究《水浒传》演变的历史，得着一些假设的结论，大致如下：

（1）南宋到元朝之间，民间有种种的宋江三十六人的故事。有《宣和遗事》和龚圣与的三十六人赞可证。

（2）元朝有许多《水浒》故事，但没有《水浒传》。有许多元人杂剧可证。

（3）明初有一部《水浒传》出现，这部书还是很幼稚的。我们叫他做"原百回本《水浒传》"。这部书也许是罗贯中做的。

（4）明朝中叶，约当弘治正德时代，另有一种七十回本《水浒传》出现。我假定这部书是用"原百回本"来重新改造过的，大致与现行的金圣叹本相同。这部书也许是"施耐庵"作的，但"施耐庵"似是改作《水浒传》者的托名。

（5）到了明嘉靖朝，武定侯郭勋家里传出一部定本《水浒传》来，有新安刻本，共一百回，我们叫他做"百回郭本"。我假定这部书的前七十一回全采"七十回本"。后三十回是删改"原百回本"的后半部的。"原百回本"后半有"征田虎"和"征王庆"的两大部分，郭本都删去了，却加入了"征辽国"一大段。据说旧本有"致语"，郭本也删去了。据说郭本还把阎婆事"移置"一番。这几点都是"百二十回本"的发凡里指出的郭本与旧本的不同之点。（郭本已不可得，我们只知道李卓吾的百回本。）

（6）明朝晚年有杨定见、袁无涯编刻的百二十回本《忠义水浒全书》出现。此本全采李卓吾百回本，而加入"征田虎"、"征王庆"两大段；但这两段都是改作之文，事实与回目皆与别本（《征四寇》，百十五回本，百十回本，百二十四回本）绝不相同；王庆的故事改变更大。

（7）到金圣叹才有七十一回本出现，没有招安和以后的事，却多卢俊义的一场梦，其他各本都没有这场梦。

（8）七十一回本通行之后，百回本与其他各本都渐渐稀少，于是书坊中人把旧本《水浒传》后半部印出单行，名为《征四寇》。我认为《征四寇》是"原百回本"的后半，至少其中征田虎、王庆的两部分是"原百回本"留剩下来的。

这是我九年十年前的见解的大致。当时《水浒》版本的研究还在草创的时期，最重要的百回本和百二十回本，我都不曾见着，故我的结论不免有错误。最大的错误是我假定明朝中叶有一部七十回本的《水浒传》(《胡适文存》初排本卷三，页一七———一七六)。但我举出的理由终不能叫大家心服；而我这一种假设却影响到其余的结论，使我对于《水浒传》演变的历史不能有彻底的了解。

六七年来，修正我的主张的，有鲁迅先生，李玄伯先生，俞平伯先生。

鲁迅先生的主张是：

> 原本《水浒传》今不可得。……现存之《水浒传》，则所知者有六本，而最要者四。
>
> 一曰一百十五回本《忠义水浒传》，前署"东原罗贯中编辑"，明崇祯末与《三国演义》合刻为《英雄谱》，单行本未见。……文词蹇拙，体制纷纭，中间诗歌亦多鄙俗，甚似草创初就，未加润色者。虽非原本，盖近之矣。……又有一百十回之《忠义水浒传》，亦《英雄谱》本。……别有一百二十回之《水浒传》，文词脱略，往往难读，亦此类。
>
> 二曰一百回本《忠义水浒传》……武定侯郭勋家所传之本……今未见。别有本，亦一百回，有李贽序及批点，殆即出郭氏本，而改题为"施耐庵集撰，罗贯口纂修"。……文辞乃大有增删，几乎改观，除去恶诗，增益骈语，描写亦愈入细微。如述林冲雪中行沽一节，即多于百十五回本者至一倍余。
>
> 三曰百二十回本《忠义水浒全书》，亦题"施耐庵集撰，罗贯中纂修"。……全书自首至受招安，事略全同百十五回本；破辽小异，且少诗词，平田虎、王庆，则并事略亦异。而收方腊又悉同。文词与百回本几无别，特于字句稍有更定。……诗词又较多，则为刊时增入。……

发凡云："古本有罗氏致语，相传灯花婆婆等事，既不可复见，乃后人有因'四大寇'之拘而酌损之者，有嫌一百廿回之繁而淘汰之者，皆失。郭武定本即旧本移置阎婆事，甚善。其于寇中去王、田而加辽国，犹是小家照应之法，不知大手笔者正不尔尔。"是知《水浒》有古本百回，当时"既不可复见"；又有旧本，似百二十回，中有"四大寇"，盖谓王、田、方及宋江，即柴进见于白屏风上御书者。郭氏本始破其拘，削王、田而加辽国，成百回；《水浒全书》又增王、田，仍存辽国，复为百二十回。……然破辽故事，虑亦非始作于明。宋代外敌凭陵，国政弛废，转思草泽，盖亦人情，故或造野语以自慰；复多异说，不能合符；于是后之小说既以取舍不同而纷歧，所取者又以话本非一而违异。田虎、王庆在百回本与百二十回本，名同而文迥别，殆亦由此而已。惟其后讨平方腊，则各本悉同，因疑在郭本所据旧本之前，当又有别本，即以平方腊接招安之后，如《宣和遗事》所记者……然而证信尚缺，未能定也。

总上五本观之，知现存之《水浒传》实有两种：其一简略；其一繁缛。胡应麟（《笔丛》四十一）云：

"余二十年前所见《水浒传》本，尚极足寻味。十数载来，为闽中坊贾刊落，止录事实，中间游词余韵神情寄寓处一概删之，遂不堪覆瓿。复数十年，无原本印证，此书将永废。"

应麟所见本，今莫知如何。若百十五回简本，则成就殆当先于繁本，以其用字造句，与繁本每有差违，倘是删存，无烦改作也。……

四曰七十回本《水浒传》。……为金人瑞字圣叹所传，自云得古本，止七十回，于宋江受天书之后，即以卢俊义梦全伙被缚于嵇叔夜终。……其书与百二十回本之前七十回无甚异，惟刊去骈语特多；百廿回本发凡有"旧本去诗词之繁累"语，颇似圣叹真得古本。然文中有因删去诗词而语气遂稍参差者，则所据殆仍是百回本耳。……

——《中国小说史略》，页一四———一四八

鲁迅先生之说，很细密周到，我很佩服，故值得详细征引。他的主张，简单说来，约有几点：

（1）《水浒》古本有两种，其原百回本在晚明已不可复见，但还有一种百二十回的旧本，中有"四大寇"，谓王、田、方及宋江。

（2）也许还有一种古本，招安之后即接叙征方腊。

（3）这些古本的真相已不可考，但百十五回本的文字"虽非原本，盖近之矣"。

（4）一百回的郭刻本与李卓吾本，删田虎、王庆两大段，而加辽国。文字大有增删，几乎改观，描写也更细密。

（5）一百二十回本的文字，与百回本几乎无分别，加入改作的田虎、王庆两大段，仍保存征辽一大段。

（6）总而言之，《水浒传》有繁本与简本两大类：百十五回本，百十回本，与百二十四回本，属于简本；百回本与百二十回本，属于繁本。明人胡应麟（生一五五一，死在一六〇〇以后）以为简本是后起的，是闽中坊贾刊落繁本的结果。鲁迅先生则以为简本近于古本，繁本是后人修改扩大的。

（7）七十回本是金圣叹依据百回本而截去后三十回的，为《水浒传》最晚出的本子。

俞平伯先生的《论〈水浒传〉七十回古本的有无》（《小说月报》

十九卷四号,页五〇五—五〇八),即采用鲁迅先生的主张,不承认有七十回古本。鲁迅先生曾说:

> 又简本撰人止题罗贯中……比郭氏本出,始著耐庵,因疑施乃演为繁本者之托名,当是后起,非古本所有。

平伯承认此说,列为下表:

简本百回	罗贯中
繁本百回	施耐庵 罗贯中
金本七十一回	施耐庵

平伯又指出圣叹七十一回本的特点,除掉伪作施耐庵序之外,只多了第七十一回的卢俊义的一场恶梦,平伯以为这一梦是圣叹添入的。他说:

> 依适之《后考》的说法……是各本均无此梦也。适之以为圣叹曾有的古本,岂不成为孤本乎?

李玄伯先生(宗侗)重印百回本《水浒传》时,做了一篇很有价值的《读〈水浒传〉记》,其中第一节是"《水浒》故事的演变",很有独到的见解。玄伯先生说,《水浒》故事的演变,可分四个时期:

第一个时期,先有口传的故事,不久即变成笔记的水浒故事。这时期约当北宋末年以至南宋末年。玄伯说:

> 这种传说当然是没有系统的,在京东的注意梁山泺,在京西的注意太行山,在两浙的注意平方腊。并且各地还有他所喜爱的中心英雄。

这还是《水浒》故事口传的时期。这时期的经过不甚久，因为南宋时已经有了笔记的《水浒》故事了。

玄伯引龚圣与的《宋江三十六人赞序》和《宣和遗事》为证。他说：

> 但是那时的记载……只是短篇的。这种本子现时固然佚失了，我却有几个间接的证据。
>
> （一）现在《水浒传》内，常在一段大节目之后加一句"这个唤作……"，如……"这个唤做《智取生辰纲》"。大约以前有段短篇作品唤作《智取生辰纲》，所以结成长篇以后，还留了这么一句。
>
> （二）宋江等在梁山，忽然叙写他们去打华州，似乎非常的无道理。但是我们要明白了初一步的水浒是短篇的，是无系统的，就可明白了这无道理的理由。上边我说过，梁山左近有梁山的水浒故事，京西有京西的水浒故事。龚圣与的赞有四处"太行"字样，足可证说宋江等起于京西的，在当时颇盛行。华州事即京西故事之一。后人想综合京东京西各种为一长篇，想将宋江从京东搬到京西，只好牵出史进被陷……以作线索了。

玄伯又说：

> 这些短篇水浒故事，是与元代的杂剧同时或稍前的。元曲的水浒剧即取材于这些篇。因为他们的传说，作者，产地的不同，所以内容常异，杂剧内人物的性格也因取材的不同而不一致。

第二个时期，约在元明之间，"许多的短篇笔记，连贯成了长篇，截成一回一回的，变作章回体的长篇水浒故事。"玄伯很大胆地假定当时至少有所谓"《水浒》四传"：

第一传的事迹，约等于百回本的第一回至第八十回所包含的，就是从误走妖魔起，至招安止。

第二传是百回本的第八十回至第九十回，平辽一段。

第三传是百回本所无，征田虎、王庆一段。

第四传是百回本第九十回至一百回，平方腊一段。

为什么说水浒四传，而不说一传呢？

重要的理由是四传内的事迹互相冲突。在短篇的时候，各种故事的产生，地点不同，流传不同，互相冲突的地方在所不免。如果当时就直接的成为一传……自应删去冲突字句，前后照应。现在所以不如此者，恰因是经过四传分立的阶级，在合成一传则冲突者，在四传各身固不必皆冲突也。

玄伯举了几条证据，第一条即是我十年前指出王进即是王庆的化身。（《〈水浒传〉考证》，页一二五，《后考》页一五九——一六一）玄伯不信我的主张，他的解释是"两传或者同一蓝本"。第二条是我九年前指出智真和尚两次送给鲁智深的四句终身偈语，前后不同，我疑心前四句是七十回本所独有。（《后考》页一七三——一七四）玄伯说："以前大约相传有智真长老赠四句言语的这回事，两传皆窃仿罢了。"第三条证据是前传的蓼儿洼是梁山泊的一部分，而方腊传里却把蓼儿洼认为楚州南门外的一块地方。

玄伯又说：

> 即以文体而论,四传亦不甚相同,且所用地名,亦多古今的分别,皆足证明各传非一人一时之所集,更足证各传集成时的先后。前传及征方腊传,征二寇传较老,征辽传次之。征方腊传所用宋代地名最多。……前传经后人修改处较多。……

第三时期,约在明代,"即将《水浒》长篇故事或二传,或三传,或四传,合成更长篇的《水浒传》。百回本即合三传(前传,征辽,征方腊)而成,百二十回本即合四传而成者。……因为他们是分开的,自成一段,所以合二传,三传,四传,皆无不成。"

第四时期,即清初以后,"田、王、征辽、方腊三传皆被删去,前传亦被删去七十一回以后的事迹,加了卢俊义的一梦,变作现行的七十回本。这种变化,完全是独出心裁。他虽假托古本,这个古本却似并未存在过"。

李玄伯先生之说,有很大胆的假设,有很细密的推论,我也很佩服,所以也详细摘抄在这里。

三 我的意见

玄伯先生的四期说,我最赞成他的第一时期。他指出最初的《水浒》故事是短篇的,没有系统的,不一致的,并且各地有各地最喜欢的英雄。玄伯是第一个人发见这种"地方性",可以解决许多困难。元人杂剧里的《水浒》故事,便是从这种有地方性的短篇来的。

但玄伯说的第二时期,我却不敢完全赞同。他假定最早的长篇《水浒》故事曾经过所谓"四传"的过渡时期。他说:

> 如果当时就直接的成为一传……自应删去冲突字句，前后照应。……

这个理由，我认为不充分。百回本是结合成一传的了，前后并不冲突，冲突的字句都删去了。百十五回本和百二十四回本也是结成一传的，其中便有前后冲突的地方，如既有王进被高俅陷害；又有王庆被高俅陷害；既有高俅投奔柳世权，又有高俅投奔柳世雄。可见冲突字句的有无，全靠改编的人的本事高低，并不关曾否经过四传的阶级。

况且四传之说，本身就很难成立。第一传从开篇说到招安，还可成一传。第二传单说征辽，第三传单记征田虎、王庆，第四传单记征方腊，似乎都不能单独存在罢？如果真有这三传，他们也不过是三种短篇与《智取生辰纲》、《大闹江州》有什么分别？既是独立的短篇，便应该属于玄伯所谓第一时期，不应该别立所谓第二时期了。故"四传"之说，我认为大可不必有，远不如鲁迅先生的"话本不同"说，可以免除更多的困难。

鲁迅与玄伯都主张一种"多元的"说法。鲁迅说：

> 后之小说，既以取舍不同而纷歧，所取者，又以话本不同而违异。

这是说《水浒传》原本有各种"话本不同"，他假定有百回古本，有述四大寇的百二十回本，又有招安之后直接平方腊之别本，又有破辽的故事，其来源也许在明以前。——这便是四种或三种长篇古本了。这个多元的长篇全传说，似乎比玄伯的"四传"说满意得多。

大概最早的长篇，颇近于鲁迅先生假定的招安以后直接平方腊的本子，既无辽国，也无王庆、田虎。这个本子可叫做"X"本。

玄伯先生也认前传与征方腊传用的地名最为近古。不但如此，征辽与征田虎、王庆三次战事都没有损失一个水浒英雄，只有征方腊一役损失过三分之二。这可见征方腊一段成立在先，后人插入的部分若有阵亡的英雄，便须大大的改动原本了。为免除麻烦起见，插入的三大段只好保全一百零八人，一个不叫阵亡。这是一种证据。征田虎、王庆时收的降将，如马灵、乔道清之流，在征方腊一役都用不着了。这也可见征方腊一段是最早的，本来没有这些人，故不能把他们安插进去。这又是一种证据。

这个"X"本，也许就是罗贯中的原本。

后来便有人误读《宣和遗事》里的"三路之寇"一句话，硬加入田虎、王庆两大段，便成了一种更长的本子，也许真有百二十回之多。这个本子可叫做"Y"本。

后来又有一种本子出来，没有王庆、田虎两大段，却插入了征辽国的一大段。这个本子可叫做"Z"本。鲁迅先生疑心征辽的故事起于明以前，也许在南宋时。玄伯先生则以为征辽的一段最晚出。我想玄伯的话，似乎最近事实。

这三种古本的回数，现在已不可考了。大概"X"本不足百回，"Y"本大概在百回以外，"Z"本大概不过百回。

到了明朝嘉靖时代，武定侯郭勋家里传出一部《水浒传》，有新安刻本，有汪太函（道昆）的序，托名"天都外臣"。（此据《野获编》）王道昆，字伯玉，嘉靖二十六年（一五四七）进士，与王世贞齐名，是当时的一个大文学家。他是徽州人，此本又刻在徽州，也许汪道昆即是这个本子的编著者。当时武定侯郭勋喜欢刻书，故此本假托为郭家所传。郭勋死在嘉靖二十八年（一五四九），也许此本刻出时，他已死了，故更容易假托。其时士大夫还不敢公然出名著作白话小说，故此本假托于"施耐庵"。这个本子，因为号称郭勋所传，故我们也称为"郭本"。

近见邓之诚先生的《骨董琐记》卷三有云：

> 闻缪艺风丈云：光绪初叶，曾以白金八两得郭本于厂肆，书本阔大，至一尺五六寸，内赤发鬼尚作尺八腿，双枪将作一直撞云。
>
> ——页二二

缪先生死后，他的藏书多流传在外，但这部郭本《水浒传》至今无人提及，不知流落在何方了。百二十回本的发凡说：

> 郭武定本，即旧本，移置阎婆事甚善，其于寇中去王、田而加辽国，犹是小家照应之法，不知大手笔者正不尔尔。如本内王进开章而不复收缴，此所以异于诸小说，而为小说之圣也欤！

又说：

> 旧本去诗词之烦芜……颇直截清明。

又说：

> 订文音字，旧本亦具有功力，然淆讹舛驳处尚多。

总以上所说，郭本可知之点如下：
(1) 王进开章，与今所见各本同。
(2) 移置阎婆事，不知如何移置法。
(3) 去王庆、田虎二段。
(4) 加辽国一段。

（5）删去诗词。

（6）有订文音字之功。

（7）据缪荃孙所见，书本阔大，其中双枪将作一直撞，还保存《宣和遗事》的旧样子；赤发鬼作尺八腿，则和龚圣与《宋江三十六人赞》相同。

我们关于郭本，所知不过如此。

胡应麟说：

> 余二十年前所见《水浒传》本，尚极足寻味。十数载来，为闽中坊贾刊落，止录事实，中间游词余韵神情寄寓处，一概删之，遂不堪覆瓿。后数十年，元原本印证，此书将永废。

胡应麟生于一五五一年（据王世贞《石羊生传》），当嘉靖三十年。他的死年不可考，他的文集（《少室山房类稿》，有《四库全书》本，有《续金华丛书》本）里无万历庚子（一六〇〇）以后的文字，他死时大概年约五十岁。他说的"二十年前所见《水浒传》本"，当是他少年时，约当隆庆、万历之间，当西历一五七二年左右。他所见的本子，正是新安刻的所谓郭本。他说那种本子"尚极足寻味"，中间多有"游词余韵神情寄寓处"，更证以上文所引"王进开章"的话，我们可以断定郭本的文字必定和李贽批点的《忠义水浒传》百回本相差不远。

李贽（卓吾）死在万历三十年（一六〇二），年七十六。今世所传《忠义水浒传》，大概出于李贽死后。因为他爱批点杂书，故坊贾翻刻《水浒传》，也就借重这一位身死牢狱而名誉更大的名人。日本冈岛璞翻刻的《忠义水浒传》，有李贽的《读〈忠义水浒传〉序》一篇。此序虽收在《焚书》及《李氏文集》，但《焚书》与《文集》皆是李贽死后的辑本，不足为据。此如《三国演义》之有金圣叹的"外书"，似是书坊选家的假托。若李氏批点本《水浒传》出在一六〇〇年以前，胡应麟藏书最多，又很推崇《水浒传》，不应该不见此本。故我疑心李氏批点本是一六〇〇年以后刻印的，大概去李氏之死不很久，约当一六〇五年左右。大概郭本流传不多，而闽中坊贾删节的本子却很盛行，当时文学家如胡应麟之流，都曾感觉惋惜，于是坊贾有刻郭本的必要，遂假托于李贽批点之本。试看冈岛璞翻刻本所保存的李贽批语，与百二十回本的批语，差不多没有一个字相同的。如第二回，两本各有十几条眉批，但只有一条相同，两本同是所谓李贽批点本，而有这样的大不同，故我们可以断定两本同是假托于李贽的。

这种李氏百回本，大概是根据于郭本的，故我们可以从这种本子上推论郭本的性质。

郭本似是用已有的"X"、"Y"、"Z"等本子来重新改造过的。"X"本的事迹大略，似乎全采用了。"Y"本的田虎、王庆两大段，太幼稚了，太荒唐了，实在没有采用的价值。但郭本的改作者却看中了王庆被高俅陷害的一小段，所以他把这一段提出来，把王庆改作了王进，柳世雄改作了柳世权，把称王割据的王庆改作了一个神龙见首不见尾的孝子，把一段无意识的故事改作了一段最悲哀动人又最深刻的《水浒》开篇。此外，王庆和田虎的两大段便全删去了。

郭本虽根据"X"、"Y"等本子，但其中创作的成分必然很多。这位改作者（施耐庵或王道昆）起手确想用全副精力做一部伟大的小说，很想放手做去，不受旧材料的拘束，故起首的四十回（从王进写到大闹江州），真是绝妙的文字。这四十回可以完全算是创作的文字，是《水浒传》最精彩的部分。但作者到了四十回以后，气力渐渐不加了，渐渐地回到旧材料里去，草草地把一百零八人都挤进来，草草地招安他们，草草地送他们出去征方腊。这些部分都远不如前四十回的精彩了。七十回以下更潦草的厉害，把元曲里许多幼稚的《水浒》故事，如李逵乔坐衙，李逵负荆，燕青射雁等等，都穿插进去。拼来凑去，还凑不满一百回。王庆、田虎两段既全删了，只好把"Z"本中篇幅较短的征辽国一段故事加进去。

故郭本和所谓李卓吾批点的百回本《水浒传》，是用"X"本事迹的全部而大加改造，加上"Z"本的征辽故事，又加上从"Y"本借来重新改造过的王进与高俅的故事作为开篇，但完全删除了王庆、田虎两大部分。

但据胡应麟所说，十六世纪的晚年，闽中坊贾刻有删节本的《水浒传》（其说引见上文）。邓之诚先生《骨董琐记》卷三引金坛王氏《小品》说：

> 此书每回前各有楔子，今俱不传。予见建阳书坊中所刻诸书，节缩纸板，求其易售，诸书多被刊削。此书亦建阳书坊翻刻时删落者。

每回前各有楔子，是不可能的事；此与周亮工《书影》所说"一百回各以妖异语引其首"，同是以讹传讹，后文我另有讨论。王彦泓所记建阳书坊删削《水浒》事，可与胡应麟所记互相印证，同是当时人士的记载。此种删节的《水浒传》，我们现在所见的，有百十五回本，有百二十四回本；虽未见而知道的，有百十回本。这些本子都比李卓吾批点本简略的多。鲁迅先生称这些本子为"简本"，但他不信百十五回本就是胡应麟说的闽中坊贾删节本。他以为百十五回简本"文词蹇拙，体制纷纭，中间诗歌亦多鄙俗，甚似草创初就，未加润色者。虽非原本，盖近之矣"。鲁迅主张百十五回简本的成就"殆当先于繁本"。他的理由是："以其用字造句，与繁本每有差违，倘是删存，无烦改作也。"

鲁迅先生所举的理由，颇不能使我心服。他论金圣叹七十回本时，曾说：

然文中有因删去诗词而语气遂参差者，则所据殆仍是百回本耳。

这可见"倘是删存，无烦改作"之说不能完全成立。再试看我所得的百二十四回本删节更厉害了，但改作之处更多。如鲁迅所引林冲雪中行沽的一段：

　　在百回本（日本翻明本）　　有六百零一字（百二十回本同）
　　在百十五回本　　　　　　有二百四十八字
　　在百二十四回本　　　　　只有一百四十一字

可见百二十四回本是删节最甚的本子，然而这个本子也有很分明的改作之处。如林冲在天王堂遇着酒生儿李小二，小二夫妻在酒店里偷听得陆虞候同管营差拨的阴谋，他们报告林冲，劝他注意，林冲因此带了刀，每日上街去寻他的仇人，以后才是接管草料场的文章。这一大段在百回本和百二十回本里都有二千字之多，在百十五回本里也有一千一百多字。但在百二十四回本里，李小二夫妻同他们的酒店都没有了。只说有一天，一个酒保来请管营与差拨吃酒，他们到了店里，见两个军官打扮的人，自称陆谦、富安，把高太尉的书信给管营与差拨看了，他们定下计策，分手而去。全文只有三百五十多个字。故若添上李小二夫妻的故事，须有一千一百到二千字；若删了他们，改造一番，三百多字便够用了。这可见删节也往往正有改作的必要，故鲁迅先生"删存无烦改作"之说不能证明百十五回本之近于古本，也不能证明此种简本成于百回繁本之先。俞平伯先生也主张此说，同一错误。

　　今日市上最风行的每页插图的节本小说多种，专为小孩子和下流社会做的，俗名"画书"。每页上图画差不多占全页，图画上方印着四五十个字的本文，其中有《水浒传》、《西游记》、《薛仁贵征东》

等等，删节之处最多，有时因删节上的需要，往往改动原文，以便删节。看了这些本子，便知"删存无烦改作"之说是不能成立的。

故我主张，百十回本和百二十四回本等等简本大概都是胡应麟所说的坊贾删节本：其中从误走妖魔到招安后征辽的部分，和后文征方腊到卷末，都是删节百回郭本的；其中间插入征田虎、王庆的部分，是采用百回郭本以前的旧本（上文叫做"Y"本）的。加入这两大段，又不曾删去征辽一段，便不止百回了。故有百十回到百二十四回的参差。

外面通行的《征四寇》，即是从这坊贾删节本出来的。我从前认《征四寇》是从"原百回本"出来的，那是我的误解。

四 论百二十回本

这种有田虎、王庆两段的删节本《水浒传》，自然比那些精刻的郭本、李本流行更广，于是一般读者总觉得百回本少了田、王两寇，像是一部不完全的《水浒传》。所以不久便有百二十回本出现，即是现在的商务印书馆翻印的"绣像评点《忠义水浒全书》"。因为大家感觉百回本的不完全，故这部书叫做"全书"。

这部百二十回本又叫做"新镌李氏藏本《忠义水浒全书》"，卷首有"楚人凤里杨定见"的小引，自称是"事卓吾先生"的，又说"先生殁而名益尊，道益广，书益播传；即片牍单词留向人间者，靡不珍为瑶草，俨然欲倾宇内"。李贽死在万历三十年，此书之刻，当在崇祯初期，去明亡不很远了。

杨序又说，他在吴中，遇着袁无涯，遂取李贽"所批定《水浒传》"付无涯。大概杨定见是改造百二十回本的人，袁无涯是出钱刻印这书的人，可惜都不可考了。

此本有"发凡"十条，其中颇多可供考证的材料，故我在《〈水浒传〉后考》里，鲁迅先生在《中国小说史略》里，往往征引"发凡"的话。但十年以来，新材料稍稍出现，可以证明"发凡"中的话有很不可信之处，如第六条说：

> 古本有罗氏致语，相传"灯花婆婆"等事，既不可复见；乃后人有因四大寇之拘而酌损之者，有嫌一百廿回之繁而淘汰之者，皆失。

这些话，十年来我们都信以为真，故我同鲁迅先生都信古本《水浒》有罗氏致语，有相传"灯花婆婆"等事，鲁迅又相信古本真有百二十回本。我现在看来，这些话都没有多大根据，杨定见并不曾见"古本"，他说"古本"怎样怎样，大概都是信口开河，假托一个古本，作为他的百二十回改造本的根据而已。

罗氏致语之说，除此本"发凡"之外，还有周亮工《书影》说的：

> 故老传闻，罗氏《水浒传》一百回，各以妖异语冠其首。嘉靖时，郭武定重刻其书，削其致语，犹存本传。

又《王氏小品》也说：

> 此书每回前各有楔子，今俱不传。

这都是以讹传讹的话。每回前各有妖异的致语，这是不可能的事。《水浒传》的前面有"洪太尉误走妖魔"的一段，这便是《水浒传》的"致语"。全书只有这一段"妖异语"的致语，别没有什么"灯花婆婆"等事。"灯花婆婆"的故事乃是《平妖传》的致语，其书现存，可以参证。这是因为《水浒传》和《平妖传》相传都是罗贯中做的，两书各有一段妖异的致语，后来有人记错了，遂说"灯花婆婆"的故事是古本《水浒传》的致语。后来的人更张大其词，遂说一百回各有妖异的致语了。（参看胡适《宋人话本八种序》，页一一四，又页二七—三十。）

至于古本有百二十回之说，也是"托古改制"的话头，不足凭信。大概古本不止一种，上文所考，"X"本无征辽及王、田二寇，必没有一百回；"Y"本有王、田而无辽国，"Z"本有辽国而无王、田，大概至多不过在百回上下，都没有百二十回之多。坊间的删节本，始合王、田二寇与辽国为一书，文字被删节了，事实却增多了，故有超过百十回的本子。杨定见改造王、田二寇，文字增加不少，成为百二十回本，所以要假托古本有百二十回，以抬高其书；其实他所谓"古本"，不过是建阳书坊的删节本罢了。

百二十回本的大贡献在于完全改造旧本的田虎、王庆两大寇。原有的田虎、王庆两部分是很幼稚的，我们看《征四寇》或百十五回本，都可以知道这两部分没有文学的价值。郭本与李卓吾本都删去这两部分，大概是因为这些部分太不像样了，不值得保存。况且王庆的故事既然提出来改作了王进，后面若还保留王庆，重复矛盾的痕迹就太明显了，所以更有删除的必要。后来杨定见要想保留田虎、王庆两大段，却也感觉这两段非大大地改作过，不能保存。于是杨定见便大胆把旧有的田虎、王庆两段完全改作了。田虎一段，百十五回本和百二十回本的回目可以列为比较表如下：

百十五回本		百二十回本	
（84）	宿太尉保举宋江 卢俊义分兵征讨	（91）	宋公明兵渡黄河 卢俊义赚城黑夜
（85）	盛提辖举义投降 元仲良愤激出家	（92）	振军威小李广神箭 打盖郡智多星密筹
（86）	众英雄大会唐斌 琼英郡主配张清	（93）	李逵梦闹天池 宋江兵分两路

百十五回本		百二十回本	
(87)	公孙胜访罗真人 没羽箭智伏道清	(94)	关胜义降三将 李逵莽陷众人
(88)	宋江兵会苏林岭 孙安大战白虎关	(95)	宋公明忠感后土 乔道清术败宋兵
(89)	魏州城宋江祭诸将 石羊关孙安擒勇士	(96)	幻魔君术窘五龙山 入云龙兵围百谷岭
(90)	卢俊义计攻狮子关 段景住暗认玉栏楼	(97)	陈瓘谏官升安抚 琼英处女做先锋
(91)	宋江梦中朝大圣 李逵异境遇仙翁	(98)	张清缘配琼英 吴用计鸩邬梨
(92)	道清法迷五千兵 宋江义释十八将	(99)	花和尚解脱缘缠井 混江龙水灌太原城
(93)	卞祥卖阵平河北 宋江得胜转东京	(100)	张清琼英双建功 陈瓘宋江同奏捷

旧本写征田虎一役，全无条理，只是无数琐碎的战阵而已。改本认定几个关键的人物，如乔道清，孙安，琼英郡主，用他们作中心，删去了许多不相干的小战阵，故比旧本精密的多多。旧本又有许多不近情理的地方，改本也都设法矫正了。试举张清匹配琼英的故事作例。旧本中此事也颇占重要的地位，但张清所以去假投降者，不过是要打救被乔道清捉去的四将而已。改本看定张清、琼英的故事可作为破田虎的关键，故在第九三回即在李逵的梦里说出神人授与的"要夷田虎族，须谐琼矢镞"十个字，又加入张清梦中被神人引去教授琼英飞石的神话，这便是把这段姻缘提作田虎故事的中心部分了。这是一不同。

旧本既说琼英是乌利国舅的女儿，后文乔道清又说她是"田虎亲妹"，这种矛盾是很明显的。况且无论她是田虎的亲妹或表妹，她的背叛田虎，总于她的人格有点损失，至于张清买通医士，毒死她的亲父，也未免太残忍。改本认清了此二点，故不但说琼英"原非邬梨亲生的"，并且说田虎是杀她的父母的仇人。这样一来，琼英的背叛，变成了替父母报仇，毒死邬梨也只是报仇，琼英的身份便抬高多了。这是二不同。

旧本写张清配合琼英，完全是一种军事策略，毫无情义可说。改本借安道全口中说出张清梦中见了琼英，醒来"痴想成疾"；后来琼英在阵上飞石连打宋将多人，张清听说赶到阵前，要认那女先锋，那边她早已收兵回去了，张清只得"立马怅望"。这很像受了当时风行的《牡丹亭》故事的影响，但也抬高张清的身份不少。这是三不同。

这一个故事的改作，很可以表示杨定见改本用力的方向与成绩。此外如乔道清，如孙安，性格描写上都很有进步。田虎部下的将领中有王庆，有范全，都和下文王庆故事中的王庆、范全重复了，所以改本把这些人都删去了。这些地方都是进步。

王庆的故事改造更多。这是因为这里的材料比较更容易改造。田虎一段，只有征田虎的事，而没有田虎本人的历史。百十五回本叙田虎的历史，只有寥寥一百个字。百二十回本稍稍扩大了一点，也只有四百二十字。王庆个人的故事，在百一五回里，便占了四回之多，足足有一万三千多字。材料既多，改造也比较容易了。

不但如此，上文我曾指出王庆故事的原本太像王进的故事了，这分明是百回本《水浒传》的改造者（施耐庵？）把王庆的故事提出来，改成了《水浒传》的开篇，剩下的糟粕便完全抛弃了。百二十回本的改造者也看到了这一点，故他要保存王庆的故事，便不能不根本改造这一大段的故事。

原本的王庆故事的大纲如下：

（1）高俅未遇时，流落在灵壁［璧］县，曾受军中都头柳世雄的恩惠。

（2）高俅做殿前太尉时，柳世雄已升指挥使，来见高俅。高俅要报他的大恩，叫八十万禁军教头王庆把他该升补的总管之职让给柳世雄。

（3）高俅教王庆比武时让柳世雄一枪。王庆心中不愿，比枪时把柳世雄的牙齿打落。

（4）高俅怀恨，要替柳世雄报仇，亲自到十三营点名，王庆迟到，诉说家中有香桌香炉飞动进门的怪事，他打碎香桌，闪了臂膊，赎药调治，误了点名。高俅判他捏造妖言，不遵节制，斥去官职，杖二十，刺配淮西李州牢城营安置。

这是王庆故事的第一段，是他刺配淮西的原因。这段故事有几点和王进故事相像：（1）两个故事同说高俅贫贱时流落淮西；（2）高俅的恩人柳世雄，在王进故事里作柳世权，明明是一个人；（3）王庆、王进同是八十万禁军教头，明明是一个人的化身；（4）王庆、王进同因点名不到，得罪高俅。因为这些太相像之点，这两个故事不能同时存在，故百回本索性把王庆故事删了，故百二十回本决定把这个故事完全改作。

这一段的改本的大纲是：

（1）王庆不是八十万禁军教头，只是开封府的一个副排军，是一个赌钱宿娼的无赖。

（2）王庆在艮岳见着蔡攸的儿媳妇，是童贯的侄女，小名唤作娇秀。他们彼此留情，就勾搭上了。

（3）一日，王庆醉后把娇秀的事泄漏出去，风声传到童贯耳朵里。童贯大怒，想寻罪过摆布他。

（4）他在家乘凉，一条板凳忽然四脚走动，走进门来。王庆喝声"奇怪！"一脚踢去，用力太猛，闪了胁肋，动弹不得。

（5）王庆因腰痛误了点名，被开封府府尹屈打成招，定了个捏造妖言，谋为不轨的死罪。后来童贯、蔡京怕外面的议论，教府尹速将王庆刺配远恶军州。于是王庆便被刺配到陕州牢城。

这里面高俅不见了，柳世雄也不见了，八十万禁军教头换成了一个副排军，于是旧本的困难都解决了。

王庆故事的第二段，在旧本里，大略如下：

（1）王庆在路上因盘费用尽，便在路口镇使棒乞钱。遇着龚端，送他银子作路费，并且给他介绍信，去投奔他的兄弟龚正。

（2）他到了四路镇龚正店里，龚正请众邻舍来，请王庆使一回棒，请众人各帮一贯钱，共聚得五百贯钱。

（3）不幸被黄达出来拦阻，要和王庆比棒，王庆赢了他，却结下了冤仇。

（4）王庆到了李州牢城，把五百贯钱上下使用，管营教他去管大王堂，每日烧香扫地。

（5）王庆因比棒打伤了本州兵马提辖张世开的妻弟庞元，结下了冤仇。张世开要替庞元报仇，把王庆调去当差，寻事叫他赔钱吃棒，预备要打他九百九十九棒。

（6）王庆吃苦不过，把张世开打死，逃出李州，在吴太公庄上教武艺。又逃到龚正庄上，被黄达叫破，王庆把黄达打死，又逃到镇阳城去投奔他的姨兄范全。

（7）王庆在快活林使朴刀枪棒，打倒了段五虎，又打败了段三娘，段三娘便嫁了他。

（8）恰好庞元在本地做巡检，王庆记念旧仇，把他杀了，同段三娘逃上红桃山做强盗。

（9）王庆故事中处处写一个卖卦的金剑先生李杰；李杰邀了龚正弟兄来助王庆；王庆请他做军师，定下制度，占了秦州，王庆称秦王。

这段故事，人物太多，头绪纷繁，描写的技术也很幼稚。百二十回本的改作者决心把这个故事整理一番，遂变成了这个新样子：

（1）王庆刺配陕州，路过新安县，打伤了使棒的庞元，结识了龚端、龚正弟兄。龚氏弟兄与黄达寻仇，王庆打伤了黄达，在龚家村住了十余日，龚正送他到陕州，上下使用了银钱，管营张世开把王庆发在单身房内，自在出入。

（2）后来张世开忽然把他唤去做买办，不但叫他天天赔钱，还时时寻事打他，前后计打了他三百余棒。王庆后来在棒疮医生处打听得张世开的小夫人便是庞元的姐姐，又知道张世开有意摆布他，代庞元报仇。王庆夜间偷进管营内室，偷听得张世开与庞元阴谋，要在棒下结果他的性命，一时怒起，遂杀了张、庞二人，越城逃走了。

（3）他逃到房州，躲在表兄范全家中，用药销去了脸上的金印。有一天，段家庄的段氏弟兄接了个粉头，搭戏台唱戏，王庆也去看热闹，在戏台下赌博，和段氏弟兄争斗，又打败了段三娘。次日，段太公叫金剑先生李助去做媒，把段三娘嫁给他。成亲之夜，忽有人报到，说新安县的黄达打听得王庆的踪迹，报告房州州尹，就要来捉人了。

（4）李助给他们出主意，教他们反上房山去做强盗。后来他们打破房州，声势浩大，打破附近南丰、荆南各地。王庆自称楚王，在南丰城中建造宫殿，占了八座军州，做了草头天子。

这样大改革，人物与事实虽然大致采用原本，而内容完全变了，地理也完全改换了，描写也变细密了，事迹与人物也集中了。

百二十回本作序的杨定见自称"楚人"，他知道河南、湖北、江西一带的地理，故把王庆故事原本的地理完全改变了。旧本的王庆故事说王庆占据"秦州"，称"秦王"。书中可考的地名，如梁州，洮阳，秦州，皆在陕西甘肃两省。这便不是"淮西"了！杨定见是湖北人，故把王庆的区域改在河南西南，湖北全境，及江西的建昌一角。（看本书百五回，页四七—四八）所以王庆不能称"秦王"了，便改成了"楚王"。旧本的卖卦李杰是洮西人，此本也改为"荆南李助"，这也是杨定见认同乡的一证。

原本中的地名，如"天王堂"，和林冲故事的天王堂重复了，如"快活林"，和武松故事的快活林重复了，改本中都一概删改了，这也算一种进步。

改本把王庆早年故事集中在新安，陕州，房州三处，把龚端、龚正放在一处，把李杰的几次卖卦删成一次，把张世开和管营相公并作一个人，把庞元和张世开并在一块被杀，把吴太公等等无关重要的人都删了。——这都是整理集中的本事，都胜于原本。

原本的王庆故事显然分作两截：王庆得罪高俅以至称王的历史，自成一截。宋江征王庆的事，又自成一截。这两截各不相谋，两截中的人物也毫不相干，前截的人物如李杰，段氏兄妹，龚氏弟兄，皆不见于后截。这一点可证明李玄伯先生假定的短篇的《水浒》故事。大概王庆的历史一截，只是一种短篇王庆故事，本没有下文宋江征讨的结局。这个王庆本是一条好汉，可以改作梁山上的一个弟兄，也可以改作《水浒》开篇而不上梁山的王进，也可以改作与宋江等人并立的一寇。后来旧本的一种便把他改作四寇之一，又硬添上宋江征王庆的一段事。百回本的作者便把他改作王进，开篇而不结束。百十五回等本把这两种办法并入一部《水浒传》，便闹出种种矛盾和不照应的话来了。杨定见看出了这里面的种种短处，于是重新改作一番，把李助（李杰），段二，段五，段三娘，龚端等人，都插入后截宋江征讨的一段里，使这个故事前后照应。这是百二十回本的大进步。

至于描写的进步，更是百二十回本远胜旧本之处。百十五回本叙王庆的历史只有一万三千字；百二十回本把事迹归并集中了，而描写却更详细了，故字数加至二万字。试举几条例子。如李杰第一次卖卦，百十五回本只有一百六十个字的记载，百二十回本便加到八百字的描写。其中有这样细腻的文字：

……王庆接了卦钱，对着炎炎的那轮红日，弯腰唱喏；

却是疼痛，弯腰不下，好似那八九十岁老儿，硬着腰半揖半拱的兜了一兜，仰面立着祷告。……

李助摇着一把竹骨折叠油纸扇。……王庆对着李助坐地，当不的那油纸扇儿的柿漆臭，把皂罗衫袖儿掩着鼻，听他。

——百二回　页十二—十三

又如写定山堡、段家庄的戏台下的情形：

那时粉头还未上台，台下四面有三四十只桌子，都有人围挤着在那里掷骰赌钱。那掷骰的名儿非止一端，乃是六风儿，五么子，火燎毛，朱窝儿。

又有那掂钱的，蹲踞在地上，共有二十余簇人。那掂钱的名儿也不止一端，乃是浑沌儿，三背间，八叉儿。

那些掷色的在那里呼幺喝六，掂钱的在那里唤字叫背；或夹笑带骂，或认真厮打。那输了的，脱衣典裳，褫巾剥袜，也要去翻本……那赢的，意气扬扬，东摆西摇，南闯北楚的寻酒头儿再做；身边便袋里，搭膊里，衣袖里，都是银钱；到后来捉本算帐，原来赢不多；赢的都被把捎的，放囊的，拈了头儿去……

——百四回，页三三

这样细密的描写，都是旧本的王庆故事里没有的。

旧本于征王庆的一段之中，忽然插入"宋公明夜游玩景，吴学究幄幄谈兵"一回，前半宋江和卢俊义、吴用、乔道清诸人各言其志，后半吴用背诵《武侯新书》，全是文言的，迂腐的可厌。百二十回本把这一回全删去了。但征讨王庆的战事，无论如何彻底改造，总不见怎样出色；不过比旧本稍胜而已。

我在上文举的这些例子，大概可以表示百二十回本的性质了。百二十回本的改作者，大概就是作序的楚人杨定见，他想把田虎、王庆两部分提高，要使这两段可以和其他的部分相称，故极力修改田虎故事；又发愤改造王庆故事，避免了旧本里所有和百回本重复或矛盾之处，改正了地理上的错误，删除了一切潦草的，幼稚的记载（如王庆与六国使臣比枪），提高了书中主要人物的性格（如张清、琼英等），统一了本书对王庆一群人的见解，（王庆在旧本里并不算小人，此本始放手把他写成一个无赖。）并且抬高了人物描写的技术。——这是百二十回本的用意和成绩。

但《水浒传》的前半部实在太好了，其他的各部分都赶不上。最末的部分，——平方腊班师以后，——还有几段很感动人的文字；如写鲁智深之死，燕青之去，宋江之死，徽宗之梦，都还有点文学的意味。百回本里的征辽一段，实在是百回本的最弱部分，毫没有精彩。碣石天文以后，征辽以前，那一长段也无甚精彩。征方腊的部分也不很高明。至于田虎、王庆两大段，无论是旧本，或百二十回的改本，总不能叫人完全满意。

如果《水浒传》单是一部通俗演义书，那么，百二十回的改本已可算是很成功的了。但《水浒传》在明朝晚年已成了文人共同欣赏赞叹的一部文学作品，故其中各部分的优劣，很容易引起文人的注意。后来删削《水浒传》七十回以下的人，即是最崇拜《水浒传》的金圣叹。圣叹曾说：

> 天下之文章无出《水浒》右者！

他删去《水浒》的后半部，正是因为他最爱《水浒》，所以不忍见《水浒》受"狗尾续貂"的耻辱。

也许还有时代上的原因。我曾说：

> 圣叹生在流贼遍天下的时代，眼见张献忠、李自成一班强盗流毒全国，故他觉得强盗是不可提倡的，是应该口诛笔伐的。……圣叹又亲见明末的流贼伪降官兵，后复叛去，遂不可收拾，所以他对于《宋史》侯蒙请赦宋江使讨方腊的事，大不满意，极力驳他，说他"一语有八失"；所以他又极力表章那没有招安以后事的七十回本。
> ——《〈水浒传〉考证》

金圣叹的文学眼光能认识《水浒》七十回以下的文笔远不如前半部，他的时代背景又使他不能赞成招安强盗的政策，所以他大胆地把七十回以下的文字全删了，又加上卢俊义的一个梦，很明显地教人知道强盗灭绝之后天下方得太平。这便是圣叹的七十一回本产生的原因。

圣叹的辩才是无敌的，他的笔锋是最能动人的。他在当日有才子之名，他的被杀又是当日震动全国的一件大惨案。他死后名誉更大，在小说批评界，他的权威直推翻了王世贞、李贽、钟惺等等有名的批评家。那部假托"圣叹外书"的《三国演义》尚且风行三百年之久，何况这部真正的圣叹评本的七十回本《水浒传》呢？无怪乎三百年来，我们只知道七十回本，而忘记了其他种种版本的存在了。

我们很感谢李玄伯先生，使我们得见百回本的真相；我们现在也很感谢商务印书馆，使许多读者得见百二十回本的真相，我个人很感谢商务印书馆要我作序，使我有机会把这十年来考证《水浒》的公案结一笔总账。万一将来还有真郭本出现的一天，我们对于《水浒传》的历史的种种假设的结论，就可以得着更有力的证实了。

一九二九，六，二十三

《水浒续集两种》序

一

　　这部《水浒续集》是合两种书做成的。一部是摘取百十五回本《水浒传》的第六十六回以后,是为《征四寇》。一部是清初陈忱做的《水浒后传》。我们的本意是要翻印《水浒后传》;但后传是接着百回本《忠义水浒传》做的,不能直接现行的七十回本。因此,我们就不能不先印行石碣发见以后的半部故事:这是《征四寇》翻印的第一个原因。《征四寇》一书,外间止有石印的劣本。这部书确是百十五回本的后半部;我们现在既知道百十五回本里不但保存了百回本里征辽和征方腊的两大部分,并且还保存了最古本里征田虎和征王庆的两大部分。那么,这部《征四寇》确也有保存流通的价值了。这是翻印《征四寇》的第二个原因。百十五回(《英雄谱》)本的《水浒传》有许多地方用诗词或骈文来描写风景和军容,——例如此本第三十五回以内写江上风景的一《萼红》(页四),和三十六回写淮西水军一段(页四),——都是今本《征四寇》所没有的。这种平话的套头还可以考见百十五回本之古,所以我们用百十五回本来校补《征四寇》,弄出这个比较完善的《征四寇》来。这是翻印《征四寇》的第三个原因。

但《征四寇》的部分，除了他的史料价值之外，却也有他自身的文学价值。我在《〈水浒传〉后考》里曾引了燕青辞主一段（《文存》三，页一七八），和宋江之死一段（《文存》三，页一六七）。现在我且引鲁智深圆寂一段：

> 却说鲁智深、武松在六和寺中安歇。是夜智深忽听江潮声响，起来持了禅杖抢出来。众僧惊问其故，智深曰，"洒家听得战鼓响，俺要出去厮杀。"众僧笑曰，"师父错听了，此是钱塘江上潮信响。"智深便问，"怎的叫做潮信？"众僧推窗，指着潮头，对智深说曰，"这潮信日夜两番来。今朝是八月十五日，子时潮来。因不失信，谓之潮信。"鲁智深看了，大悟曰，"俺师父智真长老曾嘱咐俺四句偈曰，'逢夏而擒'，前日捉了夏侯成；'遇腊而执'，俺生擒方腊；'听潮而圆，见信而寂'，俺想应了此言。"便问众，如何是圆寂。众僧曰，"佛门中圆寂便是死"。智深笑道，"既死是圆寂，洒家今当圆寂，与我烧桶汤来，洒家沐浴。"众僧即去烧桶汤来。智深洗沐，换一身净衣，令军校去报宋江，"来看洒家"。又写了数句偈语，去法堂焚起真香，在禅椅上，左脚踏右脚，自然而化。
>
> 及宋江引众头领来看时，智深在禅椅上不动了。看其偈曰：
>
> 平生不修善果，只爱杀人放火。忽地顿开金枷，这里扯断玉锁。钱塘江信潮来，今日方知是我。

这种写法，自不是俗手之笔。又在末回写宋徽宗在李师师家中饮酒，

醉后入梦,梦游梁山泊一段:

> 上皇到忠义堂前下马。上皇坐定,见阶下拜伏者许多人。上皇犹豫不定。宋江向前垂泪启奏曰,"臣等不曾抗拒天兵,素秉忠义。自从陛下招安,南征北讨,兄弟十中损八。臣蒙陛下命守楚州,到任以来,陛下赐以药酒,与臣服讫。臣死无怨,但恐李逵知而怀恨,辄生异心,臣亦与药酒饮死。吴用、花荣亦忠义而皆来,在臣冢上俱各自缢身死。……申告陛下,始终无异,乞陛下圣鉴。"
>
> 上皇听了大惊,曰,"寡人亲差天使,御笔印封黄酒。不知何人换了药酒赐卿。……卿等有此冤屈,何不诣九重深处,显告寡人?"
>
> 宋江正待启奏,忽见李逵手把双斧,厉声叫曰,"无道昏君,听信四个贼臣,屈坏我们性命!今日既见,正好报仇!"说罢,轮起双斧,径奔上皇。天子吃这一惊,忽然觉来,乃是一梦。睁开双眼,见灯烛荧煌,李师师犹然未寝。……

这种地方都带有文学意味。

《征四寇》的内容可分六大段:

(1) 梁山泊受招安的经过,——第一回至第十一回。

(2) 征辽,——第十二回至第十七回。

(3) 征田虎,——第十八回至第二十八回。

(4) 征王庆,——第二十九回至第四十回。

(5) 征方腊,——第四十一回至第四十七回。

(6) 结束,——末二回。

关于这几部分的考证与批评,我在前两篇《〈水浒传〉考证》里已约略说过了（看《文存》三，页一二四——一二六；又三，一五七——一七一）。我希望读者特别注意此书中写王庆和柳世雄和高俅的关系一大段，用这一段来比较今本《水浒》第一回写高俅、王进、柳世雄的关系的一段（看《文存》三，一五九——一六一）。这种比较是很有益的，不但可以看出今本《水浒》的技术上的优点，还可以明了《征四寇》在"《水浒》演进史"上的位置。

我在《〈水浒传〉后考》里曾略述百二十回本《水浒传》的价值，并且指出百廿回本写田虎、王庆的部分，和百十五回本有大不相同的地方（《文存》三，页一六四——一六六）。现在百十五回本已在这里保存了。今年上海涵芬楼收买到百廿回本的《水浒传》，前有"发凡"十一条，有杨定见序，与日本京都府立图书馆所藏本相同。听说此书不久也要排印出版。从此百十五回本与百廿回本都重在人间流通了，研究《水浒传》的人又可添许多比较参证的材料了。

二

《水浒后传》四十卷，原称"古宋遗民著，雁宕山樵评"。俞樾据沈登瀛《南浔备志》，考定此书是雁宕山樵陈忱做的。今年承顾颉刚先生代我在汪曰桢《南浔镇志》里寻出许多关于陈忱的材料，竟使我可以做陈忱的略传了。

《南浔镇志》卷十二，页二十二上云：

> 陈忱，字遐心，号雁荡山樵。其先自长兴迁浔，阅数传至忱（《研志居琐录》）。读书晦藏，以卖卜自给（《范志》）。究心经史，稗编野乘无不贯穿（《董志》）。好作诗文，乡荐绅咸推重之。惜贫老以终，诗文杂著俱散佚不传。
>
> ——《琐录》

这部志的体裁最好，传记材料俱注明出处。《研志居琐录》是范颖通的，《董志》是乾隆五十一年董肇铿的《南浔镇志》，《范志》是道光二十年范来庚续修的。

在《著述》一门里，有

陈忱　《雁宕杂著》（佚）

　　　《雁宕诗集》二卷（未见）

汪氏注云：

> 按《范志》，忱又有《读史随笔》。考……顺治中，秀水又有一陈忱字用亶，甲午副贡，著《诚斋诗集》，不出户庭，录《读史随笔》、《同姓名录》诸书。……《范志》因以致误。……

《中国人名大辞典》一○七二页上说：

> 陈忱，清秀水人，字遐心，有《读史随笔》。

这也是把南浔的陈忱和秀水的陈忱混作一个人了。

《汪志》卷三十，页十七，又云：

> 浔人所撰……弹词则有陈忱《续廿一史弹词》，曲本则有陈忱《痴世界》……演义则有……陈忱《后水浒》。此类旧志不免阑入，今悉不载。

据此看来，陈忱做的通俗文学颇不少，可惜现在只剩这部《后水浒》了。《后水浒》开篇有赵宋一代史事的长歌一首，还可以考见他的

《二十一史弹词》的一部分。

《汪志》卷三十五，为"志余"，也有几段关于他的话：

> [《南浔备志》]陈雁宕忱，前明遗老，韩纯玉《近诗兼逸集》以"身名俱隐"称之。生平著述并佚。唯《后水浒》一书，乃游戏之作，托宋遗民刊行。

这就是俞樾所根据的话。《后水浒》绝不是"游戏之作"，乃是很沉痛地寄托他亡国之思，种族之感的书。当时禁网很密，此种书不能不借"古宋遗民"的名字。今本《水浒后传》里还有几处可以看见著者有意托古的痕迹。第一是雁宕山樵的序末尾写"万历戊申秋杪"。万历戊申（一六〇八）在明亡之前三十五年；这明明是有意遮掩亡国之痛的。第二，是原书有"论略"六十多条，末云："遗民不知何许人。以时考之，当去施罗之世未远，或与之同时，不相为下，亦未可知。元人以填词小说为事，当时风气如此。"这竟是把此书的著作人硬装在元朝去了。第三，"论略"末又云："此稿近三百年无一知者。闻向藏括苍民家，又遭伧父改窜，几不可句读。余悬重价，久而得之。……"著者本是湖州南浔人，既自称雁宕山樵，又把此书的来源推到"括苍民间"去，使人不可捉摸。我们看他这样有心避祸，更可以明白他著书的本旨了。

《汪志》卷三十六引沈彤《震泽县志》云：

> 国初吾邑（震泽）之高蹈而能文者，相率为惊隐诗社，四方同志咸集。今见于叶桓奏诗稿与其他可考者，苕上……陈忱雁宕，……玉峰归庄玄恭，顾炎武宁人……同邑吴炎赤溟……王锡阐兆敏，潘柽章力田。……（原文列举四十余人，今仅举其稍知名者六人为例。）于时定乱已四五年；迹其始起，

盖在顺治庚寅。（七年，西一六五〇，明亡后七年。）**诸君以故国遗民，绝意仕进，相与逃迹林泉，优游文酒；角巾方袍，时往来于五湖三泖之间。……其后史案株连，同社有罹法者，社集遂散**（此指潘、吴史案）。

这一段可见陈忱是明末遗民，绝意不仕清朝的。他的朋友多是这一类的亡国遗民。这一层很可解释他托名"古宋遗民"的意思了。

颉刚从《汪志》里辑得陈忱的遗诗三首：

明陈忱敬夫。（颉刚案，据此，可知其字为敬夫。）

移居西村二首

流离怜杜老，还傚瀼西居。
水作孤村抱，门开烟柳疏。
裹沙移药草，带雨负残书。
世故虽多舛，南薰且晏如。

溪上云林合，茅茨落照边。
奇情负山水，杂兴托园田。
老去诗真误，贫来家屡迁。
苕西清绝处，栖逸在何年？

过长生塔院，访沈云樵、徐松之。兼呈此山师

寺门松动影离离，纵目西郊欲雪时。
故国栖迟遗老在，新亭慷慨几人知？
愁深失计三年别，乱极犹谈一日诗。
虽是支公超物外，岁寒堂里亦低眉。

这诗里的此山和尚也是一个遗老，原姓周，名寥，字澹城；他本是一个秀才，明亡后便做了和尚。长生塔院是他为他的师父明闻募建的，遗民黄周星题岁寒堂匾额（《汪志》卷十五）。黄周星字九烟，明朝遗臣，流寓在南浔，康熙间投水死。黄周星和吕留良（晚村）往来最密，晚村的《东庄诗存》里有许多赠他的诗。内有《寄黄九烟》一诗首句云："闻道新修谐俗书，文章卖买价何如？"自注云："时在杭，为坊人著稗官书。"可见当时那一班遗民常常替书坊编小说书为糊口计。这部《水浒后传》也许是陈忱当时替书坊编的。

　　陈忱的生卒年月，现已不可考了。他的自序假托于一六〇八，而他们的诗社起于一六五〇；我们也可以假定他生于万历中叶，约当一五九〇；死于康熙初年，约当一六七〇，年约八十岁。郑成功据台湾在一六六〇。《水浒后传》写的暹罗，似暗指郑氏的台湾，故我们假定陈忱死在康熙时。

三

　　《水浒后传》里的人物，除了几个后一辈的少年英雄之外，都是《前传》里剩余的人物。《后传》的领袖是混江龙李俊。《忠义水浒传》第九十九回曾说宋江征方腊回来，到了苏州，李俊诈称风疾不起；宋江行后，李俊和童威、童猛三人自来寻费保等；他们到榆柳庄上，把家财卖了，造了大船，多贮盐米，开出太仓港，入海，到外国去。后来李俊做了暹罗国王，童威等俱做官人（此据日本译本）。这就是《后传》里李俊做暹罗王的故事的根据。《后传》因为《前传》有这样的一段故事，故不能不认李俊为主要人物，既认了一个浔阳江上的渔户作主要人物，自不能不极力描写他一番。《后传》第九回里写李俊"不通文墨，识见却是暗合"，这便是古人描写刘邦、石勒的方法了。

但《后传》的主要人物究竟还要算浪子燕青。凡是《后传》里最重要的事业，差不多全是燕青的主谋，所以后来在暹罗国里李俊做了国王，柴进做了丞相，燕青便做了副丞相；燕青是奴仆出身，故首相不能不让给门阀光荣的柴进；然而燕青却特别加封文成侯，特赐"忠贞济美"的金印，这又可见著者对燕青的偏爱了。本来在《前传》里，燕青已立了大功，运动李师师，运动徽宗，以成招安之局，都是他的成绩。末段征方腊回来，燕青独能看透功成身退之旨，飘然远遁，留诗别宋江道：

> 情愿自将官诰纳，不求富贵不求荣。
> 身边自有君王赦，淡饭黄斋过此生。

这种地方，都可见百回本的著者早已极力描摹燕青的才能和人格；《后传》里燕青地位之高也是很自然的。

《水浒后传》是一部泄愤之书：这是著者自己在《论略》里说过的。他说：

> 《后传》为泄愤之书：愤宋江之忠义而见鸩于奸党，故复聚余人而救驾立功，开基创业；愤六贼之误国，而加之以流贬诛戮；愤诸贵幸之全身远害，而特表草野孤臣重围冒险；愤官宦之嚼民饱壑，而故使其倾倒宦囊，倍偿民利。

这是著者自己对于此书的意见。我们看他举出的四件事，第四事散见各回，不便详举；第一事在第三十七八回，第二事在第二十七回，第三事在第二十四回。这都是著者寄托最深，精神最贯注的地方，我们可以特别提出来，以表示这书的真价值。

（一）救国勤王的运动　《后传》描写北宋灭亡时的情形，处处都是借题发泄著者的亡国隐痛。第七回先写赵良嗣献计,联合金国,夹攻辽国;第十五回写此策之实行,写燕云的收复;第十九回写宋朝纳张毂之降,与金国开衅,金兵大举征宋。在第十九回里,徽宗传位于太子,改元靖康;呼延灼父子随梁方平出兵防黄河;次回写汪豹内应,献了隘口,呼延灼父子被困,金人长驱渡河。第二十二回里,金兵进围汴京。第二十三回写姚平仲之败,郭京法术不灵,汴京破了,二帝被掳,康王即位于南京。

以上写北宋的灭亡,虽然略加穿插,大体都不违背历史的事实。第二十五回写金人立刘豫为齐帝,大刀关胜不肯降金,刘豫要将他斩首,幸得燕青用计救了他。此事也有历史的根据。《金史·刘豫传》说:

关胜者,济南骁将,屡出城拒敌。豫杀胜出降。

又《宋史·刘豫传》说:

刘豫惩前忿,遂蓄反谋,杀其将关胜,率百姓降金。百姓不从,豫缒城纳款。

又王象春《齐音》云:

金兵薄济南,守将关胜善用大刀,屡战兀术。金人贿刘豫,诱胜杀之。(此据梁学昌《庭立记闻》上,页二十五引。原书未见。但梁氏说,"是胜未尝降金也,《宋史》误。"今按《宋史》并未言关胜降金,不误。)

第二十六回写饮马川的好汉李应、燕青等大破刘猊的金兵。大胜之后，他们决议"去投宗留守，共建功业，完我弟兄们一生心事"。他们南行时，在黄河渡口，同着叛臣汪豹和金国大将乌禄的大兵，打了一仗，杀败金兵，生擒汪豹，用乱箭把他射死。但宗泽已呕血死了，兀术南下，汴京再陷，饮马川的豪杰无处可投奔，只好上登云山去落草，暂作安顿。

《后传》写这班梁山泊旧人屡次想出来勤王救国，虽多是悬空造出的事实，但也不能说是完全没有根据。关胜之死于国事，是正史上有记载的。当时人心思宋，大河南北，豪杰并起，收拾败残之局，以待国家大兵，——这是宗泽、岳飞诸人所常提及的事。直到二三十年后，山东尚有耿京、辛弃疾南归的事。所以我们可以说《水浒后传》所说勤王的豪杰，虽出于虚造，却也可代表当时的人心。

众豪杰后来都到暹罗去了，但他们终不忘故国，第三十七回特写宋高宗在牡蛎滩上被金兵困住，李俊、燕青等领水师，攻破阿黑麻的兵，救了高宗。这一段故事全是虚造的，但著者似乎有意造出此段故事来表现他心里的希望。那时明永历帝流离南中，郑成功出没海上，难怪当日的遗民有牡蛎滩救驾，暹罗国酬勋的希望了。

（二）诛杀奸臣的快事　金兵围汴京时，钦宗用当时的公论，贬逐一班奸臣。《水浒后传》为省事起见，把这班贬逐的奸臣分作两组。王黼、杨戬、梁师成为一组，押赴措州。李纲与开封府尹聂昌商议，派勇士王铁杖跟他们去，到雍丘驿，晚上把他们都刺死了（第二十二回）。这事也有根据。《宋史·王黼传》云：

> 金兵入汴，黼不俟命，载其孥以东。诏贬为崇信军节度副使，籍其家。吴敏、李纲请诛黼，事下开封尹聂山。山方挟宿怨，遣武士蹑及于雍丘南辅固村，戕之民家，取其首以献。帝以初即位，难于诛大臣，托言为盗所杀。

杨戬死于宣和三年，死时还赠太师吴国公。梁师成贬为彰化军节度副使，开封府吏护至贬所，在路上把他缢死了，以暴死奏闻，诏籍其家。这件事似乎也是聂山干的。陈忱把这三人凑在一起，把那善终的杨戬也夹在里面，好叫读者快意。

还有那蔡京、蔡攸、童贯、高俅的一组的结局，却全是陈忱想象出来的了。按《宋史》蔡京贬儋州，行至潭州病死，年八十。蔡攸贬逐后，诏遣使者随所至诛之。高俅得善终，事见宋人笔记。童贯窜英州，未至，诏数他十大罪，命监察御史张徵追至南雄，诛之，函首赴阙，枭于都市。陈忱却把这四个人合在一组，叫蔡京主张改装从小路往贬所去。不料行到了中牟县，被燕青遇见了。燕青走来对李应众人说道："偶然遇着四位大贵人，须摆个盛筵席待他。"

这个盛筵席果然摆好了。

　　酒过三巡，蔡京、高俅举目观看，却不认得……又饮够多时，李应道："太祖皇帝一条杆棒打尽四百军州，挣得万里江山，传之列圣。道君皇帝初登宝位，即拜太师为首相……怎么一旦汴京失守，二帝蒙尘，两河尽皆陷没，万姓俱受灾殃？是谁之过？"

　　蔡京等听了，跼蹐不安，想道："请我们吃酒，怎说出这大帽子的话来！"面面相觑，无言可答，起身告别。

　　李应道："虽然简亵，贱名还未通得，怎好就去？"唤取大杯斟上酒，亲捧至蔡京面前，说道："太师休得惊慌。某非别人，乃是梁山泊义士宋江部下扑天雕李应便是。承太师见爱，收捕济州狱中；幸得救出，在饮马川屯聚，杀败金兵；今领士卒去投宗留守，以佐中兴。不意今日相逢，请奉一杯。"……蔡京等惊得魂飞魄散，推辞不饮，只要起身。

　　李应笑道："我等弟兄都要奉敬一杯。且请宽坐。"

接着便是王进和柴进起来数高俅的罪状。裴宣起来，舞剑作歌，歌曰：

> 皇天降祸兮，地裂天崩。
> 二帝远狩兮，凛凛雪冰。
> 奸臣播弄兮，四海离心。
> 今夕殄灭兮，浩气一伸！

押差官起来告辞，樊瑞圆睁怪眼，倒竖虎须道：

> 你这甚么乾鸟，也来讲话！我老爷们是天不怕地不怕的。这四个奸贼，不要说把我一百单八个弟兄弄得五星四散，你只看那锦绣般江山都被他弄坏，遍天豺虎，满地尸骸，二百年相传的大宋，瓦败冰消，成甚么世界！今日仇人相见，分外眼睁！……你这乾鸟，若再开口，先砍下你这颗狗头！

底下便是一段很庄严沉痛的文字：

> 李应叫把筵席搬开，打扫干净，摆设香案，焚起一炉香，率领众人望南拜了太祖武皇帝在天之灵，望北拜了二帝，就像启奏一般，齐声道："臣李应等为国除奸，上报圣祖列宗，下消天下臣民积愤。"都行五拜三叩头礼。礼毕，抬过一张桌子，唤请出牌位来供在上面，却是宋公明，卢俊义，李逵，林冲，杨志的五人名号。点了香烛，众好汉一同拜了四拜，说道："宋公明哥哥与众位英魂在上：今夜拿得

蔡京、高俅、童贯、蔡攸四个奸贼在此。生前受他谋害，今日特为伸冤。望乞照鉴！"

蔡京等四人尽皆跪下，哀求道："某等自知其罪；但奉圣旨，去到儋州，甘受国法。望众好汉饶恕。"

李应道："……你今日讨饶，当初你饶得我们过吗？……只是石勒说得好：王衍诸人，要不可加以锋刃。前日东京破了，有人在太庙里看见太祖誓碑：'大臣有罪，勿加刑戮'，载在第三条。我今凛遵祖训，也不加兵刃，只叫你们尝鸩酒滋味罢！"

唤手下斟上四大碗。蔡京、高俅、童贯、蔡攸满眼流泪，颤笃速的，再不肯接。李应把手一挥，只听天崩地裂，发了三声大炮；四五千人齐声呐喊，如震山摇岳。两个伏事一个，扯着耳朵，把鸩酒灌下。

不消半刻，那蔡京等四人七窍流血，死于地下……李应叫把尸骸拖出城外，任从鸟啄狼餐。

这一大段"中牟县除奸"的文章，在第二流小说里是绝无而仅有的。这都因为著者抱亡国的隐痛，深恨明末的贪官污吏，故作这种借题泄愤的文章。他的感情的真挚遂不自由地提高了这部书的文学价值了。

（三）黄柑青子之献　这一段是《水浒后传》里最感动人的文章。徽钦二帝被掳之后，杨林、戴宗要回到饮马川去了，燕青不肯走，说，"还有一段心事要完"。次早燕青扮做通事模样，拿出一个藤丝织就紫漆小盒儿，口上封固了，不知甚么东西在里面，要杨林捧着，往北而去。他走进金兵大营里去，杨林见了那大营的军容，不觉寒抖不定；燕青神色自若，居然骗得守兵的允许，进去朝见道君皇帝。

道君皇帝一时想不起，问"卿现居何职？"燕青道："臣是草野布衣；当年元宵佳节，万岁幸李师师家，臣得供奉，昧死陈情；蒙赐御笔，赦本身之罪，龙札犹存。"遂向身边锦袋中取出一幅恩诏，墨迹犹香，双手呈上。

道君皇帝看了，猛然想着，道："元来卿是梁山泊宋江部下。可惜宋江忠义之士，多建大功；朕一时不明，为奸臣蒙蔽，致令沉郁而亡。朕甚悼惜。若得还宫，说与当今皇帝知道，重加褒封立庙，子孙世袭显爵。"

燕青谢恩，唤杨林捧过盒盘，又奏道："微臣仰觐圣颜，已为万幸。献上青子百枚，黄柑十颗，取苦尽甘来的佳谶，少展一点芹曝之意。"

齐眉献上，上皇身边止有一个老内监，接来启了封盖，道君皇帝便取一枚青子纳在口中，说道："连日朕心绪不宁，口内甚苦；得此佳品，可以解烦。"叹口气道："朝内文武官僚世受国恩，拖金曳紫；一朝变起，尽皆呆惜性命，眷恋妻子，谁肯来这里省视！不料卿这般忠义！可见天下贤才杰士原不在近臣勋戚中！朕失于简用，以致于比。远来安慰，实感朕心。"命内监取过笔砚，将手中一柄金镶玉钯白纨扇儿，吊着一枚海南香雕螭龙小坠，放在红毡之上，写一首诗道：

笳鼓声中藉叀茵，普天仅见一忠臣。
若然青子能回味，大赉黄柑庆万春！

写罢，落个款道："教主道君皇帝御书"。就赐与燕青道："与卿便面。"燕青伏地谢恩。

上皇又唤内监分一半青子黄柑："你拿去赐与当今皇帝，

说是一个草野忠臣燕青所献的。"

……

两个取路回来，离金营已远，杨林伸着舌头道："吓死人！早知这个所在，也不同你来。亏你有这胆量！……我们平日在山寨，长骂他（皇帝）无道。今日见这般景象，连我也要落下眼泪来。"

这一大段文章，真当得"哀艳"二字的评语！古来多少历史小说，无此好文章；古来写亡国之痛的，无此好文章；古来写皇帝末路的，无此好文章！

《水浒后传》在坊间传本甚少，精刻本更不易得；但这部书里确有几段很精彩的文字，要算是十七世纪的一部好小说。这就是我们现今重新印行这部书的微意了。

十二，十二，二十

《红楼梦》考证

《红楼梦》考证（改定稿）

一

《红楼梦》的考证是不容易做的，一来因为材料太少，二来因为向来研究这部书的人都走错了道路。他们怎样走错了道路呢？他们不去搜求那些可以考定《红楼梦》的著者，时代，版本等等的材料，却去收罗许多不相干的零碎史事来附会《红楼梦》里的情节。他们并不曾做《红楼梦》的考证，其实只做了许多《红楼梦》的附会！这种附会的"红学"又可分作几派：

第一派说《红楼梦》"全为清世祖与董鄂妃而作，兼及当时的诸名王奇女。"他们说董鄂妃即是秦淮名妓董小宛，本是当时名士冒辟疆的妾，后来被清兵夺去，送到北京，得了清世祖的宠爱，封为贵妃。后来董妃夭死，清世祖哀痛的很，遂跑到五台山去做和尚去了。依这一派的话，冒辟疆与他的朋友们说的董小宛之死，都是假的；清史上说的清世祖在位十八年而死，也是假的。这一派说《红楼梦》里的贾宝玉即是清世祖，林黛玉即是董妃。"世祖临宇十八年，宝玉便十九岁出家；世祖自肇祖以来为第七代，宝玉便言'一子成佛，七祖升天'，又恰中第七名举人；世祖谥'章'，宝玉便谥'文妙'，文章两字可暗射。""小宛名白，故黛玉名黛，粉白黛绿之意也。小宛是苏州人，黛玉也是苏州人，小宛在如皋，黛玉亦在扬州。小宛来自盐官，黛玉来自巡盐御史之署。小宛入宫，年已二十有七；黛玉入京，年只十三余，恰得小宛之半。……小宛游金山时，人以为江妃踏波而上，故黛玉号'潇湘妃子'，实从'江妃'二字得来。"（以上引的话均见王梦阮先生的《〈红楼梦〉索隐》的《提要》）

这一派的代表是王梦阮先生的《〈红楼梦〉索隐》。这一派的根本错误已被孟莼荪先生的《董小宛考》（附在蔡孑民先生的《石头记索隐》之后。页一三一以下）用精密的方法一一证明了。孟先生在这篇《董小宛考》里证明董小宛生于明天启四年甲子，故清世祖生时，小宛已十五岁了；顺治元年，世祖方七岁，小宛已二十一岁了；顺治八年正月二日，小宛死年二十八岁，而清世祖那时还是一个十四岁的小孩子。小宛比清世祖年长一倍，断无入宫邀宠之理。孟先生引据了许多书，按年分别，证据非常完备，方法也很细密。那种无稽的附会，如何当得起孟先生的摧破呢？例如《〈红楼梦〉索隐》说：

渔洋山人题冒辟疆妾圆玉、女罗画三首之二末句云："洛川淼淼神人隔，空费陈王八斗才"，亦为小宛而作。圆玉者，琬也；玉旁加以宛转之义，故曰圆玉。女罗，罗敷女也。均有深意。神人之隔，又与死别不同矣。

——《提要》页十二

孟先生在《董小宛考》里引了清初的许多诗人的诗来证明冒辟疆的妾并不止小宛一人；女罗姓蔡，名含，很能画苍松墨凤；圆玉当是金晓珠，名玥，昆山人，能画人物。晓珠最爱画洛神（汪舟次有晓珠手临洛神图卷跋，吴薗次有乞晓珠画洛神启），故渔洋山人诗有"洛川淼淼神人隔"的话。我们若懂得孟先生与王梦阮先生两人用的方法的区别，便知道考证与附会的绝对不相同了。

《〈红楼梦〉索隐》一书，有了《董小宛考》的辨正，我本可以不再批评他了。但这书中还有许多绝无道理的附会，孟先生都不及指摘出来。如他说："曹雪芹为世家子，其成书当在乾嘉时代。书中明言南巡四次，是指高宗时事，在嘉庆时所作可知。……意者此书但经雪芹修改，当初创造另自有人。……揣其成书亦当在康熙中叶。……至乾隆朝，事多忌讳，档案类多修改。《红楼》一书，内廷索阅，将为禁本。雪芹先生势不得已，乃为一再修订，俾愈隐而愈不失其真。"（《提要》页五至六）但他在第十六回凤姐提起南巡接驾一段话的下面，又注道："此作者自言也。圣祖二次南巡，即驻跸雪芹之父曹寅盐署中，雪芹以童年召对，故有此笔。"下面赵嬷嬷说甄家接驾四次一段的下面，又注道："圣祖南巡四次，此言接驾四次，特明为乾隆时事。"我们看这三段"索隐"，可以看出许多错误。（1）第十六回明说二三十年前的"太祖皇帝"南巡时的几次接驾；赵嬷嬷年长，故"亲眼看见"。我们如何能指定前者为康熙时的南巡而后者为乾隆时的南巡呢？（2）康熙帝二次南巡在二十八年（西历一六八九），到四十二年曹寅才做两淮巡盐御史。《索隐》说康熙帝二次南巡驻跸曹寅盐院署，是错的。（3）《索隐》说康熙帝二次南巡时，"曹雪芹以童年召对"；又说雪芹成书在嘉庆时。嘉庆元年（西历一七九六），上距康熙二十八年，已隔百零七年了。曹雪芹成书时，他可不是一百二三十岁了吗？（4）《索隐》说《红楼梦》成书在乾嘉时代，又说是在嘉庆时所作：这一说最谬。《红楼梦》在乾隆时已风行，有当时版本可证（详考见后文）。况且袁枚在《随园诗话》里曾提起曹雪芹的《红楼梦》；袁枚死于嘉庆二年，诗话之作更早的多，如何能提到嘉庆时所作的《红楼梦》呢？

第二派说《红楼梦》是清康熙朝的政治小说。这一派可用蔡孑民先生的《〈石头记〉索隐》作代表。蔡先生说：

> 《石头记》……作者持民族主义甚挚。书中本事在吊明之亡，揭清之失，而尤于汉族名士仕清者寓痛惜之意。当时既虑触文网，又欲别开生面，特于本事之上，加以数层障幕，使读者有"横看成岭侧成峰"之状况。（《〈石头记〉索隐》页一）书中"红"字多隐"朱"字。朱者，明也，汉也。宝玉有"爱红"之癖，言以满人而爱汉族文化也；好吃人口上胭脂，言拾汉人唾余也。……当时清帝虽躬修文学，且创开博学鸿词科，实专以宠络汉人，初不愿满人渐染汉俗，其后雍、乾诸朝亦时时申诫之。故第十九回袭人劝宝玉道："再不许吃人嘴上擦的胭脂了，与那爱红的毛病儿。"又黛玉见宝玉腮上血渍，询知为淘澄胭脂膏子所溅，谓为"带出幌子，吹到舅舅耳里，又大家不干净惹气"皆此意。宝玉在大观园所居曰怡红院，即爱红之义。所谓曹雪芹于悼红轩中增删本书，则吊明之义也。……
>
> ——页三—四

书中女子多指汉人，男子多指满人。不但"女子是水作的骨肉，男人是泥作的骨肉"与"汉"字"满"字有关系也；我国古代哲学以阴阳二字说明一切对待之事物，《易》坤卦象传曰，"地道也，妻道也，臣道也"，是以夫妻君臣分配于阴阳也。《石头记》即用其义。第三十一回……翠缕说："知道了！姑娘（史湘云）是阳，我就是阴。……人家说主子为阳，奴才为阴。我连这个大道理也不懂得！"……清制，对于君主，满人自称奴才，汉人自称臣。臣与奴才，并无二义。以民族之对待言之，征服者为主，被服者为奴。本书以男女影满汉,以此。

——页九一十

这些是蔡先生的根本主张。以后便是"阐证本事"了。依他的见解,下面这些人是可考的:

(1) 贾宝玉,伪朝之帝系也;宝玉者,传国玺之义也,即指胤礽。(康熙帝的太子,后被废。)(页十一—二十二)

(2) 《石头记》叙巧姐事,似亦指胤礽,巧字与礽字形相似也。……(页二十三—二十五)

(3) 林黛玉影朱竹垞(朱彝尊)也。绛珠,影其氏也。居潇湘馆,影其竹垞之号也。……(页二十五—二十七)

(4) 薛宝钗,高江村(高士奇)也。薛者,雪也。林和靖诗,"雪满山中高士卧,月明林下美人来。"用薛字以影江村之姓名(高士奇)也。……(页二十八—四十二)

(5) 探春影徐健庵也。健庵名乾学,乾卦作"☰",故曰三姑娘。健庵以进士第三人及第,通称探花,故名探春。……(页四十二—四十七)

(6) 王熙凤影余国柱也。王即柱字偏旁之省,国字俗写作"囯",故熙凤之夫曰琏,言二王字相连也。……(页四十七—六十一)

(7) 史湘云,陈其年也。其年又号迦陵。史湘云佩金麒麟,当是"其"字"陵"字之借音。氏以史者,其年尝以翰林院检讨纂修《明史》也。……(页六十一—七十一)

(8) 妙玉,姜西溟(姜宸英)也。姜为少女,以妙代之。《诗》曰,"美如玉","美如英"。玉字所以代英字也。(从徐柳泉说)……(页七十二—八十七)

(9) 惜春,严荪友也。……(页八十七—九十一)

(10) 宝琴,冒辟疆也。……(页九十一—九十五)

(11) 刘老老，汤潜庵（汤斌）也。……（页九五——一〇）

蔡先生这部书的方法是：每举一人，必先举他的事实，然后引《红楼梦》中情节来配合。我这篇文里，篇幅有限，不能表示他的引书之多和用心之勤：这是我很抱歉的。但我总觉得蔡先生这么多的心力都是白白的浪费了，因为我总觉得他这部书到底还只是一种很牵强的附会。我记得从前有个灯谜，用杜诗"无边落木萧萧下"来打一个"日"字。这个谜，除了做谜的人自己，是没有人猜得中的。因为做谜的人先想着南北朝的齐和梁两朝都是姓萧的；其次，把"萧萧下"的"萧萧"解作两个姓萧的朝代；其次，二萧的下面是那姓陈的陈朝。想着了"陈"字，然后把偏旁去掉；（无边）再把"东"字里的"木"字去掉（落木）。剩下的"日"字，才是谜底！你若不能绕这许多弯子，休想猜谜！假使做《红楼梦》的人当日真个用王熙凤来影余国柱，真个想着"王即柱字偏旁之省，国字俗写作国，故熙凤之夫曰琏，言二王字相连也"，——假使他真如此思想，他岂不真成了一个大笨伯了吗？他费了那么大气力，到底只做了"国"字和"柱"字的一小部分；还有这两个字的其余部分和那最重要的"余"字，都不曾做到"谜面"里去！这样做的谜，可不是笨谜吗？用麒麟来影"其年"的其，"迦陵"的陵；由三姑娘来影"乾学"的乾：假使真有这种影射法，都是同样的笨谜！假使一部《红楼梦》真是一串这样的笨谜，那就真不值得猜了！

我且再举一条例来说明这种"索隐"（猜谜）法的无益。蔡先生引蒯若木先生的话，说刘老老即是汤潜庵：

潜庵受业于孙夏峰（孙奇逢，清初的理学家），凡十年。夏峰之学本以象山（陆九渊）、阳明（王守仁）为宗。《石头记》，"刘老老之女婿曰王狗儿，狗儿之父曰王成。其祖上曾与凤姐之祖，王夫人之父认识，因贪王家势利，便连了宗"。似指此。

其实《红楼梦》里的王家既不是专指王阳明的学派,此处似不应该忽然用王家代表王学。况且从汤斌想到孙奇逢,从孙奇逢想到王阳明学派,再从阳明学派想到王夫人一家,又从王家想到王狗儿的祖上,又从王狗儿转到他的丈母刘老老,——这个谜可不是比那"无边落木萧萧下"的谜还更难猜吗?蔡先生又说《石头记》第三十九回刘老老说的"抽柴"一段故事是影汤斌毁五通祠的事;刘老老的外孙板儿影的是汤斌买的一部《廿一史》;他的外孙女青儿影的是汤斌每天吃韭菜。这种附会已是很滑稽的了。最妙的是第六回凤姐给刘老老二十两银子,蔡先生说这是影汤斌死后徐乾学赙送的二十金;又第四十二回凤姐又送老老八两银子,蔡先生说这是影汤斌死后惟遗俸银八两。这八两有了下落了,那二十两也有了下落了;但第四十二回王夫人还送了刘老老两包银子,每包五十两,共是一百两;这一百两可就没有下落了!因为汤斌一生的事实没有一件可恰合这一百两银子的,所以这一百两虽然比那二十八两更重要,到底没有"索隐"的价值!这种完全任意的去取,实在没有道理,故我说蔡先生的《〈石头记〉索隐》也还是一种很牵强的附会。

第三派的《红楼梦》附会家,虽然略有小小的不同,大致都主张《红楼梦》记的是纳兰成德的事。成德后改名性德,字容若,是康熙朝宰相明珠的儿子。陈康祺的《郎潜纪闻二笔》(即《燕下乡脞录》)卷五说:

> 先师徐柳泉先生云:"小说《红楼梦》一书即记故相明珠家事;金钗十二,皆纳兰侍卫(成德官侍卫)所奉为上客者也。宝钗影高澹人,妙玉即影西溟(姜宸英)。……"徐先生言之甚详,惜余不尽记忆。

又俞樾的《小浮梅闲话》(《曲园杂纂》三十八)说：

> 《红楼梦》一书，世传为明珠之子而作。……明珠子名成德，字容若。《通志堂经解》每一种有纳兰成德容若序，即其人也。恭读乾隆五十一年二月二十九日上谕："成德于康熙十一年壬子科中式举人，十二年癸丑科中式进士，年甫十六岁。"（适按此谕不见于《东华录》，但载于《通志堂经解》之首）然则其中举人止十五岁，于书中所述颇合也。

钱静方先生的《〈红楼梦〉考》（附在《〈石头记〉索隐》之后，页一二一—三〇）也颇有赞成这种主张的倾向。钱先生说：

> 是书力写宝黛痴情。黛玉不知所指何人。宝玉固全书之主人翁，即纳兰侍御也。使侍御而非深于情者，则焉得有此情影？余读《饮水词钞》，不独于宾从间得诉合之欢，而尤于闺房内致缠绵之意。即黛玉葬花一段，亦从其词中脱卸而出。是黛玉虽影他人，亦实影侍御之德配也。

这一派的主张，依我看来，也没有可靠的根据，也只是一种很牵强的附会。（1）纳兰成德生于顺治十一年（西历一六五四），死于康熙二十四年（一六八五），年三十一岁。他死时，他的父亲明珠正在极盛的时代（大学士加太子太傅，不久又晋太子太师），我们如何可说那眼见贾府兴亡的宝玉是指他呢？（2）俞樾引乾隆五十一年上谕说成德中举人时止十五岁，其实连那上谕都是错的。成德生于顺治十一年；康熙壬子，他中举人时，年十八；明年癸丑，他中进士，年十九。徐乾学做的《墓志铭》与韩菼做的《神道碑》，都如此说。乾隆帝因为硬要否认《通志堂经解》的许多序是成德做的，故说他中进士时年止十六岁（也许成德应试时故意减少三岁，而乾隆帝但依据履历上的年岁）。无论如何，我们不可用宝玉中举的年岁来附会成德。若宝玉中举的年岁可以附会成德，我们也可以用成德中进士和殿试的年岁来证明宝玉不是成德了！（3）至于钱先生说的纳兰成德的夫人即是黛玉，似乎更不能成立。成德原配卢氏，为两广总督兴祖之女，续配官氏，生二子一女。卢氏早死，故《饮水词》中有几首悼亡的词。钱先生引他的悼亡词来附会黛玉，其实这种悼亡的诗词，在中国旧文学里，何止几千首？况且大致都是千篇一律的东西。若几首悼亡词可以附会林黛玉，林黛玉真要成"人尽可夫"了！（4）至于徐柳泉说的大观园里十二金钗都是纳兰成德所奉为上客的一班名士，这种附会法与《〈石头记〉索隐》的方法有同样的危险。即如徐柳泉说妙玉影姜宸英，那么，黛玉何以不可附会姜宸英？晴雯何以不能附会姜宸英？又如他说宝钗影高士奇，那么，袭人也可以影高士奇了，凤姐更可以影高士奇了。我们试读姜宸英祭纳兰成德的文：

  兄一见我，怪我落落；转亦以此，赏我标格。……数兄知我，其端非一。我常箕踞，对客欠伸，兄不余傲，知我任真。我时嫚骂，无问高爵，兄不余狂，知余疾恶。激昂论事，眼睁舌挢，兄为抵掌，助之叫号。有时对酒，雪涕悲歌，谓余失志，孤愤则那？彼何人斯，实应且憎，余色拒之，兄门固扃。

妙玉可当得这种交情吗？这可不更像黛玉吗？我们又试读郭琇参劾高士奇的奏疏：

  ……久之，羽翼既多，遂自立门户。……凡督抚藩臬道府厅县以及在内之大小卿员，皆王鸿绪等为之居停哄骗而夤缘照管者，馈至成千累万；即不属党护者，亦有常例，名之曰平安钱。然而人之肯为贿赂者，盖士奇供奉日久，势焰日张，人皆谓之门路真，而士奇遂自忘乎其为撞骗，亦居之不疑，曰，我之门路真。……以觅馆糊口之穷儒，而今忽为数百万之富翁。试问金从何来？无非取给于各官。然官从何来？非侵国帑，即剥民膏。夫以国帑民膏而填无厌之溪壑，是士奇等真国之蠹而民之贼也。……

——《清史馆本传》，《耆献类征》六十

宝钗可当得这种罪名吗？这可不更像凤姐吗？我举这些例的用意是说明这种附会完全是主观的，任意的，最靠不住的，最无益的。钱静方先生说的好："要之，《红楼》一书，空中楼阁。作者第由其兴会所至，随手掂来，初无成意。即或有心影射，亦不过若即若离，轻描淡写，如画师所绘之百像图，类似者固多，苟细按之，终觉貌是而神非也。"

二

我现在要忠告诸位爱读《红楼梦》的人："我们若想真正了解《红楼梦》，必须先打破这种种牵强附会的《红楼梦》谜学！"

其实做《红楼梦》的考证，尽可以不用那种附会的法子。我们只须根据可靠的版本与可靠的材料，考定这书的著者究竟是谁，著者的事迹家世，著书的时代，这书曾有何种不同的本子，这些本子的来历如何。这些问题乃是《红楼梦》考证的正当范围。

我们先从"著者"一个问题下手。

本书第一回说这书原稿是空空道人从一块石头上抄写下来的，故名《石头记》；后来空空道人改名情僧，遂改《石头记》为《情僧录》；东鲁孔梅溪题为《风月宝鉴》；后因曹雪芹于悼红轩中，披阅十载，增删五次，纂成目录，分出章回，又题曰《金陵十二钗》，并题一绝，即此便是《石头记》的缘起。诗云：

> 满纸荒唐言，一把辛酸泪。
> 都云作者痴，谁解其中味？

第百二十回又提起曹雪芹传授此书的缘由。大概"石头"与空空道人等名目都是曹雪芹假托的缘起，故当时的人多认这书是曹雪芹做的。袁枚的《随园诗话》卷二中有一条说：

> 康熙间，曹练亭（练当作楝）为江宁织造，每出拥八驺，必携书一本，观玩不辍。人问："公何好学？"曰："非也。我非地方官而百姓见我必起立，我心不安，故藉此遮目耳。"素与江宁太守陈鹏年不相中，及陈获罪，乃密疏荐陈。人以此重之。
>
> 其子雪芹撰《红楼梦》一书，备记风月繁华之盛。中有所谓大观园者，即余之随园也。明我斋读而美之（坊间刻本无此七字）。当时红楼中有某校书尤艳，我斋题云（此四字坊间刻本作"雪芹赠云"，今据原刻本改正）：
> 病容憔悴胜桃花，午汗潮回热转加；
> 犹恐意中人看出，强言今日较差些。
> 威仪棣棣若山河，应把风流夺绮罗，
> 不似小家拘束态，笑时偏少默时多。

我们现在所有的关于《红楼梦》的旁证材料，要算这一条为最早。近人征引此条，每不全录；他们对于此条的重要，也多不曾完全懂得。这一条记载的重要，凡有几点：

（1）我们因此知道乾隆时的文人承认《红楼梦》是曹雪芹做的。

（2）此条说曹雪芹是曹楝亭的儿子。（又《随园诗话》卷十六也说"雪芹者，曹练亭织造之嗣君也"。但此说实是错的，说详后。）

（3）此条说大观园即是后来的随园。

俞樾在《小浮梅闲话》里曾引此条的一小部分，又加一注，说：

> 纳兰容若《饮水词集》有《满江红》词，为曹子清题其先人之所构楝亭，即雪芹也。

俞樾说曹子清即雪芹，是大谬的。曹子清即是曹楝亭，即曹寅。

我们先考曹寅是谁。吴修的《昭代名人尺牍小传》卷十二说：

> 曹寅，字子清，号楝亭，奉天人，官通政司使，江宁织造。校刊古书甚精，有扬州局刻《五韵》、《楝亭十二种》盛行于世。著《楝亭诗钞》。

《扬州画舫录》卷二说：

> 曹寅，字子清，号楝亭，满洲人，官两淮盐院。工诗词，善书，著有《楝亭诗集》。刊秘书十二种，为《梅苑》、《声画集》、《法书考》、《琴史》、《墨经》、《砚笺》、《刘后山（当作刘后村）千家诗》、《禁扁》、《钓矶立谈》、《都城纪胜》、《糖霜谱》、《录鬼簿》。今之仪征余园门榜"江天传舍"四字，是所书也。

这两条可以参看。又韩菼的《有怀堂文稿》里有《楝亭记》一篇说：

> 荔轩曹使君性至孝。自其先人董三服，官江宁，于署中手植楝树一株，绝爱之，为亭其间，尝憩息于斯。后十余年，使君适自苏移节，如先生之任，则亭颇坏，为新其材，加垩焉，而亭复完。……

据此可知曹寅又字荔轩，又可知《饮水词》中的楝亭的历史。

最详细的记载是章学诚的《丙辰札记》。

> 曹寅为两淮巡盐御史，刻古书凡十五种，世称"曹楝亭本"是也。康熙四十三年，四十五年，四十七年，四十九年，间年一任，与同旗李煦互相番代。李于四十四年，四十六年，四十八年，与曹互代；五十年，五十一年，五十二年，五十五年，五十六年，又连任，较曹月事为久矣。然曹至今为学士大夫所称，而李无闻焉。

不幸章学诚说的那"至今为学士大夫所称"的曹寅，竟不曾留下一篇传记给我们做考证的材料，《耆献类征》与《碑传集》都没有曹寅的碑传。只有宋和的《陈鹏年传》（《耆献类征》卷一六四，页十八以下）有一段重要的纪事：

> 乙酉（康熙四十四年），上南巡（此康熙帝第五次南巡）。总督集有司议供张，欲于丁粮耗加三分。有司皆慑服，唯唯。独鹏年（江宁知府陈鹏年）不服，否否。总督怏怏，议虽寝，则欲抉去鹏年矣。
>
> 无何，车驾由龙潭幸江宁。行宫草创（按此指龙潭之行

官),欲抉去之者因以是激上怒。时故庶人。(按此即康熙帝的太子胤礽,至四十七年被废。)从幸,更怒,欲杀鹏年。车驾至江宁,驻跸织造府。一日,织造幼子嬉而过于庭,上以其无知也,曰,"儿知江宁有好官乎?"曰,"知有陈鹏年。"时有致政大学士张英来朝,上……使人问鹏年,英称其贤。而英则庶人之所傅,上乃谓庶人曰,"尔师傅贤之,如何杀之?"庶人犹欲杀之。

织造曹寅免冠叩头,为鹏年请。当是时,苏州织造李某伏寅后,为寅婭(婭字不见于字书,似有儿女亲家的意思),见寅血被额,恐触上怒,阴曳其衣,警之。寅怒而顾之曰,"云何也?"复叩头,阶有声,竟得请。出,巡抚宋荦逆之曰,"君不愧朱云折槛矣!"

又我的朋友顾颉刚在《江南通志》里查出江宁织造的职官如下表:

康熙二年至二十三年	曹玺
康熙二十三年至三十一年	桑格
康熙三十一年至五十二年	曹寅
康熙五十二年至五十四年	曹颙
康熙五十四年至雍正六年	曹頫
雍正六年以后	隋赫德

又苏州织造的职官如下表:

康熙二十九年至三十二年	曹寅
康熙三十二年至六十一年	李煦

这两表的重要，我们可以分开来说：

（1）曹玺，字元璧，是曹寅的父亲。颉刚引《上元江宁两县志》道："织局繁剧，玺至，积弊一清。陛见，陈江南吏治极详，赐蟒服，加一品，御书'敬慎'扁额。卒于位，子寅。"

（2）因此可知曹寅当康熙二十九年至三十二年时，做苏州织造；三十一年至三十二年，他兼任江宁织造；三十二年以后，他专任江宁织造二十年。

（3）康熙帝六次南巡的时代，可与上两表参看：

康熙二三	一次南巡	曹玺为苏州织造
二八	二次南巡	
三八	三次南巡	曹寅为江宁织造
四二	四次南巡	同上
四四	五次南巡	同上
四六	六次南巡	同上

（4）颉刚又考得"康熙南巡，除第一次到南京驻跸将军署外，余五次均把织造署当行宫"。这五次之中，曹寅当了四次接驾的差。又《振绮堂丛书》内有《圣驾五幸江南恭录》一卷，记康熙四十四年的第五次南巡，写曹寅既在南京接驾，又以巡盐御史的资格赶到扬州接驾；又记曹寅进贡的礼物及康熙帝回銮时赏他通政使司通政使的事，甚详细，可以参看。

（5）曹颙与曹頫都是曹寅的儿子。曹寅的《楝亭诗钞别集》有郭振基序，内说"侍公函丈有年，今公子继任织部，又辱世讲"。是曹颙之为曹寅儿子，已无可疑。曹頫大概是曹寅的兄弟（说详下）。

又《四库全书提要》谱录类食谱之属存目里有一条说：

《居常饮馔录》一卷（编修程晋芳家藏本）

国朝曹寅撰。寅字子清，号楝亭，镶蓝旗汉军。康熙中，巡视两淮盐政，加通政司衔。是编以前代所传饮馔之法汇成一编：一曰，宋王灼《糖霜谱》；二三曰，宋东溪遁叟《粥品》及《粉面品》；四曰，元倪瓒《泉史》；五曰，元海滨逸叟《制脯鲊法》；六曰，明王叔承《酿录》；七曰，明释智舷《茗笺》；八九曰，明灌畦老叟《蔬香谱》及《制蔬品法》。中间《糖霜谱》，寅已刻入所辑《楝亭十种》；其他亦颇散见于《说郛》诸书云。

又《提要》别集类存目里有一条：

《楝亭诗钞》五卷，附《词钞》一卷（江苏巡抚采进本）。

国朝曹寅撰。寅有《居常饮馔录》，已著录。其诗一刻于扬州，计盈千首；再刻于仪征，则寅自汰其旧刻，而吴尚中开雕于柬园者。此本即仪征刻也。其诗出入于白居易、苏轼之间。

《提要》说曹家是镶蓝旗人，这是错的。《八旗氏族通谱》有曹锡远一系，说他家是正白旗人，当据以改正。但我们因《四库提要》提起曹寅的诗集，故后来居然寻着他的全集，计《楝亭诗钞》八卷，《文钞》一卷，《词钞》一卷，《诗别集》四卷，《词别集》一卷（天津公园图书馆藏）。从他的集子里，我们得知他生于顺治十五年戊戌（一六五八）九月七日，他死时大概在康熙五十一年（一七一二）的下半年，那时他五十五岁。他的诗颇有好的，在八旗的诗人之中，他自然要算一个大家了。（他的诗在铁保辑的《八旗人诗钞》——改名《熙朝雅颂集》——里，占一全卷的地位。）当时的文学大家，如朱彝尊、姜宸英等，都为《楝亭诗钞》作序。

以上关于曹寅的事实，总结起来，可以得几个结论：

（1）曹寅是八旗的世家，几代都在江南做官。他的父亲曹玺做了二十一年的江宁织造；曹寅自己做了四年的苏州织造，做了二十一年的江宁织造，同时又兼做了四次的两淮巡盐御史。他死后，他的儿子曹颙接着做了三年的江宁职造，他的儿子曹頫接下去做了十三年的江宁织造。他家祖孙三代四个人总共做了五十八年的江宁织造。这个织造真成了他家的"世职"了。

（2）当康熙帝南巡时，他家曾办过四次以上的接驾的差。

（3）曹寅会写字会做诗词，有诗词集行世；他在扬州曾管领《全唐诗》的刻印，扬州的诗局归他管理甚久；他自己又刻有二十几种精刻的书。（除上举各书外，尚有《周易本义》、《施愚山集》等；朱彝尊的《曝书亭集》也是曹寅捐资倡刻的，刻未完而死。）他家中藏书极多，精本有三千二百八十七种之多（见他的《楝亭书目》，京师图书馆有钞本）、可见他的家庭富有文学美术的环境。

（4）他生于顺治十五年，死于康熙五十一年。（一六五八——一七一二）

以上是曹寅的略传与他的家世。曹寅究竟是曹雪芹的什么人呢？袁枚在《随园诗话》里说曹雪芹是曹寅的儿子。这一百多年以来，大家多相信这话，连我在这篇《考证》的初稿里也信了这话。现在我们知道曹雪芹不是曹寅的儿子，乃是他的孙子。最初改正这个大错的是杨钟羲先生。杨先生编有《八旗文经》六十卷，又著有《雪桥诗话》三编，是一个最熟悉八旗文献掌故的人。他在《雪桥诗话续集》卷六，页二三，说：

敬亭（清宗室敦诚字敬亭）……尝为《琵琶亭传奇》一折，曹雪芹（霑）题句有云："白傅诗灵应喜甚，定教蛮素鬼排场。"雪芹为楝亭通政孙，平生为诗，大概如此，竟坎坷以终。敬亭挽雪芹诗有"牛鬼遗文悲李贺，鹿车荷锸葬刘伶"之句。

这一条使我们知道三个要点：

（一）曹雪芹名霑。

（二）曹雪芹不是曹寅的儿子，是他的孙子。（《中国人名大辞典》页九九〇作"名霑，寅子，似是根据《雪桥诗话》而误改其一部分）

（三）清宗室敦诚的诗文集内必有关于曹雪芹的材料。

敦诚字敬亭，别号松堂，英王之裔。他的轶事也散见《雪桥诗话》初、二集中。他有《四松堂集》诗二卷，文二卷，《鹪鹩轩笔麈》一卷。他的哥哥名敦敏，字子明，有《懋斋诗钞》。我从此便到处访求这两个人的集子，不料到如今还不曾寻到手。我今年夏间到上海，写信去问杨钟羲先生，他回信说，曾有《四松堂集》，但辛亥乱后遗失了。我虽然很失望，但杨先生既然根据《四松堂集》说曹雪芹是曹寅之孙，这话自然万无可疑。因为敦诚兄弟都是雪芹的好朋友，他们的证见自然是可信的。

我虽然未见敦诚兄弟的全集，但《八旗人诗钞》（《熙朝雅颂集》）里有他们兄弟的诗一卷。这一卷里有关于曹雪芹的诗四首，我因为这种材料颇不易得，故把这四首全抄于下：

赠曹雪芹

敦　敏

碧水青山曲径遐，薜萝门巷足烟霞。

寻诗人去留僧壁，卖画钱来付酒家。

燕市狂歌悲遇合，秦淮残梦忆繁华。

新愁旧恨知多少，都付酕醄醉眼斜。

访曹雪芹不值

敦 敏

野浦冻云深,柴扉晚烟薄。

山村不见人,夕阳寒欲落。

佩刀质酒歌

敦 诚

秋晓遇雪芹于槐园,风雨淋涔,朝寒袭袂。时主人未出,雪芹酒渴如狂,余因解佩刀沽酒而饮之。雪芹欢甚,作长歌以谢余。余亦作此答之。

我闻贺鉴湖,不惜金龟掷酒垆。

又闻阮遥集,直卸金貂作鲸吸。

嗟余本非二子狂,腰间更无黄金珰。

秋气酿寒风雨恶,满园榆柳飞苍黄。

主人未出童子睡,斝干瓮涩何可当!

相逢况是淳于辈,一石差可温枯肠。

身外长物亦何有?鸾刀昨夜磨秋霜。

且酤满眼作软饱……令此肝肺生角芒。

曹子大笑称"快哉"!击石作歌声琅琅。

知君诗胆昔如铁,堪与刀颖交寒光。

我有古剑尚在匣,一条秋水苍波凉。

君才抑塞倘欲拔,不妨斫地歌王郎。

寄怀曹雪芹

敦 诚

少陵昔赠曹将军,曾曰魏武之子孙。

> 嗟君或亦将军后，于今环堵蓬蒿屯。
> 扬州旧梦久已绝，且著临邛犊鼻裈。
> 爱君诗笔有奇气，直追昌谷披篱樊。
> 当时虎门数晨夕，西窗剪烛风雨昏。
> 接䍦倒著容君傲，高谈雄辨虱手扪。
> 感时思君不相见，蓟门落日松亭尊。
> 劝君莫弹食客铗，劝君莫叩富儿门。
> 残杯冷炙有德色，不如著书黄叶村。

我们看这四首诗，可想见他们弟兄与曹雪芹的交情是很深的。他们的证见真是史学家说的"同时人的证见"，有了这种证据，我们不能不认袁枚为误记了。

这四首诗中，有许多可注意的句子。

第一，如"秦淮残梦忆繁华"，如"于今环堵蓬蒿屯，扬州旧梦久已绝，且著临邛犊鼻裈"，如"劝君莫弹食客铗，劝君莫叩富儿门；残杯冷炙有德色，不如著书黄叶村"，都可以证明曹雪芹当时已很贫穷，穷的很不像样了，故敦诚有"残杯冷炙有德色"的劝戒。

第二，如"寻诗人去留僧壁，卖画钱来付酒家"，如"知君诗胆昔如铁"，如"爱君诗笔有奇气，直追昌谷披篱樊"，都可以使我们知道曹雪芹是一个会作诗又会绘画的人。最可惜的是曹雪芹的诗现在只剩得"白傅诗灵应喜甚，定教蛮素鬼排场"两句了。但单看这两句，也就可以想见曹雪芹的诗大概是很聪明的，很深刻的。敦诚弟兄比他做李贺，大概很有点相像。

第三，我们又可以看出曹雪芹在那贫穷潦倒的境遇里，很觉得牢骚抑郁，故不免纵酒狂歌，自寻排遣。上文引的"雪芹酒渴如狂"，如"相逢况是淳于辈，一石差可温枯肠"，如"新愁旧恨知多少，都付醄醄醉眼斜"，如"鹿车荷锸葬刘伶"，都可以为证。

我们既知道曹雪芹的家世和他自身的境遇了，我们应该研究他的年代。这一层颇有点困难，因为材料太少了。敦诚有挽雪芹的诗，可见雪芹死在敦诚之前。敦诚的年代也不可详考。但《八旗文经》里有几篇他的文字，有年月可考：如《拙鹊亭记》作于辛丑初冬，如《松亭再征记》作于戊寅正月，如《祭周立压》文中说："先生与先公始交时在戊寅己卯间；是时先生……每过静补堂……诚尝侍几杖侧。……迨庚寅先公即世，先生哭之过时而哀。……诚追述平生……回念静补堂几杖之侧，已二十余年矣。"今作一表，如下，

乾隆二三，戊寅（一七五八）。

乾隆二四，己卯（一七五九）。

乾隆三五，庚寅（一七七〇）。

乾隆四六，辛丑（一七八一）。自戊寅至此，凡二十三年。

清宗室永忠（臞仙）为敦诚作葛巾居的诗，也在乾隆辛丑。敦诚之父死于庚寅，他自己的死期大约在二十年之后，约当乾隆五十余年。纪昀为他的诗集作序，虽无年月可考，但纪昀死于嘉庆十年（一八〇五），而序中的语意都可见敦诚死已甚久了。故我们可以猜定敦诚大约生于雍正初年（约一七二五），死于乾隆五十余年（约一七八五—一七九〇）。

敦诚兄弟与曹雪芹往来，从他们赠答的诗看起来，大概都在他们兄弟中年以前，不像在中年以后。况且《红楼梦》当乾隆五十六七年时已在社会上流通了二十余年了（说详下）。以此看来，我们可以断定曹雪芹死于乾隆三十年左右（约一七六五）。至于他的年纪，更不容易考定了。但敦诚兄弟的诗的口气，很不像是对一位老前辈的口气。我们可以猜想雪芹的年纪至多不过比他们大十来岁，大约生于康熙末叶（约一七一五—一七二〇）；当他死时，约五十岁左右。

以上是关于著者曹雪芹的个人和他的家世的材料。我们看了这些材料，大概可以明白《红楼梦》这部书是曹雪芹的自叙传了。这个见

解，本来并没有什么新奇，本来是很自然的。不过因为《红楼梦》被一百多年来的红学大家越说越微妙了，故我们现在对于这个极平常的见解反觉得他有证明的必要了。我且举几条重要的证据如下：

第一，我们总该记得《红楼梦》开端时，明明的说着：

> 作者自云曾历过一番梦幻之后，故将真事隐去，而借"通灵"说此《石头记》一书也。……自己又云：今风尘碌碌，一事无成，忽念及当日所有之女子，一一细考较去，觉其行止见识皆出我之上。我堂堂须眉，诚不若彼裙钗。……当此日，欲将已往所赖天恩祖德，锦衣纨袴之时，饫甘餍肥之日，背父兄教育之恩，负师友规训之德，以致今日一技无成半生潦倒之罪，编述一集，以告天下。

这话说的何等明白！《红楼梦》明明是一部"将真事隐去"的自叙的书。若作者是曹雪芹，那么，曹雪芹即是《红楼梦》开端时那个深自忏悔的"我"！即是书里的甄贾（真假）两个宝玉的底本！懂得这个道理，便知书中的贾府与甄府都只是曹雪芹家的影子。

第二，第一回里那石头说道：

> 我想历来野史的朝代，无非假借汉唐的名色；莫如我这石头所记，不借此套，只按自己的事体情理，反到新鲜别致。

又说：

> 更可厌者，"之乎者也"，非理即文，大不近情，自相矛盾：竟不如我这半世亲见亲闻的这几个女子，虽不敢说强似

前代书中所有之人，但观其事迹原委，亦可消愁破闷。

他这样明白清楚的说"这书是我自己的事体情理"，"是我这半世亲见亲闻的"；而我们偏要硬派这书是说顺治帝的，是说纳兰成德的！这岂不是作茧自缚吗？

第三，《红楼梦》第十六回有谈论南巡接驾的一大段，原文如下：

凤姐道："……可恨我小几岁年纪。若早生二三十年，如今这些老人家也不薄我没见世面了。说起当年太祖皇帝仿舜巡的故事，比一部书还热闹，我偏偏的没赶上。"

赵嬷嬷（贾琏的乳母）道："嗳哟，那可是千载难逢的！那时候我才记事儿。咱们贾府正在姑苏扬州一带，监造海船，修理海塘。只预备接驾一次，把银子花的像淌海水是（似）的。说起来——"

凤姐忙接道："我们王府里也预备过一次。那时我爷爷专管各国进贡朝贺的事，凡有外国人来，都是我们家养活。粤、闽、滇、浙所有的洋船货物，都是我们家的。"

赵嬷嬷道："那是谁不知道的？……如今还有现在江南的甄家，——嗳哟，好势派，——独他们家接驾四次。要不是我们亲眼看见，告诉谁也不信的。别讲银子成了粪土；凭是世上有的，没有不是堆山积海的。'罪过可惜'四个字，竟顾不得了。"

凤姐道："我常听见我们太爷说，也是这样的。岂有不信的？只纳罕他家怎么就这样富贵呢？"

赵嬷嬷道："告诉奶奶一句话：也不过拿着皇帝家的银子往皇帝身上使用罢了，谁家有那些钱买这个虚热闹去？"

此处说的甄家与贾家都是曹家。曹家几代在江南做官，故《红楼梦》里的贾家虽在"长安"，而甄家始终在江南。上文曾考出康熙帝南巡六次，曹寅当了四次接驾的差，皇帝就住在他的衙门里。《红楼梦》差不多全不提起历史上的事实，但此处却郑重的说起"太祖皇帝仿舜巡的故事"，大概是因为曹家四次接驾乃是很不常见的盛事，故曹雪芹不知不觉的——或是有意的——把他家这桩最阔的大典说了出来。这也是敦敏送他的诗里说的"秦淮旧梦忆繁华"了。但我们却在这里得着一条很重要的证据。因为一家接驾四五次，不是人人可以随便有的机会。大官如督抚，不能久任一处，便不能有这样好的机会。只有曹寅做了二十年江宁织造，恰巧当了四次接驾的差。这不是很可靠的证据吗？

第四，《红楼梦》第二回叙荣国府的世次如下：

> 自荣国公死后，长子贾代善袭了官，娶的是金陵世家史侯的小姐为妻，生了两个儿子：长名贾赦，次名贾政。如今代善早已去世，太夫人尚在。长子贾赦袭了官，为人平静中和，也不管家务。次子贾政，自幼酷喜读书，为人端方正直；祖父钟爱，原要他以科甲出身的。不料代善临终时，遗本一上，皇上因恤先臣，即时令长子袭官外，问还有几子，立刻引见；遂又额外赐了这政老爷一个主事之职，令其入部学习；如今已升了员外郎。……

我们可用曹家的世系来比较：

> 曹锡远，正白旗包衣人。世居沈阳地方，来归年月无考。其子曹振彦，原任浙江盐法道。
> 孙：曹玺，原任工部尚书；曹尔正，原任佐领。

曾孙：曹寅，原任通政使司通政使；曹宜，原任护军参领兼佐领；曹荃，原任司库。

元孙：曹颙，原任郎中；曹𫖯，原任员外郎；曹顺，原任二等侍卫，兼佐领；曹天祐，原任州同。

——《八旗氏族通谱》卷七十四

这个世系颇不分明。我们可试作一个假定的世系表如下：

曹寅的《楝亭诗钞别集》中有"辛卯三月闻珍儿殇，书此忍恸，兼示四侄寄东轩诸友"诗三首，其二云："世出难居长，多才在四三。承家赖犹子，努力作奇男。"四侄即顺，那排行第三的当是那小名珍儿的了。如此看来，颙与𫖯当是行一与行二。曹寅死后，曹颙袭织造之职。到康熙五十四年，曹颙或是死了，或是因事撤换了，故次子曹𫖯接下去做。织造是内务府的一个差使，故不算做官，故《氏族通谱》上只称曹寅为通政使，称曹𫖯为员外郎。但《红楼梦》里的贾政，也是次子，也是先不袭爵，也是员外郎。这三层都与曹𫖯相合。故我们可以认贾政即是曹𫖯；因此，贾宝玉即是曹雪芹，即是曹𫖯之子，这一层更容易明白了。

第五，最重要的证据自然还是曹雪芹自己的历史和他家的历史。《红楼梦》虽没有做完（说详下），但我们看了前八十回，也就可以断定：（1）贾家必致衰败，（2）宝玉必致沦落。《红楼梦》开端便说，"风尘碌碌，一事无成"；又说，"一技无成，半生潦倒"；又说，"当此蓬牖茅椽，绳床瓦灶"。这是明说此书的著者——即是书中的主人翁——当著书时,已在那穷愁不幸的境地。况且第十三回写秦可卿死时在梦中对凤姐说的话,句句明说贾家将来必到"树倒猢狲散"的地步。所以我们即使不信后四十回(说详下)抄家和宝玉出家的话,也可以推想贾家的衰败和宝玉的流落了。我们再回看上文引的敦诚兄弟送曹雪芹的诗,可以列举雪芹一生的历史如下:

(1) 他是做过繁华旧梦的人。

(2) 他有美术和文学的天才,能做诗,能绘画。

(3) 他晚年的境况非常贫穷潦倒。

这不是贾宝玉的历史吗?此外,我们还可以指出三个要点。第一是曹雪芹家自从曹玺、曹寅以来,积成一个很富丽的文学美术的环境。他家的藏书在当时要算一个大藏书家,他家刻的书至今推为精刻的善本。富贵的家庭并不难得;但富贵的环境与文学美术的环境合在一家,在当日的汉人中是没有的,就在当日的八旗世家中,也很不容易寻找了。第二,曹寅是刻《居常饮馔录》的人,《居常饮馔录》所收的书,如《糖霜谱》、《制脯鲊法》、《粉面品》之类,都是专讲究饮食糖饼的做法的。曹寅家做的雪花饼,见于朱彝尊的《曝书亭集》(二十一,页十二),有"粉量云母细,糁和雪糕匀"的称誉。我们读《红楼梦》的人,看贾母对于吃食的讲究,看贾家上下对于吃食的讲究;便知道《居常饮馔录》的遗风未泯,雪花饼的名不虚传!第三,关于曹家衰落的情形,我们虽没有什么材料,但我们知道曹寅的亲家李煦在康熙六十一年已因亏空被革职查追了。雍正《朱批谕旨》第四十八册有雍正元年苏州织造胡凤翚奏折内称:

> 今查得李煦任内亏空各年余剩银两,现奉旨交督臣查弥纳查追外,尚有六十一年办六十年分应存剩银六万三百五十五两零,并无存库,亦系李煦亏空。……所有历年动用银两数目,另开细折,并呈御览。……

又第十三册有两淮巡盐御史谢赐履奏折内称：

> 窃照两淮应解织造银两，历年遵奉已久。兹于雍正元年三月十六日，奉户部咨行，将江苏织造银两停其支给；两淮应解银两，汇行解部。……前任盐臣魏廷珍于康熙六十一年内未奉部文停止之先，两次解过苏州织造银五万两。……再本年六月内奉有停止江宁织造之文。查前盐臣魏廷珍经解过江宁织造银四万两，臣任内……解过江宁织造银四万五千一百二十两……臣请将解过苏州织造银两在于审理李煦亏空案内并追，将解过江宁织造银两行令曹𬱖解还户部。……

李煦做了三十年的苏州织造，又兼了八年的两淮盐政，到头来竟因亏空被查追。胡凤翚折内只举出康熙六十一年的亏空，已有六万两之多；加上谢赐履折内举出应退还两淮的十万两：这一年的亏空就是十六万两了！他历年亏空的总数之多，可以想见。这时候，曹𬱖（曹雪芹之父）虽然还未曾得罪，但谢赐履折内已提及两事：一是停止两淮应解织造银两，一是要曹𬱖赔出本年已解的八万一千余两。这个江宁织造就不好做了。我们看了李煦的先例，就可以推想曹𬱖的下场也必是因亏空而查追，因查追而抄没家产。关于这一层，我们还有一个很好的证据。袁枚在《随园诗话》里说《红楼梦》里的大观园即是他的随园。我们考随园的历史，可以信此话不是假的。袁枚的《随园记》（《小仓山房文集》十二）说随园本名隋园，主人为康熙时织造隋公。此隋公即是隋赫德，即是接曹𬱖的任的人（袁枚误记为康熙时，实为雍正六年）。袁枚作记在乾隆十四年己巳（一七四九），去曹𬱖卸织造任时甚近，他应该知道这园的历史。我们从此可以推想曹𬱖当雍正六年去职时，必是因亏空被追赔，故这个园子就到了他的继任人的手里。从此以后，曹家在江南的家产都完了，故不能不搬回北京居住。这大概是曹雪芹所以流落在北京的原因。我们看了李煦、曹頫两家败落的大概情形，再回头来看《红楼梦》里写的贾家的经济困难情形，便更容易明白了。如第七十二回凤姐夜间梦见人来找他，说娘娘要一百匹锦，凤姐不肯给，他就来夺。来旺家的笑道："这是奶奶日间操心常应候宫里的事。"一语未了，人回夏本监打发一个小内监来说话。贾琏听了，忙皱眉道："又是什么话！一年他们也够搬了。"凤姐道："你藏起来等我见他。"好容易凤姐弄了二百两银子把小内监打发开去，贾琏出来，笑道："这一起外祟，何日是了？"凤姐笑道："刚说着，就来了一股子"。贾琏道："昨儿周太监来，张口就是一千两。我略慢应了些，他不自在。将来得罪人之处不少，这会子再发三二百万的财，就好了。"又如第五十三回写黑山村庄头乌进孝来贾府纳年例，贾珍与他谈的一段话也很可注意：

贾珍皱眉道："我算定你至少也有五千银子来。这够做什么的！……真真是叫别过年了！"

乌进孝道："爷的地方还算好呢。我兄弟离我那里只有一百多里，竟又大差了。他现管着那府（荣国府）八处庄地，比爷这边多着几倍，今年也是这些东西，不过二三千两银子，也是有饥荒打呢。"

贾珍道："如何呢？我这边到可已，没什么外项大事，不过是一年的费用。……比不得那府里（荣国府），这几年添了许多化钱的事，一定不可免是要化的，却又不添银子产业。这一二年里赔了许多。不和你们要，找谁去？"

乌进孝笑道："那府里如今虽添了事，有去有来。娘娘和万岁爷岂不赏吗？"

贾珍听了，笑问贾蓉等道："你们听听，他说的可笑不可笑？"

> 贾蓉等忙笑道："你们山坳海沿子上的人，哪里知道这道理？娘娘难道把皇上的库给我们不成？……就是赏，也不过一百两银子，才值一千多两银子，够什么？这二年，哪一年不赔出几千两银子来？头一年省亲，连盖花园子，你算那一注花了多少，就知道了。再二年，再省一回亲，只怕精穷了！……"
>
> 贾蓉又说又笑，向贾珍道："果真那府里穷了。前儿我听见二婶娘（凤姐）和鸳鸯悄悄商议，要偷老太太的东西去当银子呢。"

借当的事又见于第七十二回：

> 鸳鸯一面说，一面起身要走。贾琏忙也立起身来说道："好姐姐，略坐一坐儿，兄弟还有一事相求。"说着，便骂小丫头："怎么不泡好茶来！快拿干净盖碗，把昨日进上的新茶泡一碗来！说着，向鸳鸯道："这两日因老太太千秋，所有的几千两都使完了。几处房租地租统在九月才得。这会子竟接不上。明儿又要送南安府里的礼，又要预备娘娘的重阳节；还有几家红白大礼，至少还要二三千两银子用，一时难去支借。俗语说的好，求人不如求己。说不得，姐姐担个不是，暂且把老太太查不着的金银家伙，偷着运出一箱子来，暂押千数两银子，支腾过去。"

因为《红楼梦》是曹雪芹"将真事隐去"的自叙，故他不怕琐碎，再三再四的描写他家由富贵变成贫穷的情形。我们看曹寅一生的历史，决不像一个贪官污吏；他家所以后来衰败，他的儿子所以亏空破产，大概都是由于他一家都爱挥霍，爱摆阔架子；讲究吃喝，讲究场面；收藏精本的书，刻行精本的书；交结文人名士，交结贵族大官，招待皇帝，至于四次五次；他们又不会理财，又不肯节省；讲究挥霍惯了，收缩不回来：以致于亏空，以致于破产抄家。《红楼梦》只是老老实实的描写这一个"坐吃山空""树倒猢狲散"的自然趋势。因为如此，所以《红楼梦》是一部自然主义的杰作。那班猜谜的红学大家不晓得《红楼梦》的真价值正在这平淡无奇的自然主义的上面，所以他们偏要绞尽心血去猜那想入非非的笨谜，所以他们偏要用尽心思去替《红楼梦》加上一层极不自然的解释。

总结上文关于"著者"的材料，凡得六条结论：

（1）《红楼梦》的著者是曹雪芹。

（2）曹雪芹是汉军正白旗人，曹寅的孙子，曹頫的儿子，生于极富贵之家，身经极繁华绮丽的生活，又带有文学与美术的遗传与环境。他会做诗，也能画，与一班八旗名士往来。但他的生活非常贫苦，他因为不得志，故流为一种纵酒放浪的生活。

（3）曹寅死于康熙五十一年。曹雪芹大概即生于此时，或稍后。

（4）曹家极盛时，曾办过四次以上的接驾的阔差；但后来家渐衰败，大概因亏空得罪被抄没。

（5）《红楼梦》一书是曹雪芹破产倾家之后，在贫困之中做的。做书的年代大概当乾隆初年到乾隆三十年左右，书未完而曹雪芹死了。

（6）《红楼梦》是一部隐去真事的自叙：里面的甄、贾两宝玉，即是曹雪芹自己的化身；甄、贾两府即是当日曹家的影子（故贾府在"长安"都中，而甄府始终在江南）。

现在我们可以研究《红楼梦》的"本子"问题。现今市上通行的《红楼梦》虽有无数版本，然细细考较去，除了有正书局一本外，都是从一种底本出来的。这种底本是乾隆末年间程伟元的百二十回全本，我们叫他做"程本"。这个程本有两种本子：一种是乾隆五十七年壬子（一七九二）的第一次活字排本，可叫做"程甲本"。一种也是乾隆五十七年壬子程家排本，是用"程甲本"来校改修正的，这个本子可叫做"程乙本"。"程甲本"我的朋友马幼渔教授藏有一部，"程乙本"我自己藏有一部。乙本远胜于甲本，但我仔细审察，不能不承认"程甲本"为外间各种《红楼梦》的底本。各本的错误矛盾，都是根据于"程甲本"的。这是《红楼梦》版本史上一件最不幸的事。

此外，上海有正书局石印的一部八十回本的《红楼梦》，前面有一篇德清戚蓼生的序，我们可叫他做"戚本"。有正书局的老板在这部书的封面上题着"国初钞本《红楼梦》"，又在首页题着"原本《红楼梦》"。那"国初钞本"四个字自然是大错的。那"原本"两字也不妥当。这本已有总评，有夹评，有韵文的评赞，又往往有"题"诗，有时又将评语抄入正文（如第二回），可见已是很晚的抄本，决不是"原本"了。但自程氏两种百二十回本出版以后，八十回本已不可多见。戚本大概是乾隆时无数辗转传抄本之中幸而保存的一种，可以用来参校程本，故自有他的相当价值，正不必假托"国初抄本"。

《红楼梦》最初只有八十回，直至乾隆五十六年以后始有百二十回的《红楼梦》。这是无可疑的。程本有程伟元的序，序中说：

《石头记》是此书原名……好事者每传抄一部置庙市中，昂其值得数十金，可谓不胫而走者矣。然原本目录一百二十卷，今所藏只八十卷，殊非全本。即间有称全部者，及检阅仍只八十卷，读者颇以为憾。不佞以是书既有百二十卷之目，岂无全璧？爰为竭力搜罗，自藏书家甚至故纸堆中，无不留心。数年以来，仅积有二十余卷。一日，偶于鼓担上得十余卷，遂重价购之，欣然翻阅，见前后起伏尚属接榫。（榫音笋，削木入窍名榫，又名榫头。）然漶漫不可收拾。乃同友人细加厘剔，截长补短，抄成全部，复为镌板，以公同好。《石头记》全书至是始告成矣。……小泉程伟元识。

我自己的程乙本还有高鹗的一篇序，中说：

> 予闻《红楼梦》脍炙人口者，几廿余年，然无全璧，无定本。……今年春，友人程子小泉过予，以其所购全书见示，且曰："此仆数年铢积寸累之苦心，将付剞劂，公同好。子闲且惫矣，盍分任之？"予以是书虽稗官野史之流，然尚不谬于名教，欣然拜诺，正以波斯奴见宝为幸，遂襄其役。工既竣，并识端末，以告阅者。时乾隆辛亥（一七九一）冬至后五日铁岭高鹗叙，并书。

此序所谓"工既竣"，即是程序说的"同友人细加厘剔，截长补短"的整理工夫，并非指刻板的工程。我这部程乙本还有七条"引言"，比两序更重要，今节抄几条于下：

> （一）是书前八十回藏书抄录传阅，几三十年矣。今得四十回，合成完璧。缘友人借抄争睹者甚夥，抄录固难，刊板亦需时日，姑集活字印刷。因急欲公诸同好，故初印时不及细校，间有纰缪。今复聚集各原本，详加校阅，改订无讹。惟阅者谅之。

> （一）书中前八十回抄本各家互异。今广集核勘，准情酌理，补遗订讹。其间或有增损数字处，意在便于披阅，非敢争胜前人也。

> （一）是书沿传既久，坊间缮本及诸家所藏秘稿，繁简歧出，前后错见。即如六十七回此有彼无，题同文异，燕石

莫辨。兹惟择其情理较协者，取为定本。

（一）书中后四十回系就历年所得，集腋成裘，更无他本可考，惟按其前后关照者，略为修辑，使其有应接而无矛盾。至其原文，未敢臆改。俟再得善本，更为厘定，且不欲尽掩其本来面目也。

引言之末，有"壬子花朝后一日，小泉、兰墅又识"一行。兰墅即高鹗。我们看上文引的两序与引言，有应该注意的几点：

（1）高序说"闻《红楼梦》脍炙人口者，几廿余年"。引言说"前八十回，藏书家抄录传阅，几三十年"。从乾隆壬子上数三十年，为乾隆二十七年壬午（一七六二）。今知乾隆三十年间此书已流行，可证我上文推测曹雪芹死于乾隆三十年左右之说大概无大差错。

（2）前八十回，各本互有异同。例如引言第三条说"六十七回此有彼无，题同文异"。我们试用戚本六十七回与程本及市上各本的六十七回互校，果有许多同异之处，程本所改的似胜于戚本。大概程本当日确曾经过一番"广集各本核勘，准情酌理，补遗订讹"的工夫，故程本一出即成为定本，其余各抄本多被淘汰了。

（3）程伟元的序里说，《红楼梦》当日虽只有八十回，但原本却有一百二十卷的目录，这话可惜无从考证（戚本目录并无后四十回）。我从前想当时各抄本中大概有些是有后四十回目录的，但我现在对于这一层很有点怀疑了（说详下）。

（4）八十回以后的四十回，据高程两人的话，是程伟元历年杂凑起来的，——先得二十余卷，又在鼓担上得十余卷，又经高鹗费了几个月整理修辑的工夫，方才有这部百二十回的《红楼梦》。他们自己说这四十回"更无他本可考"；但他们又说："至其原文，未敢臆改。"

（5）《红楼梦》直到乾隆五十六年（一七九一）始有一百二十回的

全本出世。

（6）这个百二十回的全本最初用活字版排印，是为乾隆五十七年（一七九二）的程本。这本又有两种小不同的印本：①初印本（即程甲本），"不及细校，间有纰缪"。此本我近来见过，果然有许多纰缪矛盾的地方。②校正印本，即我上文说的程乙本。

（7）程伟元的一百二十回本的《红楼梦》，即是这一百三十年来的一切印本《红楼梦》的老祖宗。后来的翻本，多经过南方人的批注，书中京话的特别俗语往往稍有改换；但没有一种翻本（除了戚本）不是从程本出来的。

这是我们现有的一百二十回本《红楼梦》的历史。这段历史里有一个大可研究的问题，就是"后四十回的著者究竟是谁"？

俞樾的《小浮梅闲话》里考证《红楼梦》的一条说：

> 《船山诗草》有"赠高兰墅鹗同年"一首云："艳情人自说《红楼》。"注云："《红楼梦》八十回以后，俱兰墅所补。"然则此书非出一手。按乡会试增五言八韵诗，始乾隆朝。而书中叙科场事已有诗，则其为高君所补，可证矣。

俞氏这一段话极重要。他不但证明了程排本作序的高鹗是实有其人，还使我们知道《红楼梦》后四十回是高鹗补的。船山即是张船山，名问陶，是乾隆、嘉庆时代的一个大诗人。他于乾隆五十三年戊申（一七八八）中顺天乡试举人；五十五年庚戌（一七九〇）成进士，选庶吉士。他称高鹗为同年，他们不是庚戌同年，便是戊申同年。但高鹗若是庚戌的新进士，次年辛亥他作《红楼梦序》不会有"闲且惫矣"的话；故我推测他们是戊申乡试的同年。后来我又在《郎潜纪闻二笔》卷一里发现一条关于高鹗的事实：

> 嘉庆辛酉京师大水，科场改九月，诗题"百川赴巨海"……闱中

罕得解。前十本将进呈，韩城王文端公以通场无知出处为憾。房考高侍读鹗搜遗卷，得定远陈鏸卷，亟呈荐，遂得南元。辛酉（一八〇一）为嘉庆六年。据此，我们可知高鹗后来曾中进士，为侍读，且曾做嘉庆六年顺天乡试的同考官。我想高鹗既中进士，就有法子考查他的籍贯和中进士的年份了。果然我的朋友顾颉刚先生替我在《进士题名录》上查出高鹗是镶黄旗汉军人，乾隆六十年乙卯（一七九五）科的进士，殿试第三甲第一名。这一件引起我注意《题名录》一类的工具，我就发愤搜求这一类的书。果然我又在清代御史《题名录》里，嘉庆十四年（一八〇九）下，寻得一条：

> 高鹗，镶黄旗汉军人，乾隆乙卯进士，由内阁侍读考选江南道御史，刑科给事中。

又《八旗文经》二十三有高鹗的《燥缦堂诗稿跋》一篇，末署乾隆四十七年壬寅（一七八二）小阳月。我们可以总合上文所得关于高鹗的材料，作一个简单的《高鹗年谱》如下：

乾隆四七（一七八二），高鹗作《操缦堂诗稿跋》。

乾隆五三（一七八八），中举人。

乾隆五六—五七（一七九一—一七九二），补作《红楼梦》后四十回，并作序例。《红楼梦》百廿回全本排印成。

乾隆六〇（一七九五），中进士，殿试三甲一名。

嘉庆六（一八〇一），高鹗以内阁侍读为顺天乡试的同考官，闱中与张问陶相遇，张作诗送他，有"艳情人自说《红楼》"之句；又有诗注，使后世知《红楼梦》八十回以后是他补的。

嘉庆一四（一八〇九），考选江南道御史，刑科给事中。——自乾隆四七至此，凡二十七年。大概他此时已近六十岁了。

后四十回是高鹗补的，这话自无可疑。我们可约举几层证据如下：

第一，张问陶的诗及注，此为最明白的证据。

第二，俞樾举的"乡会试增五言八韵诗始乾隆朝，而书中叙科场事已有诗"一项。这一项不十分可靠，因为乡会试用律诗，起于乾隆二十一二年，也许那时《红楼梦》前八十回还没有做成呢。

第三，程序说先得二十余卷，后又在鼓担上得十余卷。此话便是作伪的铁证。因为世间没有这样奇巧的事！

第四，高鹗自己的序，说的很含糊，字里行间都使人生疑。大概他不愿完全埋没他补作的苦心，故引言第六条说："是书开卷略志数语，非云弁首，实因残缺有年，一旦颠末毕具，大快人心；欣然题名，聊以记成书之幸。"因为高鹗不讳他补作的事，故张船山赠诗直说他补作后四十回的事。

但这些证据固然重要，总不如内容的研究更可以证明后四十回与前八十回决不是一个人作的。我的朋友俞平伯先生曾举出三个理由来证明后四十回的回目也是高鹗补作的。他的三个理由是：（1）和第一回自叙的话都不合，（2）史湘云的丢开，（3）不合作文时的程度。这三层之中，第三层姑且不论。第一层是很明显的：《红楼梦》的开端明说"一技无成，半生潦倒"；明说"蓬牖茅椽，绳床瓦灶"；岂有到了末尾说宝玉出家成仙之理？第二层也很可注意。第三十一回的回目"因麒麟伏白首双星"确是可怪！依此句看来，史湘云后来似乎应该与宝玉做夫妇，不应该此话全无照应。以此看来，我们可以推想后四十回不是曹雪芹做的了。

其实何止史湘云一个人？即如小红，曹雪芹在前八十回里极力描写这个攀高好胜的丫头；好容易他得着了凤姐的赏识，把他提拔上去了；但这样一个重要人才，岂可没有下场？况且小红同贾芸的感情，前面既经曹雪芹那样郑重描写，岂有完全没有结果之理？又如香菱的结果也决不是曹雪芹的本意。第五回的"十二钗副册"上写香菱结局道：

> 根并荷花一茎香，平生遭际实堪伤。
> 自从两地生孤木，致使芳魂返故乡。

两地生孤木，合成"桂"字。此明说香菱死于夏金桂之手，故第八十回说香菱"血分中有病，加以气怨伤肝，内外挫折不堪，竟酿成干血之症，日渐羸瘦，饮食懒进，请医服药无效"。可见八十回的作者明明的要香菱被金桂磨折死。后四十回里却是金桂死了，香菱扶正：这岂是作者的本意吗？此外，又如第五回"十二钗"册上说凤姐的结局道："一从二令三人木，哭向金陵事更哀。"这个谜竟无人猜得出，许多批《红楼梦》的人也都不敢下注解。所以后四十回里写凤姐的下场竟完全与这"二令三人木"无关。这个谜只好等上海灵学会把曹雪芹先生请来降坛时再来解决了！又如写和尚送玉一段，文字的笨拙，令人读了作呕。又如写贾宝玉忽然肯做八股文，忽然肯去考举人，也没有道理。高鹗补《红楼梦》时，正当他中举人之后，还没有中进士。如果他补《红楼梦》在乾隆六十年之后，贾宝玉大概非中进士不可了！

以上所说，只是要证明《红楼梦》的后四十回确然不是曹雪芹做的。但我们平心而论，高鹗补的四十回，虽然比不上前八十回，也确然有不可埋没的好处。他写司棋之死，写鸳鸯之死，写妙玉的遭劫，写凤姐的死，写袭人的嫁，都是很有精彩的小品文字。最可注意的是这些人都写作悲剧的下场。还有那最重要的"木石前盟"一件公案，高鹗居然忍心害理的教［叫］黛玉病死，教宝玉出家，作一个大悲剧的结束，打破中国小说的团圆迷信。这一点悲剧的眼光，不能不令人佩服。我们试看高鹗以后，那许多《续红楼梦》和《补红楼梦》的人，哪一人不是想把黛玉、晴雯都从棺材里扶出来，重新配给宝玉？

哪一个不是想做一部"团圆"的《红楼梦》的？我们这样退一步想，就不能不佩服高鹗的补本了。我们不但佩服，还应该感谢他，因为他这部悲剧的补本，靠着那个"鼓担"的神话，居然打倒了后来无数的团圆《红楼梦》，居然替中国文学保了一部有悲剧下场的小说！

以上是我对于《红楼梦》的"著者"和"本子"两个问题的答案。我觉得我们做《红楼梦》的考证，只能在这两个问题上着手；只能运用我们力所能搜集的材料，参考互证，然后抽出一些比较的最近情理的结论。这是考证学的方法。我在这篇文章里，处处想撇开一切先入的成见；处处存一个搜求证据的目的；处处尊重证据，让证据做向导，引我到相当的结论上去。我的许多结论也许有错误的，——自从我第一次发表这篇《考证》以来，我已经改正了无数大错误了，——也许有将来发见新证据后即须改正的。但我自信：这种考证的方法，除了《董小宛考》之外，是向来研究《红楼梦》的人不曾用过的。我希望我这一点小贡献，能引起大家研究《红楼梦》的兴趣，能把将来的《红楼梦》研究引上正当的轨道去：打破从前种种穿凿附会的"红学"，创造科学方法的《红楼梦》研究！

十三，二七，初稿
十，十一，十二，改定稿

附 记

初稿曾附录《寄蜗残赘》一则：

> 《红楼梦》一书，始于乾隆年间。……相传其书出汉军曹雪芹之手。嘉庆年间，逆犯曹纶即其孙也。灭族之祸，实基于此。

这话如果确实，自然是一段很重要的材料。因此我就去查这一桩案子的事实。

嘉庆十八年癸酉，（一八一三），天理教的信徒林清等勾通宫里的小太监，约定于九月十五日起事，乘嘉庆帝不在京城的时候，攻入禁城，占据皇宫。但他们的区区两百个乌合之众，如何能干这种大事？所以他们全失败了，林清被捕，后来被磔死。

林清的同党之中，有一个独石口都司曹纶和他的儿子曹幅昌都是很重要的同谋犯。那年十月己未的上谕说：

> 前因正黄旗汉军兵丁曹幅昌从习邪教，与知逆谋。……兹据讯明，曹幅昌之父曹纶听从林清入教，经刘四等告知逆

谋，允为收众接应。曹纶身为都司，以四品职官习教从逆，实属猪狗不如，罪大恶极！……

那年十一月中，曹纶等都被磔死。

清礼亲王昭梿是当日在紫禁城里的一个人，他的《啸亭杂录》卷六记此事有一段说：

> 有汉军独石口都司曹纶者，侍郎曹瑛后也（瑛字一本或作寅），家素贫，尝得林清饮助，遂入贼党。适之所任，乃命其子曹福昌勾结不轨之徒，许为城中内应。……曹福昌临刑时，告刽子手曰："我是可交之人，至死不卖友以求生也！……"

《寄蜗残赘》说曹纶是曹雪芹之孙，不知是否根据《啸亭杂录》说的。我当初已疑心此曹瑛不是曹寅，况且官书明说曹瑛是正黄旗汉军，与曹寅不同旗。前天承陈筱庄先生（宝泉）借我一部《靖逆记》（兰簃外史纂，嘉庆庚辰刻），此书记林清之变很详细。其第六卷有《曹纶传》，记他家世系如下：

> 曹纶，汉军正黄旗人。曾祖金铎，官骁骑校；伯祖瑛，历官工部侍郎；祖城，云南顺宁府知府；父廷奎，贵州安顺府同知。……廷奎三子，长绅，早卒；次维，武备院工匠；次纶，充整仪卫，擢治仪正，兼公中佐领，升独石口都司。

此可证《寄蜗残赘》之说完全是无稽之谈。

十一，十二

重印乾隆壬子本《红楼梦》序

从前汪原放先生标点《红楼梦》时，他用的是道光壬辰（一八三二）刻本。他不知道我藏有乾隆壬子（一七九二）的程伟元第二次排本。现在他决计用我的藏本做底本，重新标点排印。这件事在营业上是一件大牺牲，原放这种研究的精神是我很敬爱的，故我愿意给他做这篇新序。

《红楼梦》最初只有抄本，没有刻本。抄本只有八十回。但不久就有人续作八十回以后的《红楼梦》了。俞平伯先生从戚本八十回的评注里看出当时有一部"后三十回的《红楼梦》"（《〈红楼梦〉辨》下卷，一一三七），这便是续书的一种。高鹗续作的四十回，也不过是续书的一种。但到了乾隆五十六年至五一七年之间，高鹗和程伟元串通起来，把高鹗续作的四十回同曹雪芹的原本八十回合并起来，用活字排成一部，又加上一篇序，说是几年之中搜集起来的原书全稿。从此以后，这部百二十回的《红楼梦》遂成了定本，而高鹗的续本也就"附骥尾以传"了。（看我的《〈红楼梦〉考证》，页五三—六七；俞平伯《〈红楼梦〉辨》上卷，一一一—六二。）

程伟元的活字本有两种。第一种我曾叫做"程甲本"，是乾隆五十六年（一七九一）排印，次年发行的。第二种我曾叫做"程乙本"，是乾隆五十七年改订的本子。

程甲本，我的朋友马幼渔教授藏有一部。此书最先出世，一出来就风行一时，故成为一切后来刻本的祖本。南方的各种刻本，如道光壬辰的王刻本等，都是依据这个程甲本的。

但这个本子发行之后，高鹗就感觉不满意，故不久就有改订本出来。程乙本的"引言"说：

　　……因急欲公诸同好，故初印时不及细校，间有纰缪。今复聚集各原本，详加校阅，改订无讹。惟阅者谅之。

马幼渔先生所藏的程甲本就是那"初印"本。现在印出的程乙本就是那"聚集各原本，详加校阅，改订无讹"的本子，可说是高鹗、程伟元合刻的定本。

这个改本有许多改订修正之处，胜于程甲本。但这个本子发行在后，程甲本已有人翻刻了；初本的一些矛盾错误仍旧留在现行各本里，虽经各家批注里指出，终没有人敢改正。我试举一个最明显的例子为证。第二回冷子兴说贾家的历史，中有一段道：

　　第二胎生了一位小姐，生在大年初一，就奇了。不想次年又生了一位公子，说来更奇，一落胞胎，嘴里便衔下一块五彩晶莹的玉来，还有许多字迹。

后来评读此书的人，都觉得这里必有错误，因为后文第十八回贾妃省亲一段里明说"宝玉未入学之先，三四岁时，已得贾妃口传授教了几本书，识了数千字在腹中；虽为姊弟，有如母子"。

这样一位长姊，何止大他一岁？所以戚本便改作：

> 第二胎生了一位小姐，生在大年初一日，就奇了。不想后来又生了一位公子。

这是一种改法。程甲本也作"次年"。我的程乙本便大胆地改作了：

> 第二胎生了一位小姐，生在大年初一，就奇了。不想隔了十几年，又生了一位公子。

这三种说法，究竟那一种是原本呢？

前年我的朋友容庚先生在冷摊上买得一部旧抄本的《红楼梦》，是有百二十回的。他不但认这本是在程本以前的抄本，竟大胆地断定百二十回本是曹雪芹的原本。他做了一篇《〈红楼梦〉的本子问题，质胡适之、俞平伯先生》（北京大学《国学周刊》第五，六，九期），举出他的抄本文字上与程甲本及亚东本不同的地方，要证明他的抄本是程本以前的曹氏原本。我去年夏间答他一信，曾指出他的抄本是全抄程乙本的，底本正是高鹗的二次改本，决不是程刻以前的原本。他举出的异文，都和程乙本完全相同。其中有一条异文就是第二回里宝玉的生年。他的抄本也作：

> 不想隔了十几年，又生了一位公子。

我对容先生说：凡作考据，有一个重要的原则，就是要注意可能性的大小。可能性（probability）又叫做"几数"，又叫做"或然数"，就是事物在一定情境之下能变出的花样。把一个铜子掷在地上，或是龙头朝上，或是字朝上，可能性都是百分之五十，是均等的。把一个"不倒翁"掷在地上，他的头轻脚重，总是脚朝下的，故他有一百分的站立的可能性。试用此理来观察《红楼梦》里宝玉的生年，有二种可能：

(1) 原本作"隔了十几年"而后人改作了"次年"。

(2) 原本作"次年"，而后人改为"隔了十几年"。

以常理推之，若原本既作"隔了十几年"，与第十八回所记正相照应，决无反改为"次年"之理。程乙本与抄本之改作"十几年"，正是他晚出之铁证。高鹗细察全书，看出第二回与十八回有大相矛盾的地方，他认定那教授宝玉几千字和几本书的姊姊，既然"有如母子"，至少应该比宝玉大十几岁，故他就假托参校各原本的结果，大胆地改正了。

直到今年夏间，我买得了一部乾隆甲戌（一七五四）抄本《脂砚斋重评石头记》残本十六回，这是曹雪芹未死时的抄本，为世间最古的抄本。第二回记宝玉的生年，果然也是：

> 第二胎生了一位小姐，生在大年初一，这就奇了。不想次年又生了一位公子。

这就证实了我的假定了。我曾考清朝的后妃，深信康熙、雍正、乾隆三朝没有姓曹的妃子。大概贾元妃是虚构的人物，故曹雪芹先说她比宝玉大一岁，后来越造越不像了，就不知不觉地把元妃的年纪加长了。

我再举一条重要的异文。第二回冷子兴又说：

> 当日宁国公、荣国公是一母同胞弟兄两个。宁公居长，生了四个儿子。

程甲本，戚本都作"四个儿子"。我的程乙本却改作了"两个儿子"。容庚先生的抄本也作"两个儿子"。这又是高鹗后来的改本，容先生的抄本又是高鹗改订本的。我的《脂砚斋石头记》残本也作"四个儿子"，可证"四个"是原文。但原文于宁国公的四个儿子，只说出长子是代化，其余三个儿子都不曾说出名字，故高鹗嫌"四个"太多，改为"两个"。但这一句却没有改订的必要。《脂砚斋》残本有夹缝朱批云

贾蔷、贾菌之祖，不言可知矣。

高鹗的修改虽不算错，却未免多事了。
我在《〈红楼梦〉考证》里曾说，

程伟元的序里说，《红楼梦》当日虽只有八十回，但原本却有一百二十卷的目录。这话可惜无从考证（戚本目录并无后四十回）。我从前想当时各抄本中大概有些是有后四十回目录的，但我现在对于这一层很有点怀疑了。

俞平伯先生在《〈红楼梦〉辨》里，为了这个问题曾作一篇长文（卷上，一一一二六）辨"原本回目只有八十"。他的理由很充足，我完全赞同。但容庚先生却引他的抄本第九十二回的异文作证据，很严厉地质问平伯道：

我们读第九十二回"评《女传》巧姐慕贤良，玩母珠贾政参聚散"，只觉得宝玉评《女传》，不觉得巧姐慕贤良的光景；贾政玩母珠，也不觉得参什么聚散的道理。这不是很大的漏洞吗？
使后四十回的回目系曹雪芹做的，高鹗补作，不大了解曹雪芹的原意，故此说不出来，尚可勉强说得过去。无奈俞

先生想证明后四十回系高鹗补作，不能不把后四十回目一并推翻，反留下替高鹗辩护的余地。

现在把抄本关于这两段的抄下。后四十回既然是高鹗补的，干么他自己一次二次排印的书都没有这些的话？没有这些话是否可以讲得去？请俞先生有以语我来？

——《国学周刊》第六期，页十七

容先生的抄本所有的两段异文，都是和这个程乙本完全一样的，也都是高鹗后来修改的。容先生没有看见我的程乙本，只看见了幼渔先生的程甲本，他不该武断地说高鹗"自己一次二次排印的书都没有这些话"。我们现在知道高鹗的初稿（程甲本）与现行各本同没有这两段；但他第二次改本（程乙本）确有这两段。我们把这两段分抄在这里：

（1）第一段"慕贤良"：

（程甲本与后来翻此本的各本）

宝玉道："那文王后妃，是不必说了，想来是知道的。那姜后脱簪待罪；齐国的无盐虽丑，能安邦定国：是后妃里头的贤能的。若说有才的，是曹大家，班婕妤，蔡文姬，谢道韫诸人。孟光的荆钗布裙，鲍宣妻的提瓮出汲，陶侃母的截发留宾，还有画荻教子的：这是不厌贫的。那苦的里头有乐昌公主破镜重圆，苏蕙的回文感主。那孝的是更多了：木兰代父从军，曹娥投水寻父的尸首等类也多，我也说不得许多。那个曹氏的引刀割鼻，是魏国的故事。那守节的更多了，只好慢慢的讲。若是那些艳的，王嫱，西子，樊素，小蛮，绛仙等；妒的是，'秃妾发，怨洛神'。……等类。文君，红拂，是女中的豪侠。"

贾母听到这里，说："够了；不用说了。你讲的太多，他那里还记得呢？"

（程乙本）（容抄本同）

宝玉便道："那文王后妃，不必说了。那姜后脱簪待罪，和齐国的无盐安邦定国：是后妃里头的贤能的。"巧姐听了，答应个"是"。宝玉又道："若说有才的，是曹大家，班婕妤，蔡文姬，谢道韫诸人。"巧姐问道："那贤德的呢"？宝玉道："孟光的荆钗布裙，鲍宣妻的提瓮出汲，陶侃母的截发留宾：这些不厌贫的，就是贤德的了。"巧姐欣然点头。宝玉道："还有苦的像那乐昌破镜，苏蕙回文。那孝的木兰代父从军，曹娥投水寻尸等类，也难尽说。"巧姐听到这些，却默默如有所思。宝玉又讲那曹氏的引刀割鼻，及那些守节的。巧姐听着，更觉肃敬起来。宝玉恐他不自在，又说："那些艳的，如王嫱，西子，樊素，小蛮，绛仙，文君，红拂都是女中的……"尚未说出，贾母见巧姐默然，便说："够了；不用说了。讲的太多，他那里记得？"

（2）第二段"参聚散"：

（程甲本与后来翻此本的各本）

冯紫英道："人世的荣枯，仕途的得失，终属难定。"贾政道："像雨村算便宜的了。还有我们差不多的人家，就是甄家，从前一样的功勋，一样的世袭，一样的起居，我们也是时常来往。不多几年，他们进京来，差人到我这里请安，还很热闹。一会儿抄了原籍的家财，至今杳无音信。不知他近况若何，心下也着实惦记。看了这样，你想做官的怕不怕？"贾赦道："咱们家里再没有事的。"

（程乙本）（容抄本同）

冯紫英道："人世的荣枯，仕途的得失，终属难定。"贾政道："天下事都是一个样的理哟！比如方才那珠子：那颗大的就像有福气的人是的。那些小的都托赖着他的灵气护庇着。要是那大的没有了，那些小的也就没有收揽了。就像人家儿当头人有了事，骨肉也都分离了，亲戚也都零落了，就是好朋友也都散了，转瞬荣枯，真似春云秋叶一般。你想做官有什么趣儿呢？像雨村算是便宜的了。还有我们差不多的人家儿，就是甄家；从前一样功勋，一样世袭，一样起居，我们也是时常来往。不多几年，他们进京来，差人到我这里请安，还很热闹。一会儿抄了原籍的家财，至今杳无音信。不知他近况若何，心下也着实惦记着。"贾赦道："什么珠子？"贾政同冯紫英又说了一遍给贾赦听。贾赦道："咱们家是再没有事的。"

容庚先生想用这两大段异文来证明，不但后四十回的回目是曹雪芹原稿有的，并且后四十回的全文也是曹雪芹的原文。他不知道这两大段异文便是高鹗续书的铁证，也是他伪作回目的铁证。

高鹗的"引言"里明明说：

（一）书中前八十回，抄本各家互异。今广集核勘，准情酌理，补遗订讹。其间或有增损数字处，意在便于披阅，非敢争胜前人也。

（一）书中后四十回系就历年所得，集腋成裘，更无他本可考。惟按其前后关照者，略为修辑，使其有应接而无矛盾。至其原文，未敢臆改。俟再得善本，更为厘定，且不欲尽掩其本来面目也。

前八十回有"抄本各家互异",故他改动之处如上文举出第二回里的改本,还可以假托"广集核勘"的结果。但他既明明承认"后四十回更无他本可考",又既明明宣言这四十回的原文"未敢臆改",何以又有第九十二回的大改动呢?岂不是因为他刻成初稿（程甲本）之后,自己感觉第九十二回的内容与回目不相照应,故偷偷地自己修改了,又声明"未敢臆改"以掩其作伪之迹吗?他料定读小说的人决不会费大工夫用各种本子细细校勘。他哪里料得到一百三十多年后居然有一位容庚先生肯用校勘学的工夫去校勘《红楼梦》,居然会发现他作伪的铁证呢?

　　这个程乙本流传甚少;我所知的,只有我的一部原刻本和容庚先生的一部旧抄本。现在汪原放标点了这本子,排印行世,使大家知道高鹗整理前八十回与改订后四十回的最后定本是个什么样子,这是我们应该感谢他的。

一九二七,十一,十四,在上海

考证《红楼梦》的新材料

一 残本《脂砚斋重评〈石头记〉》

去年我从海外归来，便接着一封信，说有一部抄本《脂砚斋重评〈石头记〉》愿让给我。我以为"重评"的《石头记》大概是没有价值的，所以当时竟没有回信。不久，新月书店的广告出来了，藏书的人把此书送到店里来，转交给我看。我看了一遍，深信此本是海内最古的《石头记》抄本，遂出了重价把此书买了。

这部脂砚斋重评本（以下称"脂本"）只剩十六回了，其目如下：

第一回至第八回

第十三回至第十六回

第二十五回至第二十八回

首页首行有撕去的一角，当是最早藏书人的图章。今存图章三方，一为"刘铨富子重印"，一为"子重"，一为"髯眉"。第二十八回之后幅有跋五条。其一云：

《红楼梦》虽小说，然曲而达，微而显，颇得史家法。余向读世所刊本，辄逆以己意，恨不得起作者一谭。睹此册，私幸予言之不谬也。子重其宝之。青士、椿馀同观于半亩园并识。乙丑孟秋。

其一云：

《红楼梦》非但为小说别开生面，直是另一种笔墨。昔人文字有翻新法，学《梵夹书》，今则写西法轮齿，仿《考工记》。如《红楼梦》实出四大奇书之外，李贽、金圣叹皆未曾见也。戊辰秋记。

此条有"福"字图章，可见藏书人名刘铨福，字子重。以下三条跋皆是他的笔迹。其一云：

《红楼梦》纷纷效颦者无一可取。唯《痴人说梦》一种及二知道人《红楼梦说梦》一种尚可玩，惜不得与佟四哥三弦子一弹唱耳。此本是《石头记》真本，批者事皆目击，故得其详也。癸亥春日白云吟客笔。（有"白云吟客"图章）

李伯盂郎中言翁叔平殿撰有原本而无脂批，与此文不同。

又一条云：

脂砚与雪芹同时人，目击种种事故，故批笔不从臆度。原文与刊本有不同处，尚留真面，惜止存八卷。海内收藏家更有副本，愿抄补全之，则妙矣。五月廿七日阅又记。（有

"铨"字图章)

另一条云：

> 近日又得妙复轩手批十二巨册。语虽近凿，而与《红楼梦》味之亦深矣。云客又记。(又"阿癙癙"图章)

此批本丁卯夏借与绵州孙小峰太守，刻于湖南。

第三回有墨笔眉批一条，字迹不像刘铨福，似另是一个人，跋末云：

> 同治丙寅（五年，一八六六）季冬月左绵痴道人记。

此人不知即是上条提起的绵州孙小峰吗？但这里的年代可以使我们知道跋中所记干支都是同治初年。刘铨福得此本在同治癸亥（一八六三），乙丑（一八六五）有椿余一跋，丙寅有痴道人一条批，戊辰（一八六八）又有刘君的一跋。

刘铨福跋说"惜止存八卷"，这一句话不好懂。现存的十六回，每回为一卷，不该说止存八卷。大概当时十六回分装八册，故称八卷；后来才合并为四册。

此书每半页十二行，每行十八字。楷书。纸已黄脆了，已经了一次装衬。第十三回首页缺去小半角，衬纸与原书接缝处印有"刘铨畐子重印"图章，可见装衬是在刘氏收得此书之时，已在六十年前了。

二 脂砚斋与曹雪芹

脂本第一回于"满纸荒唐言，一把辛酸泪"一诗之后，说：

> 至脂砚斋甲戌抄阅再评，仍用《石头记》。出则既明，
> 且看石上是何故事。

"出则既明"以下与有正书局印的戚抄本相同。但戚本无此上的十五字。甲戌为乾隆十九年（一七五四），那时曹雪芹还不曾死。

据此，《石头记》在乾隆十九年已有"抄阅再评"的本子了。可见雪芹作此书在乾隆十八九年之前。也许其时已成的部分止有这二十八回。但无论如何，我们不能不把《红楼梦》的著作时代移前。俞平伯先生的《红楼梦年表》（《〈红楼梦〉辨》八）把作书时代列在乾隆十九年至二八年，（一七五四—六三）这是应当改正的了。

脂本于"满纸荒唐言"一诗的上方有朱评云：

> 能解者方有辛酸之泪哭成此书。壬午除夕，书未成，芹为泪尽而逝。余尝哭芹，泪亦待尽。每意觅青埂峰再问石兄，余不遇癞头和尚何！怅怅！……甲午八月泪笔（乾隆三九，一七七四）。

壬午为乾隆二十七年，除夕当西历一七六三年二月十二日（据陈垣《中西回史日历》检查）。

我从前根据敦诚《四松堂集》"挽曹雪芹"一首诗下注的"甲申"二字，考定雪芹死于乾隆甲申（一七六四），与此本所记，相差一年余。雪芹死于壬午除夕，次日即是癸未，次年才是甲申。敦诚挽诗作于一年以后，故编在甲申年，怪不得诗中有"絮酒生刍上旧垌"的话了。现在应依脂本，定雪芹死于壬午除夕。再依敦诚挽诗"四十年华付杳冥"的话，假定他死时年四十五，他生时大概在康熙五十六年（一七一七）。我的《考证》与平伯的年表也都要改正了。

这个发现使我们更容易了解《红楼梦》的故事。雪芹的父亲曹頫卸织造任在雍正六年（一七二八），那时雪芹已十二岁，是见过曹家盛时的了。

脂本第一回叙《石头记》的来历云：

> 空空道人……从头至尾抄录回来，问世传奇：因空见色，由色生情，传情入色，自色悟空，遂易名为情僧，改《石头记》为《情僧录》。至吴玉峰题曰《红楼梦》；东鲁孔梅溪则题曰《风月宝鉴》。后因曹雪芹于悼红轩中披阅十载，增删五次，纂成目录，分出章回，则题曰《金陵十二钗》。

此上有眉评云：

> 雪芹旧有《风月宝鉴》之书，乃是弟棠村序也。今棠村已逝，余睹新怀旧，故仍因之。

据此，《风月宝鉴》乃是雪芹作《红楼梦》的初稿，有其弟棠村作序。此处不说曹棠村而用"东鲁孔梅溪"之名，不过是故意作狡狯。梅溪似是棠村的别号，此有二层根据：第一，雪芹号芹溪，脂本屡称芹溪，与梅溪正同行列。第二，第十三回"三春去后诸芳尽，各自须寻各自门"二句上，脂本有一条眉评云："不必看完，见此二句，即欲堕泪。梅溪"。顾颉刚先生疑此即是所谓"东鲁孔梅溪"。我以为此即是雪芹之弟棠村。

又上引一段中，脂本比别本多出"至吴玉峰题曰《红楼梦》"九个字。吴玉峰与孔梅溪同是故设疑阵的假名。

我们看这几条可以知道脂砚斋同曹雪芹的关系了。脂砚斋是同雪芹很亲近的，同雪芹弟兄都很相熟。我并且疑心他是雪芹同族的亲属。第十三回写秦可卿托梦于凤姐一段，上有眉评云：

> "树倒猢狲散"之语，全犹在耳，曲指三十五年矣。伤哉！宁不恸杀！

又可卿提出祖茔置田产附设家塾一段上有眉评云：

> 语语见道，字字伤心。读此一段，几不知此身为何物矣。松斋。

又此回之末凤姐寻思宁国府中五大弊，上有眉批云：

> 旧族后辈受此五病者颇多。余家更甚。三十年前事，见书于三十年后，今（令？）余想恸血泪盈□（此处疑脱一字）。

又第八回贾母送秦钟一个金魁星，有朱评云：

> 作者今尚记金魁星之事乎？抚今思昔，肠断心摧。

看此诸条，可见评者脂砚斋是曹雪芹很亲的族人，第十三回所记宁国府的事即是他家的事，他大概是雪芹的嫡堂弟兄或从堂弟兄，——也许是曹颙或曹頫的儿子。松斋似是他的表字，脂砚斋是他的别号。

这几条之中，第十三回之一条说：

> 曲指三十五年矣，

又一条说：

> 三十年前事，见书于三十年后。

脂本抄于甲戌（一七五四），其"重评"有年月可考者，有第一回（抄本页十）之"丁亥春"（一七六七），有上文已引之"甲午八月"（一七七四）。自甲戌至甲午，凡二十年。折中假定乾隆二十九年（一七六四）为上引几条评的年代，则上推三十五年为雍正七年（一七二九），曹雪芹约十三岁，其时曹𫖯刚卸任织造（一七二八），曹家已衰败了，但还不曾完全倒落。

此等处皆可助证《红楼梦》为记述曹家事实之书，可以摧破不少的怀疑。我从前在《〈红楼梦〉考证》里曾指出两个可注意之点：

第一，十六回凤姐谈"南巡接驾"一大段，我认为即是康熙南巡，曹寅四次接驾的故事。我说：

> 曹家四次接驾乃是很不常见的盛事，故曹雪芹不知不觉的——或是有意的——把他家这桩最阔的大典说了出来。
> ——《考证》页四十一

脂本第十六回前有总评，其一条云：

> 借省亲事写南巡，出脱心中多少忆昔感今！

这一条便证实了我的假设。我又曾说赵嬷嬷说的贾家接驾一次，甄家接驾四次，都是指曹家的事。脂本于本回"现在江南的甄家……接驾四次"一句之傍，有朱评云：

> 甄家正是大关键，大节目。勿作泛泛口头语看。

这又是证实我的假设了。

第二，我用《八旗氏族通谱》的曹家世系来比较第二回冷子兴说的贾家世次，我当时指出贾政是次子，先不袭职，又是员外郎，与曹𫖯一一相合，故我认贾政即是曹𫖯（《考证》四十三—四十四）。这个假设在当时很受朋友批评。但脂本第二回"皇上……赐了这政老爹一个主事之衔，令其入部习学，如今现已升了员外郎"一段之傍有朱评云：

> 嫡真实事，非妄拥也。

这真是出于我自己意料之外的好证据了！

故《红楼梦》是写曹家的事，这一点现在得了许多新证据，更是颠扑不破的了。

三　秦可卿之死

第十三回记秦可卿之死，曾引起不少人的疑猜。今本（程乙本）说：

> 人回东府蓉大奶奶没了。……彼时合家皆知，无不纳闷，都有些伤心。

戚本作

> 彼时合家皆知，无不纳叹，都有些伤心。

坊间普通本子有一种却作

　　彼时合家皆知，无不纳闷，都有些疑心。

脂本正作

　　彼时合家皆知，无不纳罕，都有些疑心。

上有眉评云：

　　九个字写尽天香楼事，是不写之写。

又本文说

　　这四十九日，单请一百单八众禅僧在大厅上拜大悲忏。……另设一坛于天香楼上。

此九字旁有夹评云：

　　删却，是未删之笔。

又本文云：

　　又听得秦氏之丫环名唤瑞珠者，见秦氏死了，他也触柱而亡。

旁有夹评云：

补天香楼未删之文。

天香楼是怎么一回事呢？
此回之末，有朱笔题云：

"秦可卿淫丧天香楼"，作者用史笔也。老朽因有魂托凤姐、贾家后事二件嫡是安富尊荣坐享人能想得到处，其事虽未漏，其言其意则令人悲切感服，姑赦之。因命芹溪删去。

又有眉评云：

此回只十页，因删去天香楼一节，少却四五页也。

这可见此回回目原本作

秦可卿淫丧天香楼，
王熙凤协理宁国府。

后来删去天香楼一长段，才改为"死封龙禁尉"，平仄便不调了。
秦可卿是自缢死的，毫无可疑。第五回画册上明明说：

画着高楼大厦，有一美人悬梁自缢。（此从脂本）其判云：
情天情海幻情身，情既相逢必主淫。
漫言不肖皆荣出，造衅开端实在宁。

俞平伯在《〈红楼梦〉辨》里特立专章讨论可卿之死。（中卷，页一五九——七八）但顾颉刚引《〈红楼梦〉佚话》说有人见书中的焙茗，据他说，秦可卿与贾珍私通，被婢撞见，羞愤自缢死的。平伯深信此说，列举了许多证据，并且指出秦氏的丫环瑞珠触柱而死，可见撞见奸情的便是瑞珠。现在平伯的结论都被我的脂本证明了。我们虽不得见未删天香楼的原文，但现在已知道

（1）秦可卿之死是"淫丧天香楼"。
（2）她的死与瑞珠有关系。
（3）天香楼一段原文占本回三分之一之多。
（4）此段是脂砚斋劝雪芹删去的。
（5）原文正作"无不纳罕，都有些疑心"，戚本始改作"伤心。"

四　《红楼梦》的"凡例"

《红楼梦》各本皆无"凡例"。脂本开卷便有"凡例"，又称"《红楼梦》旨义"，其中颇有可注意的话，故全抄在下面：

凡　例

《红楼梦》旨义。是书题名极多□□《红楼梦》，是总其全部之名也。又曰《风月宝鉴》，是戒妄动风月之情。又曰《石头记》，是自譬石头所记之事也。此三名皆书中曾已点睛矣。如宝玉作梦，梦中有曲，名曰"红楼梦十二支"，此则《红楼梦》之点睛。又如贾瑞病，跛道人持一镜来，上面即錾《风月宝鉴》四字，此则《风月宝鉴》之点睛。又如道人亲眼见石上大书一篇故事，则系石头所记之往来，此则《石头记》之点睛处。然此书又名曰《金陵十二钗》，审

其名则必系金陵十二女子也。然通部细搜检去，上中下女子岂止十二人哉？若云其中自有十二个，则又未尝指明白系某某。极（？）至《红楼梦》一回中亦曾翻出金陵十二钗之簿籍，又有十二支曲可考。

书中凡写长安，在文人笔墨之间，则从古之称；凡愚夫妇儿女子家常口角，则曰中京，是不欲着迹于方向也。盖天子之邦，亦当以中为尊。特避其东南西北四字样也。

此书只是着意于闺中。故叙闺中之事切，略涉于外事者则简，不得谓其不均也。

此书不敢干涉朝廷。凡有不得不用朝政者，只略用一笔带出，盖实不敢以写儿女之笔墨唐突朝廷之上也。又不得谓其不备。

以上四条皆低二格抄写。以下紧接"此书开卷第一回也，作者自云……"一长段，也低二格抄写。今本第一回即从此句起；而脂本的第一回却从"列位看官，你道此书从何而来"起。"此书开卷第一回也"以下一长段，在脂本里，明是第一回之前的引子，虽可说是第一回的总评，其实是全书的"旨义"，故紧接"凡例"之后，同样低格抄写。其文与今本也稍稍不同，我们也抄在"凡例"之后，凡脂本异文，皆加符号记出：

此［书］开卷第一回也。作者自云，［因］曾历过一番梦幻之后，故将真事隐去，而撰此《石头记》一书也，故曰"甄士隐梦幻识通灵"。但书中所记何事，［又因何而撰是书哉］自云，［今］风尘碌碌，一事无成，忽念及当日所有之女子，一一细推了去，觉其行止见识皆出［于］我之上，［何］堂堂之须眉诚不若彼［一干］裙钗，实愧则有余，悔则无益［之］大无可奈何之日也！当此时，［则］自欲将已往所赖［上赖］天恩，［下承］祖德，锦衣纨绔之时，饫甘餍美之日，背父母教育之恩，负师兄（今本作友）规训之德，已致今日一事（今本作技）无成，半生潦倒之罪，编述一记（今本作集）以告普天下［人］。虽（今本作知）我之罪固不能免（此五字今本作"负罪固多"），然闺阁中［本自］历历有人，万不可因我不肖（此处各本多"自护己短"四字），则一并使其泯灭也。虽今日之茆椽蓬牖，瓦灶绳床，其风晨月夕，阶柳庭花，亦未有伤于我之襟怀笔墨者，何为不用假语村言，敷演出一段故事来，以悦人之耳目哉（此一长句与今本多不同）？故曰"风尘怀闺秀"［乃是第一回题纲正义也。开卷即云"风尘怀闺秀"，则知作者本意原为记述当日闺友闺情，并非怨世骂时之书矣。虽一时有涉于世态，然亦不得不叙者，但非其本旨耳。阅者切记之。

　　诗曰

　　浮生着甚苦奔忙？盛席华筵终散场。

　　悲喜千般同幻渺，古今一梦尽荒唐。

　　谩言红袖啼痕重，更有情痴抱恨长。

　　字字看来皆是血，十年辛苦不寻常。］

　　我们读这几条凡例，可以指出几个要点：（1）作者明明说此书是"自譬石头所记之事"，明明说"系石头所记之往来"。（2）作者明明说"此书只是着意于闺中"，又说"作者本意原为记述当日闺友闺情，并非怨世骂时之书"。（3）关于此书所记地点问题，凡例中也有明白的表示。曹家几代住南京，故书中女子多是江南人，凡例中明明说"此书又名曰《金陵十二钗》，审其名则必系金陵十二女子也"。我因此疑心雪芹本意要写金陵，但他北归已久，虽然"秦淮残梦忆繁华"（敦敏赠雪芹诗），却已模糊记不清了，故不能不用北京作背景。所以贾家在北京，而甄家始终在江南。所以凡例中说，"书中凡写长安……家常口角则曰中京，是不欲着迹于方向也。……特避其东南西北字样也"。平伯与颉刚对于这个地点问题曾有很长的讨论（《〈红楼梦〉辨》中，五十九—八十），他们的结论是"说了半天还和没有说一样，我们究竟不知道《红楼梦》是在南或是在北"（页七十九）。我的答案是：雪芹写的是北京，而他心里要写的是金陵：金陵是事实所在，而北京只是文学的背景。

至如大观园的问题，我现在认为不成问题。贾妃本无其人，省亲也无其事，大观园也不过是雪芹的"秦淮残梦"的一境而已。

五　脂本与戚本

现行的《红楼梦》本子，百廿回本以程甲本（高鹗本）为最古，八十回本以戚蓼生本为最古，戚本更古于高本，那是无可疑的。平伯在数年前对于戚本曾有很大的怀疑，竟说他"决是辗转传抄后的本子，不但不免错误，且也不免改窜"（《〈红楼梦〉辨》，上，一二六）。但我曾用脂砚斋残本细校戚本，始知戚本一定在高本之前，凡平伯所疑高本胜于戚本之处（一三五—一三七），皆戚本为原文，而高本为改本。但那些例子都很微细，我在此文里不及讨论，现在要谈几个更重要之点。

我用脂本校戚本的结果，使我断定脂本与戚本的前二十八回同出于一个有评的原本，但脂本为直接抄本，而戚本是间接传抄本。

何以晓得两本同出于一个有评的原本呢？戚本前四十回之中，有一半有批评，一半没有批评；四十回以下全无批评。我仔细研究戚本前四十回，断定原底本是全有批评的，不过抄手不止一个人，有人连评抄下，有人躲懒便把评语删了。试看下表：

第一回　有评　　第二回　无评

第三回　有评　　第四回　无评

第五回　有评　　第六回　无评

第七回　有评　　第八回　无评

第九回　有评　　第十回　无评

第十一回　无评

第十二回至廿六回　　有评

第廿七回至卅五回　　无评

第卅六回至四十回　　有评

看这个区分，我们可以猜想当时抄手有二人，先是每人分头抄一回，故甲抄手专抄奇数，便有评；乙抄手抄偶数，便无评；至十二回以下甲抄手连抄十五回，都有评；乙抄手连抄九回，都无评。

戚本前二十八回，所有评语，几乎全是脂本所有的，意思与文字全同，故知两本同出于一个有评的原底本。试更举几条例为铁证。戚本第一回云：

　　一家乡官姓甄（真假之甄宝玉亦借此音，后不注）名费废，字士隐。

脂本作

　　一家乡官，姓甄（真囗后之甄宝玉亦借此音，后不注）名费（废），字士隐。

戚本第一条评注误把"真"字连下去读，故改"后"为"假"，文法遂不通。第二条注"废"字误作正文，更不通了。此可见两本同出一源，而戚本传抄在后。

第五回写薛宝钗之美，戚本作

  品格端方，容貌丰美，人多谓黛玉所不及（此句定评），想世人目中各有所取也。按黛玉、宝钗二人一如娇花，一如纤柳，各极其妙，此乃世人性分甘苦不同之故耳。

今检脂本，始知"想世人目中"以下四十二字都是评注，紧接"此句定评"四字之后。此更可见二本同源，而戚本在后。

平伯说戚本有脱误，上举两例便可证明他的话不错。

我因此推想得两个结论：

（1）《红楼梦》的最初底本是有评注的。

（2）最初的评注至少有一部分是曹雪芹自己作的，其余或是他的亲信朋友如脂砚斋之流的。

何以说底本是有评注的呢？脂本抄于乾隆甲戌，那时作者尚生存，全书未完，已是"重评"的了，可以见甲戌以前的底本便有评注了。戚本的评注与脂本的一部分评注全同，可见两本同出的底本都有评注。又高鹗所据底本也有评注。平伯指出第三十七回贾芸与宝玉的书信末尾写着

  男芸跪书一笑，

检戚本始知"一笑"二字是评注，误入正文。程甲本如此，程乙本也如此。平伯说，"高氏所依据的抄本也有这批语，和戚本一样，这都是奇巧的事"（《〈红楼梦〉辨》，上，一四四）。其实这并非"奇巧"，只证明高鹗的底本也出于那有评注的原本而已（高程刻本合删评注）。

原底本既有评注，是谁作的呢？作者自加评注本是小说家的常事；况且有许多评注全是作者自注的口气，如上文引的第一回"甄

字下注云：

> 真□后之甄宝玉亦借此音，后不注。

这岂是别人的口气吗？又如第四回门子对贾雨村说的"护官符"口号，每句下皆有详注，无注便不可懂，今本一律删去了。今抄脂本原文如下：

> 上面皆是本地大族名宦之家的谚俗口碑，其口碑排写得明白，下面皆注着始祖官爵并房次。石头亦曾照样抄写一张。今据石上所抄云：
>
> 贾不假，白玉为堂金作马。（宁国、荣国二公之后，共二十房分，除宁、荣亲派八房在都外，现原籍住者十二房。）（适按，二十房，误作十二房，今依戚本改正。）
>
> 阿房宫，三百里，住不下金陵一个史。（保龄侯尚书令史公之后，房分共十八，都中现住者十房，原籍现住八房。）（适按，十八，今戚本误作二十。）
>
> 丰年好大雪，珍珠如土金如铁。（紫微舍人薛公之后，现领内府帑银行商，共八房分。）
>
> 东海缺少白玉床，龙王来请金陵王。（都太尉统制县伯王公之后，共十二房，都中二房，余在籍。）（适按，在籍二字误说，今据戚本补。）

这四条注都是作者原书所有的，现在都被删去了。脂本里，这四条注也都用朱笔写在夹缝，与别的评注一样抄写。我因此疑心这些原有的评注之中，至少有一部分是作者自己作的。又如第一回"无材补天，幻形人世"两句有评注云：

> 八字便是作者一生惭恨。

这样的话当然是作者自己说的。

以上说脂本与戚本同出于一个有评注的原本,而戚本传抄在后。但因为戚本传抄在后,《红楼梦》的底本已经过不少的修改了,故戚本有些地方与脂本不同。有些地方也许是作者自己改削的;但大部分的改动似乎都是旁人斟酌改动的;有些地方似是被抄写的人有意删去,或无意抄错的。

如上文引的全书"凡例",似是抄书人躲懒删去的,如翻刻书的人往往删去序跋以节省刻资,同是一种打算盘的办法。第一回序例,今本虽保存了,却删去不少的字,又删去了那首"字字看来皆是血,十年辛苦不寻常"很好的诗。原本不但有评注,还有许多回有总评,写在每回正文之前,与这第一回的序例相像,大概也是作者自己作的。还有一些总评写在每回之后,也是墨笔楷书,但似是评书者加的,不是作者原有的了。现在只有第二回的总评保存在戚本之内,则戚本第二回前十二行及诗四句是也。此外如第六回,第十三回,十四回,十五回,十六回,每回之前皆有总评,戚本皆不曾收入。又第六回,二十五回,二十六回,二十七回,二十八回,每回之后皆有"总批"多条,现在只有四条(廿七回及廿八回后)被收在戚本之内。这种删削大概是抄书人删去的。

有些地方似是有意删削改动的。如第二回说元春与宝玉的年岁,脂本作

> 第二胎生了一位小姐,生在大年初一,这就奇了。不想次年又生了一位公子。

戚本便改作了

> 不想后来又生了一位公子。

这明是有意改动的了。又戚本第一回写那位顽石

> 一日正当嗟悼之际,俄见一僧一道远远而来,生得骨格不凡,丰神迥异,来至石下,席地而坐,长谈,见一块鲜明莹洁美玉,且又缩成扇坠大小的可佩可拿。那僧托于掌上……

这一段各本大体皆如此;但其实文义不很可通,因为上面明说是顽石,怎么忽已变成宝玉了?今检脂本,此段多出四百二十余字,全被人删掉了。其文如下:

> 俄见一僧一道远远而来,生得骨格不凡,丰神迥别,说说笑笑,来至峰下,坐于石边,高谈快论。先是说些云山雾海,神仙玄幻之事,后便说到红尘中荣华富贵。此石听了,不觉打动凡心,也想要到人间去享一享这荣华富贵,但自恨粗蠢,不得已,便口吐人言,向那僧道说道:"大师,弟子蠢物,不能见礼了。适问(闻)二位谈那人世间荣耀繁华,心切慕之。弟子质虽粗蠢,性却稍通。况见二师仙形道体,定非凡品,必有补天济世之材,利物济人之德。如蒙发一点慈心,携带弟子,得入红尘,在那富贵场中,温柔乡里,受享几年,自当永佩洪恩,万劫不忘也。"二仙师听毕,齐憨笑道:"善哉,善哉!那红尘中却有些乐事,但不能永远依恃。况又有'美中不足,好事多魔'八个字紧相连属,瞬息间则又乐极悲生,人非物换。究竟是到头一梦,万境归空。

到不如不去的好。"这石凡心已炽,那里听得进这话去?乃复苦求再四,二仙知不可强制,乃叹道:"此亦静极思动,无中生有之数也。既如此,我们便携你去受享受享。只是到不得意时,切莫后悔。"石道,"自然自然。"那僧又道:"若说你性灵,却又如此质蠢,并更无奇贵之处。如此,也只好踮脚而已。也罢,我如今大施佛法,助你[一]助。待劫终之日,复还本质,以了此案。你道好否?"石头听了,感谢不尽。那僧便念咒书符,大展幻术,将一块大石登时变成一块鲜明莹洁的美玉,且又缩成扇坠大小的可佩可拿。

这一长段,文章虽有点啰唆,情节却不可少。大概后人嫌他稍繁,遂全删了。

六　脂本的文字胜于各本

我们现在可以承认脂本是《红楼梦》的最古本,是一部最近于原稿的本子了。在文字上,脂本有无数地方远胜于一切本子。我试举几段作例。

第一例　第八回

(1) 脂砚斋本

　　宝玉与宝钗相近,只闻一阵阵凉森森甜丝丝的幽香,竟不知系何香气。

(2) 戚本

　　宝玉此时与宝钗就近,只闻一阵阵凉森森甜甜的幽香,竟不知是何香气。

（3）翻王刻诸本（亚东初本）（程甲本）

　　宝玉此时与宝钗相近，只闻一阵香气，不知是何气味。

（4）程乙本（亚东新版）

　　宝玉此时与宝钗挨肩坐着，只闻一阵阵的香气，不知何味。

戚本把"甜丝丝"误抄作"甜甜"，遂不成文。后来各本因为感觉此句有困难，遂索性把形容字都删去了。高鹗最后定本硬改"相近"为"挨肩坐着"，未免太露相，叫林妹妹见了太难堪！

　　第二例　第八回
　　（1）脂本

　　话犹未了，林黛玉已摇摇的走了进来。

（2）戚本

　　话犹未了，林黛玉已走了进来。

（3）翻王刻本

　　话犹未了，林黛玉已摇摇摆摆的来了。

（4）程乙本

　　话犹未完，黛玉已摇摇摆摆的进来。

原文"摇摇的"是形容黛玉的瘦弱病躯。戚本删了这三字，已是不该的了。高鹗竟改为"摇摇摆摆的"，这竟是形容詹光、单聘仁的丑态了，未免太唐突林妹妹了！
　　第三例　第八回
　　（1）脂本与戚本

　　黛玉……一见了（戚本无"了"字）宝玉，便笑道，"嗳哟，我来的不巧了！"宝玉等忙起身笑让坐。宝钗因笑道："这话怎么说？"黛玉笑道，"早知他来，我就不来了。"宝钗道，"我更不解这意。"黛玉笑道，"要来时一群都来，要不来一个也不来。今儿他来了，明儿我再来（戚本作"明日我来"），如此间错开了来着，岂不天天有人来了，也不至于太冷落，也不至于太热闹了？姐姐如何反不解这意思？"

　　（2）翻王刻本

　　黛玉……一见宝玉，便笑道："嗳呀！我来的不巧了！"宝玉等忙起身让坐。宝钗因笑道："这话怎么说？"黛玉道："早知他来，我就不来了。"宝钗道："我不解这意。"黛玉笑道："要来时，一齐来；要不来，一个也不来。今儿他来，明儿我来，如此间错开了来，岂不天天有人来了，也不至于太冷落，也不至于太热闹？姐姐如何不解这意思？"

（3）程乙本

　　黛玉……一见宝玉，便笑道："哎哟！我来的不巧了！"宝玉等忙起身让坐。宝钗笑道："这是怎么说？"黛玉道："早知他来，我就不来了。"宝钗道："这是什么意思？"黛玉道："什么意思呢？来呢，一齐来；不来，一个也不来。今儿他来，明儿我来，间错开了来，岂不是天天有人来呢？也不至太冷落，也不至太热闹。姐姐有什么不解的呢？"

高鹗最后改本删去了两个"笑"字，便像林妹妹板起面孔说气话了。

第四例　第八回

（1）脂本

　　宝玉因见他外面罩着大红羽缎对襟褂子，因问，"下雪了么？"地下婆娘们道，"下了这半日雪珠儿了。"宝玉道，"取了我的斗篷来了不曾？"黛玉便道，"是不是！我来了，你就该去了！"宝玉笑道，"我多早晚说要去了？不过是拿来预备着。"

（2）戚本

　　……地下婆娘们道，"下了这半日雪珠儿。"宝玉道，"取了我的斗篷来了不曾？"黛玉道，"是不是！我来了，他就讲去了！"宝玉笑道，"我多早晚说要去来着？不过拿来预备。"

(3) 翻王刻本

　　……地下婆娘们说,"下了这半日了。"宝玉道:"取了我的斗篷来。"黛玉便笑道:"是不是?我来了,你就该去了!"宝玉笑道:"我何曾说要去?不过拿来预备着。"

(4) 程乙本

　　……地下老婆们说,"下了这半日了。"宝玉道,"取了我的斗篷来。"黛玉便笑道,"是不是?我来了,他就该走了!"宝玉道,"我何曾说要去?不过拿来预备着。"

戚本首句脱一"了"字,末句脱一"着"字,都似是无心的误脱。"你就该去了",戚本改的很不高明,似系误"该"为"讲",仍是无心的错误。"我多早晚说要去了?"这是纯粹北京话。戚本改为"我多早晚说要去来着?"这还是北京话。高本嫌此话太"土"加上一层翻译,遂没有味儿了("多早晚"是"什么时候")。

最无道理的是高本改"取了我的斗篷来了不曾"的问话口气为命令口气。高本删"雪珠儿"也无理由。

第五例　第八回

(1) 脂本与戚本

　　李嬷嬷因说道,"天又下雪,也好早晚的了,就在这里同姐姐妹妹一处顽顽罢。"

(2) 翻王刻本

天又下雪，也要看早晚的，就在这里和姐姐妹妹一处顽顽丢。

（3）程乙本

　　天又下雪，也要看时候儿，就在这里和姐姐妹妹一处顽顽儿罢。

这里改的真是太荒谬了。"也好早晚的了"，是北京话，等于说"时候不很早了"。高鹗两次改动，越改越不通。高鹗是汉军旗人，应该不至于不懂北京话。看他最后定本说"时候儿"，又说"顽顽儿"，竟是杭州老儿打官话儿了！

　　这几段都在一回之中，很可以证明脂本的文字的价值远在各本之上了。

七　从脂本里推论曹雪芹未完之书

　　从这个脂本里的新证据，我们知道了两件已无可疑的重要事实：

（1）乾隆甲戌（一七五四），曹雪芹死之前九年，《红楼梦》至少已有一部分写定成书，有人"抄阅重评"了。

（2）曹雪芹死在乾隆壬午除夕（一七六三年二月十三日）。我曾疑心甲戌以前的本子没有八十回之多，也许止有二十八回，也许止有四十回。为什么呢？因为如果甲戌以前雪芹已成八十回，那么从甲戌到壬午，这九年之中雪芹做的是什么书？难道他没有继续此书吗？如果他续作的书是八十回以后之书，那些书稿又在何处呢？

　　如果甲戌已有八十回稿本流传于朋友之间，则他以后十年间续作的稿本必有人传观抄阅，不至于完全失散。所以我疑心脂本当甲戌时还没有八十回。

戚本四十回以下完全没有评注。这一点使我疑心最初脂砚斋所据有评的原本至多也不过四十回。

高鹗的壬子本引言有一条说：

> 如六十七回，此有彼无，题同文异。

平伯曾用戚本校高本，果见此回很大的异同。这一点使我疑心八十回本是陆续写定的。

但我仔细研究脂本的评注，和戚本所无而脂本独有的"总评"及"重评"，使我断定曹雪芹死时，他已成的书稿决不止现行的八十回，虽然脂砚斋说：

> 壬午除夕，书未成，芹为泪尽而逝。

但已成的残稿确然不止这八十回书。我且举几条证据看看。

（1）史湘云的结局，最使人猜疑。第三十一回目"因麒麟伏白首双星"一句话引起了无数的猜测。平伯检得戚本第三十一回有总评云：

> 后数十回，若兰在射圃所佩之麒麟，正此麒麟也。提纲伏于此回中，所谓草蛇灰线在千里之外。

平伯误认此为"后三十回的《红楼梦》的一部分，他又猜想：

> 在佚本上，湘云夫名若兰，也有个金麒麟，或即是宝玉

所失,湘云拾得的那个麒麟,在射圃里佩着。

——《〈红楼梦〉辨》,下,页二十四

但我现在替他寻得了一条新材料。脂本第二十六回有总评云:

前回倪二、紫英、湘莲、玉菡四样侠文,皆得传真写照之笔。惜卫若兰射圃文字迷失无稿,叹叹!

雪芹残稿中有"卫若兰射圃"一段文字,写的是一种"侠文",又有"佩麒麟"的事。若兰姓卫,后来做湘云的丈夫,故有"伏白首双星"的话。

(2) 袭人与蒋琪官的结局也在残稿之内。脂本与戚本第二十八回后都有总评云:

茜香罗,红麝串,写于一回。棋官(戚本作"盖琪官"。脂本一律作棋官。)虽系优人,后回与袭人供奉玉兄、宝卿,得同终始者,非泛泛之文也。

平伯也误认这是指"后三十回"佚本。这也是雪芹残稿之一部分。大概后来袭人嫁琪官之后,他们夫妇依旧"供奉玉兄宝卿,得同终始"。高鹗续书大失雪芹本意。

(3) 小红的结局,雪芹也有成稿。脂本第二十七回总评云:

凤姐用小红,可知晴雯等埋没其人久矣,无怪有私心私情。且红玉后有宝玉大得力处,此于千里外伏线也。

二十六回小红与佳蕙对话一段有朱评云:

> 红玉一腔委曲怨愤，系身在怡红，不能遂志，看官勿错认为芸儿害相思也。狱神庙红玉、茜雪一大回文字，惜迷失无稿。

又二十七回凤姐要红玉跟她去，红玉表示情愿。有夹缝朱评云：

> 且系本心本意。狱神庙回内方见。

狱神庙一回，究竟不知如何写法。但可见雪芹曾有此"一大回文字"。高鹗续书中全不提及小红，遂把雪芹极力描写的一个大人物完全埋没了。

（4）惜春的结局，雪芹似也有成文。第七回里，惜春对周瑞家的笑道：

> 我这里正和智能儿说，我明儿也剃了头，同他作姑子去呢？

有朱评云：

> 闲闲笔，却将后半部线索提动。

这可见评者知道雪芹"后半部"的内容。

（5）残稿中还有"误窃玉"的一回文字。第八回，宝玉醉了睡下，袭人摘下通灵玉来，用手帕包好，塞在褥下，这一段后有夹评云：

> 交代清楚。塞玉一段又为"误窃"一回伏线。

误窃宝玉的事，今本无有，当是残稿中的一部分。

从这些证据里，我们可以知道雪芹在壬午以前，陆续作成的《红楼梦》稿子决不止八十回，可惜这些残稿都"迷失"了。脂砚斋大概曾见过这些残稿，但别人见过此稿的大概不多了，雪芹死后遂完全散失了。

《红楼梦》是"未成"之书，脂砚斋已说过了。他在二十五回宝玉病愈时，有朱评云：

> 叹不得见玉兄悬崖撒手文字为恨。

戚本二十一回宝玉续《庄子》之前也有夹评云：

> 宝玉之情，今古无人可比，固矣。然宝玉有情极之毒，亦世人莫忍为者。看至后半部则洞明矣。……宝玉看此为世人莫忍为之毒，故后文方有"悬崖撒手"一回。若他人得宝钗之妻，麝月之婢，岂能弃而为僧哉？

脂本无廿一回，故我们不知道脂本有无此评。但看此评的口气，似也是原底本所有。如此条是两本所同有，那么，雪芹在早年便已有了全书的大纲，也许已"纂成目录"了。宝玉后来有"悬崖撒手""为僧"的一幕，但脂砚斋明说"叹不得见"这一回文字，大概雪芹止有此一回目，尚未有书。

以上推测雪芹的残稿的几段，读者可参看平伯《〈红楼梦〉辨》里论"后三十回的《红楼梦》"一长篇。平伯所假定的"后三十回"佚本是没有的。平伯的错误在于认戚本的"眉评"为原有的评注，而不知戚本所有的"眉评"是狄楚青先生所加，评中提及他的"笔记"，可以为证。平伯所猜想的佚本其实是曹雪芹自己的残稿本，可惜他和我都见不着此本了。

一九二八，二，十二—十六

跋《〈红楼梦〉考证》

我在《〈红楼梦〉考证》的改定稿（《胡适文存》卷三，页一八五—二四九）里，曾根据于《雪桥诗话》，《八旗文经》，《熙朝雅颂集》三部书，考出下例的几件事：

（1）曹雪芹名霑，不是曹寅的儿子，是曹寅的孙子。（页二一二）

（2）曹雪芹后来很穷，穷的很不像样了。

（3）他是一个会作诗又会绘画的人。

（4）他在那贫穷的境遇里，纵酒狂歌，自己排遣那牢骚的心境。

（以上页二一五—二一六）

（5）从曹雪芹和他的朋友敦诚弟兄的关系上看来，我说"我们可以断定曹雪芹生于乾隆三十年左右（约一七六五）"。又说"我们可以猜想雪芹……大约生于康熙末叶（约一七一五——七二〇）；当他死时，约五十岁左右"。

我那时在各处搜求敦诚的《四松堂集》，因为我知道《四松堂集》里一定有关于曹雪芹的材料。我虽然承认杨钟羲先生（《雪桥诗话》），确是根据《四松堂集》的，但我总觉得《雪桥诗话》是"转手的证据"，不是"原手的证据"。不料上海北京两处大索的结果，竟使我大失望。到了今年，我对于《四松堂集》，已是绝望了。有一天，一家书店的伙计跑来说，"《四松堂诗集》找着了！"我非常高兴，但是打开书来一看，原来是一部《四松草堂诗集》，不是《四松堂集》。又一天，陈肖庄先生告诉我说，他在一家书店里看见一部《四松堂集》。我说，"恐怕又是《四松草堂》罢？"陈先生回去一看，果然又错了。

今年四月十九日，我从大学回家，看见门房里桌子上摆着一部退了色的蓝布套的书，一张斑驳的旧书笺上题着"四松堂集"四个字！我自己几乎不信我的眼力了，连忙拿来打开一看，原来真是一部《四松堂集》的写本！这部写本确是天地间唯一的孤本。因为这是当日付刻的底本，上有付刻时的校改，删削的记号。最重要的是这本子里有许多不曾收入刻本的诗文。凡是已刻的，题上都印有一个"刻"字的戳子。刻本未收的，题上都贴着一块小红笺。题下注的甲子，都被编书的人用白纸块贴去，也都是不曾刻的。——我这时候的高兴，比我前年寻着吴敬梓的《文木山房集》时的高兴，还要加好几倍了！

卷首有永??（也是清宗室里的诗人，有《神清??诗稿》）刘大观、纪昀的序，有敦诚的哥哥敦敏作的小传。全书六册，计诗两册，文两册，《鹪鹩庵笔麈》两册。《雪桥诗话》，《八旗文经》，《熙朝雅颂集》所采的诗文都是从这里面选出来的。我在《考证》里引的那首《寄怀曹雪芹》，原文题下注一"霑"字，又"扬州旧梦久已绝"一句，原本"绝"字作"觉"，下贴一笺条，注云，"雪芹曾随其先祖寅织造之任"。《雪桥诗话》说曹雪芹名霑，为楝亭通政孙，即是根据于这两条注的。又此诗中"蓟门落日松亭尊"一句，尊字原本作樽，下注云，"时余在喜峰口"。按敦敏作的小传，乾隆二十二年丁丑（一七五七），敦诚在喜峰口。此诗是丁丑年作的。又《考证》引的"佩刀质酒歌"虽无年月，但其下第二首题下注"癸未"，大概此诗是乾隆二十七年壬午作的。这两首之外，还有两首未刻的诗：

(1) **赠曹芹圃**（注）即雪芹

满径蓬蒿老不华，举家食粥酒常赊。
衡门僻巷愁今雨，废馆颓楼梦旧家。
司业青钱留客醉，步兵白眼向人斜。
阿谁买与猪肝食，日望西山餐暮霞。

这诗使我们知道曹雪芹又号芹圃。前三句写家贫的状况，第四句写盛衰之感（此诗作于乾隆二十六年辛巳）。

(2) **挽曹雪芹**（注）甲申

四十年华付杳冥，哀旌一片阿谁铭？
孤儿渺漠魂应逐，（注：前数月，伊子殇，因感伤成疾。）新妇飘零目岂瞑？
牛鬼遗文悲李贺，鹿车荷锸葬刘伶。（适按：此二句又见于《鹪鹩庵笔麈》，杨钟羲先生从《笔麈》里引入《诗话》；杨先生也不曾见此诗全文。）
故人惟有青山泪，絮酒生刍上旧坰。

这首诗给我们四个重要之点。

(1) 曹雪芹死在乾隆二十九年甲申（一七六四）。我在《考证》说他死在乾隆三十年左右，只差了一年。

(2) 曹雪芹死时只有"四十年华"，这自然是个整数，不限定整四十岁。但我们可以断定他的年纪不能在四十五岁以上。假定他死时年四十五岁，他的生时当康熙五十八年（一七一九）。《考证》里的猜测还不算大错。

关于这一点，我们应该声明一句。曹寅死于康熙五十一年（一七一三），下距乾隆甲申，凡五十一年。雪芹必不及见曹寅了。敦诚"寄怀曹雪芹"的诗注说"雪芹曾随其先祖寅织造之任"，有一点小误。雪芹曾随他的父亲曹𫖯在江宁织造任上。曹𫖯做织造，是康熙五十四年到雍正六年（一七一五——一七二八）；雪芹随在任上大约有十年（一七一九——一七二八）。曹家三代四个织造，只有曹寅最著名。敦诚晚年编集，添入这一条小注，那时距曹寅死时已七十多年了，故敦诚与袁枚有同样的错误。

（3）曹雪芹的儿子先死了，雪芹感伤成病，不久也死了。据此，雪芹死后，似乎没有后人。

（4）曹雪芹死后，还有一个"飘零"的"新妇"。这是薛宝钗呢，还是史湘云呢？那就不容易猜想了。

《四松堂集》里的重要材料，只是这些。此外还有一些材料，但都不重要。我们从敦敏作的小传里，又可以知道敦诚生于雍正甲寅（一七三四），死于乾隆戊申（一七九一），也可以修正我的考证里的推测。

我在四月十九日得着这部《四松堂集》的稿本。隔了两天，蔡孑民先生又送来一部《四松堂集》的刻本，是他托人向晚晴簃诗社里借来的。刻本共五卷：

卷一，诗一百三十七首。

卷二，诗一百四十四首。

卷三，文三十四篇。

卷四，文十九篇。

卷五，《鹪鹩庵笔麈》八十一则。

果然凡底本里题上没有"刻"字的，都没有收入刻本里去。这更可以证明我的底本格外可贵了。蔡先生对于此书的热心，是我很感谢的。最有趣的是蔡先生借得刻本之日，差不多正是我得着底本之日。我寻此书近一年多了，忽然三日之内两个本子一齐到我手里！这真是

"踏破铁鞋无觅处,得来全不费工夫"了。

十一,五,三。

二——答蔡子民先生的商榷

蔡子民先生的《〈石头记〉索隐第六版自序》是对于我的《〈红楼梦〉考证》的一篇"商榷"。他说:

> 知其(红楼梦)所寄托之人物,可用三法推求:一,品性相类者。二,轶事有征者。三,姓名相关者。于是以湘云之豪放而推为其年,以惜春之冷僻而推为荪友:用第一法也。以宝玉逢魔魇而推为允礽,以凤姐哭向金陵而推为余国柱:用第二法也。以探春之名与探花有关而推为健庵,以宝琴之名与孔子学琴于师襄之故事有关而推为辟疆:用第三法也。然每举一人,率兼用三法或两法,有可推证,始质言之。其他如元春之疑为徐元文,宝蟾之疑为翁宝林,则以近于孤证,始不列入。自以为审慎之至,与随意附会者不同。近读胡适之先生《〈红楼梦〉考证》,列拙著于"附会的红学"之中,谓之"走错了道路",谓之"大笨伯","笨谜";谓之"很牵强的附会";我实不敢承认。

关于这一段"方法论",我只希望指出蔡先生的方法是不适用于《红楼梦》的。有几种小说是可以采用蔡先生的方法的。最明显的是《孽海花》。这本是写时事的书,故书中的人物都可用蔡先生的方法去推求:陈千秋即是田千秋,孙汶即是孙文,庄寿香即是张香涛,祝宝廷即是宝竹坡,潘八瀛即是潘伯寅,姜表字剑云即是江标字剑霞,成煜字伯怡即是盛昱字伯熙。其次，如《儒林外史》，也有可以用蔡先生的方法去推求的。如马纯上之为冯粹中，庄绍光之为程绵庄，大概已无可疑。但这部书里的人物，很有不容易猜的；如向鼎，我曾猜是商盘，但我读完《质圆诗集》三十二卷，不曾寻着一毫证据，只好把这个好谜牺牲了。又如杜少卿之为吴敬梓，姓名上全无关系；直到我寻着了《文木山房集》，我才敢相信。此外，金和跋中举出的人，至多不过可供参考，不可过于信任。（如金和说吴敬梓诗集未刻，而我竟寻着乾隆初年的刻本）《儒林外史》本是写实在人物的书。我们尚且不容易考定书中人物，这就可见蔡先生的方法的适用是很有限的了。大多数的小说是决不可适用这个方法的。历史的小说如《三国志》，传奇的小说如《水浒传》，游戏的小说如《西游记》，都是不能用蔡先生的方法来推求书中人物的。《红楼梦》所以不能适用蔡先生的方法，顾颉刚先生曾举出两个重要理由：

（1）别种小说的影射人物，只是换了他姓名，男还是男，女还是女，所做的职业还是本人的职业。何以一到《红楼梦》就会男变为女，官僚和文人都会变成宅眷？

（2）别种小说的影射事情，总是保存他们原来的关系。何以一到《红楼梦》，无关系的就会发生关系了？例如蔡先生考定宝玉为允礽，黛玉为朱竹坨，薛宝钗为高士奇，试问允礽和朱竹坨有何恋爱的关系？朱竹坨与高士奇有何吃醋的关系？

顾先生这话说的最明白，不用我来引申了。蔡先生曾说，"然而安徽第一大文豪（指吴敬梓）且用之，安见汉军第一大文豪必不出此乎？"这个比例（类推）也不适用，正因为《红楼梦》与《儒林外史》不是同一类的书。用"品性，轶事，姓名"三项来推求《红楼梦》里的人物，就像用这个方法来推求《金瓶梅》里西门庆的一妻五妾影射何人：结果必是一种很牵强的附会。

我对于蔡先生这篇文章，最不敢赞同的是他的第二节。这一节的大旨是：

> 惟吾人与文学书，最密切之接触，本不在作者之生平，而在其著作。著作之内容，即胡先生所谓"情节"者，决非无考证之价值。

蔡先生的意思好像颇轻视那关于"作者之生平"的考证。无论如何，他的意思好像是说，我们可以不管"作者之生平"，而考证"著作之内容"。这是大错的。蔡先生引《托尔斯泰传》中说的"凡其著作无不含自传之性质；各书之主人翁……皆其一己之化身；各书中所叙他人之事，莫不与其己身有直接之关系。"试问作此传的人若不知"作者之生平"，如何能这样考证各书的"情节"呢？蔡先生又引各家关于 Faust 的猜想，试问他们若不知道 Goethe 的"生平"，如何能猜想第一部之 Gretchen 为谁呢？

我以为作者的生平与时代是考证"著作之内容"的第一步下手工夫。即如《儿女英雄传》一书，用年羹尧的事做背景，又假造了一篇雍正年间的序，一篇乾隆年间的序。我们幸亏知道著者文康是咸丰、同治年间人；不然，书中提及《红楼梦》的故事，又提及《品花宝鉴》（道光中作的）里的徐度香与袁宝珠，岂不都成了灵异的预言了吗？即如旧说《儒林外史》里的匡超人即是汪中。现在我们知道吴敬梓死于乾隆十九年，而汪中生于乾隆九年，我们便可以断定匡超人决不是汪中了。又旧说儒林外史里的牛布衣即是朱草衣。现在我们知道朱草衣死在乾隆二十一二年，那时吴敬梓已死了二三年了，而《儒林外史》第二十回已叙述牛布衣之死，可见牛布衣大概另是一人了。

因此，我说，要推倒"附会的红学"，我们必须搜求那些可以考定《红楼梦》的著者，时代，版本等等的材料。向来《红楼梦》一书所以容易被人穿凿附会，正因为向来的人都忽略了"作者之生平"一个大问题。因为不知道曹家有那样富贵繁华的环境，故人都疑心贾家是指帝室的家庭，至少也是指明珠一类的宰相之家。因为不深信曹家是八旗的世家，故有人疑心此书是指斥满洲人的。因为不知道曹家盛衰的历史，故人都不信此书为曹雪芹把真事隐去的自叙传。现在曹雪芹的历史和曹家的历史既然有点明白了，我很盼望读《红楼梦》的人都能平心静气的把向来的成见暂时丢开，大家揩揩眼镜来评判我们的证据是否可靠，我们对于证据的解释是否不错。这样的批评，是我所极欢迎的。我曾说过：

> 我在这篇文章里，处处想撇开一切先入的成见；处处存一个搜求证据的目的；处处尊重证据，让证据做向导，引我到相当的结论上去。

此间所谓"证据"，单指那些可以考定作者，时代，版本等等的证据；并不是那些"红学家"随便引来穿凿附会的证据。若离开了作者，时代，版本等项，那么，引《东华录》与引《红礁画桨录》是同样的"不相干"；引许三礼、郭琇与引冒辟疆、王渔洋是同样的"不相干"。若离开了"作者之生平"而别求"性情相近，轶事有征，姓名相关"的证据，那么，古往今来无数万有名的人，那一个不可以化男成女搬进大观园里去？又何止朱竹垞、徐健庵、高士奇、汤斌等几个人呢？况且板儿既可以说是廿四史，青儿既可以说是吃的韭菜，那么我们又何妨索性说《红楼梦》是一部《草木春秋》或《群芳谱》呢？

亚里士多德在他的《尼可马铿伦理学》里（部甲，四，一。九九a），曾说：

> 讨论这个学说（指柏拉图的"名象论"）使我们感觉一种不愉快，因为主张这个学说的人是我们的朋友。但我们既是爱智慧的人，为维持真理起见，就是不得已把我们自己的主张推翻了，也是应该的。朋友和真理既然都是我们心爱的东西，我们就不得不爱真理过于爱朋友了。

我把这个态度期望一切人，尤其期望我所最敬爱的蔡先生。

十一，五，十

附录《石头记索隐》第六版自序
——对于胡适之先生《〈红楼梦〉考证》之商榷

蔡孑民

余之为此索隐也,实为《郎潜二笔》中徐柳泉之说所引起。柳泉谓宝钗影高澹人;妙玉影姜西溟。余观《石头记》中,写宝钗之阴柔、妙玉之孤高,正与高、姜二人之品性相合。而澹人之贿金豆,以金锁影之;其假为落马坠积潴中,则以薛蟠之似泥母猪影之。西溟之热中科第,以妙玉走魔入火影之;其瘐死狱中,以被劫影之。又如以妙字影姜字;以玉字影英字;以雪字影高士字。知其所寄托之人物,可用三法推求:一,品性相类者;二,轶事有征者;三,姓名相关者。于是以湘云之豪放而推为其年;以惜春之冷僻而推为荪友:用第一法也。以宝玉逢魔魇而推为允礽;以凤姐哭向金陵而推为余国柱;用第二法也。以探春之名与探花有关,而推为健庵;以宝琴之名,与孔子学琴与师襄之故事有关而推为辟疆;用第三法也。然每举一人,率兼用三法或两法,有可推证,始质言之。其他如元春之疑为徐元文;宝蟾之疑为翁宝林;则以近于孤证,姑不列入。自以为审慎之至,与随意附会者不同。近读胡适之先生《〈红楼梦〉考证》,列拙著于"附会的红学"之中,谓之"走错了道路",谓之"大笨伯",

"笨谜"；谓之"很牵强的附会"；我实不敢承认。意者我亦不免有"敝帚千金"之俗见。然胡先生之言，实有不能强我以承认者，今贡其疑于左（下）：

（一）胡先生谓"向来研究这部书的人，都走错了道路……不去搜求那些可以考定《红楼梦》的著者，时代，版本等等的材料，却去收罗许多不相干的零碎史事来附会《红楼梦》里的情节"。又云："我们只须根据可靠的版本，与可靠的材料，考定这书的著者究竟是谁；著者的事迹家世，著者的时代；这书曾有何种不同的本子？这些本子的来历如何？这些问题，乃是《〈红楼梦〉考证》的正当范围。"案考定著者，时代，版本之材料，固当搜求。从前王静庵先生作《〈红楼梦〉评论》，曾云："作者之姓名（遍考各书，未见曹雪芹何名）与作书之年月，其为读此书者所当知，似更比主人公之姓名为尤要。顾无一人为之考证者，此则大不可解者也。"又云："苟知美术之大有造于人生，而《红楼梦》自足为我国美术上之唯一大著述，则其作者之姓名，与其著书之年月，固为惟一考证之题目。"今胡先生对于前八十回著者曹雪芹之家世及生平，与后四十回著作者高兰墅之略历，业于短时期间，搜集多许材料。诚有功于《石头记》，而可以稍释王静庵先生之遗憾矣。惟吾人与文学书，最密切之接触，本不在作者之生平，而在其著作。著作之内容，即胡先生所谓"情节"者，决非无考证之价值。例如我国古代文学中之《楚辞》，其作者为屈原，宋玉，景差等。其时代，在楚怀王、襄王时，即西历纪元前三世纪间。久为昔人所考定。然而"善鸟香草，以配忠贞；恶禽臭物，以比谗佞；灵修美人，以媲于君；宓妃佚女，以譬贤臣；虬龙鸾凤，以托君子；飘风云霓，以为小人"：如王逸所举者，固无非内容也。其在外国文学，如Shakespeare之著作，或谓出Bacon手笔，遂生作者究竟是谁之问题。至于Goethe之Faust，则其所根据的神话与剧本，及其六十年著作之经过，均为文学史所详载。而其内容，则第一部之Gretchen或谓影 Elsassirin Friederike（Bielschowsky 之说）；或谓影 Frankfurter Gretchen（Kuno Fischer 之说）。第二部之 Walpurgisnacht 一节为地质学理论。Helena 一节为文化交通问题。Euphorion 为英国诗人 Byron 之影子（各家所同）。皆情节上之考证也。又如俄之托尔斯泰，其生平，其著作之次第，皆无甚疑问。近日张邦铭、郑阳和两先生所译 Salolea 之《托尔斯泰传》，有云："凡其著作无不含自传之性质。各书之主人翁，如伊尔屯尼夫，鄂仑玲，聂乞鲁多夫，赖文，毕索可夫等，皆其一己之化身。各书中所叙他人之事，莫不与其己身有直接之关系。……《家庭乐》叙其少年时情场中之一事，并表其情爱与婚姻之意见；书中主人翁既求婚后，乃将少年狂放时之恶行，缕书不讳，授所爱以自忏。此事托尔斯泰于《家庭乐》出版三年后，向索利亚柏斯求婚时，实尝亲自为之。即《战争与和平》一书，亦可作托尔斯泰之家乘观。其中老乐斯脱夫，即托尔斯泰之祖。小乐斯脱夫，即其父。索利亚，即其养母达善娜，尝两次拒其父之婚者。拿特沙乐斯脱夫，即其姨达善娜柏斯。毕索可夫与赖文，皆托尔斯泰用以自状。赖文之兄死，即托尔斯泰兄的米特利之死。《复活》书中聂乞鲁多夫之奇特行动，论者谓依心理未必能有者，其实即的米特利生平留于其第心中之一记念；的米特利娶一娼，与聂乞鲁多夫同也。"亦情节上之考证也。然则考证情节，岂能概目为附会而拒斥之？

（二）胡先生谓拙著《索隐》所阐证之人名，多是"笨谜"，又谓"假使一部《红楼梦》真是一串这样的笨谜，那就真不值得猜了"。但拙著阐证本事，本兼用三法，具如前述。所谓姓名关系者，仅三法中之一耳；即使不确，亦未能抹杀全书。况胡先生所谥谓笨谜者，正是中国文人习惯，在彼辈方谓如此而后'值得猜"也。《世说新书》称曹娥碑后有"黄绢幼妇外孙齑臼"八字，即以当"绝妙好辞"四字。古绝句"藁砧今何在？山上复有山。何当大刀头，破镜飞上天"。以藁砧为夫，以大刀头为还。《南史》记梁武帝时童谣有

"鹿子开城门，城门鹿子开"等句，谓鹿子开者反语为来子哭，后太子果薨。自胡先生观之，非皆笨谜乎？《品花宝鉴》，以侯公石影袁子才，侯与袁为猴与猿之转借，公与子同为代名词，石与才则自"天下才有一石，子建独占八斗"之语来。《儿女英雄传》，自言十三妹为玉字之分析，已不易猜；又以纪献唐影年羹尧，纪与年，唐与尧，虽尚简单；而献与羹则自"犬曰羹献"之文来。自胡先生观之，非皆笨谜乎？即如《儒林外史》之庄绍光即程绵庄，马纯上即冯粹中，牛布衣即朱草衣，均为胡先生所承认（见胡先生所著《吴敬梓传》及附录）。然则金和跋所指目，殆皆可信。其中如因范蠡曾号陶朱公，而以范易陶；萬字俗作万，而以萬代方；亦非"笨谜"乎？然而安徽第一大文豪且用之，安见汉军第一大文豪必不出此乎？

（三）胡先生谓拙著中刘老老所得之八两及二十两有了下落，而第四十二回王夫人所送之一百两，没有下落；谓之"这种完全任意的去取，实在没有道理"。案《石头记》凡百二十回，而余之《索隐》，不过数十则；有下落者记之，未有者姑缺之，此正余之审慎也。若必欲事事证明而后可，则《石头记》自言著作者有石头，空空道人，孔梅溪，曹雪芹诸人，而胡先生所考证者惟有曹雪芹；《石头记》中有许多大事，而胡先生所考证者惟南巡一事；将亦有"任意去取没有道理"之诮与？

（四）胡先生以曹雪芹生平，大端既已考定；遂断定《石头记》是"曹雪芹的自叙传"，"是一部将真事隐去的自叙的书"，"曹雪芹即是《红楼梦》开端时那个深自忏悔的我，即是书里甄贾（真假）两个宝玉的底本"。案书中既云真事隐去，并非仅隐去真姓名，则不得以书中所叙之事为真。又使宝玉为作者自身之影子，则何必有甄、贾两个宝玉？（鄙意甄贾二字，实因古人有正统伪朝之习见而起。贾雨村举正邪两赋而来之人物，有陈后主，唐明皇，宋徽宗等，故吾疑甄宝玉影宏光，贾宝玉影允礽也。）若以赵嬷嬷有甄家接驾四次之说，而曹寅适亦四次接驾，为甄家即曹家之确证,则赵嬷嬷又说贾府只预备接驾一次,明在甄家四次以外,安得谓贾府亦指曹家乎?胡先生以贾政为员外郎,适与员外郎曹頫相应,谓贾政即影贾頫。然《石头记》第三十七回,有贾政任学差之说;第七十一回有"贾政回京复命,因是学差,故不敢先到家中"云云,曹頫固未闻曾放学差也。且使贾府果为曹家影子,而此书又为雪芹自写其家庭之状况,则措词当有分寸。今观第十七回,焦大之谩骂,第六十六回柳湘莲道:"你们东府里,除了那两个石头狮子干净罢了",似太不留余地。且许三礼奏参徐乾学,有曰:"伊弟拜相之后,与亲家高士奇,更加招摇。以致有去了余秦桧(余国柱),来了徐严嵩,乾学似庞涓,是他大长兄之谣;又有五方宝物归东海,万国金珠贡澹人"之对云云。今观《石头记》第五十五回,有"刚刚倒了一个巡海夜叉,又添了三个镇山太岁"之说。第四回,有"贾不假,白玉为堂金作马;阿房宫,三百里,住不下金陵一个史;东海缺少白玉床,龙王来请金陵王;丰年好大雪,珍珠如土金如铁"之护官符。显然为当时一谣一对之影子,与曹家何涉?故鄙意《石头记》原本,必为康熙朝政治小说,为亲见高、徐、余、姜诸人者所草。后经曹雪芹增删,或亦许插入曹家故事。要未可以全书属之曹家也。

民国十一年一月三十日

《西游记》考证

《西游记》考证

民国十年十二月中，我在百忙中做了一篇《西游记》序，当时搜集材料的时间甚少，故对于考证的方面很不满足自己的期望。这一年之中，承许多朋友的帮助，添了一些材料；病中多闲暇，遂整理成一篇考证，先在《读书杂志》第六期上发表。当时又为篇幅所限，不能不删节去一部分。这回《西游记》再版付印，我又把前做的《〈西游记〉序》和《考证》合并起来，成为这一篇。

一

《西游记》不是元朝的长春真人邱处机作的。元太祖西征时，曾遣使召邱处机赴军中，处机应命前去，经过一万余里，走了四年，始到军前。当时有一个李志常记载邱处机西行的经历，做成《西游记》二卷。此书乃是一部地理学上的重要材料，并非小说。

小说《西游记》与邱处机《西游记》完全无关，但与唐沙门慧立做的《慈恩三藏法师传》（常州天宁寺有刻本）和玄奘自己著的《大唐西域记》（常州天宁寺有刻本）却有点小关系。玄奘是中国史上一个非常伟大的人物。他二十六岁立志往印度去求经，途中经过了无数困难，出游十七年（六二八—六四五），经历五十多国，带回佛教经典六百五十七部。归国之后，他着手翻译，于十九年中（六四五—六六三），译成重要经论七十三部，凡一千三百三十卷（参看《改造》四卷一号梁任公先生的《千五百年前之留学生》）。慧立为他做的传记，——大概是根据于玄奘自己的记载的——写玄奘的事迹最详细，为中国传记中第一部大书。传记中记玄奘的家世和求经的动机如下：

> 玄奘，俗姓陈，缑氏人。兄弟四人，他第四。他的二哥先出家，教他诵习经业。他后来也得出家，与兄同居一寺。他游历各地，访求名师，讲论佛法，后入长安，住大觉寺。他"既遍谒众师，备餐其说；详考其义，各擅宗途；验之圣典，亦隐显有异，莫知适从；乃誓游西方，以问所惑；并取《十七地论》，以释众疑"。

这是玄奘求法的目的。他后来途中有谢高昌王的启，中有云：

> ……远人来译，音训不同；去圣时遥，义类乖舛；遂使双林一味之旨分成当现二常，他化不二之宗析为南北两道。纷纭争论，凡数百年。率土怀疑，莫有匠决。玄奘……负笈从师，年将二纪……未尝不执卷踌躇，捧经侘傺；望给园而翘足，相鹫岭而载怀，愿一拜临，启伸宿惑；虽知寸管不可窥天，小蠡难为酌海，但不能弃此微诚，是以束装取路。……

这个动机，不幸被做《西游记》的人完全埋没了。但传中说玄奘路上经过的种种艰难困苦，乃是《西游记》的种子。我们且引他初起程的一段：

> 于是结侣陈表，有诏不许。诸人咸退，唯法师不屈。既方事孤游，又承西路艰险，乃自试其心以人间众苦，种种调伏，堪任不退。然始入塔启请，申其意志，愿乞众圣冥加，使往还无梗。……遂即行矣，时年二十六也。……时国政尚新，疆场未远，禁约百姓不许出蕃。……不敢公出，乃昼伏夜行。……[出]玉门关……孑然孤游沙漠矣。惟望骨聚马粪等，渐进，顷间忽见有军众数百队，满沙碛间，乍行乍息，皆裘毼驼马之像，及旌旗槊毡之形；易貌移质，倏忽千变；遥瞻极著，渐近而微。……见第一烽，恐候者见，乃隐伏沙沟，至夜方发。到烽西见水，下饮盥讫，欲取皮囊盛水，有一箭飒来，几中于膝；须臾，更一箭来。知为他见，乃大言曰，"我是僧从京师来，汝莫射我。"

第一烽与第四烽的守者待他还好，放他过去。下文云：

> 从此已去，即莫贺延碛，长八百余里，古曰沙河。上无飞鸟，下无走兽，复无水草。是时顾影唯一心但念观音菩萨及《般若心经》。初法师在蜀，见一病人，身疮臭秽，衣服破污，愍将向寺，施与饮食衣服之直。病者惭愧，乃授法师此经，因常诵习。至沙河间，逢诸恶鬼奇状异类绕人前后；虽念观音，不得全去；即诵此经，发声皆散；在危获济，实所凭焉。

下文又云：

> 行百余里，失道，觅野马泉，不得。下水欲饮（下字作

"取下来"解），袋重，失手覆之。千里之资，一朝斯罄！……四顾茫然，人马俱绝。夜则妖魑举火，烂若繁星；昼则惊风拥沙，散如时雨。虽遇如是，心无所惧；但苦水尽，渴不能前。于是时，四夜五日，无一滴沾喉；口腹干焦，几将殒绝，不能复进，遂卧沙中。默念观音，虽困不舍，启菩萨曰，"玄奘此行，不求财利，无冀名誉，但为无上道心正法来耳。仰惟菩萨慈念群生，以救苦为务。此为苦矣，宁不知耶？"如是告时，心心无辍。至第五夜半，忽有凉风触身，冷快如沐寒水，遂得目明；马亦能起。体既苏息，得少睡眠；……惊寤进发，行可十里，马忽异路，制之不回。经数里，忽见青草数亩，下马恣食。去草十步，欲回转，又到一池，水甘澄镜彻。下而就饮，身命重全，人马俱得苏息。……此等危难，百千不能备叙。……

这种记叙，既符合沙漠旅行的状况，又符合宗教经验的心理，真是极有价值的文字。

玄奘出流沙后，即到伊吾。高昌国王曲文泰闻知他来了，即遣使来迎接。玄奘到高昌后，国王款待极恭敬，坚留玄奘久住国中，受全国的供养，以终一身。玄奘坚不肯留，国王无法，只能用强力软禁住他；每日进食，国王亲自捧盘。

法师既被停留，违阻先念，遂誓不食，以感其心。于是端坐，水浆不涉于口，三日。至第四日，王觉法师气息渐惙，深生愧惧，乃稽首礼谢云，"任法师西行，乞垂早食。"法师恐其不实，要王指日为言。王曰，"若须尔者，请共对佛更结因缘。"遂共入道场礼佛，对母张太妃共法师约为兄弟，任师求法。……仍屈停一月，讲《仁王般若经》，中间

> 为师营造行服。法师皆许，太妃甚欢，愿与师长为眷属，代代相度。于是方食。……讲讫，为法师度四沙弥，以充给侍；给法服三十具，以西土多寒，又造面衣手衣靴袜等各数事，黄金一百两，银钱三万，绫及绢等五百匹，充法师往还二十年所用之资。给马三十匹，手力二十五人，遣殿中侍御史欢信送至叶护可汗衙。又作二十四封书，通屈支等二十四国，每一封书附大绫一匹为信。又以绫绢五百匹，果味两车，献叶护可汗，并书称"法师者，是奴弟，欲求法于婆罗门国。愿可汗怜师如怜奴，仍请敕以西诸国给邬落马递送出境。"

从此以后，玄奘便是"阔留学"了。这一段事，记高昌王与玄奘结拜为兄弟，又为他通书于当时镇服西域的突厥叶护可汗，书中也称玄奘为弟。自高昌以西，玄奘以"高昌王弟"的资格旅行各国。这一点大可注意。《西游记》中的唐太宗与玄奘结拜为弟兄，故玄奘以"唐御弟"的资格西行，这一件事必是从高昌国这一段因缘脱胎出来的。

二

以上略述玄奘取经的故事的本身。这个故事是中国佛教史上一件极伟大的故事；所以这个故事的传播，和一切大故事的传播一样，渐渐的把详细节目都丢开了，都"神话化"过了。况且玄奘本是一个伟大的宗教家，他的游记里有许多事实，如沙漠幻景及鬼火之类，虽然都可有理性的解释，在他自己和别的信徒的信旦自然都是"灵异"，都是"神迹"。后来佛教徒与民间随时逐渐加添一点枝叶，用奇异动人的神话来代换平常的事实，这个取经的大故事，不久就完全神话化了。

即如上文所引慧立的《慈恩三藏法师传》中一段说：

> 从此已去，即莫贺延碛，长八百余里，古曰沙河。上无飞鸟，下无走兽，复无水草。是时顾影唯一心但念观音菩萨及《般若心经》。初法师在蜀，见一病人，身疮臭秽，衣服破污，愍将向寺，施与饮食衣服之直。病者惭愧，乃授法师此经，因常诵习。至沙河间，逢诸恶鬼奇状异类绕人前后；虽念观音，不得全去；即诵此经，发声皆散；在危获济，实所凭焉。

这一段话还合于宗教心理的经验；然而宋朝初年（西历九七八）辑成的《太平广记》，引《独异志》及《唐新语》，已把这一段故事神话化过了。《太平广记》九十二说：

> 沙门玄奘，唐武德初（年代误）往西域取经，行至罽宾国，道险，[多] 虎豹，不可过。奘不知为计，乃锁房门而坐。至夕开门，见一老僧，头面疮痍，身体脓血，床上独坐，莫知来由。奘乃礼拜勤求，僧口授《多心经》一卷，令奘诵之；遂得山川平易，道路开辟，虎豹藏形，魔鬼潜迹，遂至佛国，取经六百余部而归。其《多心经》，至今诵之。

我们比较这两种记载，可见取经故事"神话化"之速。《太平广记》同卷又说：

> 初奘将往西域，于灵岩寺见有松一树。奘立于庭，以手摩其枝曰："吾西去求佛教，汝可西长。若吾归，即却东回，使吾弟子知之。"及去，其枝年年西指，约长数丈。一年，

忽东回。门人弟子曰,"教主归矣"。乃西迎之。奘果还。至今众谓此松为摩顶松。

这正是《西游记》里玄奘说的"但看那山门里松枝头向东,我即回来"(第十二回,又第一百回)的话的来源了。这也可证取经故事的神话化。

欧阳修《于役志》说:

景祐三年丙子七月,甲申,与君玉饮寿宁寺(扬州)。寺本徐知诰故第;李氏建国,以为孝先寺;太平兴国改今名。寺甚宏壮,画壁尤妙。问老僧,云,"周世宗入扬州时,以为行宫,尽圬漫之。惟经藏院画玄奘取经一壁独在,尤为绝笔。"叹息久之。

南唐建国离开玄奘死时不过二百多年,这个故事已成为画壁的材料了。我们虽不知此书的故事是不是神话化了的,但这种记载已可以证明那个故事的流传之远。

三

民国四年,罗振玉先生和王国维先生在日本三浦将军处借得一部《大唐三藏取经诗话》,影印行世。此书凡三卷,卷末有"中瓦子张家印"六个字。王先生考定中瓦子,为宋临安府的街名,乃倡优剧场的所在(参看吴自牧《梦粱录》卷十九,又卷十五),因定为南宋"说话"的一种。书中共分十七章,每章自有题目,颇似后世小说的回目。书中有诗有话,故名"诗话"。今抄十七章的目录如下:

□□□□第一。(全阙)

行程遇猴行者处第二。

入大梵天王宫第三。

入香山寺第四。

过狮子林及树人国第五。

过长坑大蛇岭处第六。

入九龙池处第七。

"遇深沙神"第八。(题阙)

入鬼子母国处第九。

经过女人国处第十。

入王母池之处第十一。

入沉香国处第十二。

入波罗国处第十三。

入优钵罗国处第十四。

天竺国度海之处第十五。

转至香林寺受《心经》第十六。

到陕西王长者妻杀儿处第十七。

我们看这个目录，可以知道在南宋时，民间已有一种《唐三藏取经》的小说，完全是神话的，完全脱离玄奘取经的真故事了。这部书确是《西游记》的祖宗。内中有三点，尤可特别注意：

（1）猴行者的加入。

（2）深沙神为沙和尚的影子。

（3）途中的妖魔灾难。

先说猴行者。《取经诗话》中，猴行者已成了唯一的保驾弟子了。第二节说：

　　僧行六人，当日起行。法师语曰："今往西天，程途百万，各人谨慎。"……偶于一日午时，见一白衣秀才，从正东而来，便揖和尚："万福，万福！和尚今往何处！莫不是再往西天取经否？"法师合掌曰："贫僧奉敕，为东土众生未有佛教，是取经也。"秀才曰："和尚生前两回去取经，中路遭难。此回若去，千死万死。"法师曰："你如何得知？"秀才曰："我不是别人。我是花果山，紫云洞，八万四千铜头铁额猕猴王。我今来助和尚取经。此去百万程途，经过三十六国，多有祸难之处。"法师应曰："果得如此，三世有缘，东土众生获大利益。"当便改呼为"猴行者"。

此中可注意的是：（1）当时有玄奘"生前两回取经，中路遭难"的神话。（2）猴行者现白衣秀才相。（3）花果山是后来小说有的，紫云洞后来改为水帘洞了。（4）"八万四千铜头铁额猕猴王"一句，初读似不通，其实是很重要的；此句当解作"八万四千个猕猴之王"。（详说下章）

第三章说猴行者曾"九度见黄河清"。第十一章里，他自己说：

我八百岁时到此中（西王母池）偷桃吃了，至今二万七千岁不曾来也。

法师曰：

今日蟠桃结实，可偷三五个吃。

猴行者曰：

我因八百岁时偷吃十个，被王母捉下，左肋判八百，右肋判三千铁棒，配在花果山紫云洞，至今肋下尚痛，我今定是不敢偷吃也。

这一段自然是《西游记》里偷吃蟠桃的故事的来源，但又可见南宋"说话"的人把猴行者写的颇知畏惧，而唐僧却不大老实！

唐僧三次要行者偷桃，行者终不敢偷，然而蟠桃自己落下来了。

说由未了，擷下三颗蟠桃，入池中去。……师曰："可去寻取来吃"。猴行者即将金环杖向盘石上敲三下，乃见一个孩儿，面带青色，爪似鹰鹯，开口露牙，向池中出。行者问，"汝年几多？"孩曰，"三千岁"。行者曰："我不用你"。又敲五下，见一孩儿，面如满月，身挂绣缨。行者曰，"汝年多少？"答曰，"五千岁"。行者曰，"不用你。"又敲数下，偶然一孩儿出来。问曰，"你年多少？"答曰，"七千岁"。行者放下金环杖，叫取孩儿入手中，问和尚，"你吃否？"和尚闻语心惊，便走。被行者手中旋数下，孩儿化成一枚乳枣，当时吞入口中。后归东土唐朝，遂吐出于西川，至今此地中生人参是也。

这时候，偷蟠桃和偷人参果还是一件事。后来《西游记》从此化出，分作两件故事。

上段所说"金环杖"，乃是第三章里大梵天王所赐。行者把唐僧带上大梵天王宫中赴斋，天王及五百罗汉请唐僧讲《法华经》，他"一气讲完，如瓶注水"。大梵天王因赐与猴行者"隐形帽一事，金环赐杖一条，钵盂一只，三件齐全"。这三件法宝，也被《西游记》里分作几段了。（《诗话》称天王为北方毗沙门大梵天王。这是"托塔天王"的本名，梵文为 Vaisravana，可证此书近古。）

《诗话》第八章，不幸缺了两页，但此章记玄奘遇深沙神的事，确是后来沙僧的根本。此章大意说玄奘前身两世取经,中途都被深沙神吃了。他对唐僧说:"项下是和尚两度被我吃你,袋得枯骨在此。"和尚说:"你最无知。此回若不改过,教你一门灭绝。"深沙合掌谢恩:"伏蒙慈照!"深沙当时哮吼,化了一道金桥;深沙神身长三丈,将两手托定,师行七人便从金桥上过,过了深沙。深沙诗曰:

一堕深沙五百春,浑家眷属受灾殃。
金桥手托从师过,乞荐幽神亿却身。

法师诗曰:

两度曾经汝吃来,更将枯骨问无才。
而今赦法残生去,东土专心次第排。

猴行者诗曰:

谢汝回心意不偏,金桥银线步平安。
回归东土修功德,荐拔深沙向佛前。

《西游记》第八回说沙和尚在流沙河做妖怪时,"向来有几次取经人来,都被我吃了。凡吃的人头,抛落流沙,竟沉水底。惟有九个取经人的骷髅,浮在水面,再不能沉。我以为异物,将索儿穿在一处,闲时拿来顽耍"。这正是从深沙神一段变出来的。第二十二回木吒把沙和尚项下挂的骷髅,用索子结作九宫,化成法船。果然稳似轻舟,浪静风平,渡过流沙河。那也是从《诗话》里的金桥银线演化出来的。不过在南宋时,深沙的神还不曾变成三弟子之一。猪八戒此时连影子都没有呢。

次说《诗话》中叙玄奘路上经过许多灾难，虽没有"八十一难"之多，却是"八十一难"的缩影。第四章猴行者说：

> 我师莫讶西路寂寥；此中别是一天。前去路途尽是虎狼蛇兔之处。逢人不语，万种恓惶；此去人烟，都是邪法。

全书写这些灾难，写的实在幼稚，全没有文学的技术。如写蛇子国：

> 大蛇小蛇，交杂无数，攘乱纷纷。大蛇头高丈余，小蛇头高八尺，怒眼如灯，张牙如剑。

如写狮子林：

> 只见麒麟迅速，狮子峥嵘，摆尾摇头，出林迎接，口衔香花，皆来供养。

这种浅薄的叙述可以使我们格外赏叹明、清两朝小说技术的惊人的进步。

我们选录《诗话》中比较有趣味的一段——火类坳头的白虎精：

> ……只见岭后云愁雾惨，雨细交霏。云雾之中，有一白衣妇人，身挂白罗衣，腰系白裙，手把白牡丹花一朵，面似白莲，十指如玉。……猴行者一见，高声便喝："想汝是火类坳头白虎精，必定是也！"妇人闻语，张口大叫一声，忽然面皮裂皱，露爪张牙，摆尾摇头，身长丈五。定醒之中，满山都是白虎。被猴行者将金环杖变作一个夜叉，头点天，脚踏地，手把降魔杵，身如蓝靛青，发似朱沙，口吐百丈火

光。当时白虎精哮吼近前相敌，被猴行者战退。半时，遂问虎精甘伏未伏。虎精曰，未伏。猴行者曰，"汝若未伏，看你肚中有一个老猕猴"。虎精闻说，当下未伏，一叫猕猴，猕猴在白虎精肚内应，遂教虎开口吐出一个猕猴，顿在面前，身长丈二，两眼火光。白虎精又云，我未伏。猴行者曰，"汝肚内更有一个"。再令于口，又吐出一个，顿在面前。白虎精又曰未伏。猴行者曰，"你肚中无千无万个老猕猴，今日吐至来日，今月吐至来月，今年吐至来年，今生吐至来生，也不尽"。白虎精闻语，心生忿怒；被猴行者化一团大石，在肚内渐渐会大；教虎精吐出，开口吐之不得，只见肚皮裂破，七孔流血。喝起夜叉，浑门大杀，虎精大小粉骨尘碎，绝灭除踪。

《西游记》里的孙行者最爱被人吃下肚里去，这是他的拿手戏，大概火类坳头的一个暗示，后来也会用分身法，越变越奇妙有趣味了。我们试看孙行者在狮驼山被老魔吞下肚云，在无底洞又被女妖吞下去；他又住过铁扇公主的肚里，又住过黄眉大王的肚里，又住过七绝山稀柿衕的红鳞大蟒的肚里。巧妙虽各有不同，渊源似乎是一样的。

以上略记《大唐三藏取经诗话》的大概。这一本小册子的出现，使我们明白南宋或元朝已有了这种完全神话化了的取经故事；使我们明白《西游记》小说——同《水浒》、《三国》一样——也有了五六百年演化的历史：这真是可宝贵的文学史料了。

四

说到这里，我要退回去，追叙取经故事里这个猴王的来历。何以南宋时代的玄奘神话里忽然插入了一个神通广大的猴行者？这个猴子是国货呢？还是进口货呢？

前不多时，周豫才先生指出《纳书楹曲谱补遗》卷一中选的《西游记》四出，中有两出提到"巫枚祇"和"无支祁"。《定心》一出说孙行者"是骊山老母亲兄弟，无支祁是他姊妹"。又《女国》一出说：

> 似摩腾伽把阿难摄在瑶山上，若鬼子母将如来囤定在灵山上，巫枝祁把张僧拿在龟山上。不是我魔王苦苦害真僧，如今佳人个个要寻和尚。

周先生指出，作《西游记》的人或亦受这个巫枝祁故事的影响。我依周先生的指点，去寻这个故事的来源；《太平广记》卷四六七李汤条下，引《古岳渎经》第八卷云：

> 禹理水，三至桐柏山，惊风走雷，石号木鸣，五伯拥川，天老肃兵，不能兴。……禹因鸿濛氏，章商氏，兜卢氏，犁娄氏，乃获淮涡水神，名无支祁，善应对言语，辨江淮之浅深，原隰之远近；形若猿猴，缩鼻高额，青躯白首，金目雪牙，颈伸百尺，力逾九象，搏击腾踔，疾奔轻利。……颈锁大索，鼻穿金铃，徙淮阴之龟山之足下，俾淮水永安流注海也。

这个无支祁是一个"形若猿猴"的淮水神，《词源》引《太平寰宇记》，说略同。周先生又指出朱熹《楚辞辨证·天问》篇下有一条云：

> 此间之言，特战国时俚俗相传之语，如今世俗僧伽降无之祈，许逊斩蛟蜃精之类，本无稽据，而好事者遂假托撰造

以实之。

据此，可见宋代民间又有"僧伽降无之祈"的传说。僧伽为唐代名僧，死于中宗景龙四年（七一〇）。他住泗州最久，淮泗一带产生许多关于他的神话（《宋高僧传》十八，《神僧传》七）。降无之祈大概也是淮泗流域的僧伽神话之一，到南宋时还流行民间。

但上文引曲词里的无支祁，明是一个女妖怪，他有"把张僧拿在龟山上"的神话。龟山即是无支祁被锁的所在，大概这个无支祁，无论是古的今的，男性女性，始终不曾脱离淮泗流域，这是可注意的第一点，因为《西游记》小说的著者吴承恩（见下章）是淮安人。第二，《宋高僧传》十八说，唐中宗问万回师，"彼僧伽者，何人也？"对曰，"观音菩萨化身也。"《僧伽传》说他有弟子三人：慧岸，慧俨，木叉。木叉多显灵异，唐僖宗时，赐谥曰真相大师，塑像侍立于僧伽之左，若配飨焉。传末又说"慧俨侍十一面观音菩萨傍"。这也是可注意的一点，因为在《西游记》里，惠岸和木叉已并作一人，成为观音菩萨的大弟子了。第三，无支祁被禹锁在龟山足下，后来出来作怪，又有被僧伽（观音菩萨化身）降伏的传说；这一层和《取经神话》的猴王，和《西游记》的猴王，都有点相像。或者猴行者的故事确实曾从无支祁的神话里得着一点暗示，也未可知。这也是可注意的一点。

以上是猜想猴行者是从中国传说或神话里演化出来的。但我总疑心这个神通广大的猴子不是国货，乃是一件从印度进口的。也许连无支祁的神话也是受了印度影响而仿造的。因为《太平广记》和《太平寰宇记》都根据《古岳渎经》，而《古岳渎经》本身便不是一部可信的古书。宋、元的僧伽神话，更不消说了。因此，我依着钢和泰博士（Baror Avon staël holstein）的指引，在印度最古的纪事诗《拉麻传》（Rāmayāna）里寻得一个哈奴曼（Hanumān），大概可以算是齐天大圣的背影了。

《拉麻传》大约是二千五百年前的作品，记的是阿约爹国王大刹拉达的长子，生有圣德和神力；娶了一个美人西妲为妻。大刹拉达的次妻听信了谗言，离间拉麻父子间的爱情，把拉麻驱逐出去，做了十四年的流人。拉麻在客中，遇着女妖苏白；苏白爱上了拉麻，而拉麻不睬他。这一场爱情的风波，引起了一场大斗争。苏白大败之后，奔到楞伽，求救于他的哥哥拉凡纳，把西妲的美貌说给他听，拉凡纳果然动心，驾了云车，用计赚开拉麻，把西妲劫到楞伽去。

拉麻失了他的妻子，决计报仇，遂求救于猴子国王苏格利法。猴子国有一个大将，名叫哈奴曼，是天风的儿子，有绝大的神通，能在空中飞行，他一跳就可从印度跳到锡兰（楞伽）。他能把希玛拉耶山拔起背着走。他的身体大如大山，高如高塔，脸放金光，尾长无比。他替拉麻出力，飞到楞伽，寻着西妲，替他们传达信物。他往来空中，侦探敌军的消息。

有一次，哈奴曼飞向楞伽时，途中被一个老母怪（Surasā）一口吞下去了。哈奴曼在这个老魔的肚子里，心生一计，把身子变的非常之高大；那老魔也就不能不把自己的身子变大，后来越变越大，那妖怪的嘴张开竟有好几百里阔了；哈奴曼趁老魔身子变的极大时，忽然把自己身子缩成拇指一般小，从肚里跳上来，不从嘴里出去，却从老魔的右耳朵孔里出去了。

又有一次，哈奴曼飞到希玛拉耶山（刚大马达山）中去访寻仙草，遇着一个假装隐士的妖怪，名叫喀拉，是拉凡纳的叔父受了密计来害他的。哈奴曼出去洗浴，杀了池子里的一条鳄鱼，从那鳄鱼肚里走出一个受谪的女仙。那女仙教哈奴曼防备喀拉的诡计，哈奴曼便去把喀拉捉住，抓着一条腿，向空一摔，就把喀拉的身体从希玛拉耶山一直摔到锡兰岛，不偏不正，刚刚摔死在他的侄儿拉凡纳的宝座上！

哈奴曼有一次同拉凡纳决斗，被拉凡纳们用计把油涂在他的猴尾巴上，点起火来，那其长无比的尾巴就烧起来了。然而哈奴曼的神通广大，他们不但没有烧死他，反被哈奴曼借刀杀人，用他尾巴上的大火把敌人的都城楞伽烧完了。

我们举这几条，略表示哈奴曼的神通广大，但不能多举例了。哈奴曼保护拉麻王子，征服了楞伽的敌人，夺回西妲，陪他们凯旋，回到阿约爹国。拉麻凯旋之后，感谢哈奴曼之功，赐他长生不老的幸福，也算成了"正果"了。

陶生（John Dowson）在他的《印度古学词典》里（页一一六）说："哈奴曼的神通事迹，印度人从少至老都爱说爱听的。关于他的绘画，到处都有。"除了《拉麻传》之外，当第十世纪和第十一世纪之间（唐末宋初），另有一部"哈奴曼传奇"（Hanumān Nataka）出现，是一部专记哈奴曼奇迹的戏剧，风行民间。中国同印度有了一千多年的文化上的密切交通，印度人来中国的不计其数，这样一桩伟大的哈奴曼故事是不会不传进中国来的。所以我假定哈奴曼是猴行者的根本。除上引许多奇迹外，还有两点可注意。第一，《取经诗话》里说，猴行者是"花果山紫云洞八万四千铜头铁额猕猴王"。花果山自然是猴子国。行者是八万四千猴子的王，与哈奴曼的身份也很相近。第二，拉麻传里说哈奴曼不但神通广大，并且学问渊深；他是一个文法大家；"人都知道哈奴曼是第九位文法作者"。《取经诗话》里的猴行者初见时乃是一个白衣秀才，也许是这位文法大家堕落的变相呢！

五

现在我可以继续叙述宋以后取经故事的演化史了。

金代的院本里有《唐三藏》之目，但不传于后。元代的杂剧里有吴昌龄做的《唐三藏西天取经》，亦名《西游记》。此书见于《也是园书目》，云四卷；曹寅的《楝亭书目》（京师图书馆抄本）作六卷。这六卷的《西游记》当乾隆末年《纳书楹曲谱》编纂时还存在,现在不知尚有传本否。《纳书楹曲谱》中选有下列各种关于《西游记》的戏曲:

《唐三藏》　一出:《回回》。(续集二)

《西游记》　六出:《撇子》,《认子》,《胖姑》,《伏虎》,《女还》,《借扇》。(续集三)

又《西游记》　四出:《饯行》,《定心》,《揭钵》,《女国》。(补遗)

《俗西游记》　一出:《思春》。

我们看这些有陷无白的词曲,实在不容易想象当日的原本是什么样子了。《唐三藏》一出,当是元人的作品。但我们在这一出里,只看见一个西夏国的回回皈依顶礼,不能推想全书的内容。只有末段临行时的曲词说:

俺只见黑洞洞征云起,更那堪昏惨惨雾了天日!愿恁个大唐师父取经回,再没有外道邪魔可也近得你!

从末句里可以推想全书中定有"外道邪魔"的神话分子了。

吴昌龄的六本《西游记》不知是《纳书楹》里选的这部《唐三藏》,还是那部《西游记》。我个人推想,《唐三藏》是元初的作品,而吴昌龄的《西游记》却是元末的作品,大概即是《纳书楹》里选有十出的那部《西游记》。我的理由有几层:

(1)这部《西游记》曲的内容很和《西游记》小说相接近。焦循《剧说》卷四说:

元人吴昌龄《西游》词与俗所传《西游记》小说小异。

小异就是无大异。今看《西游记》曲中,"撇子"一折写殷夫人把儿子抛入江中,"认子"一折写玄奘到江州衙内认母,"饯行"一折写玄奘出发,"定心"一折写紧箍咒收伏心猿,"伏虎"、"女还"二折写行者收妖救刘大姐,"女国"一折写女国王要嫁玄奘,"借扇"一折写火焰山借扇:都是和《西游记》小说很接近的。"揭钵"一折虽是演义所无,但周豫才先生说"火焰山、红孩儿当即由此化生",是很不错的。十折之中,只有"胖姑"一折没有根据。但我们很可假定这十折都是焦循说的那部"与《西游记》小说小异"的吴昌龄《西游记》了。

（2）吴昌龄的《西游记》曲,颇有文学的荣誉。《虎口余生》（《铁冠图》）的作者曹寅曾说:

> 吾作曲多效昌龄,比于临川之学董解元也。
> ——见焦循《剧说》四

我们看《纳书楹》所引十折,确然都很有文学的价值。最妙的是"胖姑"一折,全折曲词虽是从元人睢景臣的《汉高祖还乡》（看《读书杂志》第四期末栏）脱化出来的,但命意措词都可算是青胜于蓝。此折大概是借一个乡下胖姑娘的口气描写唐三藏在一个国里受参拜顶礼临行时的热闹状况,中说:

> （一缆网儿麻）不是俺胖姑儿心精细,则见那官人们簇拥着一个大擂槌。那擂槌上天生有眼共眉。我则道,鲍子头,葫芦蒂:这个人儿也忒煞跷蹊!恰便似不敢道的东西,枉被那旁人笑耻。
> ……
> （新水令）则见那官人们腰屈共头低,吃得个醉醺醺脑门

着地；咿咿呜，吹竹管，扑冬冬，打着牛皮，见几个回回，笑他一会，闹一会。

……

（川拨棹）好教我便笑微微，一个汉，木雕成两个腿；见几个武职他舞着面旌旗，忽剌剌口里不知他说个甚的，妆着一个鬼：——人多我也看不仔细。

……

这种好文字，怪不得曹栋亭那样佩服了。这也是我认这部曲为吴昌龄的原作的一个重要理由。

如果我的猜想不错，如果《纳书楹》里保存的《西游记》残本真是吴昌龄的作品，那么，我们可以说，元代已有一个很丰富的《西游记》故事了。但这个故事在戏曲里虽然已发达，有六本之多，为元剧中最长的戏（《西厢记》只有五本）。然而这个故事还不曾有相当的散文的写定，还不曾成为《西游记》小说。当时若有散文《西游记》，大概也不过是在《取经诗话》与今本《西游记》之间的一种平凡的"话本"。

钱曾《也是园书目》记元、明无名氏的戏曲中，有《二郎神锁齐天大圣》一本，这也是猴行者故事的一部分。大概此类的故事，当日还不曾有大规模的定本，故编戏的人可以运用想象力，敷演民间传说，造为种种戏曲。那六本的《西游记》已可算是一度大结集了。最后的大结集还须等待一百多年后的另一位姓吴的作者。

六

我前年做《〈西游记〉序》，还不知道《西游记》的作者是谁，只能说："《西游记》小说之作必在明朝中叶以后"，"是明朝中叶以后一位无名的小说家做的"。后来见《小说考证》卷二，页六七，引山阳丁晏的话，说据淮安府康熙初旧志艺文书目，《西游记》是淮安嘉靖中岁贡生吴承恩作的。《小说考证》收的材料最滥，但丁晏是经学家，他的话又是根据《淮安府志》的，所以我们依着他的指引，去访寻关于吴承恩的材料。现承周豫才先生把他搜得的许多材料抄给我，转录于下：

[天启《淮安府志》十六，《人物》志二，近代文苑] 吴承恩性敏而多慧，博极群书，为诗文下笔立成，清雅流丽，有秦少游之风。复善谐剧，所著杂记几种名震一时。数奇，竟以明经授县贰，未久，耻折腰，遂拂袖而归。放浪诗酒，卒。有文集存于家。丘少司徒汇而刻之。

[又同书十九，《艺文志》一，淮贤文目] 吴承恩：《射阳集》四册，□卷：《春秋列传序》；《西游记》。

[康熙《淮安府志》十一，及十二] 与天启志悉同。

[同治《山阳县志》十二，《人物》二] 吴承恩字汝忠，号射阳山人，工书。嘉靖中岁贡生（查选贡志亦不载何年），官长兴县丞。英敏博洽，为世所推。一时金石之文多出其手。家贫无子，遗稿多散失。邑人邱正纲收拾残缺，分为四卷，刊布于世。太守陈文烛为之序，名曰《射阳存稿》，又《续稿》一卷，盖存其什一云。

[又十八，《艺文》] 吴承恩：《射阳存稿》四卷，《续稿》一卷。

光绪《淮安府志》廿八，《人物》一，又卅八，《艺文》，所载与上文悉同。又《山阳志》五，职官一，明太守条下云："黄国华，隆庆二年任。陈文烛字玉叔，沔阳人，进士，隆庆初任。邵元哲，万历初任。"

焦循《剧说》卷五引阮葵生《茶余客话》云：

> 旧志称吴射阳性敏多慧，为诗文下笔立成，复善谐谑。所著杂记几种，名震一时。今不知"杂记"为何书。惟《淮贤文目》载先生撰《西游通俗演义》。是书明季始大行，里巷细人皆乐道之。……按射阳去修志时不远，未必以世俗通行之小说移易姓氏。其说当有所据。观其中方言俚语，皆淮之乡音街谈，巷弄市井童孺所习闻，而他方有不尽然者，其出淮人之手尤无疑。然此特射阳游戏之笔，聊资村翁童子之笑谑。必求得修炼秘诀，亦凿矣。（此条今通行本《茶余客话》不载）

周先生考出《茶余客话》此条系根据吴玉搢的《山阳志遗》卷四的，原文是：

> 天启旧志列先生为近代文苑之首，云"性敏而多慧，博极群书，为诗文下笔立成，复善谐谑。所著杂记几种，名震一时"。初不知杂记为何等书。及阅《淮贤文目》载《西游记》为先生著。考《西游记》旧称为证道书，谓其合于金丹大旨。元虞道园有序，称此书系其国初邱长春真人所撰。而《郡志》谓出先生手。天启时去先生未远，其言必有所本。意长春初有此记，至先生乃为之通俗演义；如《三国志》本陈寿，而《演义》则称罗贯中也。书中多吾乡方言，其出淮人手无疑。或云有《后西游记》，为射阳先生撰。

吴玉搢也误认邱长春的《西游记》了。邱长春的《西游记》，虞集作序的,乃是一部纪行程的地理书,和此书绝无关系。阮葵生虽根据吴说,但已不信长春真人的话;大概乾隆以后,学者已知长春真人原书的性质,故此说已不攻自破了。

吴玉搢的《山阳志遗》卷四还有许多关于吴承恩的材料,今录于下:

> 嘉靖中,吴贡生承恩,字汝忠,号射阳山人,吾淮才士也。英敏博洽,凡一时金石碑版腥祝赠送之词,多出其手。荐绅台阁诸公皆倩为捉刀人。顾数奇,不偶,仅以岁贡官长兴县丞。贫老乏嗣,遗稿多散佚失传。邱司徒正纲收拾残缺,得其友人马清溪马竹泉所手录,又益之以乡人所藏,分为四卷,刻之,名曰《射阳存稿》(又有《续稿》一卷)。五岳山人陈文烛为之序。其略云:"陈子守淮安时,长兴徐子与过淮。往汝忠丞长兴,与子与善。三人者呼酒韩侯祠内,酒酣论文论诗,不倦也。汝忠谓文自六经后,惟汉魏为近古。诗自《三百篇》后,惟唐人为近古。近时学者徒谢朝华而不知畜多识,去陈言而不知漱芳润,即欲敷文陈诗,难矣。徐先生与予深题其言。今观汝忠之作,缘情而绮丽,体物而浏亮,其词微而显,其旨博而深。收百代之阙文,采千载之遗韵,沉辞渊深,浮藻云骏,张文潜以后一人而已。"其推许之者,可谓至极。读其遗集,实吾郡有明一代之冠。惜其书刊板不存,予初得一抄本,纸墨已渝敝。后陆续收得刻本四卷,并续集一卷,亦全。尽登其诗入《山阳耆旧集》,择其杰出者各体载一二首于此,以志瓣香之意云。

据此,是隆庆初(约一五七〇)陈文烛守淮安时,吴承恩还不曾死。以此推之,可得他的年代:

嘉靖中（约一五五〇），岁贡生。

嘉靖末（约一五六〇），任长兴县丞。

隆庆初（约一五七〇），在淮安与陈文烛、徐子与往来酬应，酒酣论文。

万历初（约一五八〇），吴承恩死。

他大概生于正德之末（约一五二〇），死于万历之初。天启《淮安志》修于天启六年，当西历一六二六，去吴承恩死时止有四五十年，自然是可靠的根据了。

最可惜的是我们至今还不曾寻到吴承恩的《射阳存稿》，也不曾见着吴玉搢的《山阳耆旧集》。幸得《山阳志遗》里录有吴承恩的诗十一首，我们转载几首在这里：

平河桥

短篷倦向河桥泊，独对青旗枕臂眠。
日落牛羊归牧笛，潮来鱼米集商船。
绕篱野菜平临水，隔岸村炊互起烟。
会向此中谋二顷，间携藜杖听鸣蝉。

堤　上

平湖渺渺漾天光，泻入溪桥喷玉凉。
一片蝉声万杨柳，荷花香里据胡床。

对月感秋，四之一

湘波卷桃笙，齐纨扇方歇。
秋来本无形，潜报梧桐叶。
啼蛩代鸣蝉，其声亦何切！
繁霜结珠露，忽已如初雪。

六龙驱日车,羲和不留辙。

群生总如梦,独尔惊豪杰。

大笑仰青天,停杯问明月。

二郎搜山图歌

李在惟闻画山水(李在,明宣德时画家),

不谓兼能貌神鬼。

笔端变幻真骇人,意态如生状奇诡。

少年都美清源公,指挥部从扬灵风,

星飞电掣各奉命,搜罗要使山林空。

名鹰攫拏犬腾啮,大剑长刀莹霜雪。

猴老难延欲断魂,狐娘空洒娇啼血。

江翻海搅走六丁,纷纷水怪无留踪。

青锋一下断狂虺,金锁交缠禽毒龙。

神兵猎妖犹猎兽,探穴捣巢无逸寇。

平生气焰安在哉?爪牙虽存敢驰骤!

我闻古圣开鸿濛,命官绝地天之通,

轩辕铸镜禹铸鼎,四方民物俱昭融。

后来群魔出孔窍,白昼搏人繁聚啸。

终南进士老钟馗,空向宫闱啖虚耗。

民灾翻出衣冠中,不为猿鹤为沙虫。

坐观宋室用五鬼,不见虞廷诛四凶。

野夫有怀多感激,无事临风三叹息:

胸中磨损斩邪刀,欲起平之恨无力。

救日有矢救月弓,世间岂谓无英雄?

谁能为我致麟凤,长享万年保合清宁功?

这一篇《二郎搜山图歌》很可以表示《西游记》的作者的胸襟和著书的态度了。

七

《西游记》的中心故事虽然是玄奘的取经，但是著者的想象力真不小！他得了玄奘的故事的暗示，采取了金元戏剧的材料（？），加上他自己的想象力，居然造出一部大神话来！这部书的结构，在中国旧小说之中，要算最精密的了。他的结构共分作三个部分：

第一部分：齐天大圣的传。（第一回至第七回）

第二部分：取经的因缘与取经的人。（第八回至第十二回）

第三部分：八十一难的经历。（第十三回至第一百回）

我们现在分开来说：

第一部分乃是世间最有价值的一篇神话文学。我在上文已略考这个猴王故事的来历。这个神猴的故事，虽是从印度传来的，但我们还可以说这七回的大部分是著者创造出来的。须菩提祖师传法一段自然是从禅宗的六祖传法一个故事上脱化出来的。但著者写猴王大闹天宫的一长段，实在有点意思。玉帝把猴王请上天去，却只叫他去做一个未入流的弼马温；猴王气了，反下天宫，自称"齐天大圣"；玉帝调兵来征伐，又被猴王打败了；玉帝没法，只好又把他请上天去，封他"齐天大圣"，"只不与他事管，不与他俸禄"！后来天上的大臣又怕他太闲了，叫他去管蟠桃园。天上的贵族要开蟠桃胜会了，他们依着"上会的旧规"，自然不请这位前任弼马温。不料这馋嘴的猴子一时高兴，把大会的仙品仙酒一齐偷吃了，搅乱了蟠桃大会，把一座庄严的天宫闹的不成样子，他却又跑下天称王去了！等到玉帝三次调兵遣将，好容易把他捉上天来，却又奈何他不得；太上老君把他放在八卦炉中炼了七七四十九日，仍旧被他跑出来，"不分上下，使铁棒东打西敲，更无一人可敌，直打到通明殿里，灵霄殿外"！玉帝发了急，差人上西天去讨救，把如来佛请下来。如来到了，诘问猴王，猴王答道：

> 花果山中一老猿……因在凡间嫌地窄，立心端要住瑶天。灵霄宝殿非他有，历代人王有分传。强者为尊该让我，英雄只此敢争先！

他又说：

> 他（玉帝）虽年劫修长，也不应久住在此。常言道："交椅轮流坐，明年是我尊。"只教他搬出去，将天宫让与我，便罢了。若还不让，定要搅乱不得清平！"

前面写的都是政府激成革命的种种原因；这两段简直是革命的檄文了！美猴王的天宫革命，虽然失败，究竟还是一个"虽败犹荣"的英雄！

我要请问一切读者：如果著者没有一肚子牢骚，他为什么把玉帝写成那样一个大饭桶？为什么把天上写成那样黑暗、腐败，无人？为什么教一个猴子去把天宫闹的那样稀糟？

但是这七回的好处全在他的滑稽。著者一定是一个满肚牢骚的人，但他又是一个玩世不恭的人，故这七回虽是骂人，却不是板着面孔骂人。他骂了你，你还觉得这是一篇极滑稽，极有趣，无论谁看了都要大笑的神话小说。正如英文的《阿梨思梦游奇境记》（Alicein-wonderlahd）虽然含有很有意味的哲学，仍旧是一部极滑稽的童话小说（此书已由我的朋友赵元任先生译出，由商务出版）。现在有许多人研究儿童文学，我很郑重的向他们推荐这七回天宫革命的失败英雄《齐天大圣传》。

第二部分（取经因缘与取经人物）有许多不合历史事实的地方。例如玄奘自请去取经，有诏不许；而《西游记》说唐太宗征求取经的人，玄奘愿往：这是一不合。又如玄奘本是缑氏人，父为士族，兄为名僧；他自身出家的事，本传纪叙甚详；而《西游记》说他的父亲是状元，母亲是宰相之女。但是状元的儿子，宰相的外孙如何忽然做了和尚呢？因此有殷小姐忍辱报仇的故事造出来，（参看《太平广记》一二二陈义郎的故事）作为玄奘出家的理由。这是二不合。但这种变换，都是很在情理之中的。玄奘的家世与幼年事迹实在太平常了，没有小说的兴趣，故有改变的必要。况且玄奘既被后人看作神人，他的父母也该高升了，故升作了状元与相府小姐。玄奘为经义难明，异说难定，故发愤要求得原文的经典：这种考据家的精神，是科学的精神，在我们眼里自然极可佩服；但这也没有通俗小说的资格，故也有改变的必要。于是有魏征斩龙与太宗游地府的故事。这一大段是许多小故事杂凑起来的。研究起来很有趣味。袁天罡的神算，自然是一个老故事（参看《太平广记》七六，又二二一）。秦叔宝、尉迟敬德做门神，大概也是唐人的故事。泾河龙王犯罪的故事，已见于唐人小说。《太平广记》四一八引《续玄怪录》，叙李靖代龙王行雨，误下了二十尺雨，致龙王母子都受天谴。这个故事是很古的。唐太宗游地府的故事，也是很古的。唐人张鷟的《朝野佥载》有一则（王静庵先生引《太平广记》所引）云：

唐太宗极康豫。太史令李淳风见上，流泪无言。上问之，对曰，"陛下夕当晏驾"。……太宗至夜半，奄然入定，见一人云，"陛下暂合来，还即去也。"帝问君是何人，对曰，"臣是生人判冥事"。太宗入见判官，问六月四日事，即令还。向见者又迎送引导出。淳风即观乾象，不许哭泣。须臾乃寤。及曙，求昨所见者，令所司与一官，遂注蜀道一丞。

此事最有趣味，因为近年英国人斯坦因（Stein）在敦煌发现唐代的写本书籍中，有一种白话小说的残本，仅存中间一段云：

"判官懆恶，不敢道名字。"帝曰，"卿近前来。"轻道，"姓崔名子玉。""朕当识。"言讫，使人引皇帝至院门，使人奏曰，"伏维陛下且立在此，容臣入报判官速来。"言讫，使者到厅前拜了，启判官，"奉大王处太宗是生魂到领，判官推勘，见在门外，未敢引。"判官闻言，惊忙起立。（下阙）

——引见《东方杂志》十七卷，
八号，王静庵先生文中

这个故事里已说判官姓崔名子玉。我们疑心那魏征斩龙及作介绍书与崔判官的故事也许在那损坏的部分里，可惜不传了。崔判官的故事到宋时已很风行，故宋仁宗嘉祐二年加崔府君封号诏有"惠存滏邑，恩结蒲人；生著令猷，没司幽府"等语（引见《东方杂志》，卷页同上）。这个故事可算很古了。

如果上文引的《纳书楹曲谱》里的《西游记》是吴昌龄的原本，那么，殷小姐忍辱复仇，唐太宗征求取经人，等等故事由来已久，不是吴承恩新加入的了。

第三部分（八十一难）是《西游记》本身。这一部分有四个来源。第一个来源自然是玄奘本传里的记载，我们上文已引了最动人的几段。那些困难，本是事实，夹着一点宗教的心理作用。他们最能给小说家许多暗示。沙漠上光线屈折所成的幻影渐渐的成了真妖怪了，沙漠的风沙渐渐的成了黄风大王的怪风和罗刹女的铁扇风了，沙漠里四日五夜的枯焦渐渐的成了周围八百里的火焰山了,烈日炎风的沙河渐渐的又成了八百里"鹅毛飘不起"的流沙河了,高昌国王渐渐的成了大唐皇帝了,高昌国的妃嫔也渐渐的成了托塔天王的假公主和天竺国的妖公主了。这种变化乃是一切大故事流传时的自然命运,逃不了的,何况这个故事本是一个宗教的故事呢?

第二个来源是南宋或元初的《唐三藏取经诗话》和金、元戏剧里的《唐三藏西天取经》故事。这些故事的神话的性质,上文已说明了。依元代杂剧的体例看来,吴昌龄的《西游记》虽为元代最长的六本戏,六本至多也不过二十四折;加上楔子,也不过三十折。这里面决不能纪叙八十一难的经过。故这个来源至多只能供给一小部分的材料。

第三个来源是最古的,是《华严经》的最后一大部分,名为《入法界品》的(晋译第三十四品,唐译第三十九品)。这一品占《华严经》全书的四分之一,说的只是一个善财童子信心求法,勇猛精进,经历一百一十城,访问一百一十个善知识,毕竟得成正果。这一部《入法界品》便是《西游记》的影子,一百一十城的经过便是八十一难的影子。我们试看《入法界品》的布局:

(1)文殊师利告善财言,"善男子,于此南方,有一国土名曰可乐,其国有山名为和合;于彼山中,有一比丘名功德云。汝诣彼问,云何菩萨学菩萨行,修菩萨道,乃至云何具普贤行。"……

(2)功德云比丘告善财言,"善男子,南方有国名曰海门,彼有比丘名曰海云。汝应诣彼问菩萨行"。……

(3)海云比丘告善财言,"善男子,汝诣南方六十由旬,有一国土名曰海岸,彼有比丘名曰善住。应往问彼云何菩萨修清净行"。……

(4)善住比丘言,"善男子,于此南方,有一国土名曰住林,彼有长者名曰解脱。汝诣彼问……"这样一个转一个的下去,直到一百一十个，直到弥勒佛，又得见文殊师利，遂成就无量大智光明，"不久当与一切佛等，一身充满一切世界。"这一个"信心求法，勇猛精进"的故事，一定给了《西游记》的著者无数的暗示。

第四个来源自然是著者的想象力与创造力了。上面那三个来源都不能供给那八十一难的材料，至多也不过供给许多暗示，或供给一小部分的材料。我们可以说，《西游记》的八十一难大部分是著者想象出来的。想出这许多妖怪灾难，想出这一大堆神话，本来不算什么难事。但《西游记》有一点特长处，就是他的滑稽意味。拉长了面孔，整日说正经话，那是圣人菩萨的行为，不是人的行为。《西游记》所以能成为世界的一部绝大神话小说，正因为《西游记》里种种神话都带着一点诙谐的意味，能使人开口一笑，这一笑就把那神话"人化"过了。我们可以说，《西游记》的神话是有"人的意味"的神话。

我们可举几个例。如第三十二回平顶山猪八戒巡山的一段，便是一个好例：

> 那呆子入深山，又行有四五里，只见山凹中有一块桌面大的四四方方的青石头。呆子放下钯，对石头唱个大喏。行者暗笑，"看这呆子做甚勾当！"原来那呆子把石头当做唐僧、沙僧、行者三人，朝着他演习哩。他道："我这回去，见了师父，若问有妖怪，就说有妖怪；他问甚么山，我若说是泥捏的，锡打的，铜铸的，面蒸的，纸糊的，笔画的，——他们见说我呆哩，若说这话，一发说呆了。我只说是石头山。他若问甚洞，也只说是石头洞。他问甚么门，却说是钉钉的铁叶门。他问里边多少远，只说入内有三层。他若再问门上钉子多少，只说老猪心忙记不真。"……

最滑稽的是朱紫国医病降妖一大段。孙行者揭了榜文，却去揣在猪八戒的怀里，引出一大段滑稽文字来。后来行者答应医病了，三藏喝道：

> 你跟我这几年，那会见你医好谁来？你连药性也不知，医书也未读，怎么大胆撞这个大祸？

行者笑道：

> 师父，你原来不晓得，我有几个草头方儿，能治大病，管情医得他好便了。就是医死了，也只问得个庸医杀人的罪名，也不该死，你怕怎的？

下文诊脉用药的两段也都是很滑稽的。直到寻无根水做药引时，行者叫东海龙王敖广来"打两个喷嚏，吐些津液，与他吃药罢"。病医好了，在谢筵席上，八戒口快，说出"那药里有马……"行者接着遮掩过去，说药内有马兜铃。国王问众官马兜铃是何品味，能医何症。时有太医院官在傍道：

> 主公，
> 兜铃味苦寒无毒，定喘消痰大有功。通气最能除血蛊，补虚宁嗽又宽中。

国王笑道：

> 用的当，用的当。猪长老再饮一杯。

这都是随笔诙谐，很有意味。

我们在上文曾说大闹天宫是一种革命。后来第五十回里，孙行者被独角兕大王把金箍棒收去了，跑到天上，见玉帝。行者朝上唱个大喏道：

> 启上天尊。我老孙保护唐僧往西天取经……遇一凶怪，把唐僧拿在洞里要吃。我寻上他门，与他交战。那怪神通广大，把我金箍棒抢去。……我疑是天上凶星下界，为此特来启奏，伏乞天尊垂慈洞鉴，降旨查勘凶星，发兵收剿妖魔，老孙不胜战栗屏营之至！

这种奴隶的口头套语，到了革命党的口里，便很滑稽了。所以殿门傍有葛仙翁打趣他道：

> 猴子，是何前倨后恭？

行者道：

> 不是前倨后恭，老孙于今是没棒弄了。

这种诙谐的里面含有一种尖刻的玩世主义。《西游记》的文学价值正在这里。第一部分如此，第三部分也如此。

八

《西游记》被这三四百年来的无数道士、和尚、秀才弄坏了。道士说，这部书是一部金丹妙诀。和尚说，这部书是禅门心法。秀才说，这部书是一部正心诚意的理学书。这些解说都是《西游记》的大仇敌。现在我们把那些什么悟一子和什么悟元子等等的"真诠""原旨"一概删去了,还他一个本来面目。至于我这篇考证本来也不必做;不过因为这几百年来读《西游记》的人都太聪明了,都不肯领略那极浅极明白的滑稽意味和玩世精神,都要妄想透过纸背去寻那"微言大义",遂把一部《西游记》罩上了儒、释、道三教的袍子;因此,我不能不用我的笨眼光,指出《西游记》有了几百年逐渐演化的历史;指出这部书起于民间的传说和神话,并无"微言大义"可说;指出现在的《西游记》小说的作者是一位"放浪诗酒,复善谐谑"的大文豪作的,我们看他的诗,晓得他确有"斩鬼"的清兴,而决无"金丹"的道心;指出这部《西游记》至多不过是一部很有趣味的滑稽小说,神话小说;他并没有什么微妙的意思,他至多不过有一点爱骂人的玩世主义。这点玩世主义也是很明白的;他并不隐藏,我们也不用深求。

十二,二,四,改稿。

《三国志演义》考证

《三国志演义》序

三国的故事向来是很能引起许多人的想象力与兴趣的。这也是很自然的。中国历史上只有七个分裂的时代：（1）春秋到战国，（2）楚汉之争，（3）三国，（4）南北朝，（5）隋、唐之际，（6）五代十国，（7）宋、金分立的时期。这六个时代之中，南北朝与南宋都是不同的民族分立的时期，心理上总有一点"华夷"的观念，大家对于"北朝"的史事都不大注意，故南北朝不成演义的小说，而南宋时也只配做那偏于"攘夷"的小说（如《说岳》）。其余五个分立的时期都是演义小说的好题目。分立的时期，人才容易见长，勇将与军师更容易见长，可以不用添枝添叶，而自然有热闹的故事。所以《东周列国志》，《七国志》，《楚汉春秋》，《三国志》，《隋唐演义》，《五代史平话》，《残唐五代》等书的风行，远胜于《两汉演义》，《两晋演义》等书。但这五个分立时期之中，春秋战国的时代太古了，材料太少；况且头绪太纷繁，不容易做的满意。楚汉与隋唐又太短了，若不靠想象力来添材料，也不能做成热闹的故事。五代十国头绪也太繁，况且人才并不高明，故关于这个时代的小说都不能做好。只有三国时代，魏蜀吴的人才都可算是势均力敌的，陈寿、裴松之保存的材料也很不少；况且裴松之注《三国志》时，引了许多杂书的材料，很有小说的趣味。因此,这个时代遂成了演义家的绝好题目了。

《三国志演义》不是一个人做的,乃是五百年的演义家的共同作品。唐朝已有说三国故事的了。段成式《酉阳杂俎》说:"予太和末,因弟生日观剧,有市人小说,呼扁鹊作褊鹊字,上声。"又李商隐《骄儿》诗云:"或谑张飞胡,或笑邓艾吃。"这都可证晚唐已有说三国的。宋朝"说话"的风气更发达了。孟元老《东京梦华录》说北宋晚年的"说话",共有许多科,内中"说三分"是一种独立科目,不属于"讲史"一科,竟成了一种专科了。苏轼《志林》说:

> 途巷中小儿薄劣,其家所厌苦,辄与钱,令聚坐听说古话。至说三国事,闻刘玄德败,辄蹙眉,有出涕者;闻曹操败,即喜,唱快。以是知君子小人之泽,百世不斩。

宋、金分立的时代,南方的平话,北方的院本,都有这一类的历史故事。现在可考见的,只有金院本中的《襄阳会》。到了元朝,我们的材料便多了。《录鬼簿》与《涵虚子》记的杂剧名目中,至少有下列各种是演三国故事的:

王　晔　《卧龙冈》

朱　凯　《黄鹤楼》

王实甫　《陆绩怀橘》　　《曹子建七步成章》

关汉卿　《管宁割席》　　《单刀会》

尚仲贤　《诸葛论功》　　(《录鬼簿》作《武成庙诸葛论功》,不知是否三国故事)

高文秀　《周瑜谒鲁肃》　《刘先生襄阳会》

郑德辉　《王粲登楼》　　《三战吕布》(二本)

武汉臣　《三战吕布》(二本),(按《录鬼簿》,武作的是一部分,余为郑作)

王仲文	《诸葛祭风》	《五丈原》
于伯渊	《斩吕布》	
石君宝	《哭周瑜》	
赵文宝	《烧樊城糜竺收资》	
无名氏	《连环计》,《博望烧屯》,《隔江斗智》	

这十九种之中,现在只有《单刀会》,《博望烧屯》(日本京都文科大学影刻的《元人杂剧三十种》之二),《连环计》,《隔江斗智》,《王粲登楼》(臧刻《元曲选》百种之一),五种存在。明朝宗室周宪王的《杂剧十段锦》之中,有《关云长义勇辞金》一种,现在也有传本(董康刻的)。

我们研究这几种现存的杂剧,可以推知宋至明初的三国故事大概与现行的《三国演义》里的故事相差不远。内中只有《王粲登楼》一本是捏造出来的情节;如说蔡邕做丞相,曹子建和他同朝为学士,王粲上万言策,得封天下兵马大元帅:都是极浅薄的捏造。其余的几本,虽有小节的不同,但大体上都与《三国演义》相差不多。我们从这些杂剧的名目和现存本上,可以推知元朝的三国故事至少有下列各部分:

(1) 吕布故事:《虎牢关三战吕布》,《连环计》,《斩吕布》。

(2) 诸葛亮故事:《卧龙冈》,《博望烧屯》,《烧樊城》,《襄阳会》,《祭风》,《隔江斗智》,《哭周瑜》,《五丈原》。

(3) 周瑜故事:《谒鲁肃》,《隔江斗智》,《哭周瑜》。

(4) 刘、关、张故事:《三战吕布》,《斩吕布》,及以上诸剧。

(5) 关羽故事:《义勇辞金》,《单刀会》。

(6) 曹植、管宁等小故事。

最可注意的是曹操在宋朝已成了一个被人痛恨的人物(见上引苏轼的话),诸葛亮在元朝已成了一个足计多谋的军师,而关羽已成了一个神人。(《义勇辞金》里称他为"关大王";《单刀会》是元初的戏,题目已称《关大王单刀会》了。)

散文的《三国演义》自然是从宋以来"说三分"的"话本"变化演进出来的。宋时已有很好的短篇小说，如新发现的《京本通俗小说》（在《烟画东堂小品》中），便是很明白的例。但宋时有无这样长篇的历史话本，还不可知。旧说都以为《三国演义》是元末明初一个杭州人罗贯中做的。罗贯中，或说是名贯，字本中（《七修类稿》）；或说是名本，字贯中（《续文献通考》）。《水浒传》，《三国志》，《隋唐演义》，《平妖传》等书，相传都是他做的。大概他是当时的一个演义家，曾做了一些演义体的小说。明初的《三国演义》也许真是他做的。但那个本子和现行的《三国演义》不同。当明万历年间，《水浒传》的改本已风行了，但《三国演义》还是很浅劣的。胡应麟在《庄岳委谈》里说《三国演义》"绝浅陋可嗤"，又说此书与《水浒》"二书浅深工拙，若霄壤之悬"。可见此书在明朝并不曾受文人的看重。

明朝末年有一个"李卓吾评本"的《三国演义》出现。此本现在也不易得了；日本京都帝国大学铃木豹轩教授藏的一部《英雄谱》，上栏是百十回本的《忠义水浒传》，下栏是这个本子的《三国演义》。我们不知道这个本子和那明初传下来的本子有什么不同的地方，但我们可以断定这个本子仍旧是很幼稚的。后来清朝初年，有一个毛宗岗（序始），把这个本子大加删改，加上批评，就成了现在通行的《三国志演义》。毛宗岗假托一种"古本"，但我们称他做"毛本"。毛宗岗把明末的本子叫做"俗本"，但我们要称他做"明本"。

毛本有"凡例"十条，说明他删改明本之处。最重要的有几点：

（1）文字上的修正："俗本（即明本，下同）之乎者也等字，大半龃龉不通；又词语冗长，每多复沓处。今悉依古本改正。"

（2）增入的故事："如关公秉烛达旦，管宁割席分坐，曹操分香卖履，于禁陵阙见画，以至武侯夫人之才，康成侍儿之慧，邓艾凤兮之对，钟会不汗之答，杜预《左传》之癖；今悉依古本存之。"

（3）增入的文章："如孔融荐祢衡表，陈琳讨曹操檄……今悉依古本增入。"

（4）削去的故事："如诸葛亮欲烧魏延于上方谷，诸葛瞻得邓艾书而犹豫未决，之类……今皆削去。

（5）削去的诗词："俗本每至'后人有诗叹曰'，便处处是周静轩先生，而其诗又甚俚鄙可笑。今此编悉取唐、宋名人作以实之。"俗本往往捏造古人诗句，如钟繇、王朗颂铜雀台，蔡瑁题诗馆驿屋壁，皆伪作七言律体。……今悉依古本削去。"

（6）辨正的故事："俗本纪事多讹。如昭烈闻雷失箸，及马腾入京遇害，关公封汉寿亭侯，之类，皆与古本不合。又曹后骂曹丕，而俗本反书其党恶；孙夫人投江而死，而俗本但纪其归吴。今悉依古本辨定。"

我们看了这些改动之处，便可以推想明本《三国演义》的大概情形了。

我们再总说一句：《三国演义》不是一个人做的，乃是自宋至清初五百多年的演义家的共同作品。

这部书现行本（毛本）虽是最后的修正本，却仍旧只可算是一部很有势力的通俗历史讲义，不能算是一部有文学价值的书。为什么《三国演义》不能有文学价值呢？这也有几个原因：

第一，《三国演义》拘守历史的故事太严，而想象力太少，创造力太薄弱。此书中最精彩，最有趣味的部分在于赤壁之战的前后，从诸葛亮舌战群儒起，到三气周瑜为止。三国的人才都会聚在这一块，"三分"的局面也定于这一个短时期，所以演义家尽力使用他们的想象力与创造力，打破历史事实的束缚，故能把这个时期写的很热闹。我们看元人的《隔江斗智》与此书中三气周瑜的不同，便可以推想演义家运用想象力的自由。因为想象力不受历史的拘束，所以这一大段能见精彩。但全书的大部分都是严守传说的历史，至多不过能在穿插琐事上表现一点小聪明，不敢尽量想象创造，所以只能成一部通俗历史，而没有文学的价值。《水浒传》全是想象，故能出奇出色；《三国演义》大部分是演述与穿插，故无法能出奇出色。

第二，《三国演义》的作者，修改者，最后写定者，都是平凡的陋儒，不是有天才的文学家，也不是高超的思想家。他们极力描写诸葛亮，但他们理想中只晓得"足计多谋"是诸葛亮的大本领，所以诸葛亮竟成一个祭风祭星，神机妙算的道士。他们又想写刘备的仁义，然而他们只能写一个庸儒无能的刘备。他们又想写一个神武的关羽，然而关羽竟成了一个骄傲无谋的武夫。这固是时代的关系，（参看《胡适文存》卷一，页五二—五三）但《三国演义》的作者究竟难逃"平凡"的批评。毛宗岗的凡例里说：

> 俗本谬托李卓吾先生评阅……其评中多有唐突昭烈，谩骂武侯之语，今俱削去。

这种见地便是"平凡"的铁证。至于文学的技术，更"平凡"了。我们试看第四十三回诸葛亮舌战群儒一大段；在作者的心里，这一段总算是极力抬高诸葛亮了；但我们读了，只觉得平凡浅薄，令人欲呕。后来写"三气周瑜"一大段，固然比元人的《隔江斗智》高的多了，但仍是很浅薄的描写，把一个风流儒雅的周郎写成了一个妒忌阴险的小人，并且把诸葛亮也写成了一个奸刁险诈的小人。这些例都是从《三国演义》的最精彩的部分里挑出来的，尚且是这样，其余的部分更不消说了。文学的技术最重剪裁；会剪裁的，只消极力描写一两件事，便能有声有色。《三国演义》最不会剪裁；他的本领在于搜罗一切竹头木屑，破烂铜铁，不肯遗漏一点，因为不肯剪裁，故此书不成为文学的作品。

话虽如此，然而《三国演义》究竟是一部绝好的通俗历史。在几千年的通俗教育史上,没有一部书比得上他的魔力,五百年来,无数的失学国民从这部书里得着了无数的常识与智慧,从这部书里学会了看书写信作文的技能,从这部书里学得了做人与应世的本领。他们不求高超的见解,也不求文学的技能;他们只求一部趣味浓厚,看了使人不肯放手的教科书。《四书五经》不能满足这个要求,《廿四史》与《通鉴》、《纲鉴》也不能满足这个要求,《古文观止》与《古文辞类纂》也不能满足这个要求。但是《三国演义》恰能供给这个要求。我们都曾有过这样的要求,我们都曾尝过他的魔力,我们都曾受过他的恩惠,我们都应该对他表示相当的敬意与感谢!

十一,五,十六　在北京

[注] 作此序时,曾参用周豫才先生的《小说史讲义》稿本,不及一一注出,特记于此。

《三侠五义》考证

《三侠五义》序

一　包公的传说

历史上有许多有福之人。一个是黄帝，一个是周公，一个是包龙图。上古有许多重要的发明，后人不知道是谁发明的，只好都归到黄帝的身上，于是黄帝成了上古的大圣人。中古有许多制作，后人也不知道究竟是谁创始的，也就都归到周公的身上，于是周公成了中古的大圣人，忙的不得了，忙的他"一沐三握发，一饭三吐哺"！

这种有福的人物，我曾替他们取个名字，叫做"箭垛式的人物"；就同小说上说的诸葛亮借箭时用的草人一样，本来只是一扎干草，身上刺猬也似的插着许多箭，不但不伤皮肉，反可以立大功，得大名。

包龙图——包拯——也是一个箭垛式的人物。古来有许多精巧的折狱故事，或载在史书，或流传民间，一般人不知道他们的来历，这些故事遂容易堆在一两个人的身上。在这些侦探式的清官之中，民间的传说不知道怎样选出了宋朝的包拯来做一个箭垛，把许多折狱的奇案都射在他身上。包龙图遂成了中国的歇洛克、福尔摩斯了。

包拯在《宋史》里止有一篇短传（卷三一六），说他"立朝刚毅，贵戚宦官为之敛手，闻者皆惮之。人以包拯笑比黄河清，童稚妇女亦知其名，呼曰包待制。京师为之语曰，'关节不到，有阎罗包老'。旧制，凡讼诉不得径造庭下。拯开正门，使得至前陈曲直，吏不敢欺。"这是包拯故事的根源。他在当日很得民众的敬爱，故史称"童稚妇女皆知其名"。后来民间传说，遂把他提出来代表民众理想中的清官。他却也有这种代表资格，如上文引的《宋史》所说"笑比黄河清"，"关节不到"等事，都可见他的为人。《宋史》又说他：

性峭直，恶吏苛刻，务敦厚，虽甚嫉恶，而未尝不推以忠恕也。与人不苟合，不伪辞色悦人。平居无私书，故人亲党皆绝之。虽贵，衣服器用饮食如布衣时。尝曰："后世子孙仕宦有犯赃者，不得放归本家；死，不得葬大茔中。不从吾志，非吾子若孙也。"

他的长处在于峭直而"务敦厚"，嫉恶而"未尝不推以忠恕"。《宋史》本传纪载他的爱民善政很多，大概他当日所以深得民心，也正是因为这个原故。不过后世传说，注重他的刚毅峭直处，遂埋没了他的敦厚处了。

关于包拯断狱的精明，《宋史》只记他：

知天长县，有盗割人牛舌者。主来诉，拯曰，"第归，杀而鬻之。"寻复有来告私杀牛者。拯曰，"何为割牛舌而又告之？"盗惊服。

他大概颇有断狱的侦探手段。民间传说，愈传愈神奇，不但把许多奇案都送给他，并且造出"日断阳事，夜断阴事"的神话。后世佛、道混合的宗教遂请他做了第五殿的阎王。这种神话的源流是很可供社会史家的研究的。

大概包公断狱的种种故事，起于北宋，传于南宋；初盛于元人的杂剧，再盛于明清人的小说。

《元曲选》一百种之中，有十种是包拯断狱的故事，其目如下：

①包待制陈州粜米（无名氏）

②包龙图智赚合同文字（无名氏）

③包龙图单见黑旋风

　　神怒儿大闹开封府（无名氏）

④包待制三勘蝴蝶梦（关汉卿）

⑤包待制智斩鲁斋郎（关汉卿）（以上两本《录鬼簿》记关氏所著杂剧目中不载，疑是无名氏之作，《元曲选》误收为关氏之作。）

⑥包龙图智勘后庭花（郑庭玉）

⑦包待制智赚灰阑记（李行道）

⑧王月英元夜留鞋记（曾瑞卿）

⑨玎玎当当盆儿鬼（无名氏）

⑩包待制智赚生金阁（武汉臣）

这都是保存至今的。此外还有不传的杂剧：

⑪糊突包待制（汪泽民）（见《录鬼簿》）

⑫包待制判断烟花鬼（张鸣善）（同上）

⑬风雪包待制（无名氏）（见《太和正音谱》）

⑭包待制双勘丁（无名氏）（同上）

我们看《元曲选》中保存的包公杂剧，可以知道宋、元之间包公的传说不但很盛行，并且已有了一个大同小异的中心。例如各剧都说：

　　老夫姓包，名拯，字希文，乃庐州金斗郡四望乡老儿村人氏。

《宋史》说他字希仁，王铚《默记》也称包希仁；而传说改称字希文。《宋史》只说他是庐州合肥人，而传说捏造出"金斗郡四望乡老儿村"来。这些小节都可以证明当日必有一种很风行的包公故事作一种底本。又如《灰阑记》云：

敕赐势剑金牌，体察滥官污吏。

《留鞋记》云：

因为老夫廉能清正，奉公守法，圣人敕赐势剑金牌，着老夫先斩后奏。

《盆儿鬼》云：

敕赐势剑金牌，容老夫先斩后奏，专一体察滥官污吏，与百姓伸冤理枉。

《陈州粜米》云：

[范学士云] 待制再也不必过虑。圣人的命敕赐与你势剑金牌，先斩后闻。

这就是后来"赐御铡三刀"的传说的来源。元人杂剧里已有"铜锄"的名称，如《后庭花》云：

[赵廉访云] 与你势剑铜锄，限三日便与我问成这桩

事。……［正末云］是好一口剑也呵！［唱］

> 这剑冷飕飕，取次不离匣。这恶头儿揣与咱家。我若出公门，小民把我胡扑搭，莫不是这老子卖弄这势剑铜铡？

在《音释》里，撕字注"音查"，即是铡字。又《灰阑记》也说：

> 若不是呵，就把铜铡来切了这个驴头。

这都可见"敕赐势剑铜铡"已成了那时的包公故事的公认的部分了。

又如《盆儿鬼》云：

> 上告待制老爷听端的：
> 人人说你白日断阳间，
> 到得晚时又把阴司理。

可见"日断阳事，夜断阴事"在那时已成了公认的中心部分了。

以上所说，都可见当时必有一种通行的底本。最可注意的是《盆儿鬼》中张撇古列举包公的奇案云：

> 也曾三勘王家蝴蝶梦，
> 也曾独粜陈州老仓米，
> 也曾智赚灰阑年少儿，
> 也曾诈斩斋郎衙内职，
> 也曾断开双赋《后庭花》，
> 也曾追还两纸合同笔。

这里面举的六件事即是《元曲选》里六本杂剧的故事。这事可有两种解释。也许这些故事在当日早已成了包公故事的一部分，杂剧家不过取传说中的材料，加上结构，演为杂剧。也许是杂剧家彼此争奇斗巧，你出一本《鲁斋郎》，他出一本《陈州粜米》；你出一本《智赚灰阑记》，他又出一本《智赚合同文字》；正如英国伊里沙白女王时代的各戏园争奇斗巧，莎士比亚出一本《丹麦王子》悲剧，吉德（Kyd）就出一本《西班牙悲剧》（Spanish Tragedy），马罗（Marlowe）出一本《福司特博士》（Doctor Faustas），格林（Greene）就出一本《培根教士与彭该教士》（Firar Bacon and Friar Bungay）。这两说之中，似后说为较近情理。大概元代杂剧家的争奇斗巧是包公故事发展扩大的一个重要原因；《盆儿鬼》似最晚出，故列举当日已出的包公杂剧中的故事，而后来《盆儿鬼》的故事——即《乌盆记》——却成了包公故事中最通行的部分。

元朝的包公故事，略如上述。坊间现有一部《包公案》，又名《龙图公案》，乃是一部杂记体的小说。这书是晚出的书，大概是明、清的恶劣文人杂凑成的，文笔很坏；其中的地理，历史，制度，都是信口开河，鄙陋可笑。书中地名有南直隶，可证其为明朝的书。但我们细看此书，似乎也有一小部分，来历稍古。如《乌盆子》一条，即是元曲《盆儿鬼》的故事，但人物姓名不同罢了。又如《桑林镇》一条，记包公断太后的事，与元朝杂剧《抱妆盒》（说见下）虽不同，却可见民间的传说已将李宸妃一案也堆到包拯身上去了。又如《玉面猫》一条，记五鼠闹东京的神话，五鼠先化两个施俊，又化两个王丞相，又化两个宋仁宗，又化两个太后，又化两个包公；后来包公奏明玉帝，向西方雷音寺借得玉面猫，方才收服了五鼠。这五鼠的故事大概是受了《西游记》里六耳猕猴故事的影响；五鼠闹东京的故事又见于《西洋记》（即《三保太监下西洋》），比《包公案》详细的多；大概《包公案》作于明末，在《西游》、《西洋》之后。五鼠后来成为五个义士，玉面猫后来成为御猫展昭，这又可见传说的变迁与神话的人化了。

杂记体的《包公案》后来又演为章回体的《龙图公案》，那大概是清朝的事。《三侠五义》即是从这里面演化出来。但《龙图公案》仍是用包公为主体，而《三侠五义》却用几位侠士作主体，包公的故事不过做个线索，做个背景：这又可见传说的变迁；而从《包公案》演进到《三侠五义》，真不能不算是一大进步了。

二　李宸妃的故事

宋仁宗生母李宸妃的故事，在当日是一件大案，在后世遂成为一大传说，元人演为杂剧，明人演为小说，至《三侠五义》而这个故事变的更完备了；《狸猫换太子》在前清已成了通行的戏剧（包括《断后》，《审郭槐》等出），到近年竟演成了连台几十本的长剧了。这个故事的演变也颇有研究的价值。

《宋史》卷二四二云：

> 李宸妃，杭州人也。……初入宫，为章献太后（刘后）侍儿。庄重寡言，真宗以为司寝。既有娠，从帝临砌台。玉钗坠。妃恶之。帝心卜："钗完，当为男子。"左右取以进，钗果不毁。帝甚喜。已而生仁宗。……仁宗即位，为顺容，从守永定陵。……
>
> 初仁宗在襁褓，章献（刘后）以为己子，使杨淑妃保视之。仁宗即位，妃嘿处先朝嫔御中，未尝自异。人畏太后，亦无敢言者。终太后世，仁宗不自知为妃所出也。
>
> 明道元年，疾革，进位宸妃，薨，年四十六。初章献太后欲以宫人礼治丧于外。丞相吕夷简奏礼宜从厚。太后遽引帝起。有顷，独坐帘下，召夷简问曰，"一宫人死，相公云

云,何欤?"夷简曰,"臣待罪宰相,事无内外,无不当预。"太后怒曰,"相公欲离间吾母子耶?"夷简从容对曰,"陛下不以刘氏为念,臣不敢言。尚念刘氏,则丧礼宜从厚。"太后悟,遽曰,"宫人,李宸妃也。且奈何?"夷简乃请治丧用一品礼,殡洪福院。夷简又谓入内都知罗崇勋曰,"宸妃当以后服殓,用水银实棺,异时勿谓夷简未尝道及"。崇勋如其言。

后章献太后崩,燕王为仁宗言,"陛下乃李宸妃所生,妃死以非命"。仁宗号恸,顿毁,不视朝累日,下哀痛之诏自责,尊宸妃为皇太后,谥庄懿(后改章懿)。幸洪福寺祭告,易梓宫,亲哭视之。妃玉色如生,冠服如皇太后;以水银养之,故不坏。仁宗叹曰,"人言其可信哉?"遇刘氏加厚……

这传里记李宸妃一案,可算是很直率的了。章献刘后乃是宋史上一个很有才干的妇人;真宗晚年,她已预闻政事了;真宗死后,仁宗幼弱,刘后临朝专政,前后当国至十一年之久。李宸妃本是她的侍儿,如何敢和她抵抗?所以宸妃终身不敢认仁宗是她生的,别人也不敢替她说话。宸妃死于明道元年,刘后死于明道二年。刘后死后,方有人说明此事。当时有人疑宸妃死于非命,但开棺验看已可证宸妃不曾遭谋害;况且刘后如要谋害她,何必等到仁宗即位十年之后?但当时仁宗下哀痛之诏自责,又开棺改葬,追谥陪葬,这些大举动都可以引起全国的注意,唤起全国的同情,于是种种传说也就纷纷发生,历八九百年而不衰。

宋人王铚作《默记》,也曾记此事,可与《宋史》所记相参证:

章懿李太后生昭陵(仁宗),而终章献之世,不知章懿为母也。章懿卒，先殡奉先寺。昭陵以章献之崩，号泣过度。章惠太后（即杨淑妃）劝帝曰，"此非帝母；帝自有母宸妃李氏，已卒，在奉先寺殡之"。仁宗即以犊䡓走奉先寺，撤殡观之。在一大井上，四铁索维之。既启棺，而形容如生，略不坏也。时已遣兵围章献之第矣；既启棺，知非鸩死，乃罢遣之。

——涵芬楼本，上，页七

王铚生当哲宗、徽宗时，见闻较确；他的记载很可代表当时的传说。然而他的记载已有几点和《宋史》不同：

①宸妃死后，殡于洪福院；《默记》作奉先寺。（《仁宗本纪》作法福院）

②《宋史》记告仁宗者为燕王，而《默记》说是杨淑妃。

③《默记》记仁宗"即以犊车䡓走奉先寺"，这种具体的写法便已是民间传说的风味了。（据《仁宗本纪》，追尊宸妃在三月，幸法福寺在九月。）

《默记》又记有两件事，和宸妃的故事都有点关系。其一为张茂实的历史：

张茂实太尉，章圣（真宗）之子，尚宫朱氏所生。章圣畏惧刘后，凡后宫生皇子公主，俱不留。以与内侍张景宗，令养视，遂冒姓张。即长，景宗奏授三班奉职；入谢曰，章圣曰，"孩儿早许大也"。

昭陵（仁宗）出阁，以为春坊谒者，后擢用副富郑公使虏，作殿前步帅。……

厚陵（英宗）为皇太子，茂实入朝，至东华门外，居民繁用者迎马首连呼曰，"亏你太尉！"茂实惶恐，执诣有司，

> 以为狂人而黥配之。其实非狂也。
>
> 　　茂实缘此求外郡。至厚陵即位……自知蔡州坐事移曹州，忧恐以卒，谥勤惠。
>
> 　　滕元发言，尝因其病问之，至卧内。茂实岸帻起坐，其头角巉然，真龙种也，全类奇表。盖本朝内臣养子未有大用至节帅者。于此可验矣。
>
> 　　　　　　　　　　　　　　　——上，页十二

其二为记冷青之狱：

> 　　皇佑二年有狂人冷青言母王氏，本宫人，因禁中火，出外。已尝得幸有娠，嫁冷绪而后生青。……诣府自陈，并妄以英宗（涵芬楼本误作神宗）与其母绣抱肚为验。知府钱明逸……以狂人，置不问，止送汝州编管。
>
> 　　推官韩绛上言，"青留外非便，宜按正其罪，以绝群疑。"翰林学士赵槩亦言，"青果然，岂宜出外？若其妄言，则匹夫而希天子之位，法所当诛。"
>
> 　　遂命槩并包拯按得奸状……处死。钱明逸落翰林学士，以大龙图知蔡州；府推张式、李舜元皆补外。
>
> 　　世妄以宰相陈执中希温成（仁宗的张贵妃，死后追册为温仁皇后）旨为此，故诛青时，京师昏雾四塞，殊不知执中已罢，是时宰相乃文、富二贤相，处大事岂有误哉？
>
> 　　　　　　　　　　　　　　　——下，页四

这两件事都很可注意。前条说民人繁用迎着张茂实的马首喊叫，后条说民间传说诛冷青时京师昏雾四塞。这都可见当时民间对于刘后的不满意，对于被她冤屈的人的不平。这种心理的反感便是李宸妃故事一

类的传说所以流行而传播久远的原因。张茂实和冷青的两案究竟在可信可疑之间，故不能成为动听的故事。李宸妃的一案，事实分明，沉冤至二十年之久，宸妃终身不敢认儿子，仁宗二十三年不知生母为谁（仁宗生于一〇一〇，刘后死于一〇三三）；及至昭雪之时，皇帝下诏自责，闹到开棺改葬，震动全国的耳目：——这样的大案子，自然最容易流传，最容易变成街谈巷议的资料，最容易添枝添叶，以讹传讹，渐渐地失掉本来的面目，渐渐地神话化。

《宋史》记辰妃有娠时玉钗的卜卦，已是一种神话了。坠钗时的"心卜"，谁人听见？谁人传出？可见李宸妃的传记已采有神话化的材料了。元朝有无名氏做的"李美人御苑拾弹丸，金水桥陈琳抱妆盒"杂剧，可以表见宋、元之间这个故事已变到什么样子。此剧情节如下：

楔子：真宗依太史官王弘之奏，打造金弹丸一枚，向东南方打去，令六宫妃嫔各自寻觅；拾得金丸者，必生贤嗣。

第一折：李美人拾得金丸，真宗遂到西宫游幸。

第二折：李美人生下一子，刘皇后命寇承御去把孩子骗出来弄死。寇承御骗出了太子，只见"红光紫雾罩定太子身上"；遂和陈琳定计，把太子放在黄封妆盒里，偷送出宫，交与八大王抚养。恰巧刘皇后走过金水桥，撞见陈琳，盘问妆盒中装的何物，几乎揭开盒盖。幸得真宗请刘后回宫，陈琳才得脱身。

楔子：陈琳把太子送到南清宫，交与八大王。

第三折：八大王领太子去见真宗；刘后见他面似李美人，遂生疑心，回宫拷问寇承御，寇承御熬刑不过，撞阶而死。

第四折：真宗病重时，命取楚王（即八大王）第十二子承继大统，即是陈琳抱出的太子。太子即位后，细问陈琳，才知李美人为生母。那时刘后与李美人都活着，仁宗不忍追究，只"将西宫改为合德宫，奉李美人为纯圣皇太后，寡人每日问安视膳。"

这里的李宸妃故事有可注意的几点：（1）玉钗之卜已变成了金弹之卜，神话的意味更重了。（2）"红光紫雾"的神话。（3）写刘皇后要害死太子，与《宋史》说刘后养为己子大不同。这可见民间传说不知不觉地已加重了刘后的罪过，与古史上随时加重桀、纣的罪过一样。（4）造出了一个寇承御和一个陈琳，但此时还没有郭槐。（5）李美人生子，由陈琳送与八大王抚养，后来入继大统；这也可见民间传说不愿意让刘后有爱护仁宗之功，所以不知不觉地把这件功劳让与八大王了。（6）仁宗问出这案始末时，刘后与李妃都还不曾死。这也可见民间心理希望李妃享点后福，故把一件悲剧改成一件喜剧了。（7）没有狸猫换太子的话，只说"诈传万岁爷要看，诓出宫来"。（8）没有包公的事。这时期里，这个故事还很简单；用不着郭槐，也用不着包龙图的侦探术。

我们再看《包公案》里的李宸妃故事，便不同了。《包公案》的《桑林镇》一条说包公自陈州赈济回来，到桑林镇歇马放告。有一个住破窑的婆子来告状，那婆子两目昏眊，衣服垢污，放声大哭，诉说前事。其情节如下：

①李妃生下一子，刘妃也生下一女。六宫大使郭槐作弊，把女儿换了儿子。

②李妃一时气闷，误死女儿，被困冷宫。有张园子知此事冤屈，见天子游苑，略说情由；被郭槐报知刘后，绞死张园子，杀他一十八口。

③真宗死后，仁宗登极，大赦冷宫罪人，李妃方得出宫，来到桑林镇乞食度日。

④有何证据呢？婆子说，生下太子时，两手不开；挽开看时，左手有"山河"二字，右手有"社稷"二字。

⑤后来审问郭槐，郭槐抵死不招。包公用计，请仁宗假扮阎罗天子，包公自扮判官，郭槐说出真情，罪案方定。

⑥李后入宫，"母子二人悲喜交集，文武庆贺"。仁宗要令刘后受油熬之刑，包公劝止，只"着人将丈二白丝帕绞死"。郭槐受鼎镬之刑。这是这个故事在明、清之间的大概模样。这里面有几点可注意：

①造出了一个坏人郭槐和一个好人张园子，却没有寇承御与陈琳。

②包公成了此案的承审官与侦探家。

③八大王抚养的话抛弃了，变为男女对换的法子，但还没有狸猫之计。

④李妃受的冷宫与破窑之苦，是元曲里没有的。先写她很痛苦，方可反衬出她晚年的福气。

⑤破案后，李后享福，刘后受绞死之刑。这也可见民众的心理。我们可以把宋、元、明三个时期的李宸妃的故事的主要分子列为一个比较表：

	主文	坏人	好人	破案人	结局
宋	刘后养李氏子为己子。			燕王（《宋史》）杨淑妃（《默记》）	追尊李妃为太后，与刘后平等。
元	刘后要杀李氏子，遇救而免，养于八大王家。	刘后	寇承御 陈琳 八大王	陈琳	两后并奉养。
明	刘后生女，换了李氏所生子。	刘后 郭槐	张园子	包公	李后尊荣，刘后绞死。

《三侠五义》里的"狸猫换太子"故事是把元、明两种故事参合起来，调和折衷，组成一种新传说，遂或为李宸妃故事的定本（看本书第一回及第十五至十九回）。我们看上面的表，可以知道这个故事有两

种很不同的传说；这两种传说不像是同出一源逐渐变成的，乃是两种独立的传说。前一种——元曲《抱妆盒》——和《宋史》还相去不很远，大概是宋、元之间民间演变的传说。后一种——《包公案》——是一个不懂得历史掌故的人编造出来的，他只晓得宋朝有这件事，他也不曾读过《宋史》，也不曾读过元曲，所以凭空造出一条包公断后的故事来。这两种不同的传说，一种靠戏本的流传，一种靠小说的风行，都占有相当的势力。后来的李宸妃故事遂不得不选择调和，演为一种折衷的定本。

《三侠五义》里的李宸妃故事的情节如下：

①钦天监文彦博奏道："夜观天象，见天狗星犯阙，恐于储君不利。"时李、刘二妃俱各有娠，真宗因各赐玉玺龙袱一个，镇压天狗星；又各赐金丸一枚，内藏九曲珠子一颗；将二妃姓名宫名刻在上面，随身佩带。

②李妃生下一子；刘后与郭槐定计，将狸猫剥去皮毛，换出太子，叫寇珠送到销金亭用裙带勒死。

③寇珠与陈琳定计，把太子放在妆盒里，偷送出宫。路上碰见郭槐与刘妃，几乎被他们查出。

④八大王收藏太子，养为己子。

⑤李妃因产生妖孽，贬入冷宫。刘后生下一子，立为太子。

⑥刘后所生子六岁时得病死了，真宗因立八大王之第三世子为太子，即是李妃所生。太子无意中路过冷宫，见着李妃，怜他受苦，回去替他求情。刘后生疑，拷问寇珠，寇珠撞阶而死。

⑦刘后对真宗说李妃怨恨咒诅，真宗大怒，赐白绫七尺，令他自尽。幸得小太监余忠替死，李妃扮作余忠，逃至陈州安身。

⑧包公自陈州回来，在草州桥歇马放告。有住破窑的瞎婆子来告状，诉说前事，始知为李宸妃，有龙袱金丸为证。

⑨包公之妻李夫人用"古今盆"医好李妃的双目。李妃先见八大

王的狄后，说明来历；狄后引他见仁宗，母子相认。

⑩包公承审郭槐，郭槐熬刑不招。包公灌醉郭槐，假装森罗殿开审，套出郭槐的口供，方能定案。

⑪刘后正在病危的时候，闻知此事，病遂不起。

这个故事把元、明两朝不同的传说的重要分子都容纳在里面了。《抱妆盒》杂剧里的分子是：

①金弹丸变成了藏珠的金丸了。

②寇承御得一个新名字，名寇珠。

③陈琳不曾变。

④抱妆盒的故事仍保存了。

⑤八大王仍旧。

⑥寇承御骗太子，元剧不曾详说；此处改为郭槐与产婆尤氏用狸猫换出太子。

⑦陈琳捧妆盒出宫之时，路上遇刘妃查问。此一节全用元剧的结构。

但《包公案》的说法也被采取了不少部分：

①郭槐成了重要脚色。

②包公成了重要脚色。

③用女换男，改为用狸猫换太子。

④冷宫与破窑的话都被采用了。

⑤瞎婆子告状的部分。

⑥审郭槐，假扮阎罗王的部分。

此外便是新添的部分了：

①狸猫换太子是新添的。

②刘后也生一子，六岁而死，是新添的。

③产婆尤氏，冷宫总管秦凤，替死太监余忠是新添的。张园子太寒伧了，所以他和他的一十八口都被淘汰了。

④李夫人医治李妃双目复明，是新添的。

⑤狄后的转达，是新添的。

我们看这一个故事在九百年中变迁沿革的历史，可以得一个很好的教训。传说的生长，就同滚雪球一样，越滚越大，最初只有一个简单的故事作个中心的"母题"（Motif），你添一枝，他添一叶，便像个样子了。后来经过众口的传说，经过平话家的敷演，经过戏曲家的剪裁结构，经过小说家的修饰，这个故事便一天一天的改变面目：内容更丰富了，情节更精细圆满了，曲折更多了，人物更有生气了。《宋史·后妃传》的六百个字在八九百年内竟演成了一部大书，竟演成了几十本的连台长戏。这件事的本身本不值得多大的研究。但这个故事的生长变迁，来历分明，最容易研究，最容易使我们了解一个传说怎样变迁沿革的步骤。这个故事不过是传说生长史的一个有趣味的实例。此事虽小，可以喻大。包公身上堆着许多有主名或无主名的奇案，正如黄帝、周公身上堆着许多大发明大制作一样。李宸妃故事的变迁沿革也就同尧、舜、桀、纣等等古史传说的变迁沿革一样，也就同井田禅让等等古史传说的变迁沿革一样。就拿井田来说罢，孟子只说了几句不明不白的井田论；后来的汉儒，你加一点，他加一点，三四百年后便成了一种详密的井田制度，就像古代真有过这样的一种制度了（看《胡适文存》初排本卷二，页二六四—二八一）。尧、舜、桀、纣的传说也是如此的。古人说的好，"爱人若将加诸膝，恶人若将坠诸渊"。人情大抵如此。古人又说，"纣之不善，不如是之甚也。是以君子恶居下流，天下之恶皆归之"。古人把一切罪恶都堆到桀、纣身上，就同古人把一切美德都堆到尧、舜身上一样。这多是一点一点地加添起来的，同李宸妃的故事的生长一样。尧、舜就是李宸妃，桀、纣就是刘皇后。稷契、皋陶就是寇珠、陈琳、余忠、张园子；飞廉、恶来、妲己、妹喜就是郭槐、尤氏。许由、巢父、伯夷、叔齐也不过像玉钗金弹，红光紫雾，随人的心理随时添的枝叶罢了。我曾说：

其实古史上的故事没有一件不曾经过这样的演进，也没有一件不可用这个历史演进的方法去研究。尧、舜、禹的故事，黄帝、神农、庖牺的故事，汤的故事，伊尹的故事，后稷的故事，文王的故事，太公的故事，周公的故事，都可以做这个方法的实验品。

——《胡适文存》二集卷一，页一五三——一五七

三 《三侠五义》与《七侠五义》

《三侠五义》原名《忠烈侠义传》，是从《龙图公案》变出来的。我藏的一部《三侠五义》（即亚东此本的底本），光绪八年壬午（一八八二）活字排本，有三篇短序。问竹主人（著者自号）序说：

是书本名《龙图公案》，又曰《包公案》，说部中演了三十余回，从此书内又续成六十多本；虽是传奇志异，难免怪力乱神。兹将此书翻旧出新，添长补短，删去邪说之事，改出正大之文，极赞忠烈之臣，侠义之事……故取传名曰"忠烈侠义"四字，集成一百二十回……

又有退思主人序说：

原夫《龙图》一传，旧有新编；貂续千言，新成其帙。补就天衣无缝，独具匠心；裁来云锦缺痕，别开生面。百二回之通络贯脉，三五人之义胆侠肠……

这可见当时作者和他的朋友都承认这书是用《龙图公案》作底本的。但《龙图公案》"虽是传奇志异，难免怪力乱神"，所以改作的人"将此书翻旧出新，添长补短，删去邪说之事，改出正大之文"，遂成了一部完全不同的新书。《龙图公案》里闹东京的五鼠是五个妖怪，玉猫是一只神猫；改作之后，五鼠变成了五个侠士，玉猫变成了"御猫"展昭，神话变成了人话，志怪之书变成了写侠义之书了。这样的改变真是"翻旧出新"，可算是一种极大的进步。

可惜我们现在还不能知道这部书的作者究竟是什么样的人。依壬午活字本的三篇序看来，这书的原作者自号"问竹主人"。但壬午本还有两篇序，一篇是入迷道人做的，他说：

> 辛未春（一八七一），由友人问竹主人处得是书而卒读之。……草录一部而珍藏之。乙亥（一八七五）司榷淮安，公余时从新校阅，另录成编，订为四函。年余始获告成。去冬（一八七八）有世好友人退思主人者……携去……付刻于聚珍板。……

退思主人序也说：

> 戊寅冬（一八七八）于友人入迷道人处得是书写本，知为友人问竹主人互相参合删定，汇而成卷。

是此书曾经入迷道人的校阅删定。

壬午本首页题"忠烈侠义传，石玉崑述"。我们因此知道问竹主人即是石玉崑。石玉崑的事迹，现在还无从考起。后来光绪庚寅（一八九〇）北京文光楼续刻《小五义》及《续小五义》，序中说有"友人与石玉崑门徒素相往来……将石先生原稿携来"。这话大概不可相信。《三侠五义》的末尾有续集的要目，其中不提及徐良；而《小五义》以下，徐良为最重要的人。这是一可疑。《三侠五义》已写到军山的聚义，而《小五义》仍从颜按院上任叙起，重述至四十一回之多；情节多与前书不同，文章又很坏，远不如前集。这是二可疑。《小五义》中，沈仲元架走颜按院一件事是最重要的关键。然而前集百零六回叙邓车行刺的事并无气走沈仲元的话；末尾的要目预告里也并没有沈仲元架跑按院的话。这是三可疑。《三侠五义》末尾预告续集"也有不足百回"，而《小五义》与《续小五义》共有二百几十回。这是四可疑。从文章上看来，《三侠五义》与《小五义》决不是一个人做的。所以《〈小五义〉序》里的话是不可靠的。然而《〈小五义〉序》却使我们得一个消息：大概石玉崑此时（一八九〇）已死了。他若不曾死，文光楼主人决不敢扯这个大谎。

[附记] 我从前曾疑心石玉崑的原本，也许是很幼稚的，文字略如《小五义》。如果《〈小五义〉序》所说可信，那么，入迷道人修改年余的功劳真不小了。

《三侠五义》成书在一八七一年以前，至一八七九年始出版。十年后（一八八九），俞曲园先生（樾）重行改订一次，把第一回改撰过，改颜查散为颜眘敏，改书名《三侠五义》为《七侠五义》。《七侠五义》本盛行于南方，近年来《三侠五义》正排本已不易得，南方改本的《七侠五义》已渐渐侵入京津的书坊，将来怕连北方的人也会不知道《三侠五义》这部书了。其实《三侠五义》原本确有胜过曲园先生改本之处。就是曲园先生最不满意的第一回也远胜于改本。近来上海戏园里编《狸猫换太子》新戏，第一本用《三侠五义》第一回作底本，这可见京班的戏子还忘不了《三侠五义》的影响，又可见改本的第一回删去了那有声有色的描写部分便没有文学的趣味，便不合戏剧的演做了。这回亚东图书馆请俞平伯先生标点此书，全用

《三侠五义》作底本，将来定可以使这个本子重新流行于国中，使许多读者知道这部小说的原本是个什么样子。平伯是曲园先生的曾孙。《三侠五义》因曲园先生的表彰而盛行于南方，现在《三侠五义》的原本又要靠平伯的标点而保存流传，这不但是俞家的佳话，也可说是文学史上的一段佳话了。

曲园先生对于此书曾有很热烈的赏赞。他的序里说：

……及阅至终篇，见其事迹新奇，笔意酣恣，描写既细入毫芒，点染又曲中筋节，正如柳麻子说"武松打店"，初到店内无人，蓦地一吼，店中空缸空甏皆瓮瓮有声：闲中着色，精神百倍。如此笔墨方许作平话小说；如此平话小说方算得天地间另是一种笔墨！

这篇序虽没有收入《春在堂集》里去，然而曲园先生的序跋很少有这样好的文章，也没有第二篇流传这样广远的。曲园先生在学术史上自有位置，正不必靠此序传后；然而他以一代经学大师的资格来这样赞赏一部平话小说，他的眼力总算是很可钦佩的了。

《三侠五义》有因袭的部分，有创造的部分。大概写包公的部分是因袭的居多，写各位侠客义士的部分差不多全是创造的。

第一回狸猫换太子的故事，其中各部分大抵是因袭元朝以来的各种传说，我们在上章已分析过了。这一回里最有精彩的部分是写陈琳抱妆盒出宫，路遇刘皇后盘诘的一段。这一段是沿用元曲《抱妆盒》第二折的。我摘抄几段来做例：

[刘皇后引宫女冲上云] 休将我语同他语，未必他心似我心。那寇承御这小妮子，我差他干一件心腹事去，他去了大半日才来回话，说已停当了。我心中还信不过他。如今自

往金水桥河边看去：有甚么动静，便见分晓。［做见科，云］兀的垂杨那壁不是陈琳？待我叫他一声。陈琳！［正末慌科，云］是刘娘娘叫，我死也。［唱］……（曲删）……［做放盒见科］［刘皇后云］陈琳，你那里去？［正末云］奴婢往后花园采办时新果品来。［刘皇后云］别无甚公事么？［正末云］别无甚公事。［刘皇后云］这等，你去罢。［正末做捧盒急走科］［刘皇后云］你且转来。［正末回，放盒，跪科，云］娘娘有甚分付？［刘皇后云］这厮，我放你去，就如弩箭离弦，脚步儿可走的快。我叫你转来，就如毡上拖毛，脚步儿可这等慢。必定有些蹊跷。我问你，……待我揭开盒儿看个明白。果然没有夹带，我才放你出去。……取盒儿过来，待我揭开看波。［正末用手按盒科，云］娘娘，这盒盖开不的。上有黄封御笔，须和娘娘同到万岁爷跟前面说过时，方才敢开这盒盖你看。［刘皇后云］我管甚么黄封御笔！则等我揭开看看。［正末按住科］……［刘皇后做怒科，云］陈琳，你不揭开盒儿我看，要我自动手么？［正末唱］

呀！见娘娘走向前，唉！

可不我陈琳呵，这死罪应该？

［刘皇后云］我只要辩［辨］个虚实，观个真假，审个明白。［正末唱］

他待要辩［辨］个虚实，

观个真假，

审个明白！

［寇承御慌上科，云］请娘娘回去。圣驾幸中宫要排筵宴哩。［刘皇后云］陈琳，恰好了你。若不是驾幸中宫，我肯就放了你出去？……［并下］

我们拿这几段来比较《三侠五义》第一回写抱妆盒的一段，可以看出石玉崑沿用元曲，只加上小小的改动，删去了"驾幸中宫"的话，改成这样更近情理的写法：

……刘妃听了，瞧瞧妆盒，又看看陈琳，复又说道："里面可有夹带？……"陈琳当此之际，把死付于度外，将心一横，不但不怕，反倒从容答道："并无夹带。娘娘若是不信，请去皇封，当面开看。"说着话，就要去揭皇封。刘妃一见，连忙拦住道："既是皇封封定，谁敢私行开看？难道你不知规矩么？"陈琳叩头说："不敢！不敢！"刘妃沉吟半晌；因明日果是八千岁寿辰，便说："既是如此，去罢！"陈琳起身，手提盒子，才待转身；忽听刘妃说："转来！"陈琳只得转身。刘妃又将陈琳上下打量一番，见他面上颜色丝毫不漏，方缓缓的说道："去罢。"

读者不要小看了这一点小小的改动。须知道从"刘皇后匆匆而去"改到"刘妃缓缓的说道，去罢"，这便是六百年文学技术进化的成绩。

这书中写包公断案的各段大都是沿袭古来的传说，稍加上穿插与描写的工夫。最有名的乌盆鬼一案便是一个明显的例。我们试拿本书第五回来比较元曲"盆儿鬼"，便可以知道这一段故事大段是沿用元朝以来的传说，而描写和叙述的技术都进步多了。在元曲里，"盆儿鬼"的自述是：

孩儿叫做杨国用，就是汴梁人，贩些南货做买卖去，赚得五六个银子。前日回来，不期天色晚了，投到瓦窑村"盆罐赵"家宵宿。他夫妻两个图了我财，致了我命，又将我烧灰捣骨。捏成盆儿。

在《三侠五义》里，他的自述是

> 我姓刘名世昌，在苏州阊门外八宝乡居住。家有老母周氏，妻子王氏，还有三岁的孩子乳名百岁。本是缎行生理。只因乘驴回家，行李沉重，那日天晚，在赵大家借宿；不料他夫妻好狠，将我杀害了，谋了资财，将我血肉和泥焚化。

张撇古只改了一个"别"字，盆罐赵仍姓赵，只是杨国用改成了刘世昌。此外，别的部分也是因袭的多，创造的少。例如张别古告状之后，叫盆儿不答应，被包公撵出两次，这都是抄袭元曲的。元曲里，盆儿两次不应：一次是鬼"恰才口渴的慌，去寻一钟儿茶吃"；一次是鬼"害饥，去吃个烧饼儿"直到张别古不肯告状了，盆儿才说是"被门神户尉挡住不放过去"。这种地方未免太轻薄了，不是悲剧里应有的情节。所以《三侠五义》及后来京戏里便改为第一次是门神拦阻，第二次是赤身裸体不敢见"星主"。

元曲《盆儿鬼》很多故意滑稽的话，要博取台下看戏的人的一笑，所以此剧情节虽惨酷，而写的像一本诙谐的喜剧。石玉崑认定这个故事应该着力描写张别古的任侠心肠，应该写的严肃郑重，不可轻薄游戏，所以他虽沿用元曲的故事，而写法大不相同。他一开口便说张三为人鲠直，好行侠义，因此人都称他为别古。"与众不同谓之别，不合时宜谓之古"。同一故事，见解不同，写法便不同了。书中写告状一段云：

> 老头儿为人心热。一夜不曾合眼，不等天明，爬起来，挟了乌盆，挂起竹杖，锁了屋门，竟奔定远县而来。出得门

时，冷风透体，寒气逼人，又在天亮之时；若非张三好心之人，谁肯冲寒冒冷，替人鸣冤？

及至到了定远县，天气过早，尚未开门；只冻〔的〕他哆哆嗦嗦，找了个避风的所在，席地而坐。喘息多时，身上觉得和暖。老头子又高兴起来了，将盆子扣在地下，用竹杖敲着盆底儿，唱起《什不闲》来了。刚唱句"八月中秋月照台"，只听的一声响，门分两扇，太爷升堂。……

这种写法正是曲园先生所谓"闲中着色，精神百倍"。

写包公的部分，虽然沿袭旧说的地方居多，然而作者往往"闲中着色"，添出不少的文学趣味。如乌盆案中的张别古，如阴错阳差案中的屈申，如先月楼上吃河豚的一段，都是随笔写来，自有风趣。

《三侠五义》本是一部新的《龙图公案》，但是作者做到了小半部之后，便放开手做去，不肯仅仅做一部《新龙图公案》了。所以这书后面的大半部完全是创作的，丢开了包公的故事，专力去写那班侠义。在这创作的部分里，作者的最成功的作品共有四件：一是白玉堂，二是蒋平，三是智化，四是艾虎。作者虽有意描写南侠与北侠，但都不很出色。只有那四个人真可算是石玉崑的杰作了。

白玉堂的为人很多短处。骄傲，狠毒，好胜，轻举妄动，——这都是很大的毛病。但这正是石玉崑的特别长处。向来小说家描写英雄，总要说的他像全德的天神一样，所以读者不能相信这种人材是真有的。白玉堂的许多短处，倒能教读者觉得这样的一个人也许是可能的；因为他有些近情近理的短处，我们却格外爱惜他的长处。向来小说家最爱教他的英雄福寿全归；石玉崑却把白玉堂送到铜网阵里去被乱刀砍死，被乱箭射的"犹如刺猬一般……血渍淋漓，漫说面目，连四肢俱各不分了"。这样的惨酷的下场便是作者极力描写白玉堂的短处，同时又是作者有意教人爱惜这个少年英雄，怜念他的短处，想念他的许多好处。

这书中写白玉堂，最用力气的地方是三十二回至三十四回里他和颜查散的订交。这里突然写一个金生，"头戴一顶开花儒巾，身上穿一件零碎蓝衫，足下穿一双无根底破皂靴头儿，满脸尘土"；直到三十七回里方才表出他就是白玉堂。这种突兀的文章，是向来旧小说中没有的，只有同时出世的《儿女英雄传》写十三妹的出场用这种笔法。但《三侠五义》写白玉堂结交颜查散的一节，在诙谐的风趣之中带着严肃的意味，不但写白玉堂出色，还写一个可爱的小厮雨墨；有雨墨在里面活动，读者便觉得全篇生动新鲜，近情近理。雨墨说的好：

> 这金相公也真真的奇怪。若说他是诓嘴吃的，怎的要了那些菜来，他连筷子也不动呢？就是爱喝好酒，也不犯上要一坛来；却又酒量不很大，一坛子喝不了一零儿，就全剩下了，白便宜了店家。就是爱吃活鱼，何不竟要活鱼呢？说他有意要冤咱们，却又素不相识，无仇无恨。饶白吃白喝，还要冤人，更无此理。小人测不出他是甚么意思来。

倘使书中不写这一件结交颜生的事，径写白玉堂上京寻展昭，大闹开封府，那就减色多多了。大闹东京只可写白玉堂的短处，而客店订交一大段却真能写出一个从容整暇的任侠少年。这又是曲园先生说的"闲中着色，精神百倍了"。

蒋平与智化有点相像，都是深沉有谋略的人才。旧小说中常有这一类的人物，如诸葛亮、吴用之流，但都是穿八卦衣，拿鹅毛扇的军师一类，很少把谋略和武艺合在一个人身上的。石玉昆的长技在于能写机警的英雄，智略能补救武力的不足，而武力能使智谋得实现。法国小说家大仲马著《侠隐记》（Three Musketeers）写达特安与阿拉密，正是这一类。智化似达特安，蒋平似阿拉密。《侠隐记》写英雄，往往诙谐可喜；这种诙谐的意味，旧小说家最缺乏。诸葛亮与吴用所以成为可怕的阴谋家，只是因为那副拉长的军师面孔，毫无诙谐的趣味。《三侠五义》写蒋平与智化都富有滑稽的风趣；机诈而以诙谐出之，故读者只觉得他们聪明可喜，而不觉得阴险可怕了。

本书写蒋平最好的地方，如一百十四五回偷簪还簪一段，是读者容易赏识的。九十四回写他偷听得翁大、翁二的话，却偏要去搭那只强盗船；他本意要救李平山，后来反有意捉弄他，破了他的奸情，送了他的性命。这种小地方都可以写出他的机变与游戏。书中写智化，比蒋平格外出色。智化绰号黑妖狐，他的机警过人，却处处妩媚可爱。一百十二回写他与丁兆蕙假扮渔夫偷进军山水寨，出来之后，丁二爷笑他"妆甚么，像什么，真真呕人"。智化说：

> 贤弟不知，凡事到了身临其境，就得搜索枯肠，费些心思。稍一疏神，马脚毕露。假如平日原是你为你，我为我。若到今日，你我之外又有王二、李四。他二人原不是你我；既不是你我，必须将你之为你，我之为我，俱各撇开，应是他之为他。既是他之为他，他之中决不可有你，亦不可有我。能够如此设身处地的做去，断无不像之理。

这岂但是智化自己说法？竟可说是一切平话家，小说家，戏剧家的技术论了。写一个乡下老太婆的说《史》、《汉》古文，这固是可笑；写一个叫化子满口欧化的白话文，这也是可笑。这种毛病都只是因为作者不知道"他之中决不可有你，亦不可有我"。一切有志作文学的人都应该拜智化为师，努力"设身处地的"去学那"他之为他"。

智化扮乞丐进皇城偷盗珠冠的一长段是这书里的得意文字。挖御河的工头王大带他去做工，

> 到了御河，大家按档儿做活。智爷拿了一把铁锹，撮的比人多，掷的比人远，而且又快。旁边做活的道："王第二的！"（智化的假名）智爷道："什么？"旁边人道："你这活计不是这么做。"智爷道："怎么？挖的浅咧？做的慢咧？"旁边人道："这还浅！你一锹，我两揪也不能那样深，你瞧，你挖了多大一片，我才挖了这一点儿。俗语说的，'皇上家的工，慢慢儿的蹭'。你要这们做，还能吃的长么？"智爷道："做的慢了，他们给饭吃吗？"旁边人道："都是一样慢了，他能不给谁吃呢？"智爷道："既是这样，俺就慢慢的。"
>
> ——八十回

这样的描写，并不说智化装的怎样像，只描写一堆作工人的空气，真可算是上等的技术了。这一段谈话里还含有很深刻的讥讽："都是一样慢了，他能不给谁吃呢？"这一句话可抵一部《官场现形记》。然而这句话说的多么温和敦厚呵！

这书中写一个小孩子艾虎，粗疏中带着机警，烂漫的天真里带着活泼的聪明，也很有趣味。

《三侠五义》本是一部新的《龙图公案》，后来才放手做去，撇开了包公，专讲各位侠义。我们在上文已说过，包公的部分是因袭的居多，侠义的部分是创作的居多。我们现在再举出一个区别。包公的部分，因为是因袭的，还有许多"超于自然"的迷信分子；如狐狸报恩，乌盆诉冤，红衣菩萨现化，木头人魔魔，古今盆医瞎子，游仙枕示梦，阴阳镜治阴错阳差，等等事都在前二十七回里。二十八回以后，全无一句超于自然的神话（第三十七回柳小姐还魂，只是说死而复苏，与屈申、白氏的还魂不同）。在传说里，大闹东京的五鼠本是五个鼠怪，玉猫也本是一只神猫。石玉崑"翻旧出新"，把一篇志怪之书变成了一部写侠义行为的传奇，而近百回的大文章里竟没有一点神话的踪迹，这真可算是完全的"人话化"，这也是很值得表彰的一点了。

十四，三，十五，北京

《官场现形记》考证

《官场现形记》序

《官场现形记》的著者自称"南亭亭长",人都知道他是李伯元,却很少人知道他的历史的。前几年因蒋竹庄先生(维乔)的介绍,我收到著者的侄子李祖杰先生的一封长信,才知道他的生平大概。

他的真姓名是李宝嘉,字伯元,江苏上元人,生于清同治六年(一八六七)。少年时,他在诗文与诗赋上都做过工夫。他中秀才时,考的是第一名。他曾应过几次乡试,终不得中举人。后来在上海办《指南报》,不久就停了;又办《游戏报》,是上海"小报"中最早的一种。他后来把《游戏报》卖了,另办《繁华报》。他主办的《游戏报》,我不曾见过。我到上海时(一九〇四),还见着《繁华报》。当时上海已有好几种小报专记妓女的起居,嫖客的消息,戏馆的角色等事。《繁华报》在那些小报之中,文笔与风趣都算得第一流。

他是一个多才艺的人。他的诗词小品散见当时的各小报;他又会刻图章,有《芋香印谱》行于世。他作长篇小说似乎多在光绪庚子(一九〇〇)拳祸以后。《官场现形记》是他的最长之作,起于光绪辛丑(一九〇一),至癸卯年(一九〇三)成前三编,每编十二回。后二年(一九〇四——九〇五)又成一编。次年(光绪丙午,一九〇六)他就死了。此书的第五编也许是别人续到第六十回勉强结束的。他死时,

《繁华报》上还登着他的一部长篇小说,写的是上海妓家生活,我不记得书名了;他死后此书听说归一位姓欧阳的朋友续下去,后来就不知下落了。他的长篇小说只有一部《文明小史》是做完的,先在商务印书馆的《绣像小说》里分期印出,后来单印发行。

李宝嘉死时只有四十岁,没有儿子,身后也很萧条。当时南方戏剧界中享盛名的须生孙菊仙,因为对他有知己之感,出钱替他料理丧事。(以上记的,大体根据鲁迅的《中国小说史略》,页三二七——三二八。鲁迅先生自注,他的记载是根据周桂笙《新庵笔记》三,及李祖杰致胡适书。我现在客中,李先生原书不在我身边,故不及参校。《小说史略》初版记李氏死于光绪三十三年三月,年四十,而下注西历为"一八六七——一九〇六"。一九〇六年为光绪三十二年丙午,我疑此系印时误排为三十三年。今既不及参校,姑且改为丙午,俟将来用李先生原书订正。)

《官场现形记》是一部社会史料。它所写的是中国旧社会里最重要的一种制度与势力——官。它所写的是这种制度最腐败,最堕落的时期——捐官最盛行的时期。这书有光绪癸卯(一九〇三)茂苑惜秋生的序,痛论官的制度;这篇序大概是李宝嘉自己作的。他说:

> ……选举之法兴,则登进之途杂。士废其读,农废其耕,工废其技,商废其业,皆注意于官之一字。盖官者,有士农工商之利而无士农工商之劳者也。天下爱之至深者,谋之必善;慕之至切者,求之必工。于是乎有脂韦滑稽者,有夤缘奔竞者,而官之流品已极紊乱。
>
> 限资之例,始于汉代。……开捐纳之先路,导输助之滥觞。虽所谓衣食足而知荣辱者,直是欺人之谈!……乃至行博弈之道,掷为孤注;操贩鬻之行,居为奇货。其情可想,其理可推矣。沿至于今,变本加厉,凶年饥馑,旱干水溢,皆得援救助之例,邀奖励之恩。而所谓官者乃日出而未有穷

期，不至充塞宇宙不止！……

官者，辅天子不足，压百姓则有余。……有语其后者，刑罚出之；有诮其旁者，拘系随之。……于是官之气愈张，官之焰愈烈。羊狠狼贪之技，他人所不忍出者，而官出之；蝇营狗苟之行，他人所不屑为者，而官为之。下之，声色货利则嗜若性命，般乐饮酒则视为故常。观其外，偭规而错矩；观其内，逾闲而荡检。种种荒谬，种种乖戾，虽罄纸墨，不能书也。得失重则妒忌之心生。倾轧甚则睚眦之怨起。……或因调换而龃龉，或因委署而齮齕，所谓投骨于地，犬必争之者，是也。其柔而害物者，且出全力以搏之，设深心以陷之，攻击过于勇夫，蹈袭逾于强敌。……

国衰而官强，国贫而官富。孝弟忠信之旧败于官之身，礼义廉耻之遗坏于官之手。……南亭亭长有东方之谐谑，与淳于之滑稽，又熟知夫官之龌龊卑鄙之要凡，昏聩糊涂之大旨。……因喟然叹曰："……我之于官，既无统属，亦鲜关系，惟有以含蓄蕴酿存其忠厚，以酣畅淋漓阐其隐微，则庶几近矣。"穷年累月，殚精竭诚，成书一帙，名曰《官场现形记》。立体仿诸稗野，则无钩章棘句之嫌。纪事出以方言，则无诘屈聱牙之苦。开卷一过，凡神禹所不能铸之于鼎，温峤所不能烛之以犀者，无不毕备。……

作者虽自己有"以含蓄蕴酿存其忠厚"的评语，但这一层实在没有做到，他只做到了"酣畅淋漓"的一步。这部书是从头至尾诅咒官场的书。全书是官的丑史，故没有一个好官，没有一个好人。这也是当时的一种自然趋势。向来人民对于官，都是敢怒而不敢言；恰好到了这个时期，政府的纸老虎是戳穿的了，还加上一种傥来的言论自由，——租界的保障，——所以受了官祸的人，都敢明白地攻击官的种种荒谬，淫秽，贪赃，昏庸的事迹。虽然有过分的描写与溢恶的形容，虽然传闻有不实不尽之处，然而就大体上论，我们不能不承认这部《官场现形记》里大部分的材料可以代表当日官场的实在情形。那些有名姓可考的，如华中堂之为荣禄，黑大叔之为李莲英，都是历史上的人物，不用说了。那无数无名的小官，从钱典史到黄二麻子，从那做贼的鲁总爷到那把女儿献媚上司的冒得官，也都不能说是完全虚构的人物。故《官场现形记》可算是一部社会史料。

《官场现形记》写的官是无所不包的，从那最下级的典史到最高的军机大臣，从土匪出身的到孝廉方正出身的，文的武的，正途的，军功，捐班的，顶冒的，——只要是个"官"，都有他的份。

一部大书开卷便是一个训蒙私塾——制造官的工厂。那个傻小子王老三便是候补的赵温，赵温便是候补的王乡绅。王老三不争气，只会躲在赵家厨房里"伸着油晃晃的两只手在那里啃骨头"。赵温争气一点，能躺在钱典史的烟榻上捧着本《新科闱墨》用功揣摩。其实那哼八股的新科举人同那啃骨头的傻小子有什么分别？所谓科举的"正途出身"，至多也不过是文章用浆子糊在桌子上，低着头死念的结果。工夫深了，运气来了，瞎猫碰到了死老鼠，啃骨头的王老三也会飞黄腾达地"中进士做官"去。

这便是正途出身的官。

钱典史便是捐班出身的官的好代表。他虽然只做得一任典史，却弄了不少的钱回来，造起新房子来，也可以使王乡绅睁着大眼睛流涎生羡，称赞他"这种做官才不算白做"。他的主义只是"千里为官只为财"。他的理想是："也不想别的好处，只要早些选了出来，到了任，随你甚么苦缺，只要有本事，总可以生发的。"

这都是全书的"楔子"，以下便是"官国活动大写真"的正文了。

正文的第一幕是在江西。江西的藩台正在那里大开方便，出卖官缺。替他经手的是他的兄弟三荷包。请看三荷包报的清账：

> 玉山的王梦梅是个一万二；萍乡的周小辫子，八千；新昌胡子根，六千；上饶莫桂英，五千五；吉水陆子龄，五千；庐陵黄霭甫，六千四；新畲赵苓州，四千五；新建王尔梅，三千五；南昌蒋大化，三千；铅山孔庆辂，武陵卢子廷，都是二千。还有些一千八百的，一时也记不清，至少也有二三十注，我笔笔都有账的。……

这笔账很可以代表当日卖官的情形。无论经手的是江西的三荷包，或是两湖制台的十二姨太太，或是北京的黄胖姑，或是宫里的黑大叔，地域有不同，官缺有大小，神通有高低，然而走的都只是这一条路。这都是捐上的加捐。第一次捐的是"官"，加捐的是"缺"；第一次的钱，名分上是政府得的；第二次的钱是上司自己下腰包的。捐官的钱是有定额的，买缺的钱是没有定额，而只有市价的。捐官的钱是史料，买缺的钱更是史料。

"千里为官只为财"，何况这班官又都是花了大本钱来的呢？他们到任之后，第一要捞回捐官的本钱，第二要捞回买缺的本钱，第三还要多弄点利钱。还有那班"带肚子"的账房二爷们，他们也都不是来喝西风的，自然也都要捞几文回去。羊毛总出在羊身上，百姓与国家自然逃不了这班饿狼馋狗的侵害了。公开卖官之弊必至于此。李宝嘉信手拈来，都成材料；其间尽有不实不尽之处，但打个小折扣之后，《官场现形记》终可算是有社会史料的价值的。

《官场现形记》写大官的地方都不见出色，因为这种材料都是间接得来的，全靠来源如何：倘若说故事的人也不是根据亲身的观察，那故事经过几道传述，便成了乡下人说朝廷事，决不会亲切有味了。例如书中说山东抚院阅兵会外宾（第六一七回）等事，看了令人讨厌。

又如书中写北京官场的情形（第二四—二九回），看了也令人起一种不自然的感觉。大概作者写北京社会的部分完全是撷拾一些很普通的"话柄"勉强串成的。其中如溥四爷认"祟"字（第二四回，页一二），如华中堂开古董铺（第二五，二六回），徐大军机论碰头的妙语（第二六回），都不过是当日喧传人口的"话柄"罢了。在这种地方，这部书的记载是很少文学兴趣的，至多不过是撷拾话柄，替一个时代的社会情形留一点史料罢了。

有人说：李宝嘉的家里有人做过佐杂小官。这话我们没有证据，不敢轻信。但读过《官场现形记》的人总都感觉这书写大官都不自然，写佐杂小官却都有声有色。大概作者当初确曾想用全副气力描写几个小官，后来抵抗不住别的"话柄"的引诱，方才改变方针，变成一部撷拾官场话柄的类书。这是作者的大不幸，也是文学史上的大不幸。倘使作者当日肯根据亲身的观察，或亲属的经验，决计用全力描写佐杂下僚的社会，他的文学成绩必定大有可观，中国近代小说史上也许添一部不朽的名著了。可惜他终于有点怕难为情，终不肯抛弃"官场"全部的笼统记载，终不甘用他的天才来做一小部分的具体描写。所以他几回想特别描写佐杂小官，几回都半途收缩回去。

你看此书开头就捧出一位了不得的钱典史，此人真是做官的高手。无论在什么地方，他总是抱定"实事求是"的秘诀。他先巴结赵温，不但想赚他几个钱，还想借他走他的座师吴赞善的门路。后来因为吴赞善对赵温很冷淡，钱典史的热心也就淡了下来。那一天，

> 门生请主考，同年团拜。……赵温穿着衣帽，也混在里头。钱典史跟着溜了进去瞧热闹。只见吴赞善坐在上面看戏，赵温坐的地方离他还远着哩；一直等到散戏，没有看见吴赞善理他。
>
> 大家散了之后，钱典史不好明言，背地里说："有现成

的老师还不会巴结，叫我们这些赶门子拜老师的怎样呢？"
从此以后，就把赵温不放在眼里。转念一想，读书人是包不
定的，还怕他联捷上去，姑且再等他两天。

——第二回

这种细密的心思岂是那死读《新科闱墨》的举人老爷们想得到的吗？

第三回写钱典史交结戴升，走黄知府的路子，谋得支应局的收支差使，这一段也写的很好。但第四回以下，钱典史便失踪了；作者的眼界抬高了，遂叫一班大官把这些佐杂老爷们都赶跑了。第七回以下，一个候选通判陶子尧上了一个洋务条陈，居然阔了一阵子。

直到第四十三回，作者大概一时缺乏大官的舌柄了，忽然又把笔锋收回来描写一大群佐杂小官的生活。第四十三回，四十四，四十五回，这三回的"佐杂现形记"真可算是全书最有精彩的部分。这部"佐杂现形记"共有好几幕，都细腻的很。第一幕是在首府（武昌府）的大堂门口，——佐杂太爷们给首府"站班"的所在。那一天，首府把其中的一员，蕲州吏目随凤占，唤了进去，说了几句话。随凤占得此异常的荣遇，出来的时候，同班二三十个穷佐杂都围了上来，打听消息。这一幕好看的很

其时正是隆冬天气。有的穿件单外褂，有的竟其还是纱的，一个个都钉着黄线织的补子，有些黄线都已宕了下来。脚下的靴子多半是尖头上长了一对眼睛。有两个穿着"抓地虎"，还算是好的咧。至于头上戴的帽子，呢的也有，绒的也有，都是破旧不堪；间或有一两顶皮的，也是光板子，没有毛的了。

大堂底下敞豁豁的，一堆人站在那里都一个个冻的红眼睛红鼻子。还有些一把胡子的人，眼泪鼻涕从胡子上直挂下

来，拿着灰色布的手巾在那里擦抹。如今听说首府叫随凤占保举人，便认定了随凤占一定有什么大来头了，一齐围住了他，请问贵姓台甫。

当中有一个稍些漂亮点的，亲自走到大堂暖阁后面一看，瞥见有个万民伞的伞架子在那里，他就搬了出来，靠墙摆好，请他坐下谈天。

——第四三回，页一七

底下便是几位佐杂太爷们——随凤占，申守尧，秦梅士等——的高论。后来，申守尧家的一个老妈子来替他拿衣服，无意之中说破了他家里没米下锅，申守尧生气了，打了她一个巴掌，老妈不伏气，倒在地上号咷起来。她这一闹，惊动了许多人，围住看热闹。申守尧又羞又急，拖她不起来。后来还亏本府的门政大爷出来骂了几句，要拿她送首县，她才住了哭，站了起来。

此时弄得个申守尧说不出的感激，意思想走到门政大爷跟前敷衍两句。谁知等到走上前去，还未开口，那门政大爷早把他看了两眼，回转身就进去了。申守尧更觉羞的无地自容，意思又想过来，趁势吆喝老妈两句，谁知老妈早已跑掉。靴子，帽子，衣包，都丢在地下，没有人拿……

——第四四回

幸亏那位"古道热肠"的秦梅士喊他的儿子小狗子来帮忙。

小狗子从怀里掏出一个小布包，把鞋取出，等他爸爸换好。老头子也一面把衣服脱下来折好，同靴子包在一处；又把申守尧的包裹，靴子，帽盒，也交代儿子拿着。……无奈小狗子两只手拿不了许多，幸亏他人还伶俐，便在大堂底下找到了一根棍子，两头挑着；又把他爸爸的大帽子合在自己头上，然后挑了衣包，吁呀吁呀的一路喊了出去。

第一幕完了。第二幕是在申守尧的家里。申守尧同那秦小狗子回到家里，只见那挨打的老妈子在堂屋里哭骂。申守尧要撵她走，她要算清了工钱才走，还要讨送礼的脚钱。申守尧没有钱，她就哭骂不止，口口声声"老爷赖工钱，吃脚钱"！

太太正在楼上捉虱子，所以没有下来，后来听得不像样了，只得蓬着头下来解劝。

其时小狗子还未走……一手拉，一面说道："申老伯，你不要去理那混账东西。等他走了以后，老伯要送礼，等我来替你送。就是上衙门，也是我来替你拿衣帽。……"申守尧道："世兄！你是我们秦大哥的少爷，我怎么好常常的烦你送礼拿衣帽呢？"小狗子道："这些事，我都做惯的；况且送礼是你申老伯挑我赚钱，以后十个钱我也只要四个钱罢了。"

等到太太把老妈子的气平下来了，那位秦太爷的大少爷还不肯走。

申守尧留他吃茶也不要，留他吃饭也不要……只是站着不肯走。申守尧问他有什么话说，他说："问申老伯要八个铜钱买糖山楂吃"。

可怜申守尧……只得进去同太太商量。太太道："我前天当的当只剩了二十三个大钱，在褥子底下，买半升米还不够。今天又没有米下锅，横竖总要再当的了。你就数八个给他，余下的替我收好。"

一霎时，申守尧把钱拿了出来，小狗子爬在地下给申老伯磕了一个头，方才接过铜钱，一头走，一头数了出去。

秦太爷的做官秘诀："该同人家争的地方，一点不可放松"，（第四三回，页二〇）都完全被他的大少爷学去了！

第二幕完了，第三幕在制台衙门的客厅上，（第四四回，页一一——一六）第四幕在蕲州，（第四四回，页一七—第四五回，页六）第五幕在蕲州河里档子班的船上，（第四五回，页六—二二）——都是绝好的活动写真，我不必多引了。

这一长篇的"佐杂现形记"真可算是很有精彩的描写，深刻之中有含蓄，嘲讽之中有诙谐，和《儒林外史》最接近。这一部分最有文学趣味，也最有社会史料的价值。倘使全书都能有这样的风味，《官场现形记》便成了第一流小说了。

但作者终想贪多骛远，又把随凤占、钱琼光一班佐杂太爷抛开，又去写钦差大臣童子良（铁良）的话柄了。从此以后，这部书又回到话柄小说的地位上去。不久作者也就死了。

我在《五十年来的中国文学》里，曾说《官场现形记》是一部模仿《儒林外史》的讽刺小说（《胡适文存》二集，二，页一七三以下）。鲁迅先生在他的《中国小说史略》（页三二七以下，里另标出"谴责小说"的名目，把《官场现形记》，《二十年目睹之怪现状》，《老残游记》，《孽海花》等书都归入这一类。他这种区别是很有见地的。他说：

> 光绪庚子（一九〇〇）后，谴责小说之出特盛。盖嘉庆以来，虽屡平内乱（白莲教，太平天国，捻，回），亦屡挫于外敌（英，法，日本），细民暗昧，尚啜茗听平逆武功，

有识者则已翻然思改革，凭敌忾之心，呼维新与爱国，而于"富强"尤致意焉。戊戌变政既不成，越二年即庚子而有义和团之变，群乃知政府不足与图治，顿有掊击之意矣。其在小说，则揭发伏藏，显其弊恶，而于时政，严加纠弹，或更扩充，并及风俗。虽命意在于匡世，似与讽刺小说同伦，而辞气浮露，笔无藏锋，甚且过甚其辞，以合时人嗜好，则其度量技术之相去亦远矣，故别谓之谴责小说。

鲁迅先生最推崇《儒林外史》，曾说：

> 迨吴敬梓《儒林外史》出，乃秉持公心，指摘时弊，……其文又戚而能谐，婉而多讽，于是说部中乃始有足称讽刺之书。
> ——《小说史略》，页二四五

他又说，

> 是后亦鲜以公心讽世之书如《儒林外史》者。
> ——同书，页二五三

鲁迅先生这样推重《儒林外史》，故不愿把近代的谴责小说同《儒林外史》并列。这种主张是我很赞同的。吴敬梓是个有学问，有高尚人格的人，他又不曾梦想靠做小说吃饭，故他的小说是一部全神贯注的著作。他是个文学家，又受了颜习斋、李刚主、程绵庄一派的思想的影响，故他的讽刺能成为很有见解的社会批评。他的人格高，故能用公心讽世；他的见解高，故能"哀而不愠，微而婉"。近世做谴责小说的人大都是失意的文人，在困穷之中，借骂人为糊口的方法。他们所谴责的往往都是当时公认的罪恶，正不用什么深刻的观察与高超的见解，只要有淋漓的刻画，过度的形容，便可以博一般人的欢迎了。故近世的谴责小说的意境都不高，其中如刘鹗《老残游记》之揭清官之恶，真可算是绝无而仅有的特别见解了。

鲁迅先生批评《官场现形记》的话也很公平，他说：

> 凡所叙述，皆迎合，钻营，蒙混，罗掘，倾轧等故事，兼及士人之热心于作吏，及官吏闺中之隐情。头绪既繁，脚色复夥，其记事遂率与一人俱起，亦即与其人俱讫，若断若续，与《儒林外史》略同。然臆说颇多，难云实录，无自序所谓"含蓄蕴酿"之实，殊不足望文木老人后尘。况所搜罗，又仅"话柄"，联缀此等，以成类书；官场伎俩，本小异大同，汇为长编，即千篇一律。特缘时势要求，得此为快，故《官场现形记》乃骤享大名；而袭用"现形"名目，描写他事，如商界学界女界者亦接踵也。
> ——同书，页三二九

这部书确是联缀许多"话柄"做成的，既没有结构，又没有剪裁，是第一短处。作者自己很少官场的经验，所记大官的秽史多是间接听得来的"话柄"；有时作者还肯加上一点组织点缀的功夫，有时连这一点最低限度的技术都免去了，便成了随笔记账。这是第二短处。这样信手拈来的记录，目的在于铺叙"话柄"，而不在于描摹人物，故此书中的人物几乎没有一个有一点个性的表现，读者只看见一群饿狗嚷进嚷出而已。唐二乱子乱了一会，忽然又不乱了；刘大侉子侉了一会，忽然又不侉了。贾筱之（假孝子）假孝了一会，也就把老太太撇开了；甄守球（真守旧）似乎应该有点顽固的把戏，然而下文也就没有了。这是第三短处。此书里没有一个好官，也没有一个好人。作者描写这班人，只存谴责之心，毫没有哀矜之意；谴责之中，又很少诙谐的风趣，故不但不能引起人的同情心，有时竟不能使人开口一笑。这种风格，在文学上，是很低的。这是第四短处。

但我细读此书，看作者在第四十三回到四十五回里表现的技术，终觉得李宝嘉的成绩不应该这么坏，终觉他不曾充分用他的才力。他在开卷几回里，处处现出模仿《儒林外史》的痕迹。他似乎是想用心做一部讽刺小说的。假使此书用赵温与钱典史做全书的主人翁，用后来描写湖北佐杂小官的技术来叙述这两个人的宦途历史，假使作者当日肯这样做去，这部书未尝不可以成为一部有风趣的讽刺小说。但作者个人生计上的逼迫，浅人社会的要求，都不许作者如此做去。于是李宝嘉遂不得不牺牲他的艺术而迁就一时的社会心理，于是《官场现形记》遂不得不降作一部撦拾话柄的杂记小说了。

讽刺小说之降为谴责小说，固是文学史上大不幸的事。但当时中国屡败之后，政制社会的积弊都暴露出来了，有心的人都渐渐肯抛弃向来夸大狂的态度，渐渐肯回头来谴责中国本身的制度不良，政治腐败，社会龌龊。故谴责小说虽有浅薄，显露，溢恶种种短处，然他们确能表示当日社会的反省的态度，责己的态度。这种态度是社会改革的先声。人必须自己承认有病，方才肯延医服药。故谴责小说暴扬一国的种种黑暗，种种腐败，还不失为国家将兴，社会将改革的气象。但中国人终是一个夸大狂的民族，反省的心理不久就被夸大狂的心理赶跑了。到了今日，人人专会责人而不肯责己，把一切罪状都堆在洋鬼子的肩上；一面自己夸张中国的精神文明，礼义名教，一面骂人家都是资本主义，帝国主义，物质文明！在这一个"讳疾而忌医"的时代，我们回头看那班敢于指斥中国社会的罪恶的谴责小说家，真不能不脱下帽子来向他们表示十分敬意了。

一九二七，十一，十二，在上海

《儿女英雄传》考证

《儿女英雄传》序

《儿女英雄传》原本有两篇假托的序,一篇为"雍正阏逢摄提格（十二年）上巳后十日观鉴我斋甫"的序,一篇为"乾隆甲寅（五十九年）暮春望前三日东海吾了翁"的序。这两篇序都是假托的,因为书中屡提到《红楼梦》,观鉴我斋序中也提及《红楼梦》,雍正朝那里有《红楼梦》?书中又提到《品花宝鉴》中的人物,徐度香与袁宝珠（第三十二回）;《品花宝鉴》是咸丰朝出的,雍正、乾隆时的人那会知道这书里的人物呢?

蜚英馆石印本还有光绪戊寅（四年）古辽马从善的一篇序,这篇序却有点历史考证的材料。他说:

> 《儿女英雄传》一书,文铁仙先生（康）所作也。先生为故大学士勒文襄公（保）次孙,以赀为理藩院郎中,出为郡守,洊擢观察,丁忧旋里,特起为驻藏大臣,以疾不果行,遂卒于家。
>
> 先生少席家世余荫;门第之盛,无有伦比。晚年诸子不肖,家道中落;先时遗物斥卖略尽。先生块处一室,笔墨之外无长物,故著此书以自遣。其书虽托于稗官家言,而国家

典故，先世旧闻，往往而在。且先生一身亲历乎盛衰升降之际，故于世运之变迁，人情之反复，三致意焉。先生殆悔其已往之过而抒其未遂之志欤？

我后来曾向北京的朋友打听这书的作者，他们说的话也可以证实马从善序中的话。志赞希先生（志锜）并且说：光绪中叶时，还有人见过《儿女英雄传》里的长姐儿，已不止半老的徐娘了。

文康的事迹，马从善序里已略述了。我的朋友李玄伯先生（宗侗）曾考证文康的家世，列有一表，（《猛进》第二十二期）如下：

玄伯说，他不能定文康是英字辈那一个的儿子。这一家确曾有很阔的历史；马从善说他家"门第之盛，无有伦比"，也不算太过。他家姓费莫氏，镶红旗人。温福做到工部尚书，在军机处行走；乾隆三十六年征金川，他是副将军，中枪阵亡，赏伯爵，由他的次子永保承袭。勒保做到陕甘总督，调云贵总督；嘉庆初年，他有平狆苗之功，封威勤侯；后来又有平定川、陕教匪之功，升至经略大臣，节制川，楚，陕，甘，豫五省军务，晋封公爵。永保也署过陕甘总督，做过云南巡抚，两广总督，死后谥恪敏。

英字一辈里也出过好几个大官；文字一辈中，文俊做到江西巡抚。

玄伯说："他家有几个人上过西北；温福、永保皆在乌里雅苏台效过力,所以安骥也几乎上了乌里雅苏台。内阁学士兼礼部侍郎衔,勒保、英惠各做过一次,英绶二次,所以安骥也升了这官。"

玄伯这几句话固然不错,——如第四十回里安太太问乌里雅苏台在那儿,舅太太道:"喂,姑太太,你怎么忘了呢?家里四大爷不是到过这个地方儿吗?"这是一证。——但我们不可因此就说《儿女英雄传》是作者叙述他家历史的书。马从善说:"书中所指,皆有其人;余知之而不欲明言之。悉先生家世者自为寻绎可耳。"此言亦不可全信。所谓"皆有其人"者,如长姐儿是有人见过的;如三十二回邓九公说的那班戏子与"老斗",——"四大名班里的四个二簧硬脚儿",状元公史莲峰等,——大概都实有其人。(虞太白即程长庚)此外如十三妹,如邓九公,必是想象虚构的人物。安学海、安骥也不是作者自身的写照,至多只可说是文康晚年忏悔时的理想人物罢了。

依我个人看来,《儿女英雄传》与《红楼梦》恰是相反的。曹雪芹与文铁仙同是身经富贵的人,同是到了晚年穷愁的时候才发愤著书。但曹雪芹肯直写他和他的家庭的罪恶,而文铁仙却不但不肯写他家所以败落的原因,还要用全力描写一个理想的圆满的家庭。曹雪芹写的是他的家庭的影子;文铁仙写的是他的家庭的反面。文铁仙自序(假名《观鉴我斋》的序)也说:

> 修道之谓教。与其隐教以"不善降殃"为背面敷粉,曷若显教以"作善降祥"为当头棒喝乎?

这是很明白的供状。马从善自称"馆于先生家最久",他在那篇序里也说:

> 先生殆悔其已往之过,而抒其未遂之志欤?

这可见文铁仙是有"已往之过"的；不过他不肯老实描写那些"已往之过"，偏要虚构一个理想的家庭来"抒其未遂之志"。于是《儿女英雄传》遂成一部传奇的而非写实的小说了。

我们读《儿女英雄传》，不可不记得这一点。《儿女英雄传》是有意写"作善降祥"一个观念的；是有意写一个作善而兴旺的家庭来反映作者身历的败落状况的。书中的情节处处是作者的家世的反面。文康是捐官出身的，而安学海与安骥都是科甲出身。文康做过大官而家道败落；安学海止做了一任河工知县，并且被参追赔，后来教子成名，家道日盛。文康是有"已往之过"的；安学海是个理学先生，是个好官，是个一生无疵的完人。文康晚年"诸子不肖，家道中落"；而安学海"夫妻寿登期颐，子贵孙荣"，安骥竟是"政声载道，位极人臣"。——这些地方都可以看出文康在最穷愁无聊的时候虚构一个美满的家庭，作为一种精神上的安慰：凡实际上他家最缺乏的东西，在那幻想的境地里都齐全了。古人说："过屠门而大嚼，虽不得肉，固且快意。"一部《儿女英雄传》大可以安慰那"垂白之年重遭穷饿"的作者了。

我在《五十年来中国之文学》（《胡适文存》二集卷二）里，曾泛论五十年内的白话小说：

> 这五十年内的白话小说……可以分作南北两组：北方的评话小说，南方的讽刺小说。北方的评话小说可以算是民间的文学；他的性质偏向为人的方面，能使无数平民听了不肯放下，看了不肯放下；但著书的人多半没有什么深刻的见解，也没有什么浓挚的经验。他们有口才，有技术，但没有学问思想。他们的小说……只能成一种平民的消闲文学。《儿女英雄传》、《七侠五义》……等书属于这一类。南方的讽刺小说便不同了。他们的著者多是文人，往往是有思想有

经验的文人。他们的小说,在语言方面,往往不如北方小说那样漂亮活动;……但思想见解的方面,南方的几部重要小说都含有讽刺的作用,都可以算是社会问题的小说。他们既能为人,又能有我。《官场现形记》、《老残游记》……都属于这一类。

《儿女英雄传》本叫做《儿女英雄评话》,是一部评话的小说。他有评话小说的长处,也有评话小说的短处。短处在思想的浅陋,长处在口齿的犀利,语言的漂亮。

  这部书的作者虽做过几任官,究竟是一个迂陋的学究,没有高尚的见解,没有深刻的经验。他自己说他著书的主旨是要写"作善降祥"的一个观念。从这个迂陋的根本观念上出发,这部书的内容就可想而知了。最鄙陋恶劣的部分是第三十五回"何老大示棘闱异兆"的一回。在前一回里,安公子在"成字第六号"熟睡,一个老号军眼见那第六号的房檐上挂着碗来大的盏红灯;他走到跟前,却早不见了那盏灯。这已是很可笑的迷信了。三十五回里,那位同考官娄养正梦中恍惚间忽见

  帘栊动处,进来了一位清癯老考……把拐杖指定方才他丢开的那本卷子说道:"……此人当中!"

娄主政还不肯信,

  窗外又起了一阵风。这番不好了,竟不是作梦了。只听那阵风头过处……门外明明的进来了一位金冠红袍的长官。……只听那神道说道:"……吾神的来意也是为着成字六号,这人当中!"

这种谈"科场果报"的文字，本是常见的；说也奇怪，在一部冒充写实的小说里，在实写制度典章的部分里，这种文字便使人觉得格外恶劣，格外迂陋。

这部书又要写"儿女英雄"两个字。作者说：

> 儿女无非天性，英雄不外人情。最怜儿女最英雄，才是人中龙凤。

他又说：

> 如今世上人……误把些使气角力好勇斗狠的认作英雄；又把些调脂弄粉断袖余桃的认作儿女。……殊不知有了英雄至性，才成就得儿女心肠；有了儿女真情，才作得出英雄事业。譬如世上的人立志要作个忠臣，这就是个英雄心；忠臣断无不爱君的，爱君这便是个儿女心。立志要作个孝子，这就是个英雄心；孝子断无不爱亲的，爱亲这便是个儿女心。……这纯是一团天理人情，没得一毫矫揉造作。浅言之，不过英雄儿女常谈；细按去，便是大圣大贤身份。

这是全部书的"开宗明义"。然而作者究竟也还脱不了那"世上人"的俗见。他写的"英雄"，终脱不了那"使气角力"的邓九公、十三妹一流人。他写的"儿女"，也脱不了那才子佳人夫荣妻贵的念头。这书的前半写十三妹的英雄：

> 挽了挽袖子……把那石头撂倒在平地上，用右手推着一转，找着那个关眼儿，伸进两个指头去勾住了，往上只一

悠，就把那二百多斤的石头碌碡单撒手儿提了起来。……一手提着石头，款动一双小脚儿，上了台阶儿，那只手撩起了布帘，跨进门去，轻轻的把那块石头放在屋里南墙根儿底下；回转头来，气不喘，面不红，心不跳。

——第四回

又写她在能仁寺，

片刻之间，弹打了一个当家的和尚，一个三儿；刀劈了一个瘦和尚，一个秃和尚；打倒了五个作工的僧人，结果了一个虎面行者：一共整十个人。她这才抬头望着那一轮冷森森的月儿，长啸了一声，说："这才杀得爽快！"

——第六回

这里的十三妹竟成了"超人"了！"超人"的写法，在《封神传》或《三宝太监下西洋》或《七剑十三侠》一类的书里，便不觉得刺目；但这部书写的是一个近代的故事，作者自言要打破"怪，力，乱，神"的老套，要"以眼前粟布为文章"，怎么仍要夹入这种神话式的"超人"写法呢？

这样一个"超人"的女英雄在这书的前半部里曾对张金凤说：

你我不幸托生个（做？）女孩儿，不能在世界上烈烈轰轰作番事业，也得有个人味儿。有个人味儿，就是乞婆丐妇，也是天人；没些人味儿，让他紫诰金闺，也同狗彘。小姐又怎样？大姐又怎样？

——第八回

这是多么漂亮的见解啊！然而这位"超人"的十三妹结婚之后，"还不曾过得十二日"，就会行这样的酒令：

> 赏名花：名花可及那金花？
> 酌旨酒：旨酒可是琼林酒？
> 对美人：美人可得作夫人？

——第三十回

这位"超人"这一跌未免跌的太低了罢？其实这并不是什么"超人"的堕落；这不过是那位迂陋的作者的"马脚毕露"。这位文康先生那里够得上谈什么"人味儿"与"超人"味儿？他只在那穷愁潦倒之中做那富贵兴隆的甜梦，梦想着有乌克斋、邓九公一班门生朋友，"一帮动辄是成千累万"；梦想着有何玉凤、张金凤一类的好女子来配他的纨袴儿子；梦想着有这样的贤惠媳妇来劝他的脓包儿子用功上进，插金花，赴琼林宴，进那座清秘堂！

一部《儿女英雄传》里的思想见解都应该作如是观：都只是一个迂腐的八旗老官僚在那穷愁之中作的如意梦。

我们已说过，《儿女英雄传》不是一部讽刺小说；但这书中有许多描写社会习惯的部分，在当日虽不是有意的讥讽，在今日看来却很像是作者有意刻画形容，给后人留下不少的社会史料。正因为作者不是有意的，所以那些部分更有社会史料的价值；这种不打自招的供状，这种无心流露的心理，是最可宝贵的，比那些有意的描写还更可宝贵。

《儒林外史》极力描摹科举时代的社会习惯与心理，那是有意的讽刺。《儿女英雄传》的作者却没有吴敬梓的思想见解；他的思想见地正和《儒林外史》里的范进、高老先生差不多，所以他崇拜科举功名，也正和范进、高老先生一班人差不多。《儿女英雄传》的作者正是《儒林外史》里的人物，所以《儿女英雄传》里的心理也正是《儒林外史》攻击讥讽的心理。不过吴敬梓是有意刻画，而文康却是无心流露罢了。

《儒林外史》里写周进、范进中举人的情形，是读者都不会忘记的。我们试看《儿女英雄传》里写安公子中举人的时候（第三十五回）：

> 安老爷看了［报单］，乐得先说了一句"谢天地！不料我安学海今日竟会盼到我的儿子中了！"手里拿着那张报单，回头就往屋里跑。这个当儿，太太早同着两个媳妇也赶出当院子来了。太太手里还拿着根烟袋。老爷见太太赶出来，便凑到太太面前道："太太，你看这小子，他中也罢了，亏他怎么还会中的这样高！太太，你且看这个报单。"太太乐得双手来接，那双手却攥着根烟袋，一时忘了神，便递给老爷。妙在老爷也乐得忘了，便拿着那根烟袋，指着报单上的字，一长一短，念给太太听。……

那时候的安公子呢？

> 原来他自从听得"大爷高中了"一句话，怔了半天，一个人儿站在屋里，吞吞儿里脸是漆青，手是冰凉，心是乱跳，两泪直流的在那里哭呢。……

连他们家里的丫头，长姐儿也是

> 从半夜里就惦着这件事。才打寅正，他就起来了。心里又模模糊糊记得老爷中进士的时候，是天将亮报喜的就来

了；可又记不真是头一天，是当天。因此，从半夜里盼到天亮，还见不着个信儿，就把她也急了个红头涨脸。及至服侍太太梳头，太太看见这个样子……忙伸手摸了他的脑袋，说，"真个的热呼呼的！你给我梳了头，回来到下屋里静静儿的躺一躺儿去罢。看时气不好！"他……因此扎在他那间屋里，却坐又坐不安，睡又睡不稳。没法儿，只拿了一床骨牌，左一回右一回的过五关儿，心里要就那拿的开拿不开上算占个卦。……

还有那安公子的干丈母娘——舅太太——呢？

只听舅太太从西耳房一路唠叨着就来了，口里只嚷道："那儿这么巧事！这么件大喜的喜信儿来了，偏偏儿的我这个当儿要上茅厕！才撒了泡溺，听见，忙的我事也没完，提上裤子，在那凉水盆里汕了汕手，就跑了来了。我快见见我们姑太太。"……他拿着条布手巾，一头走，一头说，一头擦手，一头进门。及至进了门，才想起……还有个张亲家老爷在这里。那样的敞快爽利人，也就会把那半老秋娘的脸儿臊了个通红。……

顶热心至诚的，要算安公子的丈母张太太了。这时候，

满屋里一找，只不见这位张太太。……上上下下三四个茅厕都找到了，也没有亲家太太。……里头两位少奶奶带着一群仆妇丫环，上下各屋里，甚至茶房，哈什房，都找遍了。甚么人儿，甚么物儿都不短，只不见了张亲家太太。

原来张亲家太太一个人爬上魁星楼去了。她

> 听得人讲究，魁星是管念书赶考的人中不中的，他为女婿，初一十五必来望着楼磕个头。……今日在舅太太屋里听得姑爷果然中了，便如飞的……直奔到这里来……大着胆子上去，要当面叩谢魁星的保佑。及至……何小姐……三步两步跑上楼去一看，张太太正闭着两只眼睛，冲着魁星，把脑袋在那楼板上碰的山响，嘴里可念的是"阿弥陀佛"合"救苦救难观世音菩萨"。

这一长段，全文约有五千字，专写安家的人听见报安公子中举人时候的心理。文康绝对想不到嘲讽挖苦安老爷以至张亲家太太一班人：他只是一心至诚地要做一篇赞叹歌颂科举的文字，他只是老老实实地要描摹他自己歆羡崇拜科举的心理，所以有这样淋漓尽致，自然流露的好文章。

文康极力赞颂科举，而我们读了只觉得科举流毒的格外可怕；他诚心诚意地描写科第的可歆羡，而我们在今日读了只觉得他给我们留下了一大篇科举制度之下崇拜富贵利禄的心理的绝好供状。所以我们说：《儿女英雄传》的作者自己正是《儒林外史》要刻画形容的人物，而《儿女英雄传》的大部分真可叫做一部不自觉的《儒林外史》。

《儿女英雄传》是一部评话，他的特别长处在于言语的生动，漂亮，俏皮，诙谐，有风趣。这部书的内容是很浅薄的，思想是很迂腐的；然而生动的语言与诙谐的风趣居然能使一般的读者感觉愉快，忘了那浅薄的内容与迂腐的思想。旗人最会说话；前有《红楼梦》，后有《儿女英雄传》，都是绝好的记录，都是绝好的京语教科书。《儿女英雄传》的作者有意模仿说评话的人的口气，叙事的时候常常插入许多"说书人打岔"的话,有时颇觉讨厌,但往往很多诙谐的风味。

最好的例是能仁寺的凶僧举刀要杀安公子时,

> 忽然一个弹子飞来,那和尚把身一蹲,谁想他的身子蹲得快,那白光儿来得更快,噗的一声,一个铁弹子正着在左眼上。那东西进了眼睛,敢是不住要站,一直的奔了后脑勺子的脑瓜骨,咯噔的一声,这才站住了。
>
> 那凶僧虽然凶横,他也是个肉人。这肉人的眼珠子上要着上这等一件东西,大概比揉进一个沙子去利害,只疼得他"哎哟"一声,咕咚往后便倒;啌啷啷,手里的刀子也扔了。
>
> 那时三儿在旁边正呆呆的望着公子的胸脯子,要看这回刀尖出彩,只听咕咚一声,他师傅跌倒了,吓了一跳,说:"你老人家怎么了?这准是使猛了劲,岔了气了。等我腾出手来扶起你老人家来啵。"才一转身,毛着腰,要把那铜镟子放在地下好去搀他师傅。这个当儿,又是照前噗的一声,一个弹子从他左耳朵眼儿里打进去,打了个过膛儿,从右耳朵眼里儿钻出来,一直打到东边那个厅柱上,吧哒的一声打了一寸来深,进去嵌在木头里边。那三儿只叫得一声"我的妈呀!"铛,把个铜镟子扔了,咕咭,也窝在那里了。那铜镟子里的水泼了一台阶子。那镟子唏啷哗啷一阵乱响,便滚下台阶去了。

——第六回

这种描写法,虽然全不是写实的,却很有诙谐趣味;这种风趣乃是北方评话小说的一种特别风趣。

第二十七回写何玉凤将出嫁之前,独自坐在屋里,心里越想越烦闷起来,——

可煞作怪！不知怎的，往日这两道眉毛一拧就锁在一块儿了，此刻只管要往中间儿拧，那两个眉梢儿他自己会往西边儿展；往日那脸一沉就绷住了，此刻只管往下瓜搭，那两个孤拐他自己会往上逗。不禁不由，就是满脸的笑容儿。益发不得主意。

这样有风致的描写，在中国小说中很不多见。

　　不但记叙的部分如此，这书里的谈话的漂亮生动，也是别的小说不容易做到的。小说里最难的部分是书中人物的谈话口气。什么官僚乞丐都谈司马迁、班固的古文腔调，固是不可；什么小姐小孩子都打着"欧化"式的谈话，也是不可；就是像《儒林外史》那样人人都说着长江流域的普通话，也叫人起一种单调的感觉，有时还叫人感觉这种谈话的不自然，不能传神写实。做小说的人，要使他书中人物的谈话生动漂亮，没有别的法子，只有随时随地细心学习各种人的口气，学习各地人的方言，学习个地方言中的熟语和特别语。简单说来，只有活的方言可用作小说戏剧中人物的谈话；只有活的方言能传神写生。所以中国小说之中，只有几部用方言土语做谈话的小说能够在谈话的方面特别见长。《金瓶梅》用山东方言，《红楼梦》用北京话，《海上花列传》用苏州话：这些都是最有成绩的例。《儿女英雄传》也用北京话；但《儿女英雄传》出世在《红楼梦》出世之后一百二三十年，风气更开了，凡曹雪芹时代不敢采用的土语，于今都敢用了。所以《儿女英雄传》里的谈话有许多地方比《红楼梦》还更生动。如张亲家太太，如舅太太，她们的谈话都比《红楼梦》里的刘老老更生动。甚至于能仁寺中的王八媳妇，以至安老爷在天齐庙里碰着的两个妇人，她们的谈话，充满着土话，充满着生气，也都是曹雪芹不敢写或不能写的。

我们试举天齐庙里那个四十来岁的矮胖女人的说话作个例。她说：

> 那儿呀？才刚不是我们打伙儿从娘娘殿里出来吗？瞧见你一个人儿仰着个颏儿尽着瞅着那碑上头，我只打量那上头有个甚么希希罕儿呢，也仰着个颏儿，一头儿往上瞧，一头儿往前走。谁知脚底下横不楞子爬着条浪狗，叫我一脚就造了他爪子上了。要不亏我躲的溜扫，一把抓住你，不是叫他敬我一乖乖，准是我自己闹个嘴吃屎。你还说呢！
>
> ——第三十八回

又如在能仁寺里，那王八媳妇夸说那大师傅待她怎么好，她说：

> 要提起人家大师傅来，忒好咧！……天天的肥鸡大鸭子，你想咱们配么？

那女子（十三妹）说道：

> 别咱们！你！

这四个字多么响亮生动！

第二十六回张金凤劝何玉凤嫁人的一长段，无论思想内容如何不高明，在言语的方面确然要算是很流利的辩论。在小说里，这样长篇的谈论是很少见的。《儿女英雄传》里的人物之中，安老爷与安公子的谈话最令人感觉迂腐可厌；然而，那位安公子有时也居然能说几句有风趣的话。他和何玉凤成亲的那一晚，何小姐打定主意不肯睡，他因被这位新娘磨得没法儿了,心想这要不作一篇偏锋文章,大约断入不了这位大宗师的眼,便站在当地向姑娘说道:"你只把身子赖在这两扇门上,大约今日是不放心这两扇门。果然如此,我倒给你出个主意,你索性开开门出去。"

不想这句话才把新姑娘的话逼出来了。他把头一抬,眉一挑,眼一睁,说:"啊,你叫我出了这门到那里去?"公子道:"你出了这屋里便出房门;出了房门便出院门;出了院门便出大门。"姑娘益发着恼,说道:"你,吓,待轰我出大门去?我是公婆娶来的,我妹子请来的,只怕你轰我不动!"公子道:"非轰也;你出了大门,便向正东青龙方,奔东南巽地,那里有我家一个大大的场院,场院里有高高的一座土台儿,土台儿上有深深的一眼井。"

姑娘不觉大怒,说道:"睫!安龙媒!我平日何等待你,亏了你那些儿!今日才得进门,坏了你家那桩事,你叫我去跳井!"公子道:"少安无躁,往下再听。那井口边也埋着一个碌碡,那碌碡上也有个关眼儿。你还用你那两个小指头儿扣住那关眼儿,把他提了来,顶上这两扇门,管保你就可以放心睡觉了。"

姑娘听了这话,追想前情,回思旧景,眉头儿一逗,腮颊儿一红,不觉变嗔为喜,嫣然一笑。

总之,《儿女英雄传》的最大长处在于说话的生动与风趣。为了这点子语言上的风趣,我们真愿意轻轻地放过这书内容上的许多陋见与腐气了。

《儿女英雄传》的纪献唐自然是年羹尧的假名。但这部书不过是借一个"天大地大无大不大的大脚色"来映射十三妹的英雄,年羹尧不过是一个不登台的配角,与作者著书的本意毫无关系。蒋瑞藻先生说：

> 意者年氏之死出于同僚诬蔑而非其罪，燕北闲人特隐约其词，记之小说，以表明之耶？
> ——《小说考证》页四十三

这是排满空气最盛的时代的时髦话。文康是一个八旗陋儒，他决没有替年羹尧伸冤的见解。况且这书中明说年羹尧有"谋为不轨"的行为（十八回），如何可说是代他"表明"的书呢？

我们读这种评话小说，要知他只是一种消闲的文学，没有什么微言大义。至多不过是带着"福善祸淫"一类的流俗信仰罢了。

年羹尧是历史的人物。十三妹的故事却全是捏造的。她的祖父名叫何焯：我们难道可信她是何义门（焯）的孙女吗？在《儿女英雄传》里，十三妹姓何，她父亲名叫何杞，是年大将军的中军副将。后来清朝晚年另有人编出一部《年公平西纪事》，又名《平金川》，书中也插入十三妹的故事。但十三妹在那书里却不姓何了，她父亲名叫裕周，是个都司。这书叙裕周被年大将军杀死之后，十三妹奉了母亲，"隐姓埋名，以待机会，再行报仇。语在《儿女英雄传》"，（《平金川》第十八回）。这可见《平金川》是沿袭《儿女英雄传》的，不能证明当日确有这个故事。

十四年十二月病中作此自遣

《海上花列传》考证

《海上花列传》序

一 《海上花列传》的作者

《海上花列传》的作者自称"花也怜侬",他的历史我们起先都不知道。蒋瑞藻先生的《小说考证》卷八引《谭瀛室笔记》说:

> 《海上花》作者为松江韩君子云。韩为人风流蕴藉,善弈棋,兼有阿芙蓉癖;旅居沪上甚久,曾充报馆编辑之职。所得笔墨之资悉挥霍于花丛。阅历既深,此中狐媚伎俩洞烛无遗,笔意又足以达之。……

《小说考证》出版于民国九年;从此以后,我们又无从打听韩子云的历史了。民国十一年,上海清华书局重排的《海上花》出版,有许廑父先生的序,中有云:

> 《海上花列传》……或曰松江韩太痴所著也。韩初业幕,以伉直不合时宜,中年后乃匿身海上,以诗酒自娱。既而病

穷……于是乎有《海上花列传》之作。

这段话太浮泛了，使人不能相信。所以我去年想做《〈海上花〉序》时，便打定主意另寻可靠的材料。

我先问陈陶遗先生，托他向松江同乡中访问韩子云的历史。陶遗先生不久就做了江苏省长；在他往南京就职之前，他来回复我，说韩子云的事实一时访不着；但他知道孙玉声先生（海上漱石生）和韩君认识，也许他能供给我一点材料。我正想去访问孙先生，恰巧他的《退醒庐笔记》出版了。我第一天见了广告，便去买来看；果然在《笔记》下卷（页十二）寻得《海上花列传》一条：

云间韩子云明经，别篆太仙，博雅能文，自成一家言，不屑傍人门户。尝主《申报》笔政，自署曰大一山人，太仙二字之拆字格也。辛卯（一八九一）秋应试北闱，余识之于大蒋家胡同松江会馆，一见有若旧识。场后南旋，同乘招商局海定轮船，长途无俚，出其著而未竣之小说稿相示，题曰"花国春秋"，回目已得二十有四，书则仅成其半。时余正撰《海上繁华梦》初集，已成二十一回，身中乃易稿互读，喜此二书异途同归，相顾欣赏不置。惟韩谓《花国春秋》之名不甚惬意，拟改为"海上花"。而余则谓此书通体皆操吴语，恐阅者不甚了了；且吴语中有音无字之字甚多，下笔时殊费研考，不如改易通俗白话为佳。乃韩言："曹雪芹撰《石头记》皆操京语，我书安见不可以操吴语？"并指稿中有音无字之㾿𡂁诸字，谓"虽出自臆造，然当日仓颉造字，度亦以意为之。文人游戏三昧，更何妨自我作古，得以生面别开？"余知其不可谏，斯勿复语。逮至两书相继出版，韩书已易名曰《海上花列传》，而吴语则悉仍其旧，致客省人几难卒读，遂令绝好笔墨竟不获风行于时。而《繁华梦》则年必再版，所销已不知几十万册。于以慨韩君之欲以吴语著书，独树一帜，当日实为大误。盖吴语限于一隅，非若京语之到处流行，人人畅晓，故不可与《石头记》并论也。

我看了这一段，便写信给孙玉声先生，请问几个问题：

(1) 韩子云的"考名"是什么？
(2) 生卒的时代？
(3) 他的其他事迹？

孙先生回信说这几个问题他都不能回答；但他允许我托松江的朋友代为调查。

直到今年二月初，孙玉声先生亲自来看我，带来《小时报》一张，有"松江颠公"的一条《懒窝随笔》，题为"《海上花列传》之著作者"。据孙先生说，他也不知道这位"松江颠公"是谁；他托了松江金剑华先生去访问，结果便是这篇长文。孙先生又说，松江雷君曜先生（瑨）从前作报馆文字时署名"颠"字，大概这位颠公就是他。

颠公说：

……作者自署为"花也怜侬"，因当时风气未开，小说家身价不如今日之尊贵，故不愿使世人知真实姓名，特仿元次山"漫郎聱叟"之例，随意署一别号。自来小说家固无不如此也。

按作者之真姓名为韩邦庆，字子云，别号太仙，又自署大一山人，即太仙二字之拆字格也。籍隶旧松江府属之娄县。本生父韩宗文，字六一，清咸丰戊午（一八五八）科顺天榜举人，素负文誉，官刑部主事。作者自幼随父宦游京师，资质极聪慧，读书别有神悟。及长，南旋，应童试，入娄庠为诸生。越岁，食廪饩，时年甫二十余也。屡应秋试，不获售。尝一试北闱，仍铩羽而归。自此遂淡于功名。为人潇洒绝俗，家境虽寒素，然从不重视"阿堵物"；弹琴赋诗，怡如也。尤精于弈；与知友楸枰相对，气宇闲雅；偶下一子，必精警出人意表。至今松人之谈善弈者，犹必数作者为能品云。

作者常年旅居沪渎，与《申报》主笔钱忻伯、何桂笙诸人暨沪上诸名士互以诗唱酬。亦尝担任《申报》撰著；顾性落拓不耐拘束，除偶作论说外，若琐碎繁冗之编辑，掉头不屑也。与某校书最昵，常日匿居其妆阁中。兴之所至，拾残纸秃笔，一挥万言。盖是书即属稿于此时。初为半月刊，遇朔望发行。每次刊本书一回，余为短篇小说及灯谜酒令谐体诗文等（适按，此语不很确，说详后）。承印者为点石斋书局，绘图甚精，字亦工整明朗。按其体裁，殆即现今各小说杂志之先河。惜彼时小说风气未尽开，购阅者鲜，又以出版屡屡愆期，尤不为阅者所喜。销路平平，实由于此。或谓书中纯用苏白，吴侬软语，他省人未能尽解，以致不为普通阅者所欢迎，此犹非洞见症结之论也（适按，此指《退醒庐笔记》之说）。

书共六十四回，印全未久，作者即赴召玉楼，寿仅三十有九。殁后诗文杂著散失无存，闻者无不惜之。妻严氏，生一子，三岁即夭折，遂无嗣。一女字童芬，嫁聂姓，今亦夫妇双亡。惟严氏现犹健在，年已七十有五，盖长作者五岁云。……

据颠公的记载，韩子云的夫人严氏去年（旧历乙丑）已七十五岁；

我们可以推算她生于咸丰辛亥（一八五一）。韩子云比她少五岁，生于咸丰丙辰（一八五六）。他死时年仅三十九岁，当在光绪甲午（一八九四）。《海上花》初出在光绪壬辰（一八九二）；六十四回本出全时有自序一篇，题"光绪甲午孟春"。作者即死在这一年，与颠公说的"印全未久，即赴召玉楼"的话正相符合。

过了几个月，《时报》（四月廿二日）又登出一条《懒窝随笔》，题为"太仙漫稿"，其中也有许多可以补充前文的材料。我们把此条的前半段也转载在这里：

> 小说《海上花列传》之著作者韩子云君，前已略述其梗概。某君与韩为文字交，兹又谈其轶事云：君小名三庆，及应童试，即以庆为名，嗣又改名奇。幼时从同邑蔡蔼云先生习制举业，为诗文聪慧绝伦。入泮时诗题为"春城无处不飞花"。所作试帖微妙清灵，艺林传诵。逾年应岁试，文题为"不可以作巫医"，通篇系游戏笔墨，见者惊其用笔之神妙，而深虑不中程式。学使者爱其才，案发，列一等，食饩于庠。君性落拓，年未弱冠，已染烟霞癖。家贫不能佣仆役，惟一婢名雅兰，朝夕给使令而已。时有父执谢某，官于豫省，知君家况清寒，特函招入幕。在豫数年，主宾相得。某岁秋闱，辞居停，由豫入都，应顺天乡试。时携有短篇小说及杂作两册，署曰《太仙漫稿》。小说笔意略近《聊斋》，而诙诡奇诞，又类似庄、列之寓言。都中同人皆啧啧叹赏，誉为奇才。是年榜发，不得售，乃铩羽而归。君生性疏懒，凡有著述，随手散弃。今此二册，不知流落何所矣。稿末附有酒令灯谜等杂作，无不俊妙，郡人士至今犹能道之。

二　替作者辩诬

关于韩子云的历史，我们只有这些可靠的材料。此外便是揣测之词了。这些揣测之词，本不足辩；但内中有一种传闻，不但很诬蔑作者的人格，并且伤损《海上花》的价值，我们不可以轻轻放过。这种传闻说：

> 书中赵朴斋以无赖得志，拥赀巨万。方堕落时，致鬻其妹于青楼中，作者尝救济之云。会其盛时，作者侨居窘苦，向借百金，不可得，故愤而作此以讥之也。然观其所刺褒瑕瑜，常有大于赵某者焉。然此书卒厄于赵，挥巨金，尽购而焚之。后人畏事，未敢翻刊。……
> 　　　　——清华排本《海上花》的许廑父序

鲁迅先生的《中国小说史略》也引有一种传说。他说：

> 书中人物亦多实有，而悉隐其真姓名，惟不为赵朴斋讳。相传赵本作者挚友，时济以金，久而厌绝，韩遂撰此书以谤之。印卖至第二十八回，赵急致重赂，始辍笔，而书已风行。已而赵死，乃续作贸利，且放笔至写其妹为倡云。
> 　　　　——《中国小说史略》页三○九

我们试比较这两条，便可断定这种传闻是随意捏造的了。前一条说赵朴斋挥金尽买此书而焚之，是全书出版时赵尚未死。后一条说赵死之后，作者乃续作全书。这是一大矛盾。前条说作者曾救济赵氏，后条说赵氏时救济作者：这是二大矛盾。前条说赵朴斋之妹实曾为倡；后条说作者"放笔至写其妹为倡",是她实不曾为倡而作者诬她为倡:这是三大矛盾。——这些矛盾之处,都可以教我们明白这种传说是出于揣测臆造。譬如汉人讲《诗经》,你造一说,他造一说,都自夸有师传;但我们试把齐、鲁、韩、毛四家的说法排列在一块看,他们互相矛盾的可笑,便可以明白他们全是臆造的了。

我这样的断案也许不能叫人心服。且让我从积极方面提出证据来给韩子云辩诬。韩子云在光绪辛卯年(一八九一年)北上应顺天乡试,与孙玉声先生同行南归。他那时不是一个穷急无赖靠敲竹杠度日的人,有孙先生可作证。那时他的《海上花》已有二十四回的稿子了。次年壬辰(一八九二年)二月,《海上花》的第一、第二回就出版了。我们明白这一层事实,便知道韩子云决不至于为了借一百块钱不成而做一部二十五万字的书来报仇的。

况且《海上花》初出在壬辰二月,到壬辰十月出到第二十八回,方才停版,改出单行石印本。单行的全部六十四回本出版在光绪甲午(一八九四)年正月,距离停版之时,又十四个月。写印一部二十五万字的大书要费多少时间?中间那有因得了"重赂"而辍笔的时候?懂得了这一层事实,更可以明白"印卖至第二十八回,赵急致重赂,始辍笔;……赵死乃续作贸利"的话全是无根据的诬蔑了。

其实这种诬蔑的话头,很容易看出破绽。许廑父的序里也说:

然观其所刺褒瑕瑜,常有大于赵某者焉。

鲁迅也说:

然二宝沦落,实作者豫定之局。

——页三〇九

这都是从本书里寻出的证据。许君所说，尤为有理。《海上花》写赵朴斋不过写他冥顽麻木而已，并没有什么过分的贬词。最厉害的地方如写赵二宝决计做妓女的时候，

  朴斋自取红笺，亲笔写了"赵二宝寓"四个大字，粘在门首。
——第三十五回

又如：

  赵二宝一落堂子，生意兴隆，接二连三的碰和吃酒，做得十分兴头。赵朴斋也趾高气扬，安心乐业。
——同上回

这不过是有意描写一个浑沌没有感觉的人，把开堂子只看作一件寻常吃饭事业，不觉得什么羞耻。天地间自有这一种糊涂人，作者不过据实描写罢了。造谣言的人，神经过敏，偏要妄想赵朴斋是"作者挚友"，"拥赀巨万"，——这是造谣的人自己的幻想，与作者无关。作者写的是一个开堂子的老板的历史：这一点我们须要认清楚了，然后可以了解作者描写赵朴斋真是"平淡而近自然"，恰到好处。若上了造谣言的人的当，误认赵朴斋是作者的挚友或仇家，那就像张惠言、周济一班腐儒向晚唐、五代的艳词里去寻求"微言大义"一般，永远走入魔道，永远不能了解好文学了。

  聪明的读者！请你们把谣言丢开，把成见撇开，跟我来重读这一部很有文学风趣的小说。

  这部书决不是一部谤书，决不是一部敲竹杠的书。韩子云是熟悉上海娼妓情形的人；颠公说他"与某校书最昵，常日匿居其妆阁中"，

他天天住在堂子里，所以能实地观察堂子里的情形，所以能描写的那样深刻真切。他知道赵二宝（不管她的真姓名是什么）一家的人物历史最清楚详细，所以这部书虽采用合传体，却不能不用"赵氏世家"做个大格局。这部书用赵朴斋做开场，用赵二宝做收场，不但带写了洪氏姊弟，连赵朴斋的老婆阿巧在第二回里也就出现了。我们试仔细看这一大篇《赵氏家传》，便可以看出作者对于赵氏一家，只忠实地叙述他们的演变历史，忠实地描写他们的个性区别，并没有存心毁谤他们的意思。岂但不毁谤他们？作者处处都哀怜他们，宽恕他们，很忠厚地描写他们一家都太老实了，太忠厚了，简直不配吃堂子饭。作者的意思好像是说：这碗堂子饭只有黄翠凤、黄二姐、周兰一班人还配吃，赵二宝的一家门都是不配做这行生意的。洪氏是一个浑沌的乡下老太婆，决不配做老鸨。赵朴斋太浑沌无能了，正如吴松桥说的，"俚要做生意！耐看陆里一样生意末俚会做嗄？"阿巧也是一个老实人，客人同她"噪"，她就要哭；作者在第二十三回里出力描写阿巧太忠厚了，太古板了，不配做大姐，更不配做堂子的老班娘娘。其中赵二宝比较最能干；但她也太老实了，太忠厚了，所以处处上当。她最初上了施瑞生的当，遂致流落为娼妓。后来她遇着史三公子，感觉了一种真切的恋爱，决计要嫁他。史三公子走时，她局账都不让他开销；自己还去借了几千块钱的债，置办四季嫁衣，闭门谢客，安心等候做正太太了。史三公子一去不回，赵朴斋赶到南京打听之后，始知他已负心另娶妻子了。赵二宝气的倒跌在地，不省人事；然而她睡在床上，还只回想"史三公子……如何契合情投……如何性儿浃洽，意儿温存"（第六十二回）。后来她为债务所逼迫，不得已重做生意，——只落得她的亲娘舅洪善卿鼓掌大笑（六十二回末）！二宝刚做生意，便受"赖头鼋"的蹂躏：她在她母亲的病床前，"朴斋隅坐执烛，二宝手持药碗，用小茶匙喂与洪氏"，楼上赖三公子一时性发，把"满房间粗细软硬，大小贵贱"，都打的精光。二宝受了这样大劫

之后，

> 思来想去，上天无路，入地无门，暗暗哭泣了半日，觉得胸口隐痛，两腿作酸，趁向烟榻，倒身僵卧。

她入梦了。她梦见史三公子做了扬州知府，差人来接太太上任；她梦见她母亲

> 洪氏头戴凤冠，身穿霞帔，笑嘻嘻叫声"二宝"，说道："我说三公子个人陆里会差！故歇阿是来请倪哉！"

这个时候二宝心头的千言万语，挤作了一句话。她只说道：

> 无姆，倪到仔三公子屋里，先起头事体，勠去说起。

这十九个字，字字是血，是泪，真有古人说的"温柔敦厚，怨而不怒"的风格！这部《海上花列传》也就此结束了。

聪明的读者，你们请看，这一大篇《赵氏家传》是不是敲竹杠的书？做出这样"温柔敦厚，怨而不怒"的绝妙文章的韩子云先生是不是做书敲竹杠报私仇的人？

三 《海上奇书》

去年十月底，我同高梦旦先生、郑振铎先生去游南京。振铎天天去逛旧书摊，寻得了不少旧版的小说。有一天，他跑回旅馆，高兴的很，说："我找到一部宝贝了！"我们看时，原来他买得了一部《海上奇书》。这部《海上奇书》是一种有定期的"绣像小说"，他的第一

期的封面上印着：

光绪壬辰二月朔日，每本定价一角。申报馆代售。

第一期　《海上奇书》三种合编目录：

《太仙漫稿》○《陶佀妖梦记》　自一图至八图，此稿未完。

《海上花列传》○第一回　赵朴斋咸瓜街访舅

洪善卿聚秀堂做媒

第二回　小伙子装烟空一笑

清倌〔人〕吃酒枉相讥

《卧游集》○霁园主人《海市》　林嗣环《口技》

《海上奇书》共出了十四期，《海上花列传》出到第二十八回。先是每月初一，十五，各出一期的；到第十期以后，改为每月初一日出一期，直到壬辰（一八九二）十月朔日以后才停刊。

这三种书之中，《卧游集》专收集前人纪远方风物的小品文字，我们可以不谈。《太仙漫稿》是作者用古文做的短篇小说，其中很多狂怪的见解，可以表现作者的文学天才的一方面，所以我们把他们重抄付印，附在这部《海上花》的后面，作一个附录。《海上花列传》二十八回即是此书的最初版本，甚可宝贵。每回有两幅图，技术不很好，却也可以考见当时的服饰风尚。文字上也有可以校正现行各本的地方，汪原放君已细细校过了。最可注意的是作者自己的浓圈；凡一回中的精彩地方，作者自己都用浓圈标出。这些符号至少可以使我们明了作者自己最得意或最用气力的字句。我们因此可以领会作者的文学欣赏力。

但最可宝贵的是《海上奇书》保存的《海上花列传·例言》。每一期的封面后幅上，印有一条例言。这些例言，我们已抄出印在这书的前面了。其中很多可以注意的。如云：

全书笔法自谓从《儒林外史》脱化出来，惟穿插藏闪之法则为从来说部所未有。一波未平，一波又起；或竟接连起十余波，忽东忽西，忽南忽北；随手叙来，并无一事完全，却并无一丝挂漏；阅之觉其背面无文字处尚有许多文字，虽未明明叙出，而可以意会得之：此穿插之法也。劈空而来，使阅者茫然不解其如何缘故，急欲观后文，而后文又舍而叙他事矣；及他事叙毕，再叙明其缘故，而其缘故仍未尽明；直至全体尽露，乃知前文所叙并无半个闲字：此藏闪之法也。

这是作者自写他的技术。作者自己说全书笔法是从《儒林外史》脱化出来的。"脱化"两个字用的好，因为《海上花》的结构实在远胜于《儒林外史》，可以说是脱化，而不可说是模仿。《儒林外史》是一段一段的记载，没有一个鸟瞰的布局，所以前半说的是一班人，后半说的是另一班人，——并且我们可以说，《儒林外史》每一个大段落都可以截作一个短篇故事，自成一个片段，与前文后文没有必然的关系。所以《儒林外史》里并没有什么"穿插"与"藏闪"的笔法。《海上花》便不同了。作者大概先有一个全局在脑中，所以能从容布置，把几个小故事都折叠在一块，东穿一段，西插一段，或藏或露，指挥自如。所以我们可以说，在结构的方面，《海上花》远胜于《儒林外史》；《儒林外史》只是一串短篇故事，没有什么组织；《海上花》也只是一串短篇故事，却有一个综合的组织。

然而许多不相干的故事——甲客与乙妓，丙客与丁妓，戊客与己妓……的故事——究竟不能有真正的自然的组织。怎么办呢？只有用作者所谓"穿插，藏闪"之法了。这部书叫做《海上花列传》，命名之中就表示这书是一种"合传"。这个体裁起于《史记》；但在《史记》里，这个合传体已有了优劣之分。如《滑稽列传》每段之末用"其后若干年，某国有某人"一句作结合的关键，这是很不自然的牵合。如《魏其武安侯列传》全靠事实本身的联络，时分时合，便自然成一篇合传。这种地方应该给后人一种教训：凡一个故事里的人物，可以合传；几个不同的故事里的人物不可以合传。窦婴、田蚡、灌夫可以合传，但淳于髡、优孟、优旃只可以"汇编"在一块，而不可以合传。《儒林外史》只是一种"儒林故事的汇编"，而不能算作有自然连络的合传。《水浒传》稍好一点，因为其中的主要人物彼此都有点关系；然而有几个人——例如卢俊义——已是很勉强的了。《海上花》的人物各有各的故事，本身并没有什么关系，本不能合传，故作者不能不煞费苦心，把许多故事打通，折叠在一块，让这几个故事同时进行，同时发展。主脑的故事是赵朴斋兄妹的历史，从赵朴斋跌交起，至赵二宝做梦止。其中插入罗子富与黄翠凤的故事，王莲生与张蕙贞、沈小红的故事，陶玉甫与李漱芳、李浣芳的故事，朱淑人与周双玉的故事，此外还有无数小故事。作者不愿学《儒林外史》那样先叙完一事，然后再叙第二事，所以他改用"穿插，藏闪"之法，"一波未平，一波又起"，阅者"急欲观后文，而后文又舍而叙他事矣"。其中牵线的人物，前半是洪善卿，后半是齐韵叟。这是一种文学技术上的试验，要试试几个不相干的故事里的人物是否可以合传。所谓"穿插，藏闪"的笔法，不过是实行这种试验的一种方法。至于这个方法是否成功，这却要读者自己去评判。看惯了西洋那种格局单一的小说的人，也许要嫌这种"折叠式"的格局有点牵强，有点不自然。反过来说，看惯了《官场现形记》和《九尾龟》那一类毫无格局的小说的人，也许能赏识《海上花》是一部很有组织的书。至少我们对于作者这样自觉地作文学技术上的试验，是应该十分表敬意的。

《例言》另一条说：

  合传之体有三难。一曰无雷同：一书百十人，其性情言语面目行为，此与彼稍有相仿，即是雷同。一曰无矛盾：一人而前后数见，前与后稍有不符，即是矛盾。一曰无挂漏：写一人而无结局，挂漏也；叙一事而无收场，亦挂漏也。知是三者，而后可与言说部。

这三难之中，第三项并不重要，可以不论。第一、第二两项即是我们现在所谓"个性的描写"。彼与此无雷同，是个性的区别；前与后无矛盾，是个人人格的一致。《海上花》的特别长处不在他的"穿插，藏闪"的笔法，而在于他的"无雷同，无矛盾"的描写个性。作者自己也很注意这一点，所以第十一期上有《例言》一条说：

> 第廿二回如黄翠凤、张蕙贞、吴雪香诸人皆是第二次描写，所载事实言语自应前后关照；至于性情脾气态度行为有一丝不合之处否？阅者反复查勘之，幸甚。

这样自觉地注意自己的技术，真可令人佩服。前人写妓女，很少能描写他们的个性区别的。十九世纪的中叶（一八四八）邗上蒙人的《风月梦》出世，始有稍稍描写妓女个性的书。到《海上花》出世，一个第一流的作者用他的全力来描写上海妓家的生活，自觉地描写各人的"性情，脾气，态度，行为"，这种技术方才有充分的发展。《海上花》写黄翠凤之辣，张蕙贞之庸凡，吴雪香之憨，周双玉之骄，陆秀宝之浪，李漱芳之痴情，卫霞仙之口才，赵二宝之忠厚……都有个性的区别，可算是一大成功。这些地方，读者大概都能领会，不用我们详细举例了。

四 《海上花》是吴语文学的第一部杰作

但是《海上花》的作者的最大贡献还在他的采用苏州土话。我们在今日看惯了《九尾龟》一类的书,也许不觉得这一类吴语小说是可惊怪的了。但我们要知道,在三十多年前,用吴语作小说还是破天荒的事。《海上花》是苏州土话的文学的第一部杰作。苏白的文学起于明代;但无论为传奇中的说白,无论为弹词中的唱与白,都只居于附属的地位,不成为独立的方言文学。苏州土白的文学的正式成立,要从《海上花》算起。

我在别处(《吴歌甲集·序》)曾说:

> 老实说罢,国语不过是最优胜的一种方言;今日的国语文学在多少年前都不过是方言的文学。正因为当时的人肯用方言作文学,敢用方言作文学,所以一千多年之中积下了不少的活文学,其中那最有普遍性的部分遂逐渐被公认为国语文学的基础。我们自然不应该仅仅抱着这一点历史上遗传下来的基础就自己满足了。国语的文学从方言的文学里出来,仍须要向方言的文学里去寻他的新材料,新血液,新生命。

> 这是从"国语文学"的方面设想。若从文学的广义着想,我们更不能不倚靠方言了。文学要能表现个性的差异;乞婆娼女人人都说司马迁、班固的古文固是可笑,而张三、李四人人都说《红楼梦》、《儒林外史》的白话也是很可笑的。古人早已见到这一层,所以鲁智深与李逵都打着不少的土话,《金瓶梅》里的重要人物更以土话见长。平话小说如《三侠五义》、《小五义》都有意夹用土话。南方文学中自晚明以来昆曲与小说中常常用苏州土话,其中很有绝精彩的描写。试举《海上花列传》中的一段作个例:

> ……双玉近前,与淑人并坐床沿。双玉略略欠身,两手都搭着淑人左右肩膀,教淑人把右手勾着双玉头项,把左手接着双玉心窝,脸对脸问道:"倪七月里来里一笠园,也像

故歇实概样式一淘坐来浪说个闲话,耐阿记得?"……

——六十三回

假如我们把双玉的话都改成官话:"我们七月里在一笠园,也像现在这样子坐在一块说的话,你记得吗?"——意思固然一毫不错,神气却减少多多了。……

中国各地的方言之中,有三种方言已产生了不少的文学。第一是北京话,第二是苏州话(吴语),第三是广州话(粤语)。京话产生的文学最多,传播也最远。北京做了五百年的京城,八旗子弟的游宦与驻防,近年京调戏剧的流行:这都是京语文学传播的原因。粤语的文学以"粤讴"为中心;粤讴起于民间,而百年以来,自从招子庸以后,仿作的已不少,在韵文的方面已可算是很有成绩的了。但如今海内和海外能说广东话的人虽然不少,粤语的文学究竟离普通话太远,他的影响究竟还很少。介于京语文学与粤语文学之间的,有吴语的文学。论地域,则苏、松、常、太、杭、嘉、湖,都可算是吴语区域。论历史,则已有了三百年之久。三百年来,凡学昆曲的,无不受吴音的训练;近百年中,上海成为全国商业的中心,吴语也因此而占特殊的重要地位。加之江南女儿的秀美久已征服了全国的少年心;向日所谓南蛮𫗧舌之音久已成了吴中女儿最系人心的软语了。故除了京语文学之外,吴语文学要算最有势力又最有希望的方言文学了。……

这是我去年九月里说的话。那时我还没有见着孙玉声先生的《退醒庐笔记》,还不知道三四十年前韩子云用吴语作小说的困难情形。孙先生说:

> 余则谓此书通体皆操吴语，恐阅者不甚了了；且吴语中有音无字之字甚多，下笔时殊费研考，不如改易通俗白话为佳。乃韩言："曹雪芹撰《石头记》，皆操京语，我书安见不可以操吴语？"并指稿中有音无字之"朆，覅"诸字，谓"虽出自臆造，然当日仓颉造字，度亦以意为之。文人游戏三昧，更何妨自我作古，得以生面别开？"

这一段记事大有历史价值。韩君认定《石头记》用京话是一大成功，故他也决计用苏州话作小说。这是有意的主张。有计划的文学革命。他在《例言》里指出造字的必要，说，若不如此，"便不合当时神理"。这真是一针见血的议论。方言的文学所以可贵，正因为方言最能表现人的神理。通俗的白话固然远胜于古文，但终不如方言的能表现说话的人的神情口气。古文里的人物是死人；通俗官话里的人物是做作不自然的活人；方言土话里的人物是自然流露的活人。

我们试引本书第二十三回里卫霞仙对姚奶奶说的一段话做一个例：

> 耐个家主公末，该应到耐府浪去寻俚。耐倽辰光交代拨倪，故歇到该搭来寻耐家主公？倪堂子里倒勿曾到耐府浪来请客人，耐倒先到倪堂子里来寻耐家主公，阿要笑话！倪开仔堂子做生意，走得进来，总是客人，阿管俚是倽人个家主公！……老实搭耐说仔罢：二少爷来里耐府浪，故末是耐家主公；到仔该搭来，就是倪个客人哉。耐有本事，耐拿家主公看牢仔；为倽放俚到堂子里来白相？来里该搭堂子里，耐再要想拉得去，耐去问声看，上海夷场浪阿有该号规矩？故歇覅说二少爷勿曾来，就来仔，耐阿敢骂俚一声，打俚一记！耐欺瞒耐家主公，勿关倪事；要欺瞒仔倪个客人，耐当

心点。

这种轻灵痛快的口齿,无论翻成那一种方言,都不能不失掉原来的神气。这真是方言文学独有的长处。

但是方言的文学有两个大困难。第一是有许多字向来不曾写定,单有口音,没有文字。第二是懂得的人太少。

关于第一层困难,苏州话有了几百年的昆曲说白与吴语弹词做先锋,大部分的土话多少总算是有了文字上的传写。试举《金锁记》的《思饭》一出里的一段说白:

（丑）阿呀,我个儿子,弗要说哉。啰里去借点儃得来活活命嘿好嘘?

（付）叫我到啰里去借介?

（丑）吽介朋友是多个耶。

（付）我张大官人介朋友是实在多勾,才不拉我顶穿哉。

（丑）啊呀,介嘿,直脚要饿杀个哉!啊呀,我个天吓!天吓!

（付）来,阿姆,弗要哭。有商量里哉。到东门外头三娘姨虱（哚）去借点儃来活搭活搭罢。

然而方言是活的语言,是常常变化的;语言变了,传写的文字也应该跟着变。即如二百年前昆曲说白里的代名词,和现在通用的代名词已不同了。故三十多年前韩子云作《海上花》时,他不能不大胆地作一番重新写定苏州话的大事业。有些音是可以借用现成的字的。有时候,他还有创造新字的必要。他在《例言》里说:

苏州土白弹词中所载多系俗字;但通行已久,人所共知，故仍用之。盖演义小说不必沾沾于考据也。

这是采用现成的俗字。他又说：

> 惟有有音而无字者。如说"勿要"二字，苏人每急呼之，并为一音。若仍作"勿要"二字，便不合当时神理；又无他字可以替代。故将"勿要"二字并写一格。阅者须知"覅"字本无此字，乃合二字作一音读也……

读者请注意：韩子云只造了一个"覅"字；而孙玉声去年出版的笔记里却说他造了"朆"、"覅"等字。这是什么缘故呢？这一点可以证明两件事：(1) 方言是时时变迁的。二百年前的苏州人说：

> 弗要说哉。那说弗曾？
> ——《金锁记》

三十多年前的苏州人说：

> 故歇覅说二少爷勿曾来。
> ——《海上花》二十三回

现在的人便要说：

> 故歇覅说二少爷朆来。

孙玉声看惯了近年新添的"朆"字，遂以为这也是韩子云创造的了（《海上奇书》原本可证）。(2) 这一点还可以证明这三十多年中吴语文学的进步。当韩子云造"勼"字时,他还感觉有说明的必要。近人造"齁"字时,便一直造了,连说明都用不着了。这虽是《九尾龟》一类的书的大功劳,然而韩子云的开山大魄力是我们不可忘记的。(我疑心作者以"子云"为字,后又改名"奇",也许是表示仰慕那喜欢研究方言奇字的扬子云罢?)

关于方言文学的第二层困难——读者太少,我们也可以引证孙先生的笔记:

逮至两书(《海上花》与《繁华梦》)相继出版,韩书……吴语悉仍其旧,致客省人几难卒读,遂令绝好笔墨竟不获风行于时。而《繁华梦》则年必再版,所销已不知几十万册。于以慨韩君之欲以吴语著书,独树一帜,当日实为大误。盖吴语限于一隅,非若京语之到处流行,人人畅晓,故不可与《石头记》并论也。

"松江颠公"似乎不赞成此说。他说《海上奇书》的销路不好,是因为"彼时小说风气未尽开,购阅者鲜,又以出版屡屡愆期,尤不为阅者所喜"。但我们想来,孙先生的解释似乎很近于事实。《海上花》是一个开路先锋,出版在三十五年前,那时的人对于小说本不热心,对于方言土话的小说尤其不热心。那时道路交通很不便,苏州话通行的区域很有限;上海还在轿子与马车的时代,还在煤油灯的时代,商业远不如今日的繁盛;苏州妓女的势力范围还只限于江南,北方绝少南妓。所以当时传播吴语文学的工具只有昆曲一项。在那个时候,吴语的小说确然没有风行一世的可能。所以《海上花》出世之后,销路很不见好,翻印的本子绝少。我做小学生的时候,只见着一种小石印本,后来竟没有见别种本子。以后二十年中,连这种小石印本也找不着了。许多爱读小说的人竟不知有这部书。这种事实使我们不能不承认方言文学创始之难，也就使我们对于那决心以吴语著书的韩子云感觉格外的崇敬了。

然而用苏白却不是《海上花》不风行的唯一原因。《海上花》是一部文学作品，富有文学的风格与文学的艺术，不是一般读者所能赏识的。《海上繁华梦》与《九尾龟》所以能风行一时，正因为他们都只刚刚够得上"嫖界指南"的资格，而都没有文学的价值，都没有深沉的见解与深刻的描写。这些书都只是供一般读者消遣的书，读时无所用心，读过毫无余味。《海上花》便不然了。《海上花》的长处在于语言的传神，描写的细致，同每一个故事的自然地发展；读时耐人仔细玩味，读过之后令人感觉深刻的印象与悠然不尽的余韵。鲁迅先生称赞《海上花》"平淡而近自然"。这是文学上很不易做到的境界。但这种"平淡而近自然"的风格是普通看小说的人所不能赏识的。《海上花》所以不能风行一世，这也是一个重要原因。

然而《海上花》的文学价值究竟免不了一部分人的欣赏。即如孙玉声先生，他虽然不赞成此书的苏州方言，却也不能不承认他是"绝好笔墨"。又如我十五六岁时就听见我的哥哥绍之对人称赞《海上花》的好处。大概《海上花》虽然不曾受多数人的欢迎，却也得着了少数读者的欣赏赞叹。当日的不能畅销，是一切开山的作品应有的牺牲；少数人的欣赏赞叹，是一部第一流的文学作品应得的胜利。但《海上花》的胜利，不单是作者私人的胜利，乃是吴语文学的运动的胜利。我从前曾说：

> 有了国语的文学，方才可以有文学的国语。……有了文学的国语，方才有标准的国语。
> ——《建设的文学革命论》

岂但国语的文学是这样的？方言的文学也是这样的。必须先有方言的文学作品,然后可以有文学的方言。有了文学的方言,方言有了多少写定的标准,然后可以继续产生更丰富更有价值的方言文学。三百年来,昆曲与弹词都是吴语文学的预备。但三百年中还没有一个第一流文人完全用苏白作小说的。韩子云在三十多年前受了曹雪芹的《红楼梦》的暗示,不顾当时文人的谏阻,不顾造字的困难,不顾他的书的不销行,毅然下决心用苏州土话作了一部精心结构的小说。他的书的文学价值终久引起了少数文人的赏鉴与模仿;他的写定苏白的工作大大地减少了后人作苏白文学的困难。近二十年中遂有《九尾龟》一类的吴语小说的相继出世。《九尾龟》一类的书的大流行便可以证明韩子云在三十多年前提倡吴语文学的运动此时已到了成熟时期了。

我们在这个时候很郑重地把《海上花》重新校印出版。我们希望这部吴语文学的开山作品的重新出世能够引起一些说吴语的文人的注意,希望他们继续发展这个已经成熟的吴语文学的趋势。如果这一部方言文学的杰作还能引起别处文人创作各地方言文学的兴味,如果从今以后有各地的方言文学继续起来供给中国新文学的新材料,新血液,新生命,——那么,韩子云与他的《海上花列传》真可以说是给中国文学开一个新局面了。

十五,六,三十,在北京

《镜花缘》考证

《镜花缘》的引论

一　《李汝珍》

《镜花缘》刻本有海州许乔林石华的序,序中说"《镜花缘》一书,乃北平李子松石以十数年之力成之"。其余各序及题词中,也都说是李松石所作。但很少人能说李松石是谁的。前几年,钱玄同先生告诉我李松石是一个音韵学家,名叫李汝珍,是京兆大兴县人,著有一部《李氏音鉴》。后来我依他的指示,寻得了《李氏音鉴》,在那部书的本文和序里,钩出了一些事迹。

李汝珍,字松石,大兴人。《顺天府志》的《选举表》里,举人进士队里都没有他,可见他大概是一个秀才,科举上不曾得志。《顺天府志》的《艺文志》里没有载他的著作,《人物志》里也没有他的传。《中国人名大辞典》(页三八九)有下列的小传:

> 李汝珍,〔清〕大兴人,字松石。通戸韵之学,撰《李氏音鉴》,定"春满尧天"等三十三母。任引浩繁,浅学者多为所震,然实未窥等韵门径。又有《镜花缘》,及李刻

《受子谱》。

此传不知本于何书,但这种严酷的批评实在只足以表示批评者自身的武断。(关于李汝珍在音韵学上的成绩,详见下文。)

乾隆四十七年壬寅(一七八二),李汝珍的哥哥汝璜(字佛云)到江苏海州做官,他跟到任所。那时歙县凌廷堪(生一七五七,死一八〇九)家在海州,李汝珍从他受业。论文之暇,兼及音韵(《音鉴》五,页十九)。那时凌廷堪年仅二十六岁;以此推之,可知李汝珍那时也不过二十岁上下。他生年约当乾隆二十八年(一七六三)。凌廷堪是《燕乐考原》的作者,精通乐理,旁通音韵,故李汝珍自说"受益极多"。

自乾隆四十七年至嘉庆十年(一七八二——一八〇五),凡二十三年,李汝珍只在江苏省内,或在淮北,或在淮南(《音鉴》石文煃序)。他虽是北京人,而受江南北的学者的影响最大;他的韵学能辨析南北方音之分,也全靠这长期的居住南方。嘉庆十年石文煃序中说,"今松石行将官中州矣"。但嘉庆十九年(一八一四)他仍在东海(《音鉴》题词跋)似乎他不曾到河南做官。

乾隆五十八年(一七九三),凌廷堪补殿试后,自请改教职,选得宁国府教授;六十年(一七九五)赴任。此后,李汝珍便因道路远隔,不常通问了(《音鉴》五,页十九)。他的朋友同他往来切磋的,有

许乔林,字石华,海州人。

许桂林,字月南,海州人,嘉庆举人。于诸经皆有发明;通古音,兼精算学。著有《许氏说音》,《音鹄》,《宣夜通》,《味无味斋集》(《人名大辞典》页一〇三四)。许桂林是李汝珍的内弟。(《音鉴》五,页十九)

徐铨,字藕船,顺天人。著有《音绳》(《音鉴》书目)。

徐鉴,字香坨,顺天人。著有《韵略补遗》(同上)。

吴振勃,字容如,海州人。

洪□□，字静节。

这一班人都是精通韵学的人。《华严字母谱》列声母四十二，韵母十三。李汝珍把声母四十二之中，删去与今音异者十九个，而添上未备的及南音声母十个，共存三十三个声母。他又把韵母十三之中，删去与今音异者两个，而添上今音十一个，共存韵母二十二个。他自己说，新添的十一个韵母之中，一个（麻韵）是凌廷堪添的，徐鉴与许桂林各添了两个，徐铨添了一个；他自己添的只有五个（《音鉴》五，页十九）。

嘉庆十年（一八〇五），《音鉴》成书（《音鉴·李汝璜序》）。

嘉庆十五年（一八一〇），《音鉴》付刻，是年刻成（吴振勷后序）。

嘉庆十九年（一八一四），李汝珍在东海，与许桂林同读山阴俞杏林的《传声正宗》。

俞氏书中附有《音鉴》题词四首。其第四首云：

　　松石全书绝等伦，月南后序更精醇。
　　扪膺我愧无他技，开卷羞为识字人。

此可见《音鉴》出版不久，已受读者的推重。

嘉庆二十一年（一八一六），他把俞杏林的题词附刻在《音鉴》之后，并作一跋。自此年以后，他的事迹便无可考了。

自乾隆四十七年至此年，凡三十五年，他大概已是五十五岁左右的人了。这三十五年中，他的踪迹似乎全在大江南北；他娶的夫人是海州人，或者他竟在海州住家了。

《镜花缘》之著作，不知在于何年。孙吉昌的题词说：

　　……
　　咄咄北平子，文采何陆离！……

> 而乃不得意，形骸将就衰，
> 耕无负郭田，老大仍驱饥。
> 可怜十数载，笔砚空相随，
> 频年甘兀兀，终日惟孳孳。
> 心血用几竭，此身忘困疲。
> 聊以耗壮心，休言作者痴。
> 穷愁始著书，其志良足悲。……
> 古今小说家，应无过于斯。……
> 传抄纸已贵，今已付厥剞，
> 不胫且万里，堪作稗官师。
> 从此堪自慰，已为世所推。……

从这上面，我们可得两点：

(1)《镜花缘》是李汝珍晚年不得志时作的。
(2)《镜花缘》刻成时，李汝珍还活着。

最可惜的是此诗和许乔林的序都没有年月可考。但坊刻本有道光九年（一八二九）麦大鹏序，他说：

> 李子松石《镜花缘》一书，耳其尽善，三载于兹矣。戊子（道光八年，一八二八）清和，偶过张子燮亭书塾，得窥全豹，不胜舞蹈。复闻芥子园新雕告竣，遂购一函，如获异宝。……

麦氏在一八二九，已知道此书三年了；一八二八年他所见的"全豹"，不知是否刻本；但同年已有芥子园新雕本；次年麦氏又托谢叶梅摹绘一百八人之像，似另有绘像精雕本，为后来王韬序本的底本。我们暂时假定一八二八年的芥子园本为初刻本，而麦氏前三年闻名的《镜花缘》为抄本。如此，我们可以说：

一八〇五，《音鉴》成书。

一八一〇，《音鉴》刻成（以上均考见上文）。

约一八一〇——一八二五，——"十数年之力"——为《镜花缘》著作的时期。

约一八二五，《镜花缘》成书。

一八二八，芥子园雕本《镜花缘》刻成。

一八二九，麦刻谢像本（广东本）付刻。

假定芥子园本即是孙吉昌题词里说的"今已付劂剞"之本，那么，李汝珍还不曾死，但已是很老的人了。依前面的推算，他的生年大约在乾隆中叶（约一七六三）；他死时约当道光十年（约一八三〇），已近七十岁了。

二　李汝珍的音韵学

关于李汝珍的《音鉴》，我们不能详细讨论，只能提出一些和《镜花缘》有关系的事实。《镜花缘》第三十一回，唐敖等在歧舌国，费了多少工夫，才得着一纸字母，共三十三行，每行二十二字，只有第一个字是有字的，或用反切代字；其余只有二十一个白圈。只有"张"字一行之下是有字的。每行的第一个字代表声类（Consonants），每行直下的二十二音代表韵部（Vowels）。这三十三个声母，二十二个韵母，是李汝珍的《音鉴》的要点。《音鉴》里把三十三声母作成一首《行香子》词，如下：

春满尧天，溪水清涟，嫩江飘，粉蝶惊眠。松峦空翠，鸥鸟盘翾。对酒陶然，便博个醉中仙。

这就是《镜花缘》里的

昌，茫，秧，"梯秧"，羌，商，枪，良，囊，杭，"批秧"，方，"低秧"，姜，"妙秧"，桑，郎，康，仓，昂，娘，滂，香，当，将，汤，瓢，"兵秧"，帮，冈，臧，张，厢（次序两处一一相同）。

承钱玄同先生音注如下：

春　ㄔ，ㄔㄨ（ch,' ch,' u）
满　ㄇ（m）
尧　ㄧ（齐），ㄩ（撮）（y, yü）
天　ㄊㄧ（t' i）
溪　ㄑㄧ，ㄑㄩ（ch 'i, ch 'ü）
水　ㄕ，ㄕㄨ（sh, shu）
清　ㄘㄧ，ㄘㄩ（ts 'i, ts 'ü）
涟　ㄌㄧ，ㄌㄩ（li, lü）
嫩　ㄋ，ㄋㄨ（n, nu）
红　ㄏ，ㄏㄨ（h, hu）
飘　ㄆㄧ（p' i）
粉　ㄈ（f）
蝶　ㄉㄧ（ti）
惊　ㄐㄧ，ㄐㄩ（chi, chü）
眠　ㄇㄧ（mi）
松　ㄙ，ㄙㄨ（s, su）
峦　ㄌ，ㄌㄨ（l, lu）
空　ㄎ，ㄎㄨ（k', k' u）

翠　ㄘ，ㄘㄨ（ts', ts' u）

鸥　ㄇ（开），ㄨ（合）（ㄇ, w）

鸟　ㄋㄧ，ㄋㄩ（ni, nü）

盘　ㄆ（p'）

翩　ㄒㄧ，ㄒㄩ（hsi, hsü）

对　ㄉ，ㄉㄨ（t, tu）

酒　ㄗㄧ，ㄗㄩ（tsi, tsü）

陶　ㄊ，ㄊㄨ（t', t' u）

然　ㄖ，ㄖㄨ（j, ju）

便　ㄅㄧ（pi）

博　ㄅ（p）

个　ㄍ，ㄍㄨ（k, ku）

醉　ㄗ，ㄗㄨ（ts, tsu）

中　ㄓ，ㄓㄨ（ch, chu）

仙　ㄙㄧ，ㄙㄨ（si, sü）

他的二十二个韵母，和钱玄同先生的音注，如下：

《镜花缘》　《音鉴》　钱玄同先生的音注

(1)　张　　张　　ㄤ，ㄧㄤ　　　ang, uaug

(2)　真　　真　　ㄣ，ㄧㄣ　　　eu, in

(3)　中　　中　　ㄨㄥ，ㄩㄥ　　ung, iung

(4)　珠　　珠　　ㄨ，ㄩ　　　　u, ü

(5)　招　　招　　ㄠ，ㄧㄠ　　　ao, iao

(6)　斋　　斋　　ㄞ，ㄧㄞ　　　ai, iai

(7)　知　　知　　ㄧ，ㄖ，ㄙ，　i, ih, ǔ

(8)　遮　　遮　　ㄝ，ㄧㄝ，ㄩㄝ　eh, ieh, üeh

(9)　诂　　诂　　ㄢ　　　　　　an
　　　　　　（真衫切）

(10)	毡	毡		ɛn, ɛin
(11)	专	专		uoen, yoen
(12)	张鸥	周	ㄡ，一ㄡ	uo, iu
(13)	张妸	○ 张歌切	ㄛ，一ㄛ	o, io
(14)	张鸦	渣	ㄚ，一ㄚ	a, ia
(15)	珠逯	追	ㄨㄟ	uei
(16)	珠均	谆 珠均切	ㄨㄣ，ㄩㄣ	uen, ün
(17)	张莺	征	ㄥ，一ㄥ	êng, ing
(18)	珠帆	○ 珠鸾切	ㄨㄢ	uan
(19)	珠窝	○ 珠窝切	ㄨㄛ，ㄩㄛ	no, üo
(20)	珠洼	挝	ㄨㄚ	ua
(21)	珠歪	○ 珠歪切	ㄨㄞ	uai
(22)	珠汪	庄	ㄨㄤ	uang

[附注] 第十和第十一两韵，注音字母与罗马字皆不方便，故用语音学字母标之。ɛn 略如上海读"安"之音；lɛn 略如长江流域中的官音读"烟"，不得读北京读"烟"之音。uoen, yoen 二音当如苏州读"碗"、"远"之音，须用圆唇之势，方合。

在我们这个时候，有种种音标可用，有语音学可参考，所以我们回看李汝珍最得意的这点发明，自然觉得很不希奇了。但平心而论，他的音韵学却也有他的独到之处。他生于清代音韵学最发达的时代；

但当时的音韵学偏于考证古韵的沿革,而忽略了今音的分类。北方的音韵学者,自从元朝周德清的《中原音韵》以来,中间如吕坤刘继庄等,都是注重今音而不拘泥于古反切的。李汝珍虽颇受南方韵学家的影响,但他究竟还保存了北方音韵学的遗风,所以他的特别长处是:(1)注重实用,(2)注重今音,(3)敢于变古。他在《凡例》里说:"是编所撰字母,期于切音易得其响,故粗细各归一母。"他以实用为主,故"非,敷,奉"并入"粉",只留 f 音,而大胆的删去了国音所无的 v 音;故"泥,娘"并入"鸟",另分出一个"嫩",两母都属 n 音,而那官音久不存在的 ng 与 gn 两音就被删去了。这种地方可以见他的眼光比近年制造注音字母的先生们还要高明一点。他分的韵母也有很可注意的。例如"麻"韵分为"遮"(eh)"鸦"(a, ia)"拏"(na)三韵;而那个向来出名的"该死十三元"竟被他分入四韵。这都是他大胆的地方。

本来这些问题不应该在这篇里讨论,不过因为《人名大辞典》很武断的说李汝珍"实未窥等韵门径",所以我在这里替他略说几句公道话。要知道实用的音韵学本和考古的音韵学不同道,谁也不必骂谁。考古派尽管研究古音之混合,而实用派自不能不特别今音的微细分别。许桂林作《音鉴后序》,曾说:

顾宁人言古无麻韵,半自歌戈韵误入,半自鱼模韵误入。(适按,此说实不能成立;看北京大学《国学季刊》第一卷第二期汪荣宝先生所著长文,及钱玄同先生跋语。)然则必欲从古,并麻韵亦可废。若可随时变通,麻嗟何妨为二部乎?

这句话正可写出考古派与实用派的根本不同。李汝珍在《音鉴》卷四里曾论他的"著述本意"道:

> 苟方音之不佅，彼持彼音而以吾音为不佅，则不唾之者几希矣。岂直覆瓿而已哉？珍之所以著为此篇者，盖抒管见所及，浅显易晓，俾吾乡初学有志于斯者，藉为入门之阶，故不避谫陋之诮。……至于韵学精微，前人成书具在，则非珍之所及矣。
>
> ——四，页二六

他是北京人，居南方，知道各地方音之不同，所以知道实用的音韵学是一件极困难的事。我们看他著述的本意只限于"吾乡"，可以想见他的慎重。他在同篇又说：

> 或曰：子以南北方音，辨之详矣，所切之音亦可质之天下乎？
>
> 对曰：否，不然也。……天下方音之不同者众矣。珍北人也，于北音宜无不喻矣；所切之音似宜质于北矣。而犹曰未可，况质于天下乎？
>
> ——四，页二五

他对于音韵学上地理的重要，何等明了呀！只此一点，已足以"前无古人"了。

三　李汝珍的人品

我们现在要知道李汝珍是怎样的一个人。关于这一点，《音鉴》的几篇序很可以给我们许多材料。余集说：

> 大兴李子松石少而颖异，读书不屑屑章句帖括之学；以

其暇旁及杂流，如壬遁，星卜，象纬，篆隶之类，靡不日涉以博其趣。而于音韵之学，尤能穷源索隐，心领神悟。

石文煃说：

> 松石先生慷爽遇物，肝胆照人。平生工篆隶，猎图史，旁及星卜奕戏诸事，靡不触手成趣。花间月下，对酒征歌，兴至则一饮百觥，挥霍如志。

这两个同时人的见证，都能写出《镜花缘》的作者的多才多艺。许乔林在《镜花缘序》里说此书"枕经胙史，子秀集华；兼贯九流，旁涉百戏；聪明绝世，异境天开"。我们看了余集石文煃的话，然后可以了解《镜花缘》里论卜（六十五回又七十五回），谈弈（七十三回），论琴（同），论马吊（同），论双陆（七十四回），论射（七十九回），论筹算（同），以及种种灯谜，和那些双声叠韵的酒令，都只是这位多才多艺的名士的随笔游戏。我们现在读这些东西，往往嫌他"掉书袋"。但我们应该记得这部书是清朝中叶的出产品；那个时代是一个博学的时代，故那时代的小说也不知不觉的挂上了博学的牌子。这是时代的影响，谁也逃不过的。

关于时代的影响，我们在《镜花缘》里可以得着无数的证据。如唐敖、多九公在黑齿国女学堂里谈经，论"鸿雁来宾"一句应从郑玄注，《论语》宜用古本校勘，"车马衣轻裘"一句驳朱熹读衣字为去声之非，又论《易经》王弼注偏重义理，"既欠精详，而又妄改古字"：这都是汉学时代的自然出产品。后来五十二回唐闺臣论注《礼》之家，以郑玄注为最善，也是这个道理。至于全书说的那些海外国名，一一都有来历；那些异兽奇花仙草的名称，也都各有所本（参看钱静方《小说丛考》卷上，页六八—七二）；这种博览古书而不很能评判古书之是否可信，也正是那个时代的特别现象。

四　《镜花缘》是一部讨论妇女问题的书

现在我们要回到《镜花缘》的本身了。

《镜花缘》第四十九回，泣红亭的碑记之后，有泣红亭主人的总论一段，说：

> 以史幽探、哀萃芳冠首者，盖主人自言穷探野史，尝有所见，惜湮没无闻，而哀群芳之不传，因笔志之……结以花再芳、毕全贞者，盖以群芳沦落，几至澌灭无闻，今赖斯而得不朽，非若花之再芳乎？所列百人，莫非琼林琪树，合璧骈珠，故以全贞毕焉。

这是著者著书的宗旨。我们要问，著者自言"穷探野史，尝有所见"，究竟他所见的是什么？

我的答案是：李汝珍所见的是几千年来忽略了的妇女问题。他是中国最早提出这个妇女问题的人，他的《镜花缘》是一部讨论妇女问题的小说。他对于这个问题的答案是，男女应该受平等的待遇，平等的教育，平等的选举制度。

这是《镜花缘》著作的宗旨。我是最痛恨穿凿附会的人，但我研究《镜花缘》的结果，不能不下这样的一个结论。

我们先要指出，李汝珍是一个留心社会问题的人。这部《镜花缘》的结构，很有点像司威夫特（Swift）的《海外轩渠录》（Guliver's Travels），是要想借一些想象出来的"海外奇谈"来讥评中国的不良社会习惯的。最明显的是第十一第十二回君子国的一大段；这里凡提出了十二个社会问题：

(1) 商业贸易的伦理问题（第十一回）。

(2) 风水的迷信（以下均第十二回）。

(3) 生子女后的庆贺筵宴。

(4) 送子女入空门。

(5) 争讼。

(6) 屠宰耕牛。

(7) 宴客的肴馔过多。

(8) 三姑六婆。

(9) 后母。

(10) 妇女缠足。

(11) 用算命为合婚。

(12) 奢侈。

这十二项之中，虽然也有迂腐之谈，——如第一，第五，诸项——但有几条确然是很有见解的观察。内中最精彩的是第十和第十一两条。第十条说：

> 吾闻尊处向有妇女缠足之说。始缠之时，其女百般痛苦，抚足哀号，甚至皮腐肉败，鲜血淋漓。当此之际，夜不成寐，食不下咽；种种疾病，由此而生。小子以为此女或有不肖，其母不忍置之于死，故以此法治之。谁知系为美观而设！若不如此，即为不美！试问鼻大者削之使小，额高者削之使平，人必谓为残废之人。何以两足残缺，步履艰难，却又为美？即如西子、王嫱皆绝世佳人，彼时又何尝将其两足削去一半？况细推其由，与造淫具何异？此圣人之所必诛，贤者之所不取。

第十一条说：

> 婚姻一事，关系男女终身，理宜慎重，岂可草草？既要联姻，如果品行纯正，年貌相当，门第相对，即属绝好良姻，何必再去推算？……尤可笑的，俗传女命，北以属羊为劣，南以属虎为凶。其说不知何意，至今相沿，殊不可解。人值未年而生，何至比之于羊？寅年而生，又何至竟变为虎？且世间惧内之人，未必皆系属虎之妇。况鼠好偷窃，蛇最阴毒，那属鼠属蛇的岂皆偷窃阴毒之辈？牛为负重之兽，自然莫苦于此；岂丑年所生都是苦命？此皆愚民无知，造此谬论。往往读书人亦染此风，殊为可笑。总之，婚姻一事，若不论门第相对，不管年貌相当，惟以合婚为准，势必将就勉强从事，虽有极美良姻，亦必当面错过，以致日后儿女抱恨终身，追悔莫及。为人父母的倘能洞察合婚之谬，惟以品行年貌门第为重，至于富贵寿考，亦惟听之天命，即日后别有不虞，此心亦可对住儿女，儿女似亦无怨了。

这两项都是妇女问题的重要部分；我们在这里已可看出李汝珍对于妇女问题的热心了。

大凡写一个社会问题，有抽象的写法，有具体的写法。抽象的写法，只是直截指出一种制度的弊病，和如何救济的方法。君子国里的谈话，便是这种写法，正如牧师讲道，又如教官讲《圣谕广训》，扯长了面孔讲道理，全没有文学的趣味，所以不能深入人心。李汝珍对于女子问题，若单有君子国那样干燥枯寂的讨论，就不能算是一个文学家了。《镜花缘》里最精彩的部分是女儿国一大段。这一大段的宗旨只是要用文学的技术，诙谐的风味，极力描写女子所受的不平等的，惨酷的，不人道的待遇。这个女儿国是李汝珍理想中给世间女子出气伸冤的乌托邦。在这国里，

> 历来本有男子；也是男女配合，与我们一样。其所异于人的，男子反穿衣裙，作为妇人，以治内事；女子反穿靴帽，作为男人，以治外事。

唐敖看了那些男人，说道：

> 九公，你看他们原是好妇人，却要装作男人，可谓矫揉造作了。

多九公笑道：

> 唐兄，你是这等说。只怕他们看见我们，也说我们放着好好妇人不做，却矫揉造作，充作男人哩。

唐敖点头道：

> 九公此话不错。俗语说的，习惯成自然，我们看他们虽觉异样，无如他们自古如此，他们看见我们，自然也以我们为非。

这是李汝珍对于妇女问题的根本见解：今日男尊女卑的状况，并没有自然的根据，只不过是"自古如此"的"矫揉造作"，久久变成"自然"了。

请看女儿国里的妇人：

> 那边有个小户人家，门内坐着一个中年妇人，一头青丝

黑发，油搽的雪亮，真可滑倒苍蝇；头上梳一盘龙鬏儿，鬓旁许多珠翠，真是耀花人眼睛；耳坠八宝金环，身穿玫瑰紫的长衫，下穿葱绿裙儿；裙下露着小小金莲，穿一双大红绣鞋，刚刚只得三寸；伸着一双玉手，十指尖尖，在那里绣花；一双盈盈秀目，两道高高蛾眉，面上许多脂粉，再朝嘴上一看，原来一部胡须，是个络腮胡子。

这位络腮胡子的美人，望见了唐敖、多九公，大声喊道：

你面上有须，明明是个妇人，你却穿衣戴帽，混充男人。你也不管男女混杂。你明虽偷看妇女，你其实要偷看男人。你这臊货，你去照照镜子，你把本来面目都忘了。你这蹄子也不怕羞！你今日幸亏遇见老娘，你若遇见别人，把你当作男人偷看妇女，只怕打个半死哩！

以上写"矫揉造作"的一条原理，虽近于具体的写法，究竟还带一点抽象性质。第三十三回写林子洋选作王妃的一大段，方才是富于文学趣味的具体描写法。那天早晨，林之洋说道：

幸亏俺生中原。若生这里，也教俺缠足，那才坑死人哩。

那天下午，果然就"请君入瓮"！女儿国的国王看中了他，把他关在宫里，封他为王妃。

早有宫娥预备香汤，替他洗浴，换了袄裤，穿了衫裙，把那一双大金莲暂且穿了绫袜，头上梳了鬏儿，搽了许多头油,戴上凤钗,搽了一脸香粉,又把嘴唇染的通红,手上戴了戒指,腕上戴了金镯,把床帐安了,请林之洋上坐。

这是"矫揉造作"的第一步。第二步是穿耳:

几个中年宫娥走来,都是身高体壮,满嘴胡须。内中一个白须宫娥,手拿针线,走到床前跪下道:"禀娘娘,奉命穿耳。"早有四个宫娥上来,紧紧扶住。那白须宫娥上前,先把右耳用指将那穿针之处碾了几碾,登时一针穿过。林之洋大叫一声"痛杀俺了!"望后一仰,幸亏宫娥扶住。又把左耳用手碾了几碾,也是一针直过。林之洋只痛的喊叫连声。两耳穿过,用些铅粉涂上,揉了几揉,戴了一幅八宝金环。白须宫娥把事办毕退去。

第三步是缠足:

接着,有个黑须宫人,手拿一匹白绫,也向床前跪下道:"禀娘娘,奉命缠足。"又上来两个宫娥,都跪在地下,扶住金莲,把绫袜脱去。那黑须宫娥取了一个矮凳,坐在下面,将白绫从中撕开,先把林之洋右足放在自己膝盖上,用些白矾洒在脚缝内,将五个脚指紧紧靠在一处,又将脚面用力曲作弯弓一般,即用白绫缠裹。才缠了两层,就有宫娥拿着针线上来密密缝口。一面狠缠,一面密缝。林之洋身旁既有四个宫娥紧紧靠定,又被两个宫娥把脚扶住,丝毫不能转动。及至缠完,只觉脚上如炭火烧的一般,阵阵疼痛,不觉一阵心酸,放声大哭道:"坑死俺了!"两足缠过,众宫娥草草做了一双软底大红鞋替他穿上。林之洋哭了多时。

林之洋——同一切女儿一样——起初也想反抗。他就把裹脚解放了，爽快了一夜。次日，他可免不掉反抗的刑罚了。一个保母走上来，跪下道："王妃不遵约束，奉命打肉。"

林之洋看了，原来是个长须妇人，手捧一块竹板，约有三寸宽，八尺长，不觉吃了一吓道："怎么叫作打肉？"只见保母手下四个微须妇人，一个个膀阔腰粗，走上前来，不由分说，轻轻拖翻，褪下中衣。保母手举竹板，一起一落，竟向屁股大腿一路打去。林之洋喊叫连声，痛不可忍。刚打五板，业已肉绽皮开，血溅茵褥。

"打肉"之后，

林之洋两只金莲被众宫人今日也缠，明日也缠，并用药水薰洗，未及半月，已将脚面弯曲，折作凹段，十指俱已腐烂，日日鲜血淋漓。

他——她——实在忍不住了，又想反抗了，又把裹脚的白绫乱扯去了。这一回的惩罚是："王妃不遵约束，不肯缠足，即将其足倒挂梁上"。

林之洋此时已将生死付之度外，即向众宫娥道："你们快些动手，越教俺早死，俺越感激。只求越快越好。"于是随着众人摆布。

好一个反抗专制的革命党！然而——

> 谁知刚把两足用绳缠紧，已是痛上加痛。及至将足吊起，身子悬空，只觉眼中金星乱冒，满头昏晕，登时疼的冷汗直流，两腿酸麻。只得咬牙忍痛，闭口合眼，只等早早气断身亡，就可免了零碎吃苦。吊了片时，不但不死，并且越吊越觉明白，两足就如刀割针刺一般，十分痛苦。咬定牙关，左忍右忍。那里忍得住！不因不由杀猪一般喊叫起来，只求国王饶命。保母随即启奏，放了下来。从此只得耐心忍痛，随着众人，不敢违拗。众宫娥知他畏惧，到了缠足时，只图早见功效，好讨国王欢喜，更是不顾死活，用力狠缠。屡次要寻自尽，无奈众人日夜提防，真是求生不能，求死不得。不知不觉那足上腐烂的血肉都已变成脓水，业已流尽，只剩几根枯骨，两足甚觉瘦小。

一个平常中国女儿十几年的苦痛，缩紧成几十天的工夫，居然大功告成了！林之洋在女儿国御设的"矫揉造作速成科"毕业之后，

> 到了吉期，众宫娥都绝早起来，替他开脸梳裹，搽脂抹粉，更比往日加倍殷勤。那双金莲虽觉微长，但缠的弯弯，下面衬了高底，穿着一双大红凤头鞋，却也不大不小，身上穿了蟒衫，头上戴了凤冠，浑身玉佩叮当，满面香气扑人；虽非国色天香，却是袅袅婷婷。
> 　　不多时，有几个官人手执珠灯，走来跪下道："吉时已到，请娘娘先升正殿，伺候国主散朝，以便行礼进宫。就请升舆。"林之洋听了，倒像头顶上打了一个霹雳，只觉耳中嘤的一声，早把魂灵吓的飞出去了。众宫娥不由分说，一齐挽扶下楼，上了凤舆，无数宫人簇拥来到正殿。国王业已散

朝，里面灯烛辉煌，众宫人搀扶，林之洋颤颤巍巍，如鲜花一枝，走到国王面前，只得弯着腰儿拉着袖儿，深深万福叩拜。

几十天的"矫揉造作"，居然使一个天朝上国的堂堂男子，向那女儿国的国王，颤颤巍巍地"弯着腰儿，拉着袖儿，深深万福叩拜"了！

几千年来，中国的妇女问题，没有一人能写的这样深刻，这样忠厚，这样怨而不怒。《镜花缘》里的女儿国一段是永远不朽的文学。

女儿国唐敖治河一大段，也是寓言，含有社会的，政治的意义。请看唐敖说那处河道的情形：

以彼处形势而论，两边堤岸高如山陵，而河身既高且浅，形像如盘，受水无多，以至为患。这总是水大之时，惟恐冲决漫溢，且顾目前之急，不是筑堤，就是培岸。及至水小，并不预为设法挑挖疏通。到了水势略大，又复培壅，以致年复一年，河身日见其高。若以目前形状而论，就如以浴盆置于屋脊之上，一经漫溢，以高临下，四处皆为受水之区，平地即成泽国。若要安稳，必须将这浴盆埋在地中，盆低地高，既不畏其冲决，再加处处深挑，以盘形变成釜形。受水既多，自然可免漫溢之患了。

这里句句都含有双关的意义，都是暗指一个短见的社会或短见的国家，只会用"筑堤"、"培岸"的方法来压制人民的能力，全不晓得一个"疏"字的根本救济法。李汝珍说的虽然很含蓄，但他有时也很明显：

多九公道："治河既如此之易，难道他们国中就未想到

> 么？"唐敖道："昨日九公上船安慰他们，我唤了两个人役细细访问。此地向来铜铁甚少，兼且禁用利器，以杜谋为不轨。国中所用，大约竹刀居多。惟富家间用银刀，亦甚希罕，所有挑河器具一概不知……"

这不是明明的一个秦始皇的国家吗？他又怕我们轻轻放过这一点，所以又用诙谐的写法，叫人不容易忘记：

> 多九公道："原来此地铜铁甚少，禁用利器。怪不得此处药店所挂招牌，俱写'咬片''咀片'。我想好好药品，自应切片，怎么倒用牙咬？腌臜姑且不论，岂非舍易求难么？老夫正疑此字用的不解。今听唐兄之言，无怪要用牙咬了。……

请问读者，如果著者没有政治的意义，他为什么要在女儿国里写这种压制的政策？女儿国的女子，把男子压伏了，把他们的脚缠小了，又恐怕他们造反，所以把一切利器都禁止使用，"以杜谋为不轨"。这是何等明显的意义！

女儿国是李汝珍理想中女权伸张的一个乌托邦，那是无可疑的。但他又写出一个黑齿国，那又是他理想中女子教育发达的一个乌托邦了。

黑齿国的人是很丑陋的：

> 其人不但通身如墨，连牙齿也是黑的。再加一点朱唇，两道红眉，一身黑衣，其黑更觉无比。

然而黑齿国的教育制度，却与众不同。唐敖、多九公一上岸，便看见一所"女学塾"。据那里的先生说：

> 至敝乡考试历来虽无女科，向有旧例，每到十余年，国母即有观风盛典。凡有能文处女，俱准赴试，以文之优劣，定以等第，或赐才女匾额，或赐冠带荣身，或封其父母，或荣及翁姑，乃吾乡胜事。因此，凡生女之家，到了四五岁，无论贫富，莫不送塾攻书，以备赴试。

再听林之洋说：

> 俺因他们脸上比炭还黑，俺就带了脂粉上来。那知，这些女人因搽脂粉反觉丑陋，都不肯买，倒是要买书的甚多。俺因女人不买脂粉，倒要买书，不知甚意；细细打听，才知道这里向来分别贵贱就在几本书上。
>
> 他们风俗，无论贫富，都以才学高的为贵，不读书的为贱。就是女人也是这样，到了年纪略大，有了才名，方有人求亲。若无才学，就是生在大户人家，也无人同他配婚。因此，他们国中不论男女，自幼都要读书。

这是不是一个女学发达的乌托邦？李汝珍要我们特别注意这个乌托邦，所以特别描写两个黑齿国的女子，亭亭和红红，把天朝来的那位多九公考的"目瞪口呆"，"面上红一阵，白一阵，头上只管出汗"。那女学堂的老先生，是个聋子，不曾听见他们的谈论，只当多九公怕热，拿出汗巾来替他揩汗，说道：

> 斗室屈尊，致令大贤受热，殊抱不安。但汗为人之津液，也须忍耐少出才好。大约大贤素日喜吃麻黄，所以如

此。今出这场痛汗，虽痢症之症，可以放心，以后如麻黄发汗之物，究以少吃为是。

后来，多九公们好容易逃出了这两个女学生的重围，唐敖说道：

小弟约九公上来，原想看他国人生的怎样丑陋。谁知只顾谈文，他们面上好丑我们还未看明，今倒反被他们先把我们腹中丑处看去了。

这样恭维黑齿国的两个女子，只是著者要我们注意那个提倡女子教育的乌托邦。

李汝珍又在一个很奇怪的背景里，提出一个很重大的妇女问题：他在两面国的强盗山寨里，提出男女贞操的"两面标准"（Double standard）的问题。两面国的人，"个个头戴浩然巾，都把脑后遮住，只露一张正面"；那浩然巾的底下却另"藏着一张恶脸，鼠眼鹰鼻，满面横肉"（第二十五回）。他们见了穿绸衫的人，也会"和颜悦色，满面谦恭"；见了穿破布衫的人，便"陡然变了样子，脸上的笑容也收了，谦恭也免了"（第二十五回）。这就是一种"两面标准"。然而最惨酷的"两面标准"却在男女贞操问题的里面。男子期望妻子守贞操，而自己却可以纳妾嫖娼；男子多妻是礼法许可的，而妇人多夫却是绝大罪恶；妇人和别的男子有爱情，自己的丈夫若宽恕了他们，社会上便要给他"乌龟"的尊号；然而丈夫纳妾，妻子却"应该"宽恕不妒，妒是妇人的恶德，社会上便要给他"妒妇""母夜叉"等等尊号。这叫做"两面标准的贞操"。在中国古史上，这个问题也曾有人提起，例如谢安的夫人说的"周婆制礼"。和李汝珍同时的大学者俞正燮，也曾指出"妒非妇人恶德"。但三千年的议礼的大家，没有一个人能有李汝珍那样明白爽快的。《镜花缘》第五十一回里，那两

面国的强盗想收唐闺臣等作妾,因此触动了他的押寨夫人的大怒。这位夫人把他的丈夫打了四十大板,还数他的罪状道:

> 既如此,为何一心只想讨妾?假如我要讨个男妾,日日把你冷淡,你可欢喜?你们作男子的,在贫贱时,原也讲些伦常之道。一经转到富贵场中,就生出许多炎凉样子,把本来面目都忘了;不独疏亲慢友,种种骄傲,并将糟糠之情也置度外,这真是强盗行为,已该碎尸万段。你还只想置妾,那里有个忠恕之道?我不打你别的:我只打你只知道有己不知有人。把你打的骄傲全无,心里冒出一个忠恕来,我才甘心。今日打过,嗣后我也不来管你。总而言之,你不讨妾则已,若要讨妾,必须替我先讨男妾,我才依哩。我这男妾,古人叫作"面首"。面哩,取其貌美;首哩,取其发美。这个故典,并非是我杜撰,自古就有了。

读者应该记得,这一大段训词是对着那两面国的强盗说的。在李汝珍的眼里,凡一切"只知有己,不知有人"的男子,都是强盗,都是两面国的强盗,都应该"碎尸万段",都应该被他们的夫人"打的骄傲全无,心里冒出一点忠恕来"。——什么叫做"忠恕之道"?推己及人,用一个单纯的贞操标准:男所不欲,勿施于女;所恶于妻,毋以取于夫:这叫做"忠恕之道"!

然而女学与女权,在我们这个"天朝上国",实在不容易寻出历史制度上的根据。李汝珍不得已,只得从三千年的历史上挑出武则天的十五年(六九〇—七〇五)做他的历史背景。三千年的历史上,女后垂帘听政的确然不少,然而妇人不假借儿子的名义,独立做女皇帝的,却只有吕后与武后两个人。吕后本是一个没有学识的妇人,他的政治也实在不足称道。武则天却不然;他是一个有文学天才并且有政治手腕的妇人，他的十几年的政治，虽然受了许多腐儒的诬谤，究竟要算唐朝的治世。他能提倡文学，他能提倡美术，他能赏识人才，他能使一班文人政客拜倒在他的冕旒之下。李汝珍抓住了这一个正式的女皇帝，大胆的把正史和野史上一切污蔑武则天人格的谣言都扫的干干净净。《镜花缘》里，对于武则天，只有褒词，而无谤语：这是李汝珍的过人卓识。

李汝珍明明是借武则天皇帝来替中国女子出气的。所以在他的第四十回，极力描写他对于妇女的德政。他写的那十二条恩旨是：

（1）旌表贤孝的妇女。

（2）旌奖"悌"的妇女。

（3）旌表贞节。

（4）赏赐高寿的妇女。

（5）"太后因大内宫娥，抛离父母，长处深宫，最为凄凉，今命查明，凡入宫五年者，概行释放，听其父母自行择配。嗣后采选释放，均以五年为期。其内外军民人等，凡侍婢年二十以外尚未婚配者，令其父母领回，为之婚配。如无父母亲族，即令其主代为择配。"

（6）推广"养老"之法，"命天下郡县设造养媪院。凡妇人四旬以外，衣食无出，或残病衰颓，贫无所归者，准其报名入院，官为养赡，以终其身。"

（7）"太后因贫家幼女，或因衣食缺之，贫不能育，或因疾病缠绵，医药无出，非弃之道旁，即送入尼庵，或卖为女优，种种苦况，甚为可怜，今命郡县设造育女堂。凡幼女自襁褓以至十数岁者，无论疾病残废，如贫不能育，准其送堂，派令乳母看养。有愿领回抚养者，亦听其便。其堂内所育各女，候年至二旬，每名酌给妆资，官为婚配。"

（8）"太后因妇人一生衣食莫不倚于其夫，其有夫死而孀居者，既无丈夫衣食可恃，形只影单，饥寒谁恤？今命查勘，凡嫠妇苦志守节，家道贫寒者，无论有无子女，按月酌给薪水之资，以养其身。"

（9）"太后因古礼女子二十而嫁，贫寒之家往往二旬以外尚未议婚，甚至父母因无力妆奁，贪图微利，或售为侍妾，或卖为优娼，最为可悯，今命查勘，如女年二十，其家实系贫寒无力妆奁，不能婚配者，酌给妆奁之资，即行婚配。"

（10）"太后因妇人所患各症，如经癸带下各疾，其症尚缓，至胎前产后，以及难产各症，不独刻不容缓，并且两命攸关，故孙真人著《千金方》，特以妇人为首，盖即《易》基乾坤，《诗》首《关雎》之义，其事岂容忽略？无如贫寒之家，一经患此，既无延医之力，又乏买药之资，稍为耽延，遂至不救。妇人由此而死者，不知凡几。亟应广沛殊恩，命天下郡县延访名医，各按地界远近，设立女科。并发御医所进经验各方，配合药料，按症施舍。"

（11）（略）

（12）（略）

这十二条之中，如（5）（7）（10）都是很重要的建议。第十条特别注重女科的医药，尤其是向来所未有的特识。

但李汝珍又要叫武则天创办男女平等的选举制度。注意，我说的是选举制度，不单是一个两个女扮男装的女才子混入举子队里考取一名科第。李汝珍的特识在于要求一种制度，使女子可以同男子一样用文学考取科第。中国历史上并不是没有上官婉儿和李易安，只是缺乏一种正式的女子教育制度；并不是没有木兰和秦良玉，吕雉和武则天,只是缺乏一种正式的女子参政制度。一种女子选举制度,一方面可提倡女子教育,一方面可引到女子参政。所以李汝珍在黑齿国说的也是一种制度,在武则天治下说的也只是一种制度。这真是大胆而超卓的见解。

他拟的女子选举制度,也有十二条,节抄于下:

(1) 考试先由州县考取,造册送郡;郡考中式;始与部试;部试中式,始与殿试。……

(2) 县考取中,赐文学秀女匾额,准其郡考。郡考取中,赐文学淑女匾额,准其部试。部试取中,赐文学才女匾额,准其殿试。殿试名列一等,赏女学士之职,二等赏女博士之职,三等赏女儒士之职,俱赴红文宴,准其年支俸禄。其有情愿内廷供奉者,俟试俸一年,量材擢用。……

(3) 殿试一等者,其父母翁姑及本夫如有官职在五品以上,各加品服一级。在五品以下,俱加四品服色。如无官职,赐五品服色荣身。二等者赐六品服色,三等者赐七品服色。余照一等之例,各为区别,女悉如之。

(5) 试题,自郡县以至殿试,俱照士子之例,试以诗赋,以归体制(因为唐朝试用诗赋)。

(6) 凡郡考取中,女及夫家,均免徭役。其赴部试者,俱按程途远近,赐以路费。

但最重要的宣言,还在那十二条规例前面的谕旨:

大周金轮皇帝制曰:朕惟天地英华,原不择人而畀;帝王辅翼,何妨破格而求?丈夫而擅词章,固重圭璋之品;女子而娴文艺,亦增蘋藻之光。我国家储才为重,历圣相符;

> 朕受命维新，求贤若渴。辟门吁俊，桃李已属春官；《内则》遴才，科第尚遗闺秀。郎君既膺鹗荐，女史未遂鹏飞，奚见选举之公，难语人才之盛。昔《帝典》将坠，伏生之女传经；《汉书》未成，世叔之妻续史。讲艺则纱厨绫帐，博雅称名；吟诗则柳絮椒花，清新独步。群推翘秀，古今历重名媛。慎选贤能，闺阁宜彰旷典。况今日灵秀不钟于男子，贞吉久属于坤元。阴教成仰敷文，才藻益征竞美。是用博咨群议，创立新科。于圣历三年，命礼部诸臣特开女试。……从此珊瑚在网，文博士本出宫中。玉尺量才，女相如岂遗苑外？丕焕新猷，聿昭盛事。布告中外，咸使闻知！

前面说"天地英华，原不择人而畀"，后而又说"况今日灵秀不钟于男子"（此是用陆象山的门人的话），这是很明显的指出男女在天赋的本能上原没有什么不平等。所以又说："郎君既膺鹗荐，女史未遂鹏飞，奚见选举之公，难语人才之盛。"这种制度便是李汝珍对于妇女问题的总解决。

有人说，"这话未免太恭维李汝珍了。李汝珍主张开女科，也许是中了几千年科举的遗毒，也许仍是才子状元的鄙陋见解。不过把举人进士的名称改作淑女才女罢了。用科举虚荣心来鼓励女子，算不得解决妇女问题"。

这话固也有几分道理。但平心静气的读者，如果细读了黑齿国的两回，便可以知道李汝珍要提倡的并不单是科第，乃是学问。李汝珍也深知科举教育的流毒，所以他写淑士国（第二十三四回）极端崇拜科举，——"凡庶民素未考试的，谓之游民"——而结果弄的酸气遍于国中，酒保也带着儒巾，戴着眼镜，嘴里哼着之乎者也！然而他也承认科举的教育究竟比全无教育好的多多，所以他说淑士国的人：

> 自幼莫不读书。虽不能身穿蓝衫，名列胶庠，只要博得一领青衫，戴个儒巾，得列名教之中，不在游民之内。从此读书上进固妙，如或不能，或农或工，亦可各安事业了。

人人"自幼莫不读书"，即是普及教育！他的最低限度的效能是：

> 读书者甚多，书能变化气质；遵着圣贤之教，那为非作歹的，究竟少了。

况且在李汝珍的眼里，科举不必限于诗赋，更不必限于八股。他在淑士国里曾指出：

> 试考之例，各有不同。或以通经，或以明史，或以词赋，或以诗文，或以策论，或以书启，或以乐律，或以音韵，或以刑法，或以历算，或以书画，或以医卜，要精通其一，皆可取得一顶头巾，一领青衫。若要上进，却非能文不可。至于蓝衫，亦非能文不可得。

这岂是热中陋儒的见解！

况且我在上文曾指出，女子选举的制度，一方面可以提倡女子教育，一方面可以引到女子参政。关于女子教育一层，有黑齿国作例，不消说了。关于参政一层，李汝珍在一百年前究竟还不敢作彻底的主张，所以武则天皇帝的女科规例里，关于及第的才女的出身，偏重虚荣与封赠，而不明言政权，至多只说"其有情愿内廷供奉者，俟试俸一年，量才擢用"。内廷供奉究竟还只是文学侍从之官，不能算是彻底的女子参政。

然而我们也不能说李汝珍没有女子参政的意思在他的心里。何以见得呢？我们看他于一百个才女之中，特别提出阴若花、黎红红、卢亭亭、枝兰音四个女子；他在后半部里尤其处处优待阴若花，让他回女儿国做国王，其余三人都做他的大臣。最可注意的是他们临行时亭亭的演说：

> 亭亭正色道："……愚姊志岂在此？我之所以欢喜者，有个缘故。我同他们三位，或居天朝，或回本国，无非庸庸碌碌虚度一生。今日忽奉太后敕旨，伴送若花姊姊回国，正是千载难逢际遇。将来若花姊姊做了国王，我们同心协力，各矢忠诚，或定礼制乐，或兴利剔弊，或除暴安良，或举贤去佞，或敬慎刑名，或留心案牍，扶佐他做一国贤君，自己也落个女名臣的美号。日后史册流芳，岂非千秋佳话！……"

这是不是女子参政？

三千年的历史上，没有一个人曾大胆的提出妇女问题的各个方面来作公平的讨论。直到十九世纪的初年，才出了这个多才多艺的李汝珍，费了十几年的精力来提出这个极重大的问题。他把这个问题的各方面都大胆的提出，虚心的讨论，审慎的建议。他的女儿国一大段，将来一定要成为世界女权史上的一篇永永不朽的大文；他对于女子贞操，女子教育，女子选举等等问题的见解，将来一定要在中国女权史上占一个很光荣的位置：这是我对于《镜花缘》的预言。也许我和今日的读者还可以看见这一日的实现。

十二年，二月至五月，陆续草完